Britta Wolters

Immortality Love

Romance

Britta Wolters

Immortality Love

Eine Liebe für die Ewigkeit

Romance

Impressum

Bibliografische Information der Deutschen Nationalbibliothek: Die Deutsche Nationalbibliothek verzeichnet diese Publikation in der Deutschen Nationalbibliografie; detaillierte bibliografische Daten sind im Internet über http://dnb.dnb.de abrufbar.

Die automatisierte Analyse des Werkes, um daraus Informationen insbesondere über Muster, Trends und Korrelationen gemäß §44b UrhG („Text und Data Mining") zu gewinnen, ist untersagt.

© 2025 Britta Wolters

Verlag: BoD · Books on Demand GmbH, Überseering 33, 22297 Hamburg, bod@bod.de

Druck: Libri Plureos GmbH, Friedensallee 273, 22763 Hamburg

ISBN: 978-3-8192-6533-4

Inhaltsverzeichnis

Prolog

Gegenwart

Park Joon-Ki zog seinen edel schimmernden roten Hanbok mit der goldenen Drachen Stickerei aus und übergab sie der wartenden Stylistin. Er war müde von den heutigen Dreharbeiten. Seine linke Schulter tat weh und er begann sie zu dehnen. Heute hatte er eine Kampfszene am Fluss gedreht und wurde versehentlich von einem der Stuntleute mit einem Filmschwert getroffen. Vorsichtig zog er das weiße Untergewand seines Kostüms etwas herunter und betrachtete die Rötung auf seiner Haut, die am nächsten Tag zu einem ordentlich blauen Feck werden würde.

"Ich hole Eis", hörte er die Stimme seiner Assistentin, die ein wenig entsetzt auf die Prellung blickte.

Joon-Ki schüttelte den Kopf. "Nein, nicht nötig. Ich habe hier noch etwas von der Wundersalbe, die du mir letztes Mal mitgebracht hast."

Seine Assistentin hörte seine Worte nicht mehr, da sie bereits eilig den Wohnwagen verlassen hatte. Er seufzte leise auf. Sie war seit einigen Jahren bei ihm und mittlerweile kam es ihm vor, als wenn er seine Mutter am Set hatte. Sie wachte über ihren 29 Jahre alten Schützling wie über einen kleinen Jungen. Es gab Tage, da war er von ihrer Fürsorge genervt und es gab Momente, da brauchte er genau das ganz besonders.

Der heutige Drehtag hatte ihn erschöpft und er sehnte sich danach, in diesem Moment in seiner schönen Villa in Seoul zu sein. Diesen Rückzugsort hatte er vor einigen Jahren erworben und er liebte sein großzügiges Haus. Dort war er ungestört und nur hin und wieder bekam er Besuch. Weiblicher Besuch, außer von seiner Assistentin und anderen Mitarbeitern der Company, war unerwünscht. Obwohl er von vielen Frauen geliebt und verehrt wurde, hat er sein Herz niemals an eine von ihnen verschenken können. Lediglich ein einziges Mal hatte er geschwankt, doch das ist bereits einige Zeit her und seitdem ist er nie wieder in Versuchung gekommen. Hin und wieder dachte er an die Begegnung zurück und fragte sich, was aus dem Mädchen von damals geworden sein mochte.

Sein Haus war demnach ein frauenfreier Ort, an dem er seine Ruhe fand. Hier konnte er einfach privat sein. Ungeschminkt, ohne beständiges Lächeln, ohne Paparazzi. Hier war er nicht der Schauspieler, nicht der Superstar und vor allem nicht der Mann, der auf Schritt und Tritt beobachtet und bewertet wurde. In seinen eigenen vier Wänden war er lediglich Park Joon-Ki. Der Mann, der aus der Provinz in die koreanische Hauptstadt gekommen war, um ein Star zu werden.
Er hatte sein Ziel bereits vor einigen Jahren erreicht. Man kannte ihn nicht nur landesweit, sondern er war auch international bekannt. Der Koreaner war ein weltweit gefeierter Star. Dennoch wünschte er sich manches Mal nichts anderes, als seine Ruhe zu haben. In seinem abgeschirmten Haus - seinem persönlichen Schutzraum.
So auch am heutigen Tag. In seinen eigenen vier Wänden würde ihm sein männlicher Assistent die bestellten Hähnchenflügel und das

kalte Bier bringen und er könnte gemütlich vor dem Fernseher in bequemer Kleidung chillen.

Leider war das eine Wunschvorstellung. Für heute war ein Nachtdreh angesetzt worden und er würde vermutlich erst im Morgengrauen total erschöpft im Wohnwagen statt zuhause ein paar Stunden Schlaf bekommen, ehe er wieder weiterarbeiten musste.

Seine Assistentin war mit dem Eis zurück und legte es ihm vorsichtig auf die schmerzende Schulter. Seufzend ließ er sich anschließend einen Bademantel reichen und warf ihn schnell über. Er hatte beim Drehen nicht gemerkt, wie kalt ihm geworden war, und so kuschelte er sich nun in das warme Material. Dankbar nahm er den heißen Tee entgegen, den sie ihm reichte und setzte sich auf das kleine Sofa im Wagen. Fröstelnd trank er einen Schluck und beugte sich vor, um sich von einem kleinen Tisch das bereits etwas abgegriffene Manuskript zu nehmen. Bis zu seiner nächsten Einstellung hatte er viel Zeit und er würde diese nutzen, um den bereits gelernten Text weiter zu verinnerlichen.

Es wäre ihm unangenehm, wenn die Kollegen seinetwegen nicht schnell mit dem Dreh vorankommen würden, und so gab er für jedes Projekt immer einhundert Prozent. Man konnte darauf zählen, dass Park Joon-Ki keine Texthänger hatte, ja sogar seinen Kollegen über deren Blackouts weiterhelfen konnte. Er war als rücksichtsvoller und freundlicher Mann bekannt und die weiblichen Schauspielerinnen, berühmte wie unbekannte, hatten ihn als ihren Lieblingspartner genannt - im beruflichen wie auch im privaten Leben. Park Joon-Ki hegte und pflegte sein Image und in dieser

Branche war es verdammt schwer, dem stets gerecht zu werden. Er wusste in diesem Moment noch nicht, dass sich sein gemütlich eingerichtetes Leben in Kürze für immer ändern sollte und so trank er entspannt aus seiner Teetasse und genoss die Ruhe vor dem Sturm.

Gerade hatte er die ersten Seiten des Manuskripts noch einmal gelesen, als es an seiner Wagentür klopfte. Seine Assistentin war vor einer halben Stunde gegangen und so seufzte Joon-Ki leise auf und legte den Text mit einem Bedauern zur Seite. Seine Ruhe und Entspannungszeit waren vermutlich in diesem Moment beendet. Im günstigen Fall war es noch einmal seine Assistentin, die etwas vergessen hatte, oder, was er mehr befürchtete, es gab Änderungen am Drehplan. Das war in den letzten Tagen leider öfter vorgekommen und das hat seine persönlichen Pläne stets durcheinander geworfen. Wenn es also der Regieassistent wäre, würde das Gespräch vermutlich länger dauern.

Langsam stand er auf und öffnete die Tür seines Trailers, doch niemand stand wie erwartet davor. Suchend sah er sich auf dem Platz um. An diesem Abend war es in diesem Bereich der Wohnwagenstadt ausgesprochen, fast unheimlich still. Kein einziges Geräusch war zu hören und nicht einmal das Rauschen der Autos von der fernen Schnellstraße schwappte herüber. Schulterzuckend drehte er sich um, als sein Blick zufällig auf die oberste Stufe zu seinem Wagen fiel. Dort entdeckte er sie: Eine einzelne, rosafarbene Rose.

Teil 1

Kapitel 1

Als Erstes hörte ich Stimmen. Keine geisterhaften oder eingebildeten, sondern echte, raue Männerstimmen. Sie riefen sich unflätige Bemerkungen zu und lachten anschließend dreckig. Ihrem Tonfall nach zu urteilen, waren sie weder jung noch alt, sondern irgendetwas dazwischen, aber mit einer seltsamen, aus der Zeit gefallenen Art zu reden. Obwohl ihre Worte merkwürdig fremd in meinen Ohren klangen, verstand ich sie dennoch mühelos. Es hörte es sich falsch und gleichzeitig seltsam vertraut an. Genauso, als würde ich die Worte nicht zum ersten Mal hören, sondern so, als wäre ich sie gewohnt.

Ich hatte vor dem Einschlafen meine Lieblingsserie "Immortality Love" gesehen und nahm an, dass ich wohl eine Szene aus dem Film hörte. Allerdings klangen die Stimmen so, als kämen sie nicht aus den Lautsprechern meines Fernsehers, sondern waren viel realer. Beinahe, als wären die Sprecher nur wenige Meter von mir entfernt.

Noch waren meine Augen geschlossen, obwohl ich hoffte, dass ich gleich vollends aufwachen würde. Dieser Traum war zu real und gefiel mir nicht. Außerdem war mir kalt und ich musste wohl meine Kuscheldecke herunter gestrampelt haben. Unwillig tastete ich mit meiner Hand nach ihr, als mich plötzlich etwas Spitzes schmerzhaft in meinen Finger pikste und ich leise fluchte.

Jetzt war ich vollends wach. Was habe ich nur auf dem Sofa liegen lassen? Genervt von dem Schmerz in meiner Hand öffnete ich meine

Lider und betrachtete ungläubig das, was mir weh getan hatte: Eine einzelne rosafarbene Rose. Ruckartig setzte ich mich auf und blickte verständnislos auf meine Hand, dann auf das Stroh, auf dem ich lag und zum Schluss auf die hölzernen Stäbe, die wie die Zellen Gitter eines antiken Gefängnisses aus einem der Dramen, die ich so liebte, aussahen. Was war hier los? Wo war ich? Ich träumte. Ich musste im Schlaf so einen realen Traum haben, dass ich nicht wach wurde und alles, was ich mir jetzt einbilde, für echt hielt. Hatte ich wieder einmal von einem meiner liebsten K-Drama geträumt?

Ich bin am Vorabend vor dem Fernseher eingeschlafen. Mein Tag im Büro war anstrengend und ich hatte Überstunden gemacht. Nach meinem Feierabend hatte ich mir eine Packung Ramen zubereitet und sie auf dem Sofa gegessen. Dabei habe ich mein Lieblingsdrama "Immortality Love" zum wiederholten Mal gesehen und den Protagonisten dabei zugesehen, wie sie litten und kämpften. Der hübsche Kronprinz war gerade dabei gewesen, zum König ernannt zu werden, als ich weggenickt war.
Ich kniff mich in meinen Oberschenkel und stöhnte leise auf, als ich mir selbst weh tat. Was war das? Konnte man sich im Traum selbst verletzen? Das gab es bestimmt, aber es war so surreal. Plötzlich kam mir ein entsetzlicher Gedanke. War ich vielleicht in meiner Wohnung von einem Irren überfallen worden, wurde von ihm betäubt und in diese Kulisse verschleppt? Spielt jemand ein wirres Rollenspiel? War ich hier auf dem Filmset eines Dramas gelandet? Hektisch sah ich mich um und suchte nach Anzeichen von Kameras, Kabel, Scheinwerfern oder irgendeinem Beweis dafür, dass ich mir nichts einbilden würde.

Aufgeregt kroch ich näher an die hölzernen Gitterstäbe und versuchte mir ein Bild zu machen, wie es vor meiner Zelle aussah. War die Zelle offen oder verschlossen? Waren Kameras irgendwo versteckt angebracht? Was hatte mein Entführer vor?

Ich rüttelte an der hölzernen Gitterstäbe-Tür, doch sie war mit einem Schloss verriegelt. Jetzt bemerkte ich, dass ich langsam leicht in Panik geriet. Vor der Zelle deutete einfach gar nichts darauf hin, dass man etwas aus der Neuzeit versehentlich vergessen hatte. Kein abgestellter Metallkoffer, kein Papierkorb, keine liegengelassenen Dosen, geschweige denn ein Auto oder eine andere Fluchtmöglichkeit. Die einzige Lichtquelle außerhalb der Zelle waren tatsächlich Fackeln. Und zwar nur Fackeln. Wie leichtsinnig, dachte ich. Bei dem ganzen Stroh in dieser Zelle konnte doch schnell etwas Feuer fangen, wenn Funken flogen.

Neben meiner Zelle waren noch weitere Holzverschläge vorhanden. Hatte man dort weitere Entführungsopfer untergebracht? Ich spähte hinüber, aber ich traute mich nicht, laut zu rufen. Zuvor hatte ich Männerstimmen vernommen, die vermutlich doch real gewesen waren und jetzt wollte ich sie natürlich nicht alarmieren und darauf aufmerksam machen, dass ich zwischenzeitlich wach geworden bin. Man kannte das ja. Dann war man das erste Opfer, das geholt wurde.

Leise zog ich mich krabbelnd von den Stäben zurück, als plötzlich etwas schmerzhaft an meiner Kopfhaut zog. Ich hielt in der Bewegung inne und versuchte zu analysieren, was das war. Mit einem Mal sah ich es. Zuvor hatte ich mir selbst keine

Aufmerksamkeit geschenkt. Warum auch? Ich kannte mich schließlich. Als ich nun jedoch feststellte, dass ich auf hüftlangen schwarzen Haaren saß, wurden meine Augen kugelrund. Außerdem trug ich ein voluminöses, edel schimmerndes weißes Kleid, das in einer merkwürdigen Art gebunden war. Es hatte eine Art Jäckchen mit langen Ärmeln und darunter einen bauschigen Rock, der oberhalb meiner Brust zusammengebunden war. Mit Erstaunen stellte ich fest, dass ich einen weißen Hanbok, ein traditionelles koreanisches Gewand, trug. Dem Stoff nach zu urteilen, war es recht teuer gewesen, denn es fühlte sich an wie kostbare Seide. Das Kleid war aber nicht das, was mich aus der Bahn warf, auch wenn ich wusste, dass ich am Abend mit Jogginghose und Hoodie vor dem Fernseher gesessen hatte. Was mich immens verwirrte, waren meine überlangen Haare. Nach der Arbeit, war ich gestern noch Duschen gewesen und zu diesem Zeitpunkt reichte die Länge meiner Haare gerade über die Schultern. Kein natürliches Haar auf der Welt schaffte es, in der Nacht über 50 Zentimeter zu wachsen. Schnell untersuchte ich meine langen, dicken Strähnen und stellte entsetzt fest, dass es weder Extension noch Haarteile waren. Auf meinem Kopf war nur gesundes eigenes Haar. Es glänzte im Schein der Fackeln, wie ich es selbst mit der größten Pflege zuhause nie hinbekommen hatte. Wie konnte das möglich sein?

Ich vergrub mein Gesicht in meinen Händen und schüttelte den Kopf. Was ging hier nur vor sich? Wie konnte das alles sein? Gab es an mir noch etwas, was sich verändert hat? Gleichzeitig ängstlich und neugierig öffnete ich das Oberteil des Hanbok und zog es ein wenig von der Schulter. Als Kind hatte ich mich einmal beim

Klettern verletzt und ein Ast hatte eine kleine Narbe in Höhe des Schlüsselbeins hinterlassen. Trotz der schlechten Lichtverhältnisse konnte ich sehen, dass meine Haut an dieser Stelle makellos war. Ich zog den Rock ein wenig hoch und drehte mein Bein so, dass ich eigentlich das kleine Muttermal, den ich seit meiner Geburt hatte, finden musste. Doch auch hier war meine Haut glatt. Ich ließ den Rock wieder fallen und starrte auf die Holzstäbe.

WAS WAR HIER LOS? Ich schrie die Worte in meinem Kopf und spürte, wie langsam aber sicher Panik in mir hoch kroch. Ich war So-Ra, hatte ein abgeschlossenes Studium der Architektur. Ich war die Schwester von Yunai und bin 24 Jahre alt, wohnhaft in Seoul, und ich bin im 21. Jahrhundert geboren. Ich verlor nicht den Verstand. Ich verlor ganz bestimmt nicht den Verstand. Irgendetwas lief hier gerade gewaltig schief. Ganz gewaltig!

"Lady Nam Jang-Mi?"
Ich hörte die flüsternde Stimme und fragte mich, wen sie wohl rief. Sie war männlich und hörte sich jünger an als die von den Männern, die ich zuvor im Halbschlaf gehört hatte.
"Lady Nam? Mylady?" Hörte ich erneut die Stimme nach der Dame rufen. Neugierig blickte ich mich um. Wer war die Lady? Gab es hier tatsächlich Frauen, die adlig waren?
"Mylady, ich bin es, Ki Yo-Han."
Das Flüstern wurde eindringlicher, aber die Frau, die dieser Mann anzusprechen versuchte, reagierte immer noch nicht.
"Habt Ihr die Rose gesehen?"

Rose? Gab es in jeder Zelle eine Rose? Plötzlich fiel es mir wie Schuppen von den Augen. *Ich* war Nam Jang-Mi.

"Ich bin hier", flüsterte ich nun und wartete gespannt ab, ob ich mit meiner Vermutung richtig lag. Hatte mir der Entführer diesen Rollennamen zugeteilt?

"Mylady, habt keine Angst. Seine Hoheit bereitete alles für Eure Befreiung vor. Fürchtet Euch nicht. Die Rose ist ein Zeichen seines Bekenntnis und ein Versprechen an Euch."

"Hör mal, wer auch immer du bist. Ich will jetzt dieses Spiel abbrechen. Ich mache das nicht freiwillig und finde es auch überhaupt nicht lustig. Wenn ich hier rauskomme, dann werde ich euch alle anzeigen. Das ist Freiheitsberaubung und ich finde, ihr habt es wirklich zu weit getrieben."

Ich hörte selbst, wie sauer ich klang. Ich war müde, mir war kalt und ich fand alles nur einfach lächerlich. Es gab doch bestimmt genug Cosplayer, die bei einer solchen Sache freiwillig mitmachen würden. Warum musste man mich hierfür entführen? Und wann haben die das mit der Haartransplantation und dem Lasern der Narben gemacht? Wie lange war ich nicht bei Bewusstsein gewesen? Hatte ich einen Gedächtnisverlust?

"Mylady? Ich verstehe euch nicht?"

Die Stimme des unsichtbaren Mannes klang tatsächlich verwirrt. Endlich sah ich einen Schatten, der durch die Fackeln von hinten und von der Seite beleuchtet wurde, so dass ich nach und nach das Gesicht des dunkel gekleideten Mannes erkennen konnte.

"Taemin!", entfuhr es mir entsetzt und ich sah zu dem großen Mann auf, der nun vor mir stand und den ich sehr wohl kannte. Er war der Sänger von Star.X, der berühmten K-Pop Band, und ein Freund meiner Familie.

Was sollte das alles? Warum machte er bei der Entführung mit? Hatte meine Schwester sich das ausgedacht? Unmöglich, Yunai würde niemals so etwas tun. Aber Taemin stand tatsächlich vor mir und er trug ein historisches Kostüm, komplett in Schwarz und dazu ein schmales Schwert, dass er lässig in seiner Hand hielt.

"Mylady, ich bin Ki Yo-Han. Ich bin der persönliche Leibgardist seiner Hoheit, Prinz Min-Jae."

Sprachlos sah ich Taemin vor mir an. Er war verrückt. Jetzt fiel mir auch wieder ein, warum mir der Name Ki Yo-Han so bekannt vorgekommen war. Genau wie Prinz Min-Jae waren sie Charaktere aus dem Drama "Immortality Love". Hatte er einen Knall? War er zu sehr in seine Rolle eingetaucht?

"Mylady, ich muss Euch jetzt leider wieder alleine lassen, aber morgen werden wir Euch aus der misslichen Lage befreien. Seid frohen Mutes, Euch wird nichts geschehen. Lebt wohl und legt Euch zur Ruhe."

Taemin, jetzt hast du es übertrieben.

Er drehte sich um und wollte verschwinden, als ich blitzschnell vorschnelle und ihn durch die Gitterstäbe am Ärmel seines Kostüms erwischte. Fest packte ich zu. Irritiert hielt er mitten in der Bewegung inne und sah auf meine Hand hinab.

"Lady, bitte seid leise. Die Wache wird in Kürze wieder patrouillieren. Bitte, habt keine Angst", er missverstand meine

Reaktion und befreite sich vorsichtig aus meinem Griff, ehe er auch schon im Dunkeln verschwunden war. Wie hat er das nur gemacht?

Wütend wollte ich ihm hinterherrufen, als plötzlich in dem Innenhof, um den herum die Zellen mit den hölzernen Türen waren, vier Männer mit Fackeln auftauchten. Ich betrachtete sie durch die Gitterstäbe und war gleichzeitig angewidert und fasziniert. Sie wirkten irgendwie authentisch und ein wenig furchteinflößend. Es mussten die Männer sein, deren Stimmen ich zuvor im Halbschlaf gehört hatte. Zumindest vermutete ich das, denn ihr Alter stimmte mit meiner Schätzung ungefähr überein und lag bei Anfang vierzig. Sie trugen weiß-schwarze Kostüme und ich sah in ihren um den Leib geschlungenen Gürtel täuschend echt aussehende Messer im Mondlicht aufblitzen.

Zwei der Männer liefen zu einem der Zellen und öffneten die verschlossene Tür mit einem großen Schlüssel. Ich war gespannt, welchem Schauspiel ich nun beiwohnen würde und beobachtete sie dabei, wie sie einen etwa fünfzigjährigen Mann aus dem Kerker holten. Mit zusammengekniffenen Augen versuchte ich zu erkennen, ob der Mann freiwillig das Spiel spielte oder genau wie ich dazu gezwungen wurde.

Diese Frage erübrigte sich genau in dem Moment, als der Gefangene anfing, sich vehement zu wehren und als das nicht half ins Weinen und Betteln verfiel. Einer der Männer lachte, als er ihm ins Gesicht schlug und anschließend den Kopf des armen Kerls an seinen Haaren nach hinten zog. Kurz sah ich etwas Silbernes im Mondlicht aufschimmern, als der Mann auch schon eine lange, blutrote klaffende Wunde an der Kehle hatte und leblos in sich zusammensackte. Ich schlug mir meine Hand vor meinen Mund, um nicht laut aufzuschreien. Entsetzt betrachtete ich durch meine hölzernen Gitterstäbe das Häufchen Mensch, das nun auf dem staubigen Sandboden lag und dessen Lebenssaft langsam im Erdreich versickerte.

Das hier war alles kein Spaß und ich hatte in diesem Moment so viel Angst, wie niemals zuvor in meinem Leben.

Kapitel 2

Ich hatte mich ängstlich in der letzten Ecke meiner kleinen Zelle versteckt und meinen Kopf in meinen Händen vergraben. Das gemeine Lachen der Wachen und die Wehklagen anderer Menschen aus den Zellen drangen nun deutlich zu mir herüber. Es gelang mir nicht mehr, die Geräusche auszublenden, auch wenn ich es noch sehr wollte. Ebenso wenig konnte ich die gepeinigten Schreie von den Frauen überhören, die ganz offensichtlich misshandelt wurden. Was ihnen genau angetan wurde, wollte ich mir gar nicht vorstellen, da ich Angst hatte, ansonsten den Verstand zu verlieren.

Was für ein verrückter Mensch hatte sich das ganze Spiel hier ausgedacht? Warum spielte Taemin in diesem miesen Stück mit? Oder war es doch alles inszeniert und ich war nur eine der

Akteurinnen, die von dem Skript keine Ahnung hatte? Später würde der Regisseur dann zu mir kommen und mir die versteckten Kameras zeigen, die mit Sicherheit überall angebracht waren und darüber lachen, dass ich so gutgläubig alles geglaubt hatte. Ganz sicher war nicht soeben einem lebenden, atmenden Menschen die Kehle durchgeschnitten worden. Vor meinen Augen und von widerlichen Männern, denen es ganz offensichtlich Spaß gemacht hat, jemanden zu töten.

Gab es Chaebols, Oligarchen oder stinkreiche Chinesen, die solch ein Spiel amüsant fanden? Und warum ausgerechnet ich? Wieso war ich in dieses kranke Cosplay verwickelt? Wie waren die Typen auf mich gekommen? Warum war ich Teil dieser Inszenierung?

Nach und nach beruhigte ich mich wieder ein wenig. Meine Atmung wurde wieder ruhiger und mein Puls etwas langsamer. Ich versuchte mich an dem Gedanken festzuhalten, dass Taemin dafür sorgen würde, dass mir in dem Spiel nichts Schlimmes passierte. Er kannte meine Schwester und war sozusagen ein Freund meiner Familie. Er war ein berühmtes Idol, ein Sänger in der K-Pop Gruppe Star.X und ein Schauspieler. Genau, er war Schauspieler. Er hatte seine erste große Rolle im Historiendrama "Immortality Love" gespielt. Erleichtert lachte ich leise auf. Das musste es sein, warum er sich so ungewöhnlich verhalten hatte. Er war so in seine Rolle vertieft, dass er sie praktisch lebte.

Doch dann fielen mir Dinge ein, die ich zwar bemerkt hatte, aber die ich noch nicht für mich analysiert hatte. Taemin hat sein Kämpfer-Kostüm aus dem Drama getragen. Er war der Chef-Leibwächter des Königs und sah in der historischen

Kostümierung eines Bodyguards aus dem 17. Jahrhundert wirklich heiß aus. Komplett in Schwarz gekleidet, trug er schwarze, weiche Lederstiefel und einen breiten, dunklen Gürtel um seine schmalen Hüften. Seine Perücke sah täuschend echt aus. Das lag vermutlich daran, dass sie aus Echthaar bestand. Er trug einen hohen Zopf, der von einer metallisch schimmernden Spange gehalten wurde. Ein paar seiner dunklen Strähnen waren ihm niedlich ins Gesicht gefallen und ließen ihn trotz seiner männlichen Erscheinung ein klein wenig jungenhaft wirken. In der Hand hatte er ein langes, schmales Filmschwert getragen. Seine Verkleidung war perfekt und selbst aus der Nähe wirkte sie authentisch. Allerdings hatte mich etwas an seinem Aussehen immens irritiert. Sein ausgesprochen hübsches Gesicht sah aus wie von dem Taemin, den ich kannte. Der attraktive, von Millionen Fans geliebte Star, der sein Äußeres pflegte und selten ohne ein diskretes Make-Up in der Öffentlichkeit auftrat, war mir gut bekannt. Doch dieser Taemin, den ich heute Nacht in dieser historischen Aufmachung gesehen hatte, er wirkte… männlicher. Er hatte kantige Gesichtszüge und winzig kleine Fältchen in den Augenwinkeln. Seine Haut wirkte nicht so gepflegt und etwas rau und am Kiefer hatte ich leichte Bartstoppeln gesehen. Ich hatte trotz der Dunkelheit neben einem leichten Bartschatten auch eine kleine Narbe in seinem ansonsten perfekten Gesicht entdecken können. Okay, eine Wunde oder Narbe konnten die Maskenbildner täuschend echt schminken. Jedoch war ich mir nicht so sicher, ob man mit Make-Up auch Gesichtszüge ändern könnte. War es möglich, jemanden so zu schminken, dass er reifer und älter aussah? Ganz genau wie jemand, der ein hartes Leben führte und bereits sehr viele Dinge gesehen hatte, die nicht so erfreulich waren?

Wenn das möglich war, dann hatten die Make-up-Künstler wirkliche Wunder vollbracht, denn selbst von Nahem war keine Creme oder Puder auf seiner Haut sichtbar gewesen.

Auf einmal fielen mir wieder meine eigenen fehlenden Male und Narben am Körper und meine plötzlich überlangen Haare ein. Verdammt, verdammt, verdammt. Es ergab alles keinen Sinn, es sei denn, ich hätte eine Zeitreise gemacht.

Bei diesem absurden Gedanken grinste ich trotz meiner etwas schwierigen Lage. Na klar, und den Weihnachtsmann gab es wirklich.

Ein lautes Gebrüll weckte mich am frühen Morgen. Ich musste trotz meiner oder vielleicht auch gerade wegen meiner Grübeleien eingeschlafen sein. Als ich erwachte, taten mir alle Gliedmaßen weh und ich stöhnte leise auf, als ich meine Beine unter dem bauschigen Rock ausstreckte. Nachdem ich mich sortiert hatte, fiel mir auf, dass die Natur ganz dringend ihr Recht forderte. Es war bereits Bewegung im Innenhof zu sehen und ich robbte wieder an die hölzernen Stangen, die meinen Käfig begrenzten und spähte hindurch. Es waren Wachen zu sehen, aber zum Glück nicht die gleichen wie am Vorabend. Diese Männer sahen nicht weniger furchteinflößend und gemein aus, aber ich musste trotzdem dringend auf die Toilette, oder es würde ein übles Unglück in dieser Zelle geben.

"Hey, ihr da! Ich muss mal. Lasst mich bitte kurz aufs Klo."
Es war mir egal, dass nun alle wussten, wohin ich wollte. Die Typen sahen nicht so aus, als hätten sie eine gute Kinderstube genossen

oder vielmehr spielten sie ihre Rollen als grobschlächtige Wachen ganz gut.

"Weib, du wartest, bis du dran bist."

Der Mann, der mir die Worte zu brüllte, schien mit dem falschen Fuß am Morgen aufgestanden zu sein. Oder er hat nicht so komfortabel geruht, wie ich. Tatsächlich beobachtete ich in diesem Moment, wie die Männer von Zelle zu Zelle gingen und menschliche Bündel aus den Verschlägen zogen. Es waren überwiegend junge Frauen, die sich verängstigt an den Händen hielten und zu fünft oder sechst aus einer Zelle geholt worden waren. Diese Gefängnisse mussten erheblich größer sein als meines, denn ich passte gerade allein ganz gut hier hinein und sie waren mit sechs Personen auf engem Raum eingesperrt gewesen.

Was die Verursacher dieses Possenspiels ihnen wohl zahlten? Oder waren die "Gefangenen" genauso ungewollt in dieses Spiel gezogen worden wie ich?

Als eine der Frauen beim Herauskriechen aus der Zelle schwankte und hinfiel, trat ihr einer der Wächter, der direkt neben ihr gestanden hatte, mit einem gemeinen Tritt in den Hintern.

"Los, beweg dich, oder wir lassen dich hier für die Soldaten."

Mühsam, ihren offensichtlichen Schmerz unterdrückend, rappelte sich die Frau auf ihre Beine und folgte den anderen, die mit verängstigten, auf den Boden gerichteten Blicken, stumm ihren Bewachern folgten. Entweder sie spielten die Rolle so gut, da sie keine Statisten, sondern Schauspieler waren, oder man hatte sie tatsächlich entführt. Dann sah ich mich weiter um und bemerkte, dass sich immer mehr und mehr ängstliche Frauen im Innenhof sammelten. Viele von ihnen hatten sogar Fesseln an den Händen und manche auch an ihren Füßen. Zwischendurch sah ich Kinder verschiedenen Alters, die stumpf vor sich hinstarren. Niemand sprach, niemand lachte. Die Stille im Hof war unheimlich, obwohl sich mittlerweile vermutlich mehr als 80 Menschen versammelt hatten. Ein Wächter begann, die Frauen an ihren Fesseln mit einem Seil aneinander zu verbinden. Niemand beklagte sich, niemand weinte. Ihre Apathie war erschreckend und ich schwankte zwischen Anerkennung für ihre Schauspielkunst und Wut. Musste denn auch niemand von ihnen aufs Klo?

Offensichtlich würde man mich ebenfalls nicht dorthin begleiten. Böse grinsend zog ich mich in eine Ecke zurück und lupfte meinen Rock. Sollten sie doch den Kram hinterher wegmachen. Ich werde hier nicht noch eine Nacht bleiben.

"Los, rauskommen."
Ich saß an den Gitterstäben meiner Zelle und wartete auf meine Befreiung, wenn man sie denn als solche bezeichnen konnte. Tatsächlich wurde ich wider Erwarten nicht wie die anderen Frauen aus dem Verschlag gezerrt, sondern man überließ es mir, würdelos herauskriechen. Als ich endlich draußen war, reckte und streckte ich mich und sah auf die Männer. Sie waren um einiges größer als ich selbst und wirkten auch von Nahem betrachtet gemein und ungehobelt. Die Menschen, die diese Typen gecastet hatten, haben wirklich gute Arbeit gemacht.

"Mitkommen", befahl mir nun einer der Kerle.

Er fasste mich zu meinem Glück nicht an und da ich diesen Status Quo beibehalten wollte, lief ich gehorsam hinter ihm her. Wohin wurde ich gebracht? Würde ich endlich aufgeklärt werden oder erfuhr ich jetzt die Bedingungen meiner Entführung? War es vielleicht ein Experiment? Wie verhält sich ein Mensch, wenn er plötzlich und ohne Erklärung um Jahrhunderte zurückgeschleudert wurde?

Interessiert blickte ich mich um. Man führte mich aus dem Innenhof, der ganz offensichtlich wirklich ein altertümliches Gefängnis war, heraus auf eine Art Vorhof. Hier stand eine hölzerne, ungemütlich aussehende Kutsche, vor der ein müde wirkender alter Gaul gespannt war. Ich hatte für Pferde nie viel übrig, aber das Tier tat mir leid. Es sah nicht so aus, als könnte es die schwere hölzerne Kutsche auch wirklich ziehen. Tierquälerei, merkte ich mir. Auch das werde ich bei meiner Anzeige zu Wort bringen.

"Los! Steigt endlich ein", knurrte mich mein Bewacher an und ich sah ihn fragend an.

Genervt machte er eine Handbewegung zur Kutsche und jetzt entdeckte ich vor ihr auch einen hölzernen Tritt, über den man den Innenraum erreichen konnte. Ich raffte meine langen Röcke mit beiden Händen und stieg die drei Stufen hoch. Dann drehte ich mich aus einem Impuls heraus noch einmal um und sah die mittlerweile bestimmt 100 Frauen und Kinder, die allesamt mit einem neidischen oder mitleidigen Blick hinter mir her sahen.

Die Kutsche war nicht leer. Ich zog den Vorhang, der den Eingang zur Kabine verschlossen hatte, zur Seite und entdeckte hier weitere Frauen. Allerdings waren diese weitaus besser gekleidet als die armen Seelen vom Innenhof. Ihre Gesichter wirkten genauso stumpf und emotionslos wie die der meisten aus der 100er-Riege.

"Hi, Ladies. Hat man euch auch nicht gefragt, ob ihr mitmachen wollt?"

Ich lächelte die zum Teil sehr jungen und hübschen Gesichter an und suchte nach einem Platz in der nun gar nicht mehr so groß aussehenden Kutsche. Außer mir waren noch vier weitere Frauen auf den Sitzen verteilt. Alle rückten ein wenig zusammen, so dass eine kleine Fläche für mich entstand. Ich schob mich neben eine Hübsche mit vollen Wangen und einem süßen kleinen Schmollmund, die mich besorgt ansah.

"Lady Nam, habt Ihr sehr gelitten?"

Die Hübsche nahm überraschend meine Hand in ihre und strich mir mitfühlend über den Handrücken, als wollte sie mich trösten. Häh? Warum? Hatten sie nicht in einem Verschlag geschlafen?

"Ihr hättet gestern nicht für mich einstehen dürfen. Das Leid stand mir zu und Ihr...", brach die Hübsche ab und begann entzückend zu schluchzen. Lernt man das auf der Schauspielschule?

"Sorry, aber irgendwie bin ich nicht im Thema. Mir fehlt da was. Klär mich doch bitte auf, ja? Wer bist du oder besser gesagt, wer seid ihr alle? Warum bin ich hier und vor allem, wieso? Wer hat das organisiert und wo sind die Kameras, in die ich meinen Stinkefinger halten kann?"

Fünf verständnislose Gesichter sahen mir entgegen und ich zog eine Augenbraue hoch.

"Mylady, was ist Euch geschehen? Hat man euch Eurer Erinnerung beraubt?"

"Hey, ist ja gut. Wenn hier keine Kameras sind, dann kannst du mit mir normal reden und nicht dieses gestelzte historische Zeug. Das nervt."

Die Hübsche begann lauter zu schluchzen und ich sah tatsächlich, dass ihr Tränen über die Wangen liefen. Man, war das gut. Man sollte sie für einen Award nominieren.

"Lady Nam, was ist Euch nur geschehen? Habt ihr vergessen, wer auf Euch wartet? Ihr müsst nur am Ende der Reise Eure Peiniger nennen, und man wird ihr Leben beenden."

Also, wenn sie nicht sofort mit diesem Nonsens aufhören, würde ich schreien.

"Bitte, stellt euch einfach vor, ich hätte einen Schlag auf den Kopf bekommen und mein Gedächtnis verloren, ja? Erzählt mir doch bitte, warum bin ich hier und was ist das Ziel dieser Reise?"

Ein junge Frau, die mir gegenüber saß, wirkte ein wenig hochnäsig und als sie zu sprechen begann, erinnerte sie mich an eine Kommilitonin, mit der ich nicht besonders gut klargekommen war.

"Da Ihr Euch bereits so unerwartet am gestrigen Tag geäußert habt", rügte sie hier ganz offensichtlich mein Verhalten, an das ich mich natürlich nicht erinnern konnte. Vermutlich würde ich genauso wieder agieren, aber ich wusste ja noch nicht, was ich getan hatte. Als sie fortfuhr, bemerkte ich, dass ich die Art zu sprechen in meinem Kopf kannte und die Worte gar nicht so altertümlich auf mich wirkten, sondern eher - normal.

"Ihr seid gestern wütend geworden, weil die Männer von Eurer Dienerin verlangt hatten, dass sie ihnen die Füße waschen sollte. Es war ganz offensichtlich eine Art der Provokation von ihnen, deren williges Opfer Ihr geworden seid. Euer Protest wurde unterbunden und Ihr musstet statt die Nacht in einem warmen Bett der Herberge, wie die gewöhnlichen Frauen in einer Zelle verbringen. Es würde sich ziemen, Eure Worte besser zu bedenken und Euer Handeln zu lenken, ehe Euch der Unmut greift." Diese Worte sprach sie, aber ich hörte tatsächlich von ihr: "Du hast dich gestritten und verloren. Jetzt hast du den Salat und musstest in der Zelle schlafen und nicht im warmen Bett. Nächstes Mal pass besser auf."

Ich sah sie entgeistert an. Warum waren ihre Worte in meinen Ohren jetzt wie die, einer normalen Frau aus dem 21. Jahrhundert, auch wenn ich genau wusste, dass sie diese nicht so gesagt hatte? Gab es eine Art Übersetzer in meinem Kopf?

"Ich helfe Euch, ich bin bei Euch", hörte ich plötzlich ein leises Flüstern, das direkt aus mir selbst gekommen schien. Verwirrt sah ich mich um, doch niemand schien die Worte gesagt zu haben. Hörte ich jetzt Stimmen, die nicht da waren? Keines der Fräulein sah mich an und so zog ich meine Stirn kraus. Okay, ich hörte Geister mit mir reden. Gehört das zur Show? Der Spielleiter? Egal. Ich brauchte Antworten.

"Okay, aber warum sitze ich hier mit euch in der Kutsche und wohin fahren wir?"

Auch meine Worte sprach ich nicht modern aus, doch sie hörten sich für mich genauso an. Das war mehr als merkwürdig.

"Wir sind auf dem Weg in die Mandschurei, wo Ihr den König Kangxi vermutlich als seine zweitausendste Ehefrau heiraten werdet. Wir begleiten Euch zur Eingewöhnung und dürfen nach vier Monaten wieder zurück in unsere Heimat Joseon. Ihr werdet selbstverständlich im Harem seiner Majestät des Königs wohnen. Wie glücklich Ihr euch schätzen könnt, dass er wenigstens noch jung und kein alter Tattergreis ist. Vielleicht werdet Ihr eine der Glücklichen, die von ihm für eine Nacht gewählt wird."

Sie grinste fies und ich überlegte, ob sie es böse mit mir meinte oder einfach nur froh war, dass das Schicksal - oder vielmehr der Drehplan - nicht sie selbst als Haremsfrau ausgesucht hatte. War ich eigentlich eine Hauptrolle oder Statistin in diesem fragwürdigen Stück?

"Aha, ich habe von den Tributen an die Mandschurei im Geschichtsunterricht gehört. Welches Jahr haben wir denn in dieser Geschichte?"

"Es ist die Regierungszeit unseres großen Königs Songsu." Hier machte sie eine Verbeugung in einer Himmelsrichtung. "Wir schreiben das Jahr 1681."

"Leute, ihr seid wirklich gut", kommentierte ich.

Songsu war tatsächlich im Drama "Immortality Love" der Vater einer der Hauptdarsteller.

Park Joon-Ki war der Schauspieler, der den Kronprinzen Min-Jae, der später König werden sollte, verkörpert. Sein königlicher Vater namens Songsu wurde durch eine Intrige seines vertrauten Generals ermordet und danach entbrannte eine Revolution um die Besteigung des Throns. Prinz Min-Jae hatte einen treuen Bodyguard, dessen Name Ki Yo-Han war. Beide, Prinz Min-Jae und Yo-Han, verliebten sich in eine Lady, die als Tribut in die Mandschurei gebracht werden sollte, um den dortigen jungen König Kangxi zu heiraten. Der Name der jungen Frau, die zwischen drei Männern gefangen war, war Lady Nam Jang-Mi. Die Rose.

Ich begann plötzlich unkontrolliert zu lachen und hielt mir die Seiten. Es war verrückt. Irgendjemand inszenierte das Drama und ließ mich die Hauptrolle spielen. Aber dieser weibliche Hauptcharakter war eine Frau, die viel leiden musste und darauf hatte ich überhaupt keine Lust. Lady Nam wurde nicht nur in die Mandschurei verfrachtet, der dortige König verliebte sich in sie und war obsessiv. Als sie versuchte, ihrem Los zu entfliehen, fing er sie wieder ein und setzte sie in einen goldenen Käfig. Nicht im übertragenen Sinne, sondern wortwörtlich. Dieser Käfig mit seinem menschlichen Vogel wurde für ihn überall hingebracht, der Vogel ganz nach Belieben des Königs herausgeholt und er spielte mit ihm.

Zähe Verhandlungen mit dem König von Joseon[1] begannen. Prinz Min-Jae, der sich als junger Mann ebenfalls in seine Freundin Jang-Mi aus Kindertagen verliebt hatte, wollte sie zurück. Egal wie und um jeden Preis. Er war sogar bereit für die Frau, die er liebte, in den Krieg zu ziehen. So sollte nach Meinung der Drehbuchautoren ein romantischer Held in einem Kostümdrama handeln.

Der Dritte Lover im Bunde war ausgerechnet der Bodyguard des Prinzen, Ki Yo-Han. Dieser wurde im Drama sehr hübsch von Taemin, dem Idol und Star der Gruppe Star.X, verkörpert. Er war von seinem Chef, dem Kronprinzen, beauftragt worden, Lady Nam aus den Händen des bösen Königs Kangxi zu befreien. Koste es was

---

[1] heutiges Korea

es wolle. Natürlich war der obsessive Antagonist gar nicht wirklich so böse, er suchte nur nach Liebe und dem geneigten Publikum war er damit nicht allzu zuwider, und viele Zuschauer hatten sogar Mitleid mit dem jungen König, der ohne wirkliche Liebe großgezogen worden war und nun allein auf einem kalten Thron saß.

Zurück zum Bodyguard. Taemin, also Ki Yo-Han gelang es tatsächlich, die holde Maid in Bedrängnis zu befreien. Alles war natürlich sehr dramatisch und auf der Flucht vor den bewaffneten Truppen des eifersüchtigen und wütenden mandschurischen Königs Kangxi verliebte sich der tatkräftige Retter als dritter im Bunde in die ach so liebreizende Lady Nam.

Leider überlebte er seine Liebe nicht, denn kurz bevor der neue König von Joseon seine Geliebte und seinen Bodyguard glücklich wieder zuhause begrüßen konnte, ritten die Flüchtigen in einen Hinterhalt. Der Bodyguard wurde in dem Bemühen, die Lady zu beschützen, von dutzenden Pfeilen tödlich getroffen und die Lady stürzte sich hiernach verzweifelt in den Tod.

Zufällig waren sie in diesem entscheidenden Moment ihrer Flucht an einer malerischen, hohen Klippe angelangt und natürlich ebenso zufällig war das der einzige Weg für ihr Entkommen gewesen. In historischen Dramen war im richtigen Moment immer eine Klippe da, wo man sie für ein Ableben dringend benötigte. Ein Cliché, das sich vermutlich kein Drehbuchautor gerne entgehen ließ. Dennoch war die Szene für die Zuschauer des Dramas herzzerreißend anzusehen und erhielt viele positive Kritiken, denn sowohl der

Leibgardist als auch die Schöne waren so pittoresk und dramatisch aus dem Leben geschieden. Gekonnt ist eben gekonnt.

Anschließend erklärten sich beide Könige in Joseon und Qing in ihrer grenzenlosen Trauer über den Verlust der geliebten Frau den Krieg und in einer alles entscheidenden Schlacht starb der König von Joseon, wobei er mit seinen letzten Worten dramatisch und herzzerreißend hauchte, dass er endlich die Liebe seines Lebens wiedersehen konnte. Der mandschurische König tröstete sich hiernach mit seinen über 2.000 Konkubinen. Ende der Geschichte.

Die Storyline aus dem Drama war damit abgeschlossen, aber würde die Geschichte in dieser Inszenierung, in der ich mich gerade befand, genauso ablaufen? Ganz bestimmt nicht. Ich wäre nicht so blöd, und springe von der Klippe. Im Drama war der Schauspieler, der den chinesischen König verkörperte, ganz hübsch. Es wäre bestimmt nicht besonders unangenehm, mit ihm zusammen zu sein. Na gut, Park Joon-Ki war als Joseon Prinz und späterer König natürlich viel hübscher, aber er war schließlich auch der bestbezahlte Schauspieler Koreas und spielte die Hauptrolle. Ich fragte mich, wie die Person, die hinter allem, was wir nun erlebten, steckte, einen prunkvollen, masurischen Palast darstellen wollte. Selbst große Historienfilme mit Millionen Budget griffen immer wieder auf die bereits vorhandenen Kulissen der Filmstudios zurück.

"Wir werden einige Wochen unterwegs sein."
Die Stimme einer der anderen Frauen aus der Kutsche holte mich zurück in die Gegenwart - ha, Wortspiel!

"Wieso Wochen?" Ich überlegte, wie lange man von Seoul bis nach Südchina wohl mit dem Flugzeug brauchte. Länger als zwei bis drei Stunden sicherlich nicht. Warum sprach sie von Wochen? Wir würden mit diesem Karren mit Sicherheit nicht unbemerkt von Seoul reisen, ganz zu schweigen davon, dass spätestens an der Grenze zu Nordkorea Schluss mit diesem Theater sein würde.

"Ich habe gehört, dass unterwegs die Karawanen immer mal wieder von Räubern angegriffen werden. Außerdem gibt es wohl nie genügend Lebensmittel. Die armen Frauen."
Die soeben sich geäußerte Frau blickte mitleidig auf den Vorhang. Vermutlich sollten da die 100 Statisten sein, die hinter unserem Karren herlaufen. Ja, sicher. Guter Versuch.
Ich beugte mich vor und wollte den Stoff zur Seite ziehen, um allen zu zeigen, dass ich ihnen kein einziges Wort glaubte, als das Mädchen, das im hinteren Teil der Kutsche saß, genau das gleiche tat. Sie schob den Stoff weg und gab den Blick frei auf ein erschreckendes Bild.
Die Statisten mussten die ganze Zeit so in ihrer Rolle sein, dass es irgendwie gruselig war. Ich konnte tatsächlich die vermutlich 100 Frauen sehen, die in zwei ewig langen Schlangen hinter unserem Karren hinterher liefen. Einige schienen nicht besonders gut zu Fuß zu sein und schwanken. Ehe sie fallen konnten, fingen die jeweils vor und hinter ihnen laufenden Frauen sie auf. Das war eine Maßnahme, damit die ganze Kette nicht ins Trudeln kam und ich sah mit großen Augen, wie sie mehr oder minder mit den anderen mitgeschleift wurde. Armes Ding, die Bezahlung musste hierfür großartig sein.

Als der Vorhang zurückgefallen war, starrte ich immer noch auf den Stoff. Es war beängstigend und ich fühlte mich unwohl. Es war alles so echt, so real, dass ich immer mehr Zweifel daran bekam, ob wirklich alle um mich herum Schauspieler waren. Die Augen der Frauen in der Menschen-Kette blickten leer. Einige hatten zerrissene Oberteile, so dass man verschmutzte, nackte Haut durchschimmern sehen konnte.

Neben einer der Unglücklichen war plötzlich eine Wache aufgetaucht, die ihr plötzlich und unvermittelt und grob an die Brust griff. Könnte das alles gespielt sein? Ich erinnerte mich wieder an die Schreie der Frauen aus der Nacht. Ich redete mir ein, dass alles nur gespielt war. Ich war mir sicher, oder?

"Arme Geschöpfe. Sie sind erschöpft. Jetzt haben diese Tiere von Wachen auch keine Hemmungen mehr, weil wir so weit von Hanyang[2] entfernt sind. Ach, den Frauen bleibt nichts erspart. Wenn sie Glück haben, werden sie von einem guten Mann gekauft und sie müssen nicht ganz so viel leiden."

Mein Kopf schnellte herum und ich sah die Frau an, die soeben gesprochen hatte.

"Was meinst du mit kaufen?"

"Ach, Lady Nam, Ihr seid so unwissend und behütet aufgewachsen. Natürlich werden nur wir Adligen als Tribut an einen wohlhabenden oder adligen Bewohner aus Qing verheiratet. Zwar nicht als Hauptfrau, aber dennoch haben wir ein gutes Leben als Konkubine oder vielleicht sogar als Zweitfrau. So wird es Euch

---

[2] heutiges Seoul

ergehen, wenn Ihr den Royalen Palast als Braut betreten habt. Aber diese Bauersfrauen und Sklavinnen? Nun, ihnen wird es nicht so gut ergehen. Sie sind Joseons Beitrag zum Frieden und mit ihnen kann gemacht werden, was immer für sie bestimmt wird. Da wir jedes Jahr diese hundert Tribute in die Mandschurei bringen, gibt es dort mittlerweile so viele Frauen aus Joseon, dass die Einheimischen eifersüchtig werden. Deshalb überleben viele von ihnen auch kein Jahr. Ja, das ist wirklich schade. Aber zum Glück betrifft es uns nicht. Mein Vater hat genügend Geld bereitgelegt, damit ich nur als Begleitung mitkommen muss. Ihr selbst, Mylady, habt ein anderes Schicksal. Hätte der König Kangxi nicht Euer Bildnis gesehen, hätte Euer Vater eine andere Tochter senden können. Doch nun war ihm das nicht mehr möglich. Selbst er ist hier machtlos."

Lady Nams Vater war erster Minister am Königshof in Hanyang, der Hauptstadt zur Joseon Zeit und wurde vom alten König des Landes sehr geschätzt. Tatsächlich hatte durch ein dummes Versehen, oder besser gesagt durch die Feder eines Autors, der König im fernen Qing-Reich ein Bildnis der hübschen Lady Jang-Mi erhalten und wollte sie unbedingt in seinem Harem. Was später folgte, war bekannt.

Was mich viel mehr entsetzte und mir, während ich das Drama gesehen hatte, gar nicht bewusst gewesen war, war das grausame Schicksal der "einfachen" Tribute. Die Frauen, die gegen ihren Willen und zum Wohle des Friedens zwischen Joseon und Qing als billige, niedrigste Sklavinnen oder Dienstmägde geopfert wurden.

Jahr für Jahr, das seit der Eroberung von Joseon durch die Mandschurei vergangen war, verließen einhundert zumeist junge

Frauen, Mädchen und manchmal auch Kinder unfreiwillig ihre Familie und ihre Heimat und gingen hunderte Kilometer zu Fuß in eine ungewisse Zukunft. Viele erreichten aus Erschöpfung, Krankheit und Unterernährung nicht ihr Ziel und starben auf dem Weg in das unheilige Land. Aber allen war eines klar: Sie würden nie wieder lebendig einen Fuß in ihre Heimat Joseon setzen. Nicht einmal nach ihrem Tod wäre es ihnen erlaubt, in ihrer Heimaterde beerdigt zu werden. Die Geschichte war wirklich grausam und das machte mich unendlich traurig, obwohl seit dieser Zeit einige Jahrhunderte vergangen waren. Aber waren sie das wirklich?

Kapitel 3

Wir ruckelten mit der antiken Kutsche noch stundenlang weiter. Mittlerweile knurrte mir der Magen und ich fragte mich, wann wir etwas zu essen bekommen würden. Getränke waren auch nicht an Bord und ich hatte langsam eine wirklich schlechte Laune bekommen. Die anderen Frauen in dem Gefährt schwiegen und nur hin und wieder nahm das Mädchen neben mir meine Hand in ihre. Vermutlich aber, weil sie sich viel mehr fürchtete als ich selbst und Trost brauchte, als um mir welchen zu spenden.

In der Kutsche wurde es im Laufe des Tages immer wärmer und stickiger. Als ich mich an jenem Abend in meiner Wohnung in Seoul vor den Fernseher gelegt hatte, war die Tagestemperatur für den nächsten Tag dem Frühling entsprechend moderat gemeldet worden. Deshalb war ich über die sommerliche Hitze, die jetzt in dieser Gegend herrschte, mehr als irritiert. Wenn die Sonne eine solche Kraft hatte, den Innenraum dermaßen zu erhitzen, mussten es mindestens 25 Grad draußen sein. Eine ungewöhnliche Temperatur Ende März, wo es sogar hin und wieder noch Frostnächte gab.

Unter gesenkten Wimpern betrachtete ich meine Mitreisenden, denen die Hitze genauso zu schaffen machte wie mir. Jedoch ließ sich keine von den Ladies ihr Unwohlsein anmerken. Sie litten still. Alle vier schienen unbedingt ihre Haltung bewahren zu wollen und saßen trotz der ruckelnden und holprigen Fahrt kerzengerade auf dem ungepolsterten, unbequemen Sitzen und schwiegen. Mir war es egal. Obwohl wir vorerst unser gemeinsames Schicksal teilten, redeten wir nur die notwendigsten Worte miteinander. Wir waren unfreiwillige Reisegefährtinnen, aber wir würden nach kurzer Zeit wieder auseinandergehen. Anders als Lady Nam reisen sie nach einer gewissen Zeit zurück in ihre Heimat und ich spürte, dass bis auf die Niedliche neben mir, keine der anderen drei auch nur ansatzweise Mitleid mit meinem Schicksal hatte.
Bei einer kurzen Pause, die uns gewährt wurde, um uns wenigstens einmal am Tag in einem Gebüsch erleichtern zu können, verriet mir die Niedliche, dass alle anderen Frauen in der Kutsche meine Heirat nach Qing begrüßten. Ich hatte zuvor als die aussichtsreichste Kandidatin als künftige Kronprinzessin gegolten. Eine Konkurrentin

weniger auf dem Markt, war ihre vielleicht sogar nachvollziehbare praktische Überlegung.

Zurück in der Kutsche fächelte ich mir permanent Luft zu und begann, das langärmelige Oberteil meines Hanbok hochzukrempeln. Diese Kleidung war viel zu warm für das Wetter. Hinzu kam, dass meine Zunge förmlich am Unterkiefer klebte, weil ich solch einen Durst hatte. Man gab uns weder etwas zu trinken noch zu essen und mein Magen knurrte mittlerweile mit denen der anderen Damen um die Wette. Ich bemerkte, dass mir hin und wieder ein leichtes Flimmern vor den Augen sagte, dass es dringend Zeit wurde, etwas zu trinken. Meine Kopfschmerzen brachten mich um, doch ehe ich die Möglichkeit hatte, endlich etwas zu sagen, wurde mir mit einem Mal schwarz vor Augen und ich fiel malerisch in Ohnmacht – das erste Mal in meinem Leben.

Lady Nam musste eine ausgesprochen wichtige Reisende sein. Den Eindruck erhielt ich, als ich nach meiner ungewollten Auszeit wieder erwachte. Ich lag auf einer der Bänke der Kutsche und eine besorgt aussehende Frau, die Niedliche aus meiner stimmungsvollen Party Reisetruppe, hielt meine Hand.

"Geht es wieder?"
Ihre Stimme klang dünn und ich fragte mich, warum sie so verängstigt aussah. Langsam richtete ich mich auf der schmalen Bank auf, bis ich schließlich komplett saß. Leider war das Theater trotz meines Knock-Outs nicht beendet worden und ich war immer noch in dieser furchtbaren Kutsche gefangen.

"Ja, ich glaube schon."
Schnell machte ich eine geistige Bestandsaufnahme meines gesundheitlichen Zustandes. Meine Stimme klang zart und etwas zittrig und ich fühlte mich auch tatsächlich immer noch etwas benommen. Mein Kopf dröhnte und ich hatte ein beständiges, übles Klopfen in den Schläfen. Allerdings klebte meine Zunge nicht mehr am Gaumen, also hatte mir vermutlich jemand während meiner geistigen Abwesenheit Flüssigkeit eingeflößt.

"War ich lange weg?"
Fragend zog die Niedliche eine Augenbraue hoch. Sie hatte meine Formulierung nicht verstanden. Ich räusperte mich. "War ich lange ohne Bewusstsein?"
"Nein, nicht lange." Ich nickte. Das war gut.
"Wo sind die anderen Frauen?"
Ich nahm jetzt erst wahr, dass wir beide allein waren. Ganz offensichtlich rollte die Kutsche aber wieder.
"Sie wurden bestraft."
Überrascht blickte ich die Frau an.
"Wofür?" Was war in meiner geistigen Abwesenheit vorgefallen?
"Sie werden dafür bestraft, dass sie die zukünftige Frau des Königs der Mandschurei nicht angemessen versorgt haben und ihr Leben ist nichts wert, wenn es der Braut schlecht geht."
Ihre Stimme war monoton und vermutlich war es das erste Mal in ihrem Leben, dass diese Frauen bestraft wurden. Bestraft für etwas, für das sie keine Verantwortung tragen. Zumindest nicht in meinen Augen. Allerdings, wenn man es sich genau überlegte, dann waren

diese vier adligen Fräulein sozusagen meine Anstandsdamen, die gleichzeitig für mein Wohlergehen sorgen sollten. So hatte ich das zumindest verstanden, als ich das Drama im Fernsehen gesehen hatte. Doch da ging es nicht ins Detail und die Lady war auch dort nie in Ohnmacht gefallen.

Na toll, ich war gerade im Begriff, mir in diesem Drama Feinde und keine Freunde zu machen. Ich konnte mir nicht vorstellen, dass die verwöhnten Frauen Freude daran hatten, zu Fuß hinter der Kutsche herlaufen. Allerdings dachte ich ein wenig hämisch daran, dass sie sich zuvor so abfällig über die anderen armen Tribute geäußert hatten und nun das Leid am eigenen Leibe erfahren. Karma.

"Sagt den Wachen, dass ich ihnen verziehen habe und sie wieder in die Kutsche kommen dürfen", erklärte ich großmütig und lächelte die verbliebene Anstandsdame an.

"Mylady, das liegt nicht in unserer Macht. Die Entscheidungen tragen die Wachen und hier insbesondere ihr Captain. Er war alles andere als erfreut, als er Euch bewusstlos gesehen hat, und er war es auch, der Euch auf die Bank gelegt hat. Ein wirklich stattlicher Mann."

Ich bemerkte einen Ausdruck in ihren Augen, den ich von anderen Teenies her kannte. Insbesondere, wenn sie von ihren Lieblingsstars schwärmten.

"Okay, aber irgendwann ist der Spaß auch mal vorbei. Wie lange wollen sie diese Show noch durchziehen?"

Ich klopfte mir auf meine Oberschenkel und plötzlich fiel mir die winzige Stickerei auf, die auf dem Ärmelaufschlag des Hanbok der Niedlichen war. Es sah beinahe so aus, als wäre diese von Hand genäht worden. Mein eigener war schlicht, ohne irgendwelche Verzierungen. Für eine Adlige ungewöhnlich, aber Lady Nam hatte ihn im Drama getragen, weil irgendein Verwandter gestorben war und sie ihre Trauer damit zum Ausdruck brachte. Irgendwas war es auf jeden Fall gewesen. Ich schweifte ab und grinste. Vielleicht tauschte die Niedliche ihren Hanbok mit mir? Weiß war so unpraktisch und wurde so schnell schmutzig.

"Mylady, ich verstehe Euch nicht. Wir werden noch weitere Wochen reisen, bis wir in Qing angekommen sind."

Genervt seufzte ich. Meine eigene Taktik, mich an Nebensächlichem festzufressen, hatte nichts gebracht. Ich war sauer und spürte langsam echte Wut in mir hochsteigen. Ja ja, sie war auch immer noch so in ihrer Rolle. Dann musste ich eben warten, bis endlich mal jemand einen Fehler machte.

Ich entdeckte im Wagen einen kleinen Korb, der mit einem dünnen Tuch abgedeckt war. Neugierig spähte ich darunter und entdeckte dünne, trockene Brotlaibe. Hungrig griff ich mir einen und biss herzhaft hinein, bis ich den erwartungsvollen Blick der jungen Frau entdeckte.
"Willst du auch?", fragte ich freundlich und zeigte auf den Korb, in dem noch weitere Laibe lagen. Hastig nickte sie und griff gar nicht mehr zurückhaltend zu und verschlang das trockene Brot nicht besonders damenhaft mit wenigen großen Bissen. Offenbar war ich nicht die Einzige gewesen, die einen Bärenhunger verspürt hatte. Ob die anderen Frauen draußen auch etwas zu essen bekommen haben?

Die Niedliche, deren Namen ich immer noch nicht kannte, schüttelte mit dem Kopf, als ich sie fragte.

"Wir bekommen normalerweise alle zwei Tage etwas - wenn wir Glück haben. Die Nahrungsmittel auf dieser Reise sind eng bemessen. Die Soldaten kaufen etwas, wenn wir ein Dorf passieren. Aber dank der Dürre vom letzten Jahr, gibt es nicht genug für alle."

Ich dachte an die zum Teil recht ausgezerrt wirkenden Gesichter der Frauen draußen und an die rundlichen Gestalten der über sie wachenden Männer. Denen ging es vermutlich nicht schlecht, weil sie die Tagesration der Frauen mit verspeisten. Es war sicherlich nicht gedacht, dass die Tribute bereits auf dem Weg nach Qing, dem heutigen China, verhungerten.

Ich schaute wieder auf den Korb, in dem immer noch zwei Laibe Brot enthalten waren. Wenn ich diese Brote nach draußen geben würde, könnte es einen Aufstand geben.
"Decke den Korb bitte wieder zu", bat ich meine Mitreisende. Ich würde den anderen Frauen die harten Fladen anbieten, sobald sie wieder die Kutsche besteigen durften, sozusagen als Wiedergutmachung.

Langsam ließ die Hitze im Innenraum ein wenig nach und ich hatte zwischenzeitlich die Frauen, die an der frischen Luft waren, fast ein wenig beneidet. Allerdings nur fast. Mir war durchaus klar, dass ihre dünnen Schuhe nicht für eine kilometerlange Wanderung gemacht waren. Ich hatte gesehen, dass die weniger Glücklichen draußen keine geflochtenen Strohschuhe an den Füßen hatten, sondern sogar barfuß gingen oder sich notdürftig Stofffetzen um die Füße gewickelt hatten. Ich wollte mir lieber nicht ausmalen, wie ihre Fußsohlen aussahen, die über kleine spitze Steine, Unebenheiten und was sonst noch auf dem Weg lag, gehen mussten.

Zurückgelehnt auf den unbequemen Holz Sitz hielt ich meine Augen geschlossen und kämpfte ein wenig gegen die Seekrankheit. Das stetige Schaukeln der Kutsche vertrug sich nicht wirklich gut mit meinem Magen, in dem das trockene Brot um Verdauung bat.

Mit einem Mal begann mein Finger zu pochen. Ich öffnete wieder die Augen und betrachtete den Zeigefinger nachdenklich. Die Fingerspitze war ein wenig gerötet und ich überlegte, woran ich mir wehgetan hatte. Dann fiel mir wieder ein, dass ich mich an einer Rose in der Kerkerzelle gestochen hatte. Durch die ganze Aufregung und die ungewohnte Situation habe ich völlig vergessen, was Taemin zu mir an der Zellentür gesagt hatte. Die Rose war von dem Prinzen und er würde in dieser Nacht zu meiner Rettung herbeieilen.

Ich erinnerte mich an diese Szene in dem Film. Der Bodyguard war von dem liebeskranken, Sehnsucht geplagten Prinzen ausgesandt worden, seine Liebste heimlich zu befreien. Leider war dieses Unterfangen gründlich nach hinten losgegangen, weil eine der Frauen aus dem Wagen laut um Hilfe geschrien hatte. Es war die Zicke, die mich an meine Kommilitonin erinnert hatte. Doch im Drama war die Lady Nam nicht in Ohnmacht gefallen und die Damen mussten zur Strafe nicht zu Fuß gehen. Ich habe unbewusst die Ausgangssituation verändert. Ob das etwas an dem ursprünglichen Drehbuch ändern würde oder ob man an der verpatzten Befreiung festhält? Wie war der "Regisseur" dazu eingestellt? Wollte er alles genauso nachspielen lassen wie in dem Drama oder ließ er diese Planänderung vielleicht zu und ich konnte in dieser Nacht mit Taemin fliehen?

Natürlich würde er es zulassen. Schließlich konnte er die Statisten und mich nicht weitere Tage in diese Kutsche einsperren, um es authentisch zu halten, und vermutlich hatte er das Gelände, auf dem der chinesische Studio Palast nachgebaut war, nicht buchen können. Ich stellte mich also darauf ein, dass ich in dieser Nacht "befreit" werde und freute mich darauf, dass der Spuk dann ein Ende hätte. Endlich wieder in einem Bett schlafen und aus dem unbequemen Kleid herauskommen. Ehrlich, die Unterwäsche dazu mochte zwar authentisch sein, aber sie war alles andere als angenehm zu tragen.

Als ich die Augen aufschlug, war es in der Kutsche dunkel. Ich war erstaunt, dass wir immer noch keinen Halt gemacht hatten, denn die Statisten mussten komplett erschöpft sein. Aber vielleicht waren sie in der Zwischenzeit in einen Bus eingestiegen und waren gar nicht gelaufen. Oder wir waren alle ständig nur im Kreis gegangen und nicht kilometerweit gefahren. Schließlich konnte ich dank der undurchsichtigen Gardinen nicht nach draußen sehen und Bewegung war Bewegung. Ja, das war es vermutlich. Wir waren im Kreis gefahren oder die Kutsche wurde einfach geschaukelt, als ob sie rollen würde. Cleverer Plan, wirklich.

"Okay, jetzt kann es losgehen. Ich habe ausgeschlafen", murmelte ich leise und reckte mich.

Meine Mitfahrerin war ebenfalls eingeschlafen und wurde trotz meiner Bewegungen auch nicht wach. Neugierig krabbelte ich zum Ende der Kutsche und zog die Gardine ein Stückchen zur Seite. Innerlich applaudierte ich. Ich hatte Recht. Die einhundert unlustigen Frauen waren nicht mehr zu sehen. Sie saßen wahrscheinlich in ihren Wohnwagen und bekamen ein leckeres Fertigmenü serviert und ich machte mir Gedanken, ob ich das trockene Brot teilen sollte. Wie ärgerlich.

Gerade, als ich die Gardine zurückfallen lassen wollte, sah ich etwas im Mondlicht, das mich innehalten ließ. Was waren das dort für komische Huckel und Hügel? Ich kniff meine Augen zusammen und plötzlich erkannte ich es. Die Frauen lagen dicht aneinander gekauert auf der nackten Erde und schienen zu schlafen. Sie waren also nicht in ihren Wohnwagen und ließen es sich gut gehen. Sie lagen auf dem harten Boden und versuchten, dort zur Ruhe zu kommen. Also, das würde ich mir aber ganz sicher richtig heftig bezahlen lassen. Irgendwann ist doch mal gut. Oder haben sie einen 24/7 Arbeitsvertrag mit Sonderzulage für Härte und Schmutz?

Plötzlich entdeckte ich etwas anderes, das meine volle Aufmerksamkeit erforderte. Schwarze Schatten, die in fließenden, geschmeidigen Bewegungen auf meine Kutsche zukamen. Waren das meine Retter? War das Taemin, der mich befreien würde? Kam gleich der Schrei einer Frau, dass Eindringlinge da wären, oder blieb alles ruhig?

Vorsichtig schlich ich an meiner schlafenden Begleitung vorbei zum Eingang der Kutsche, der durch einen Vorhang versperrt war, und zog ihn langsam zur Seite. Jetzt musste ich entscheiden, ob es ein Freund oder Feind war, den ich gesehen hatte. Ohne zu Zögern entschied ich mich für einen Freund. Zeit für Veränderung! Mit einer schnellen Bewegung riss ich den Vorhang aus seiner Halterung und legte ihn über mein hell schimmerndes weißes Kleid. Ich würde sonst im Mondlicht leuchten, wie eine Taschenlampe. Vorsichtig sah ich mich um und bemerkte, dass meine Mitfahrerin wach geworden war und sich verschlafen aufrichtete.

"Wenn du schreist, bringe ich dich um", drohte ich ihr mit einer Lüge, aber sie schien den gewünschten Effekt auf sie zu haben. Verstört nickte die junge Frau und schwieg.
Rasch kletterte ich aus dem Wagen heraus und sah mich suchend um. Wo war mein Held in schwarzer Uniform, der zu meiner Befreiung eilte? Taemin, verdammt, mach hinne. Wir essen zeitig!

"Mylady", hörte ich plötzlich seine schöne Baritonstimme an meinem Ohr.
Er tauchte aus dem Nichts neben mir auf und sah anerkennend auf meinen improvisierten Umhang. Über seinen eigenen Arm konnte ich einen schwarzen Mantel entdecken. Schnell warf ich den stinkenden Vorhang ab und zog ihm den Mantel aus der Hand. Mit einer gekonnten Bewegung schwang ich ihn über mein Leuchte-Kleid und grinste ihn an.
"Na los, bevor es hier zum Tumult kommt. Bring mich bitte weg. Ich habe echt keine Lust mehr auf dieses Spiel."
Er streckte seine Hand aus und ich ergriff sie, ohne zu zögern. Er hob mich von der Kutsche, als würde ich nicht mehr als ein Blatt

wiegen. Ehe ich protestieren konnte, nahm er mich auf den Arm und lief mit mir zusammen leichtfüßig in die Dunkelheit, weg von der Kutsche und den anderen Tributen.

Ich fragte mich, wo in diesem Moment die Wachen alle waren, doch dann sah ich sie. Einige von ihnen lagen auf dem Weg und stellten sich tot oder schlafend. Auf jeden Fall reagierten sie nicht, als Taemin mit mir auf dem Arm an ihnen vorbei zu einem wartenden Pferd lief. Vier weitere, dunkel gekleidete und vermummte Reiter hielten sein Reittier am Zügel und warfen sie ihm hin. Geschickt fing er sie auf, obwohl er mich immer noch im Arm hielt. Anschließend hob er mich auf den Pferderücken und stieg in einer eleganten, geschmeidigen Bewegung hinter mir auf. Ich hatte bis heute nicht gewusst, dass Taemin reiten konnte und war wirklich erstaunt. Schon galoppierte er mit mir vor sich im Sattel davon und keine einzige Seele hatte Verrat geschrien. Ich hatte also Recht gehabt. Man wollte sich das teure Geld für den chinesischen Palast sparen.

KAPITEL 4

Eigentlich war ich davon ausgegangen, dass Taemin lediglich ein paar Meter reiten würde und dann anhielt. Schließlich war unsere "Flucht" laut Drehplan geglückt. Doch er galoppierte immer weiter.

Mir kam es vor, als wären wir stundenlang unterwegs gewesen, bis das arme Pferd endlich langsamer wurde. In der Ferne war ein kleines Haus in der Dunkelheit und im Schein des Mondes auszumachen, auf das Taemin nun direkt zusteuerte. Wir hatten während des Ritts kein einziges Wort miteinander gewechselt. Mich interessierte zwar brennend, was ihn bewogen hatte, bei dieser Posse mitzuspielen, aber ich war zu sehr damit beschäftigt, nicht vom Pferd zu fallen. Außerdem war es völlig unbequem und mir tat mein Allerwertester bereits nach kurzer Zeit übelst weh.

Vor dem kleinen Haus brachte Taemin das Pferd zum Stehen. Endlich, dachte ich erleichtert und ließ mich von ihm vom hohen Rücken des Tieres herunter helfen. Prompt klappten meine Beine ein und ich spürte, wie meine Oberschenkel heftig zitterten. Taemin fing mich geschickt auf und hielt mich fürsorglich, jedoch mit respektvollem Abstand fest, bis ich wieder einigermaßen Kontrolle über meine Gliedmaßen hatte. Dankend trat ich einen Schritt von ihm zurück und sah mir das Haus an, das im Dunkeln lag und in dem kein einziges Licht brannte.

Es war ein traditionelles Hanok, ein koreanisches Haus auf Stelzen, ausgerichtet nach den vier Elementen und mit einer praktischen natürlichen Klimaanlage durch die durchdachte Bauweise. Als angehende Architektin hatte ich diese Häuser während meines Studiums genau studiert und ich liebte unsere Hanoks. Später wollte ich moderne Häuser in diesem Stil bauen und hatte auch schon genaue Vorstellungen, wie sie aussehen sollten. Jetzt ein solches, extrem gut erhaltenes Hanok zu sehen, war ein

Augenschmaus. Begeistert ging ich näher und wollte es gerade untersuchen, als Taemins Stimme mich zurückhielt.

"Mylady, die Bewohner schlafen. Wir werden hier warten, bis die Leibgarde seiner Hoheit eingetroffen ist, dann setzen wir die Reise fort."
 Aah, das Spiel war also noch nicht vorbei. Wie anstrengend.
"Und warum sind wir bis hierher wie die Teufel geritten? Müssen wir nicht weiter?"
Taemin, oder vielmehr Ki Yo-Han, wie seine Rolle in diesem Spiel hieß, sah mich mit einem undeutbaren Blick an. Dann lächelte er.
"Mylady, Ihr seid jetzt wieder auf Joseons Boden."
Joseons Boden, ah, ich war wieder in Korea. Aber das war ich doch vorher auch, oder? Ich war doch nicht ernsthaft in China gewesen? Halt, das ging doch sowieso nicht, denn dann wäre ich ja jetzt in Nordkorea. Ich war komplett verwirrt. Wahrscheinlich lag es daran, dass ich seit zwei Nächten kaum richtig geschlafen hatte. Also nickte ich, als wenn ich ihm alles glaubte, und setzte mich auf die Stufen des Hauses. Meinen dunklen Mantel zog ich fester um meine Schultern und blickte in den Mond.
Mir schwirrte der Kopf, ich war müde und mir tat der Hintern weh. Doch der Himmel in dieser klaren Nacht war wunderschön. Millionen kleiner Sterne waren zu sehen und der Mond glänzte in voller Pracht. Wenn alles nicht so merkwürdig gewesen wäre, hätte ich dieses Bild durchaus genießen können. Leise seufzte ich auf. Dann sah ich hinüber zu Taemin, der mein Gesicht betrachtete, als sähe er mich zum ersten Mal.

"Ihr seid jetzt in Sicherheit, Mylady. Ich höre bereits die Garde sich
nähern."

Er hörte was? Ich strengte mich an und versuchte auch "die Garde
sich nähern" zu hören, aber alles, was ich vernahm, waren die
Geräusche der Nacht und ein leises Schnarchen vom Hausherren
hinter mir. Die Garde konnte ich nicht hören.

Plötzlich änderte sich der Gesichtsausdruck von Taemin. Er wurde
wachsam, dann griff er sich plötzlich sein Schwert, das er am Sattel
seines Pferdes befestigt hatte und kam zu mir gelaufen.

"Kommt mit", forderte er mich auf und packte ohne weitere
Erklärung meinen Oberarm. Schnellen Schrittes zog er mich hinter
sich her und ehe ich mich versah, hatte er mich in einem
Nebengebäude untergebracht. Er wies mich in kurzen Worten an,
mich hier versteckt zu halten und auf keinen Fall herauszukommen,
dann schloss er die Tür vor meinem verdutzten Gesicht und
verschwand ohne weitere Erklärung. Ratlos und planlos auf die Tür
starrend, blieb ich zurück. War etwas schief gegangen? Hatte er doch
nicht die Garde "gehört"? Obwohl er mich mahnend angewiesen
hatte, mich versteckt zu halten, war ich wie ein Kind, dem man
sagte, es solle auf gar keinen Fall eine Tür öffnen. Ich öffnete die Tür.

Leise schlich ich aus dem Nebengebäude heraus und versteckte
mich im Dunkeln. Überrascht sah ich die Männer, die auf das Haus
zugestürmt kamen. Es waren etwa zwanzig Reiter und vorneweg
ein Mann, der fuchsteufelswild und wütend aussah. Ich konnte sein
Gesicht gut erkennen und dachte mir, dass es der Captain sein
musste, von dem meine Mitreisende geschwärmt hatte. Er war

wirklich hübsch und er war jemand, den ich kannte: ein Newcomer Schauspieler, der in "Immortality Love" tatsächlich den Captain der Bewacher gespielt hat. Ein Antagonist, da er brutal und intrigant war. Gleichzeitig hatte er auch eine Zuneigung zu der Hauptdarstellerin entwickelt, auch wenn er diese auf eine sehr verquere Art gezeigt hatte, denn sie war schließlich die zukünftige Braut seines Königs. Also zwang er sich, sie zu hassen und tat ihr ständig gemeine Dinge an.

Dieser Captain von der mandschurischen Truppe führte seine Reiter auf das "Schlachtfeld" und ich sah staunend zu, wie er zusammen mit seinen Wachen Taemin und seine vier Männer von allen Seiten angriff. Die Choreografie war so genial gemacht, dass ich atemlos den Männern bei ihrem Schwerttanz zusah. Natürlich "fiel" der eine oder andere Mann "tot" zu Boden und natürlich wich Taemin jedem einzelnen Schlag gekonnt aus. Er war ein geübter Tänzer, seit seiner Jugend trainierte er unentwegt und das kam ihm natürlich für eine solche Choreografie zugute. Sie mussten lange hierfür geprobt haben, denn auch seine vier schwarz gekleideten Kumpel aus seiner Mannschaft machten eine ausgesprochen gute Figur. Obwohl die Gegner in der Überzahl waren, hielten sie mühelos zwei oder drei gleichzeitig in Schach. Es war eine tolle Show und wieder fragte ich mich, wo die Kameras versteckt waren. Ich konnte nach wie vor keine entdecken, aber vielleicht hatten die Schauspieler welche an ihrer Kleidung befestigt? Eine neue Art der "Dashcam"? Waren eventuell auch Drohnen am Himmel?

Ich sah hinauf zum Mond und in genau diesem Moment rutschte mein schwarzer Mantel von meinen Schultern und ich leuchtete wie ein Weihnachtsbaum im Dunkeln. Hastig zog ich Mantel und Kapuze wieder über, doch es war zu spät. Meine Anwesenheit hatte ich bereits verraten und ich wurde sowohl von Taemin, als auch vom bösen Captain entdeckt.

Der Captain brüllte einen Befehl in einer Sprache, die ich nicht verstand, denn es handelte sich weder um Hangul[3] noch wurde es in Chinesisch gesprochen. Ich hatte gehört, dass es eine eigene Sprache der Mandschurei gab, die heute kaum noch gesprochen wurde. Vielleicht waren die Worte in dieser Sprache?

Ehe ich weiter darüber nachdenken konnte, stürmten zwei der "bösen" Rittersleute auf mich zu und wollten mich einfangen. Sie hielten blanke Filmschwerter in ihren Händen und kamen mit bedrohlichen Blicken auf mich zu. Taemin trat zwischen uns und bekämpfte sie wieder mit seinem eigenen Schwert, so dass sie zurückweichen mussten. Erschrocken sah ich, dass er an seinem Oberarm rote Farbe hatte. War das Kunstblut? Es sah täuschend echt aus.

Nach und nach wurde Taemin langsamer in seinen Bewegungen. Obwohl es immer noch gekonnt geschmeidig aussah und er immer noch die Stellung hielt, merkte man ihm die Müdigkeit an. Lange würde er die Überzahl der Gegner mit seinen vier Freunden nicht mehr zurückhalten können, als plötzlich weitere Reiter aus dem Wald auftauchen. Sie waren genauso gekleidet wie Taemin und ich atmete erleichtert auf, als sie sich auf die mandschurischen Gegner

---

[3] Koreanisch

stürzten. Die erwartete Garde war da und mit ihr der angekündigte Prinz.

Park Joon-Ki war Schauspieler, seit er den Kinderschuhen entwachsen war. Ich liebte seine Arbeiten und ganz besonders liebte ich ihn in dem Drama "Immortality Love". Hier verkörperte er den aufrechten, kämpferischen, liebevollen und loyalen Prinzen Min-Jae, der eine Rebellion gegen einen bösen General niederschlug und alles daran setzte, seine Geliebte aus den Händen eines anderen Königs zurückzuerobern. Das tragische Ende des Prinzen, der mittlerweile zum König gekrönt wurde, hatte Millionen von Zuschauern wahre Sturzbäche an Tränen beschert. Dieser Prinz, dieser König, war der Geliebte von der Frau, die als Rose bezeichnet wurde: Nam Jang-Mi, also meine Rolle in dem Drama. Gespannt wartete ich darauf, ob der super bekannte und teure Schauspieler Park Joon-Ki in dieser Reality Show auch mitspielen würde.

Der Mann, der jedoch jetzt als Prinz zu meiner Rettung erschien, war nicht dieser Lieblingsschauspieler von mir, sondern jemand, der in dem Drama eine eher unwichtige Nebenrolle gespielt hatte. Sein Name war Hae Jun-Ho und er verkörperte im Drama meinen Bruder Chunsu. Mir blieb keine Zeit, mir über den Rollenwechsel Gedanken zu machen. Vermutlich konnte der Produzent dieser Show den höchstbezahlten Schauspieler Koreas, Park Joon-Ki, für diese Rolle nicht gewinnen oder nicht bezahlen.

Die Garde brauchte nur wenige Momente, um die gegnerischen Männer zu besiegen, und ihre königliche Hoheit Prinz Min-Jae hatte daran erheblichen Anteil. Der Schauspieler hatte seine Kampfkunst

Fähigkeiten in verschiedenen Actionfilmen und Dramen bereits mehrfach unter Beweis gestellt. Er war über 1,80 m groß, schlank und muskulös und sah recht gut aus. Allerdings fehlte ihm das Charisma von Park Joon-Ki. Wenn dieser beim Lächeln seine umwerfenden Grübchen zeigte und wenn er seine leidenschaftlichen Szenen mit der Hauptdarstellerin hatte … unbeschreiblich. Ich kannte keine Frau, die sich nicht an ihre Stelle wünschte, um in den starken Armen dieses umwerfenden Mannes zu liegen. Doch jetzt stand leider nicht dieser Traummann vor mir, sondern der weniger bekannte und vermutlich auch weniger talentierte Schauspieler Hae Jun-Ho. Obwohl auch er in seiner historischen Uniform recht gut aussah. Die Haare seiner Perücke waren zu einem gedrehten Knoten kunstvoll mit einer sehr teuer aussehenden silberfarbenen Spange zusammengenommen. Bei genauerem Hinsehen konnte ich auf seiner schwarzen Kleidung anders als bei den anderen Männern seiner Truppe feine Stickereien erkennen. In seiner Hand hielt er ein Schwert, von dem dramatisch rotes Kunstblut tropfte. Vielleicht war das seine Gelegenheit, auch einmal eine Hauptrolle zu spielen und ich sollte ihn dafür bewundern. Bis mir wieder einfiel, dass ich weder vor dem Fernseher saß noch freiwillig hier war. Warum machten alle diese bekannten Schauspieler bei dieser Posse mit? Wieviel Millionen hat man ihnen geboten, dass sie mich verwirrten?

Wobei sich mir immer wieder die Frage stellte: Warum war ich für diese Posse als die Hauptdarstellerin gewählt worden? Ich konnte nicht schauspielern, ich war lange nicht so hübsch, wie die Schauspielerin, die in dem Drama die Rose Jang-Mi verkörperte und ich WOLLTE nicht hier sein? Nicht zu vergessen, dass ich bislang noch nichts von einer adäquaten Bezahlung gehört hatte!

"Meine Rose!"

Ich hörte den Ruf und sah verwirrt hoch. War ich damit gemeint? Prinz Min-Jae kam auf mich zugelaufen und drehte sein tropfendes Schwert von mir weg, als würde mich der Anblick von Kunstblut ängstigen. Besorgt betrachtete er mich von Kopf bis Fuß und ich stellte dabei fest, dass er von nahem und im echten Leben attraktiver war als auf dem Bildschirm. Interessanterweise konnte ich kein sichtbares Makeup bei ihm entdecken. Keine rot geschminkten Lippen, keine Wimperntusche, kein Augenmakeup, kein Puder. Er hatte Schweißperlen auf der Stirn, eine klitzekleine Narbe am Kinn, was ihn irgendwie niedlich aussehen ließ und Dreck im Gesicht. Seine freie Hand schoss nach vorne und er ergriff mit ihr meine Hand. Dabei bemerke ich, dass sie leicht schwielig war, als hätte er hiermit oft etwas gehalten und damit gearbeitet. Dann sah ich auf sein Schwert. So wie in etwas damit, dachte ich.

"Lady Jang-Mi, seid Ihr unverletzt?"

Seine Stimme war besorgt und ich nickte langsam. Irgendwie war das der Schauspieler Hae Jun-Ho, aber er war es auch wieder nicht. Genau wie bei Taemin wirkte er anders als in den Filmen und er sah auch irgendwie anders aus. Eigentlich war Hae Jun-Ho bei den Dreharbeiten bereits Ende zwanzig gewesen und da das Drama schon vor vier Jahren erschienen war, müsste er jetzt über dreißig sein, doch sein Gesicht wirkte jünger, nicht so kantig, dafür aber in einer Weise, als würde dieser Mann die Verantwortung für sein

Volk, für seine Leute wirklich tragen und nicht nur so vorgeben. Er wirkte so erwachsen wie ein Mann, der früh in seinem Leben für viele Dinge wichtige Entscheidungen treffen musste und er sah aus wie… Ich überlegte kurz, er hatte tatsächlich die Aura eines Herrschers.

Mir rann ein Schauer über den Rücken. Alles war mir zu viel und ich wollte einfach nur, dass es jetzt und in diesem Moment aufhört. Ich wollte einfach nicht mehr hier mitspielen. Ich bin ein Mädchen, holt mich hier raus!

Mein bisheriges Leben war nicht gerade in Rosen gebettet. Ich hatte als Kind meine Eltern bei einem tragischen Fährunglück in Südkorea verloren. Dabei waren meine Eltern nur zu einer verspäteten Hochzeitsreise in diesem Land zur falschen Zeit am falschen Ort gewesen. Meine Mutter kam aus Deutschland, mein Vater war Koreaner. Bis zu diesem furchtbaren Tag habe ich zusammen mit meiner Familie, meinen Eltern und meiner Schwester Yunai in Norddeutschland gelebt. Nach diesem Unglück mussten wir umziehen, denn wir hatten in dem Land keine leiblichen Verwandten, die sich um uns minderjährige Kinder hätten kümmern können. Also packten wir unsere wenigen Sachen und zogen bei unserer Tante und unserem Onkel in Seoul ein. Beide hatten selbst keine Kinder und waren trotz der Überraschung, im fortgeschrittenen Alter noch einmal Eltern zu werden, wundervolle Ersatzmama und Papa. Leider starb meine Tante viel zu früh an Krebs und mein Onkel folgte ihr wenig später an gebrochenem Herzen. Mittlerweile haben meine Schwester und ich uns in Korea sehr gut eingelebt - zumindest ich. Yunai war ein anderes Thema.

Wir hatten eine kleine deutsche Bäckerei und ich hatte in der Schule viele Freunde. Als ich meinen Abschluss machte, war ich einer der besten des Jahrgangs und ich konnte mir die Universität aussuchen, an der ich studieren wollte. Für mich war klar, dass ich Architektin werden wollte, denn genau so hatte mein Vater mich immer gesehen und genauso wollte ich sein.

Zuerst war es für mich der Wunsch, meinen verstorbenen Vater hiermit zu erfreuen, dann bemerkte ich, dass es wirklich mein Talent war. Mittlerweile war ich mit dem Studium fertig und hatte einen Job als Praktikantin in einer großen Firma in Seoul ergattert und hier sogar die Aussicht auf eine Festanstellung.

Während meines gesamten Werdegangs, trotz meiner Rückschläge, der Trauer und auch Freude, habe ich selten geweint. Es gab nur wenige Momente, wo mir diese nutzlosen nassen Dinger über die Wangen rollten. Einmal war es bei dem Tod meiner Eltern, einmal beim Tod meiner Tante und einmal, als ich von Yunais Schicksal erfahren hatte. Alle anderen Emotionen waren bei mir stets präsent, aber mein Körper weigerte sich, Tränen zu produzieren.

Jetzt stand ich vor dem Prinzen Min-Jae, und ich spürte, wie mir diese verhassten Dinger in die Augen stiegen und plötzlich über meine Wangen rollten. Beschämt wollte ich mich umdrehen, doch dieser Prinz ließ es nicht geschehen. Er sah, wie die Tränen kullerten und sein Blick wurde zuerst weich und dann mörderisch. Er ließ meinen Arm, den er immer noch umfasst hatte, los und wischte mir vorsichtig mit seinem schwieligen Daumen eine der Tränen von der Wange.

Seine Berührung war zart und ich riss die nassen Augen auf. Hatten wir eine solche Beziehung, dass der Prinz mich ungefragt berühren durfte? Prinz Min-Jae konzentrierte seine ganze Beachtung auf mich und ich sah die tiefe Liebe in seinen Augen. Ach herrje, er war bis über beide Ohren in Nam Jang-Mi verliebt. Mein Gott. Ich spürte, dass etwas in mir auf ihn reagierte, aber es war irgendwie merkwürdig. Fast so, als läge etwas tief in mir und kam an die Oberfläche. Doch es fühlte sich irgendwie fremd an. So, als wären das nicht meine Gefühle. Ich betrachtete seine emotional liebevolle Geste wie ein Beobachter von außerhalb. Mein Körper ließ es geschehen, meine Seele war Zuschauer. Allerdings legte der Schauspieler so viel Emotion in die Szene, da konnte einem als Frau wirklich die Knie schwach werden. Wie schaffte er es nur, solche Gefühle auf Knopfdruck zu erzeugen und so real wirken zu lassen? Er war wirklich sehr gut.

"Du brauchst dich nicht mehr zu fürchten. Ich werde dich beschützen. Selbst wenn der König ein Heer aus Qing schickt, werde ich dich nicht hergeben. Für dich würde ich einen Krieg beginnen."

Er flüsterte die Worte und ich fragte mich, wo sein Mikrofon versteckt war, damit das Publikum diese betörenden Worte hören konnte. Plötzlich kam er einen Schritt näher und ehe ich seine Absicht richtig erkennen konnte, lagen seine warmen Lippen auf meinem Mund und küssten mich. Er schlang seinen Arm um meine Taille und zog mich enger an sich heran. Das war auch gut so, denn ansonsten wäre ich vermutlich einfach hier, an Ort und Stelle, vor Überraschung mit wackeligen Knien auf den Boden gesunken.

Sein Mund war warm und ich konnte es nicht fassen, dass er für seine Rolle sogar küsste! Und was am erstaunlichsten war, er küsste mich direkt auf den Mund. Kein Filmkuss auf die Ober- oder Unterlippe! Nein, seine Lippen lagen voll auf meinem Mund und ich schloss automatisch die Augen. Verdammt. Er konnte gar nicht schlecht küssen. Sanft begann er an meiner Lippe zu saugen und plötzlich spürte ich seine Zunge, die über sie strich. Moment! Das ging jetzt aber wirklich zu weit. Er war viel zu sehr in seinem Charakter. Einen solch intimen Kuss würde ich ihm nicht gestatten. Wir haben uns vor gerade mal fünf Minuten zum ersten Mal gesehen und ein bisschen mehr Vorlaufzeit brauchte ich da schon. Obwohl … ich öffnete auf sein vorsichtiges Drängen hin meinen Mund ein wenig und er nahm die Aufforderung an. Plötzlich spürte ich sie in meinem Mund und war überrascht, dass ich es genoss. Oder war nicht ich diejenige, die den Kuss wollte, sondern die echte Jang-Mi aus dem Drama? Hae Jun-Ho, der falsche Prinz, bemühte sich sehr, Gefühle in mir zu wecken. Aber irgendwie wollte der Funke bei mir nicht überspringen. Ich war keine Schauspielerin, die es professionell genommen hätte und ich war auch nicht in ihn verliebt. Außerdem war ich irgendwie enttäuscht, dass nicht der "echte" Kronprinz Park Joon-Ki die Rolle übernommen hatte. Bei ihm wäre ich vermutlich nicht so zurückhaltend geblieben, denn ihn fand ich wirklich heiß, und das schon seit ich siebzehn war.

Der neue Kronprinz Min-Jae hatte unser kurzes Intermezzo nicht ganz kalt gelassen, denn ich konnte erstaunt sehen, wie sich seine breite Brust heftig hob und senkte. Ehe er sprach, räusperte er sich kurz.

"Wir müssen hier weg. Ich bringe Euch zurück zu Eurer Familie. Dort seid Ihr sicher, denn Eure Residenz ist gut bewacht und ich werde Euch einen meiner Leibgardisten zur Seite stellen."
Bedauernd sah er mich an, ehe er meine Hand ergriff und mich mit sich zog. Beim Gehen bemerkte ich, dass Taemin uns aus einiger Entfernung einen undeutbaren Blick zuwarf und sich abwandte, als er sich von mir ertappt fühlte. Neugierig schaute ich ihm hinterher, wie er zu den Pferden ging und mit einem anderen Gardisten sprach. Warum war es mir so vorgekommen, dass in seinem Blick Missbilligung gelegen hatte?
Die Männer, die von der Garde und von ihrem Hauptmann Taemin niedergeschlagen worden waren, lagen nicht mehr vor dem Haus. Vermutlich war der Kuss eine Ablenkung gewesen, damit die "Toten" sich schnell vom Drehort entfernen konnten. Mein Blick streifte einen undefinierbaren Berg am Rande des Waldes, der bei unserer Ankunft noch nicht dort gewesen war. Schnell wandte ich den Blick ab.

Wider Erwarten saß ich auf dem Rückweg nicht in einer Kutsche, sondern man hatte mir ein Pferd mitgebracht. Ich habe als Kind ein wenig Reiten gelernt und so stieg ich in den Sattel. Gerne ritt ich nicht, da ich damals vom Pferd gefallen war und mir weh getan hatte. Doch ganz offensichtlich waren Pferde und Kutschen gemäß Drehbuch die einzigen verfügbaren Fortbewegungsmittel und so ergab ich mich vorerst dem Drehplan und meinem Schicksal.

Prinz Min-Jae ritt neben mir und verhielt sich schweigsam. Hin und wieder warf er mir einen Blick zu und schien etwas sagen zu wollen, doch letztlich schwieg er weiterhin. Ich war tatsächlich auch nicht besonders zum Reden aufgelegt und dazu kam es, dass ich wirklich todmüde war. Die Nacht zuvor war ich in diesem ekligen Kerker gewesen und habe kaum geschlafen. Anschließend war die schreckliche Fahrt in der ruckelnden Kutsche, der Galopp auf dem Pferd im unbequemen Sitz vor Taemin und jetzt das Schütteln auf dem Pferderücken. Immer wieder unterdrückte ich ein Gähnen und versuchte mich wach zu halten. Irgendwann fielen mir die Augen zu. Erst, als ich warme Arme um mich herum spürte, merkte ich, dass mich Kronprinz Min-Jae, genau wie Taemin zuvor, vor sich auf sein eigenes Pferd gezogen hatte. Es war nicht unangenehm und auf jeden Fall viel wärmer als allein auf dem Pferd. Interessanterweise konnte ich mich in seiner Nähe tatsächlich entspannen, obwohl ich mit einer gewissen Peinlichkeit an unseren gemeinsamen Kuss zurück gedacht hatte. Das war nicht meine Art, doch als ich mir die Situation noch einmal vergegenwärtigte, hatte ich meine Zweifel. Irgendwie hatte ich das Gefühl, dass ich nicht ich selbst gewesen war. Doch Geschehenes konnte man nicht ändern und so lehnte ich mich an seine breite Brust und war bereits nach kurzer Zeit erschöpft eingeschlafen. Vorsichtig zog Min-Jae seinen Mantel enger um uns beide. Eingehüllt wie in einen Kokon, gehalten von zwei starken Armen, schlief ich beinahe bis zum Morgengrauen.

Nach dem Erwachen fühlte ich mich zwar nicht ausgeruht und mir tat auch alles vom ungewohnten Sitzen auf einem Pferd weh, aber mir war wenigstens warm und ich fühlte mich beschützt. Min-Jae schien zu merken, dass ich aufgewacht war, denn er zügelte sein Pferd und machte mit seiner Hand ein Zeichen, dass unser Tross anhalten sollte. Langsam drehte ich mich in seinen Armen um und blickte zurück auf die uns begleitenden Männer auf ihren Pferden. Es waren viel weniger, als ich gedacht hatte, denn ich zählte lediglich acht von ihnen und dazu Taemin mit seinen vier Kumpels, von den er offensichtlich ihr Chef zu sein schien. Die Gardisten sahen jedoch allesamt so aus, wie man sich echte Kämpfer vorstellte. Sie hatten ernste Gesichter und wirkten, als wäre mit ihnen nicht zu spaßen. Jedoch nur bis zu dem Moment, als ich ihre Scherze, ihr Lachen und ihre gegenseitigen Frozelein hörte. Ich sah sie mir noch einmal genauer an und stellte fest, dass sie allesamt noch sehr jung waren. Vermutlich kaum älter als ich selbst, aber dennoch wirkte sie wesentlich älter als die jungen Männer, die ich aus meinem Bekanntenkreis kannte. Es war, als hätten diese Gardisten bereits Dinge im Leben gesehen, die anderen ihr Leben lang verborgen blieben.

"Wir machen hier eine kleine Rast."
Min-Jae stieg von seinem Pferd und griff um meine Taille, um mich herunterzuheben. Vorsichtig stellte er mich vor sich ab und ich musste meine Beine gewaltsam unter Kontrolle halten. Sie zitterten nach der ungewohnten Haltung und Anstrengung auf dem Pferderücken wie Espenlaub und ich traute mich kaum, einen Schritt zu gehen, ohne Gefahr zu laufen, vor den Männern lang hinzufallen. Endlich hatte ich mich wieder im Griff und sah mich peinlich berührt um. Wir waren in einem nicht allzu dichtem

Waldstück und ich sah kaum eine Gelegenheit für mich, diskret zu verschwinden. Min-Jae schien mein Dilemma zu bemerken.

"Dort drüben. Ich werde mit den Männern in die andere Richtung gehen. Solltet Ihr Euch unsicher fühlt oder eine Gefahr erkennen, so sind wir stets in Rufweite und eilen Euch zu Hilfe."

Erleichtert nickte ich und spürte, wie mein Gesicht rot wurde. Es war wirklich nicht gerade prickelnd, wenn man wusste, dass alle anwesenden Männer wussten, dass … Okay. Egal. Ich hatte keine Zeit zu verschwenden und etwas Dringendes zu erledigen.
Allerdings stellte sich mir ein neues Problem. Ich hatte einen absolut unpraktischen, voluminösen, sich bauschenden Rock an. Wie sollte ich das bewerkstelligen, ohne dass entweder der Rock oder ich etwas abbekommen würde?
Es war tatsächlich eine Herausforderung, aber ich schaffte es. Es waren die kleinen Dinge, die einem manchmal das Leben schwer machten. Ich freute mich auf meine Dusche zuhause, auf einen warmen Kaffee, auf mein kuscheliges Bett. Ich fand es hier alles so was von blöd. Na gut, fast alles. Prinz Min-Jae und Taemin waren definitiv Lichtblicke, aber ihnen wäre ich dennoch lieber in einer normalen Umgebung begegnet als hier mitten im Nirgendwo.

Gerade war ich fertig, als ich plötzlich ein wütendes Schnauben hinter mir hörte. Mir stockte der Atem. Langsam und überaus vorsichtig drehte ich mich um und verhedderte mich dabei beinahe in meinem langen Rock. Ich hoffte, dass ich mich verhört hatte und ich nicht das zu sehen bekommen würde, was ich befürchtete.

Allerdings war das Glück, seitdem ich auf dem Sofa eingeschlafen war, nicht mehr auf meiner Seite. Da stand er: Ein Keiler, der offenbar genauso überrascht war, mich zu sehen, wie ich entsetzt war, ihm gegenüberzustehen.

Irgendwo habe ich mal gelesen, dass man vor einem Wildschwein niemals davonlaufen konnte. Sie waren unglaublich schnell und hatten dazu noch zwei verteufelt scharfe Waffen in ihrem Gesicht. Ruhig blieb ich genau dort stehen, wo ich mich befand und hoffte, dass das Tier davon überzeugt war, dass ich keine Gefahr für ihn sein würde. Mein Herz schlug bis zum Hals und wenn ich zuvor keine Angst, sondern nur Wut verspürt hatte, war ich jetzt zu Tode erschrocken. Dieses Tier konnte mit seinem Hauer meinen Körper gezielt von oben bis unten aufschlitzen. Die kleinen Augen des Tieres schienen mich abzutasten und zu prüfen. Ich hielt den Atem an und betete lautlos zu allen bekannten Göttern. Endlich hatte er wohl entschieden, dass ich kein Gegner für ihn war. Langsam drehte er sich um und wollte zurück in den Wald verschwinden, als ich plötzlich zischende Geräusche vernahm. Wie aus dem Nichts durchbohrten plötzlich mehrere Pfeile den Körper des armen Tieres, das gequält quiekte, ehe er plump auf den Boden fiel. Ich stieß meinen angehaltenen Atem aus und blickte mich langsam um. Taemin, zwei Gardisten und Min-Jae hielten ihre Bögen in den Händen, bereits einen zweiten Pfeil gespannt und sahen mich an.

Erleichtert sank ich zu Boden und begann zu lachen. Mein Lachen war übermäßig laut im Wald zu hören und ich selbst erschrak über den Klang, doch dann lachte ich noch lauter. Der Keiler hatte den Männern keine Angst eingejagt, aber als sie mich nun auf dem

Boden hysterisch kichern sahen, konnte ich die Panik in ihren Augen erkennen. Sie waren vermutlich jetzt sicher, dass sie mit ihrem Spiel zu weit gegangen waren. Ich war es auf jeden Fall.

KAPITEL **5**

Prinz Min-Jae schickte seine Leute aus, den Keiler mitzunehmen. Das Fleisch von dem Wildtier würde eine großartige Ergänzung zum Abendessen sein. Er selbst setzte sich langsam zu mir auf den Boden und nahm mich vorsichtig in seine Arme.

"Schht, es tut mir so leid. Wir werden bald in Hanyang sein. Ihr habt so viel erlebt und einen Schock. Bitte beruhigt Euch. Die Gefahr ist vorüber."
Wütend schob ich von mir weg.
"Kannst du jetzt bitte aufhören mit diesem Spiel? Siehst du nicht, dass ich keine Kraft mehr habe? Warum machst du überhaupt mit? Taemin und du, was soll das? Warum habt ihr mich da reingezogen? Wie lange soll das noch gehen? Ich will nicht mehr, hörst du? Ich habe die Schnauze wirklich gestrichen voll. Selbst wenn ihr alle freiwillig hier mitmacht - mich hat nie jemand gefragt und ich sage dir, es ist Freiheitsberaubung. Ich will jetzt sofort den Regisseur sprechen und ich werde ihm ganz klar erklären, was ich von seiner

beschissenen Reality Show halte. Einen Bullshit, hörst du? Mich kotzt das wirklich total an und ich WILL EINFACH NUR HIER RAUS!"

Die letzten Worte brüllte ich und ich begann laut und wehklagend zu heulen. Kein liebliches Tränen-runter-rollen, kein süßes Schniefen - ich heulte lautstark und war wirklich am Ende.
Min-Jae ließ mich brüllen und weinen. Irgendwann hörte ich auf und sah ihn an. Seine Augen lagen traurig auf mir und ich konnte noch etwas darin entdecken: Ratlosigkeit.

"Was ist? Bist du entsetzt, dass ich geplatzt bin?" fragte ich ihn mit wütender Stimme.
"Ich bin nicht entsetzt, nur etwas verwirrt. Mir stellt sich die Frage, was Ihr soeben gesagt habt? Ich habe wirklich nicht alles verstanden. Was bedeutet 'bolshi'"?
Ungläubig sah ich ihn an. Hielt er etwa immer noch an seiner Rolle fest?
"'Bullshit' habe ich gesagt. Das ist Englisch für alles Kaka."
Verstehend nickend versuchte Min-Jae die Worte zu wiederholen. Irgendwie klang es in meinen Ohren wirklich so, als hätte er das Wort noch niemals zuvor in seinem Leben gehört und schob es zum ersten Mal über seine Zunge.
"Bullshit"
Seufzend stützte ich mich auf seinen Arm und raffte mich hoch.
"Na los, lass uns endlich hier aufhören, ja?"
Viel eleganter und geschmeidiger als ich, erhob sich der angebliche Prinz und sah auf mich hinunter. Ein Lächeln spielte um seine

Lippen und plötzlich sah ich seine Grübchen aufblitzen, die ihn Park Joon-Ki ein wenig ähnlich sehen ließen.

"Ihr redet nicht mehr förmlich mit mir, deinem zukünftigen König. Das gefällt mir. Es erinnert mich an …", er machte hier eine bedeutungsvolle Pause und sah auf meinen Mund, "… die Nächte, in denen wir uns sehr nahe waren."

Waaaas? Schrie ich innerlich auf. Hatte ich mit ihm angeblich intimen Kontakt gehabt? Ich? Bevor mich ein Junge überhaupt küssen durfte, mussten wir lange zusammen gewesen sein. Das war mir bislang nur zweimal passiert. Einmal an der Highschool und einmal an der Uni. Mit meinem Ex-Freund habe ich auch geschlafen, aber das war irgendwie so gar nicht prickelnd gewesen. Dieses unbeholfene Herum-Tasten und Herum-Fummeln, und ehe ich mich überhaupt an ihn gewöhnen konnte, war stets alles vorbei. Sehr unbefriedigend, allerdings war mein Ex auch der Meinung gewesen, dass ich eine Spaßbremse sei und er deshalb das alles nur aus Pflichtgefühl gemacht habe. Ja, nee, ist klar. Dachte er, nur weil ich vor ihm noch keinen Sex gehabt hatte, wäre ich völlig blöd und unwissend? Er war tatsächlich nicht nur in dieser Hinsicht überaus egoistisch gewesen und so hatten wir uns nach ein paar Monaten mehr oder weniger einvernehmlich wieder getrennt.

Und jetzt sagte der Kronprinz Min-Jae, dass er mich genauso gut kennengelernt haben will wie mein Ex? Ich konnte mir in keiner Weise vorstellen, dass das adlige Fräulein Jang-Mi einen vorehelichen Geschlechtsverkehr gehabt hatte. Auch nicht, wenn es ihr zukünftiger Mann war. Wahrscheinlich war das einfach nur die

Würze, die zum Plot der Geschichte gehörte und die Vorstellungen der Autoren den gewissen Kick hinein brachten.

Dann dachte ich scharf nach. Im Drama blieb die Hauptdarstellerin bis zum Tode jungfräulich. Selbst der chinesische König hatte nicht mit ihr geschlafen, obwohl es immer so angedeutet wurde, dass er es gerne wollte und versuchte.

Allerdings gab es in dem Drama auch keine Szene an einer Hütte, wo der Kronprinz seinem Bodyguard Taemin und seiner Holden Maid zur Rettung kam. Das war ja nur möglich gewesen, weil uns die Flucht geglückt war. Es wurde langsam kompliziert. Ein weiterer Grund, warum ich der Meinung war, man könne an dieser Stelle bitte alles beenden. Oder war erst dann Schluss, wenn ich von einer zufällig auftauchenden Klippe sprang? Tod und gut?

Ich schüttelte mich und dann sah ich zu Min-Jae, der mein Gesicht genau beobachtete.

"Du erinnerst dich doch an die Nacht, die du neben mir verbracht hast?"

Seine Stimme war voller angedeuteter Worte, während sein Blick verlangend auf meinen Lippen ruhte. Jahaa, ist ja gut, Mann. Ich habe den Wink mit dem Zaunpfahl verstanden und I'm not amused. Hieß das jetzt, dass ich automatisch in ihn verliebt war, oder so? Vielleicht war es Fräulein Rose, aber ich kannte diesen Mann kaum und so schnell verknallte ich mich nun auch wieder nicht.

"Ehrlich? Nein, ich kann mich nicht daran erinnern. Warum auch? Das ist alles nur in den Köpfen der Autoren entstanden und ich habe es niemals erlebt. Wie soll man sich also erinnern, hmh? Außerdem bin ich keine Schauspielerin und habe auch nicht wirklich viel kreative Energie für so etwas. Lass uns jetzt bitte, bitte endlich zurückgehen und aufhören. Warum seid ihr alle so in euren Rollen, dass ihr nicht mal merkt, wenn jemand nicht freiwillig mitmacht?"

Es war wirklich zum Verzweifeln. Er wollte einfach nicht aufhören und ich wollte einfach nicht mehr weitermachen. Es nervte nur noch. Gut aussehender Kronprinz hin oder her. Er konnte mich gerne in meinem Apartment besuchen, aber hier im Wald, mit einem toten Wildschwein in der Nachbarschaft, war weiß Gott nicht der richtige Zeitpunkt für einen Flirt. Ende.
Ohne weitere Worte drehte ich mich um und stampfte zurück zu den anderen Männern, die bei ihren Pferden auf uns warteten. Ich suchte nach dem Tier, auf dem ich gestern allein gesessen hatte. Einer der "Gardisten" brachte es mir und ich schwang mich auf seinen Rücken. Mir tat von den vorherigen Ritten mein Allerwertester noch so weh, dass ich einen kleinen Schmerzenslaut unterdrücken musste. Taemin hatte ihn gehört und reichte mir ein kleines Kissen. Vermutlich gab es in dem Haus, in dem die Familie gewohnt hatte, jetzt eines weniger. Warum hat der Superstar es mir nicht schon eher gegeben?

"Mylady", er musste nichts sagen, aber ich sah an seinem unterdrückten Grinsen, dass er sehr wohl wusste, wie es um mich stand. Durch zusammengepresste Lippen bedankte ich mich und schob mir das Kissen unter meinen Hintern. Es würde mir zwar den Schmerz nicht nehmen, aber die restliche Tortur ein wenig erleichtern.

Der zukünftige König war zwischenzeitlich elegant auf sein eigenes Pferd aufgestiegen und lenkte es nun neben mich.

"Wir haben nur noch zwei Tage Ritt vor uns, Yakonnyo."
Bitte, er nannte mich seine Verlobte? Hallo? Das ging ja wohl etwas zu weit. Dann drang das Wesentliche durch mein Ohr in meinen Kopf.
"Wie bitte? Wir reiten noch weitere zwei Tage? Das ist nicht dein Ernst. Ich dachte, wir verlassen den Wald und dann können wir in einen Bus, einen Van oder was weiß ich für ein motorisiertes Gefährt einsteigen und diesen Quatsch hinter uns lassen."
Min-Jae sah wieder zu mir hinüber, als hätte ich in absoluten Rätseln gesprochen. Das ging mir wirklich auf die Nerven und ich spürte meine Ungeduld überdeutlich.

"Ehrlich, ich sterbe, wenn ich noch zwei weitere Tage auf diesem Tier hin und her geschaukelt werde. Ich mache da nicht mehr mit."

Abrupt zog ich an den Zügeln des Pferdes und wollte es zum Stehen bringen. Das Tier reagierte unwillig und statt stehenzubleiben, begann es plötzlich wie wild auf der Stelle zu tänzeln. Je stärker ich an den Zügeln zog, desto aufgeregter wurde es, bis es schließlich wohl die Geduld mit mir verlor und durchging. Und damit meinte ich wirklich durchgehen. Es machte eine Art Kickstart und war von null auf einhundert in rasender Geschwindigkeit durch den Wald unterwegs. Dabei nahm es keinerlei Rücksicht auf eventuelle Äste, Bäume oder Gräben, sondern preschte wie von Sinnen durch den Wald. Ich beugte mich über den Hals des Pferdes und umklammerte ihn mit all meiner Kraft. Die Zügel hatte ich längst losgelassen, meine Füße waren aus den Steigbügeln gerutscht und ich schwankte bedenklich hin und her. Allerdings war ich sicher, wenn ich hier stürzen würde, würde ich mir womöglich ernsthafte Verletzungen zuziehen.

Also brachten diese Menschen mich jetzt auch noch in Lebensgefahr, durchfuhr es mich, ehe ich sah, wie das verängstigte, durchgeknallte Tier direkt auf eine Klippe zusteuerte. Da war sie, dachte ich, merkwürdigerweise ironisch und klar denkend, trotz der Lebensgefahr. Die vermaledeite Klippe, die in jedem historischen Drama eine Wendung des Plots bedeutete. Ich kniff meine Augen zu und ließ entschlossen den Hals des Pferdes los. Lieber breche ich mir sämtliche Knochen, als dass ich über diese Klippe in den Tod falle. Gerade in dem Moment, als ich mich endlich von dem Tier trennen wollte, umschlang mich ein starker Arm und zog mich aus dem Sattel, als wäre das kein Zirkus Kunststück, sondern völlig normal.
Ich sah in die schönen dunklen Augen von Min-Jae und bemerkte seinen hochkonzentrierten Gesichtsausdruck, als er mich vor sich auf sein Pferd zog. Mit einer Parade kam sein eigenes Reittier sofort zu Stehen und wir hörten, wie mein durchgeknallter Wallach kurz vor der Klippe ebenfalls anhielt und schnaubte, als würde er sagen: Habt ihr ernsthaft gedacht, ich stürze mich hier in den Tod?

"Geht es Euch gut?"
Min-Jae strich mir sanft meine losen Strähnen aus dem Gesicht. Sein Blick war besorgt und ich spürte, dass sein Herz schneller schlug,

obwohl er von außen ruhig aussah. Was er soeben vollbracht hatte, war eine Meisterleistung und meine Stimme zitterte so sehr, dass man meine Antwort kaum verstehen konnte.

"Ja, mir geht es gut", log ich, denn ich war einfach nur froh, dass ich noch lebte.

Wieder einmal sammelten sich Tränen in meinen Augen. Meine Güte, ich wurde hier noch zu einer Heulsuse. Sie versiegten sogleich in dem Moment, als sich Min-Jaes Blick auf meinen Mund konzentrierte und er sein Gesicht langsam immer näher an mich brachte. Er würde doch nicht? Doch nicht jetzt?

Sein Kuss war zart und sollte mich beruhigen. Er drängte mich nicht und seine Zunge versuchte auch nicht wieder in meinen Mund zu gelangen. Es war seine Art, mir Trost zu spenden und auch sein Weg, mir zu zeigen, wie besorgt er wirklich um mich gewesen war. Vielleicht lag es daran, dass ich vorher gedacht hatte, ich könnte sterben oder mich schwer verletzen. Ich wollte das Leben spüren und so schloss ich aus diesem Impuls heraus meine Arme um seinen Hals und zog ihn enger an mich. Min-Jae schien nicht mit meiner Reaktion gerechnet zu haben, aber er hatte es sehr wohl verstanden und vertiefte den Kuss.

Erst, als wir das Herannahen von Pferden hörten, lösten wir uns voneinander. Zärtlich strich er über meine geschwollenen Lippen und lächelte.

"Dein Körper hat mich nicht vergessen, Jang-Mi. Du vermisst mich genauso, wie ich dich."

Er flüsterte die Worte und sein warmer Atem streifte dabei meine Haut auf dem Gesicht. Alles in allem war es eine durchaus romantische Situation, aber ich empfand nichts anderes als Erleichterung, dass ich überlebt hatte.

Im nächsten Moment tauchten bereits die Gardisten zusammen mit Taemin auf der Klippe auf. Als sie die intime Situation aufnahmen, drehten sich alle Männer diskret zur Seite und wandten ihren Blick ab. Alle, bis auf Taemin, der eine Augenbraue hochzog und lächelte. Es schien jedoch kein freundliches zu sein, denn trotz der Entfernung konnte ich sehen, dass seine Augen mich beinahe böse musterten.

Im Drama hatte sich Taemin auf der Flucht aus Qing in die Hauptdarstellerin Jang-Mi, also in mich, verliebt. Diese Flucht hatte es in unserer neuen Version jedoch nicht gegeben. Aus diesem Grund war ich mir sicher, dass er sich auch nicht in mich verliebt hatte. Er war seinem Kronprinzen treu ergeben. Im Drama war für ihn die Liebe zur Geliebten seines Freundes ein großer Konflikt gewesen, der gekonnt thematisiert wurde. Jetzt war dieser Zwiespalt gar nicht geboren worden und der Geschichte fehlte es dadurch an Dramatik. Würde es einen anderen, einen Ersatz Plot geben? Sollte ich deshalb vom Prinzen gerettet werden, kurz bevor ich von einer Klippe stürzen würde?

Auf dem weiteren Weg behielt mich Min-Jae genau wie in der Nacht zuvor auf seinem eigenen Pferd. Man hatte sich jedoch ein paar Möglichkeiten überlegt, um mir den Sitz vor dem Sattel etwas angenehmer zu gestalten. Mein eigenes Pferd hatte sich bei dem wilden Galopp durch den Wald ein Bein verletzt und lahmte nun.

Ein Mann der Garde führte es mit sich und so verließen wir die Klippe, um uns auf unsere weitere Reise zu begeben.

Min-Jae hatte es ernst gemeint. Trotz meiner Proteste und meiner Wutausbrüche wurde die Show nicht abgebrochen. Wir ritten tatsächlich zwei ganze Tage lang durch. Nur unterbrochen von Pausen, die die Pferde dringend benötigten. Auf der gesamten Reise sprachen wir nicht allzu viel. Allerdings war er sehr aufmerksam und fragte mich ständig, ob ich etwas benötigte, trinken wollte oder mich erleichtern musste, was mir übrigens sehr peinlich war. Doch er verhielt sich während der restlichen Reise wie ein Gentleman und vermied sogar jeglichen Körperkontakt, sofern das auf dem Pferderücken möglich war.

Mein Hintern hatte sich nach und nach etwas an die Folter gewöhnt. Dies war größtenteils Taemin zu verdanken, der mir am ersten Abend frech grinsend einen kleinen Tiegel mit einer Salbe gab, die meine Not ein wenig lindern sollte.

Nach guten zwei Tagen Ritt erreichten wir zu meiner größten Erleichterung endlich wieder die Zivilisation. Ich vermutete, dass wir schon viel eher auf Städte gestoßen wären, wenn wir eine andere Strecke gewählt hätten. Doch ich hatte mir überlegt, dass das wahrscheinlich nicht zum Plan gehörte.

Das Museumsdorf, in dem wir kurze Zeit später eintrafen, war perfekt hergerichtet. Nirgendwo gab es den Anschein von Elektrizität. Alle Menschen waren in historischen Gewändern gekleidet. Es gab keine Autos, keine Elektrogeräte, wirklich nichts aus der modernen Zeit. Einerseits war es faszinierend, aber andererseits auch gruselig. Ein gelebtes Drama, live gespielt und ohne Schnitt. Nach wie vor fragte ich mich, wer das alles finanzierte und wann endlich die letzte Klappe fallen würde.

Kapitel 6

"Wir werden in der Residenz des Magistrats übernachten. Morgen treten wir den letzten Teil der Reise bis Hanyang an."
Min-Jae lenkte sein Pferd zu einem Haus, das am Ende der staubigen Straße gelegen war und dessen hölzernes Eingangstor von mit Hellebarden bewaffneten Männern in Uniformen bewacht wurde.
In dem Moment, als der Prinz mit seiner Garde am Ortseingang auftauchte, war es so, wie ich es aus vielen historischen koreanischen Filmen kannte. Die Statisten ließen alles stehen und liegen und machten tiefe Verbeugungen vor dem Thronfolger und seinem Tross. Selbst wenn sich die Nachricht, dass der Kronprinz in ihr Dorf hinein ritt nicht in Windeseile verbreitet hätte, konnte man dem Prinzen seine königliche Herkunft auf den ersten Blick ansehen. Obwohl er mich in seinem Arm hielt, saß er mit großer Eleganz und männlicher Anmut auf seinem Ross und beeindruckte die Menschen am Wegesrand. Er wusste eine gute Show zu inszenieren.
Nur eine Pferdelänge versetzt von uns ritt Taemin, aka Yo-Han, neben dem "Kronprinzen" und behielt die Umgebung genau im

Auge. Er machte den Eindruck, als würde er bei Gefahr sein Schwert ziehen und sofort alles kurz und klein schlagen. Natürlich war mir klar, dass er mit diesem Film Schwert niemanden verletzen konnte, aber er war wieder so in seiner Rolle, dass ich ihn definitiv für einen Oscar als besten Nebendarsteller vorschlagen würde. Die Gardisten waren ebenfalls höchst wachsam und ich war begeistert, wie echt alles aussah.

Neugierig betrachtete ich die Häuser und Geschäfte in der Straße, die wir entlang ritten. Sie war sehr eng und eine Kutsche hätte hier schwerlich durch gepasst. Wenn ich meine Hände ausstrecken würde, könnte ich vermutlich die Dachüberstände der Häuser auf beiden Seiten berühren. Die Läden boten Stoffe, Papier und Pinsel und auch Schuhe an und ich nahm mir vor, noch etwas hiervon einzukaufen, ehe ich zurück nach Seoul gehen würde.

Wir näherten uns dem Haus des Magistraten, das am Ende der Straße lag und viel größer war als die anderen Häuser, die wir passiert haben. Der Magistrat war der Mann, der für diesen Ort und diese Gegend, also vermutlich auch für diese Provinz Recht sprach, in etwas vergleichbar mit einem Richter an einem modernen Gericht. Er war ausschließlich aus dem gehobenen Stand und wurde mit seiner Position adlig. Es war daher für viele Beamte nicht gerade die schlechteste Möglichkeit im Rang aufzusteigen, indem man eine solche Stellung übernahm. Außerdem wurde sie recht gut bezahlt - in den meisten Fällen durch die Schmiergelder der reichen Bürger der Provinz, die so ungestört ihrer Tätigkeit nachgehen können - legal und nicht ganz im Rahmen der rechtlichen Bedingungen. Im

Drama "Immortality Love" gab es keinen Stopp an einem Haus eines Magistrats. Jetzt war ich gespannt, was uns erwarten würde.

Nun, wo wir nicht mehr in der Pampa waren oder in einer schaukelnden Kutsche, war ich mit der ganzen Situation vorerst nicht mehr ganz so unzufrieden. Vielleicht begann es irgendwann auch mir Spaß zu machen? Wenn ich es schon nicht beenden konnte, wann ich es wollte, dann konnte ich es vielleicht etwas genießen? Ich hatte immerhin einen netten Mann neben mir, das detaillierte Museumsdorf war interessant und ich werde heute Nacht endlich wieder in einem Bett schlafen. Ich sollte das Ganze als Ferien ansehen.

Ich riss mich zusammen und als Min-Jae sein Pferd vor den Toren des Magistrats anhalten ließ, verbeugten sich auch hier die Statisten fast bis zur Erde. Die riesige hölzerne Tür wurde eiligst aufgestoßen und gab den Blick auf einen großen Innenhof frei. Traditionell waren die Höfe mit Erde bedeckt und einige wenige Bäume zierten den Hof. Es kam einem Betrachter sehr spartanisch vor, denn anders als chinesische Residenzen oder gar die Schlösser in Europa hatten koreanische Häuser keine üppig blühenden Gärten oder verspieltes Dekor. Der minimalistische Stil spiegelte auch hier die Philosophie der vier Elemente Feuer, Erde, Metall und Wasser wider und hatte seinen Ursprung bereits im frühen Joseon und wurde bis Mitte des 20. Jahrhunderts kaum verändert.

Ein Mann mittleren Alters, umgeben von weiteren Männern, kam zum Eingang geeilt. Der Magistrat war an seiner besonderen Uniform zu erkennen. Über ein rotes Untergewand trug er eine lange, ärmellose schwarze Weste, einen breiten Gürtel und die militärische Form des Gat, eines traditionellen breitkrempigen Hutes.

Tief verbeugte er sich vor dem Kronprinzen und entschuldigte sich wortreich, dass er den hohen Gast nicht bereits am Ortseingang in Empfang genommen hatte. Kronprinz Min-Jae nahm die Huldigung wortlos mit einem angedeuteten Lächeln an und ließ sich anschließend vom Magistrat über den Hof und zum Haupthaus führen.

Als Kind war ich mit meiner Tante und meinem Onkel einmal in einem Museumsdorf gewesen und wir hatten dort auch die traditionellen Häuser besichtigen können. Doch dieses Haus schien wirklich zu leben. Alles sah noch sehr neu aus und wirkte dennoch so, als sei es mit traditioneller Baukunst und nicht modernen Maschinen errichtet worden. Was für diese Show für einen unglaublichen Aufwand betrieben wurde, dachte ich wiederholt. Ich wollte hinter Min-Jae und dem Magistrat herlaufen, wurde aber im gleichen Moment von Taemin, aka Yo-Han, zurückgehalten.

"Mylady, die Dame des Hauses wartet auf Euch."
Der royale Bodyguard zeigte in die Richtung, aus der soeben hastig eine Frau aus einem Nebengebäude auftauchte und noch im Gehen ihre Kleidung richtete. Vermutlich hatten wir die Bewohner des Hauses wirklich völlig überrascht - oder zumindest sollte ich den Eindruck davon bekommen. Der Dame entgegensehend, wartete ich. Sie hatte einen wunderschönen Hanbok an. Ihr Oberteil war tiefgrün und reich bestickt und ihr cremefarbener Rock bauschte sich diskret bei ihren eiligen Schritten. Ihre Haare waren, anders als

mein Zopf auf dem Rücken, kunstvoll auf dem Kopf hochgesteckt und mit kostbaren Haarnadeln zusammengehalten. Ihr folgten mehrere junge Dienstmägde. Ich wusste, dass diese jungen Frauen vermutlich Leibeigene darstellen sollten, aber mein diskret neugieriger Blick zeigte mir, dass sie wohlgenährt und gesund aussahen. Diese Frau war gut zu ihren Untergebenen und deshalb setzte ich ein freundliches Willkommens Lächeln auf. Ich wunderte mich, warum ich plötzlich solche Gedanken hatte. Es waren doch auch Statisten und natürlich sollten sie ausreichend Nahrung erhalten haben. Doch genau wie auf meiner Fahrt in der Kutsche in Richtung Mandschurei schien hier das Hungern der Schauspieler zum Dreh dazuzugehören.

Als die Dame des Hauses vor mir stand, versank sie in einem tiefen Knicks. Irritiert sah ich es, und war ein wenig verwirrt. Die Frau war deutlich älter als ich und eigentlich wäre es an mir gewesen, die Hausherrin höflich zu begrüßen. Doch es fiel mir sofort wieder ein. Ich war nicht So-Ra, die Praktikantin in Seoul. Ich war Jang-Mi, Lady Nam, Tochter des ersten Ministers von Joseon und engster Vertrauter des Königs. Mein Vater hatte eine sehr hohe Machtposition inne und dementsprechend waren seine Abkömmlinge, nämlich ich, zu ehren und zu fürchten. Ein Wort durch eines seiner Familienmitglieder, das sich abfällig über eine Person äußerte, konnte an das Ohr des Königs dringen. Zudem war der Kronprinz des Landes auch noch mit mir an seiner Seite aufgetaucht. Das war gleichbedeutend, dass wohl angedacht war, mich zur zukünftigen Mutter des Landes zu machen - zumindest theoretisch.

"Lady Nam, wir fühlen uns geehrt, dass Ihr uns in unserem bescheidenen Heim besucht. Bitte", sie machte eine ausholende Bewegung in Richtung des Hauses, "Ich habe Euch Tee bereiten lassen."

Zurückhaltend lächelnd folgte ich der Dame und bewunderte ihre kerzengerade Haltung, ehe sie ein wenig versetzt hinter mir lief. Auf unserem Weg fiel mir jedoch auf, dass auch meine Bewegungen entgegen meinem sonstigen Verhalten elegant, zurückhaltend und nobel waren. Beinahe so, als hätte ich sie von Geburt an gelernt und sie sind mir in Fleisch und Blut übergegangen. Normalerweise lümmelte ich zuhause gerne auf meinem Sofa, doch natürlich hatte ich auch eine gute Kinderstube genossen und wusste mich in Gesellschaft ordentlich zu verhalten. Dennoch war mein Benehmen, das ich unbewusst in diesem Moment zeigte etwas, von dem ich mir sicher war, dass ich es nicht von meinen Eltern oder Lehrern erlernt hatte. Woher kam das also?

"Man hat mir berichtet, dass Ihr gezwungen wurdet, einige Tage ohne die Möglichkeit eines Kleiderwechsels zu verbringen. Bitte, Lady Nam, ich fühle mich geehrt, wenn Ihr meine bescheidene, bereitgelegte Auswahl prüfen und eines der Kleider meiner Tochter wählen möchtet."

Aha, ich sah also schlimm aus, konstatierte ich innerlich grinsend. Das stimmte vermutlich, denn ich hatte wirklich seit ein paar Tagen diesen ehemals weißen Hanbok an, der mittlerweile an einigen Stellen dreckig oder zerrissen war. Erfreut nahm ich das Angebot an und ließ mich vor dem Tee in einen speziellen Raum führen. In aller

Eile hatte man Kleidung vorbereitet und vermutlich würde die Tochter ihren besten Hanbok schmerzlich vermissen.

Außerdem hatte man es ebenfalls geschafft, eine hölzerne Badewanne bis zur Hälfte mit dampfendem Wasser zu füllen. Ich testete mit einer Hand die Temperatur und stellte erfreut fest, dass das Badewasser genau richtig war. Erleichtert zog ich die verschmutzte Kleidung aus und stieg vorsichtig in den Bade Trog. Wohlig seufzend lehnte ich mich zurück und schloss meine Augen. Hier, fernab der Kutsche und dem Wald, war es eigentlich ganz angenehm, Lady Nam zu sein, dachte ich schmunzelnd und begann dann meinen Körper zu schrubben.

Nach dem Baden sollte mir eine Dienerin in meine geliehene Kleidung helfen und obwohl ich es natürlich nicht wissentlich gewohnt war, mir beim Ankleiden helfen zu lassen, kam ich damit seltsamerweise sehr gut klar. Ich hob den Arm, ohne dass man mich dazu auffordern musste in genau dem richtigen Moment. Drehte mich, wenn es notwendig war, ebenfalls unaufgefordert und streckte meine Füße aus, um mir in die Socken helfen zu lassen, als wäre es das normalste der Welt. Ich WAR an das Ankleiden eines Hanboks durch Diener ganz offensichtlich gewohnt. Das war spuky, wirklich.

"Mylady", die Dienerin hielt mir einen Spiegel, in dem ich mich nun betrachtete. Sie hatte nach dem Ankleiden meine überlangen Haare gepflegt und mir anschließend eine Frisur gesteckt, wobei sie einen Großteil der Haare im Nacken zu einem dicken Zopf geflochten hatte, an deren Ende nun ein hübsches Band befestigt war. Dennoch war auf dem Kopf ein kleines Kunstwerk entstanden, in das sie nun zwei Haarnadeln steckte. Anschließend sollte ich ihr Werk im Spiegel betrachten und sie vermutlich loben.

Ich sah auf die glänzende Metalloberfläche und betrachtete das Gesicht, das mir entgegen lächelte. Es war ganz offensichtlich nicht meins. Verwirrt wischte ich über die Oberfläche und die Bewegung wurde vom Spiegel exakt wiedergegeben. Anschließend sah ich dennoch erneut das Gesicht einer Frau, die ich nicht war. Es war mein Gesicht und irgendwie war es das doch nicht. Meine Züge ähneln mir, aber genau wie bei Taemin und bei Min-Jae sah ich irgendwie etwas anders aus. Es schien weicher, lieblicher und sogar jünger auszusehen, als ich eigentlich war. Ich erinnerte mich, dass es ein Foto von mir als Siebzehnjährige gab, auf dem ich ähnlich ausgesehen hatte. Doch ich war sieben Jahre älter und meine Gesichtszüge waren etwas klarer konturiert, weniger weich und sanft, als mir der Spiegel nun sagte.

"Mylady, stimmt etwas nicht?"
Die Dienerin hatte meine Handlungen mit großen Augen verfolgt und wagte nun zu fragen.
"Nein, es ist alles in Ordnung. Sag mal, verzerrt der Spiegel irgendwie das Bild?"
Ich hielt jetzt meine Hand prüfend davor und stellte fest, dass sie sowohl vor als auch im Spiegel gleich aussah. Keine Veränderung, keine Verjüngung, alles absolut identisch. Anschließend blickte ich wieder auf mein Gesicht und schüttelte ungläubig den Kopf. Die kleine Dienerin wartete immer noch auf ihr Lob und ich lächelte freundlich.

"Ich danke dir für deine Arbeit. Du hast das sehr gut gemacht und darfst jetzt gehen."

Obwohl diese Worte eigentlich für mich komisch klangen, waren sie ganz natürlich aus meinem Mund gekommen. Ich war es gewohnt, mit Dienern zu sprechen.

Nachdenklich legte ich den Spiegel, den ich immer noch in meiner Hand hielt, auf das kleine Schreibtischchen und setzte mich auf die Decke zurück. Langsam betrachtete ich den Raum, in dem ich in dieser Nacht schlafen würde, und nahm jedes Detail auf. Er war vermutlich das Schlafzimmer der Hausherrin, das eilig für den hohen Gast geräumt worden war.

Ich saß auf einer dicken, gesteppten Decke und hinter mir stand ein kunstvoll bespannter Paravent mit dem Bild einer koreanischen Landschaft. Eckige Kissen lagen jeweils an beiden Seiten der Decke und davor stand ein kleines bodenhohes Tischchen. Der in dieser Zeit kostbare Spiegel lag auf dem Tisch genau wie ein paar Dinge, die die Bewohnerin des Raumes liebte und als edel genug angesehen hatte, es dem hohen Gast präsentieren zu können. Ein schwerer, geschmiedeter Kerzenständer, ein kleines Schmuckkästchen und ein Tintenstein nebst verschiedene Pinsel und kostbarem, handgemachtem Papier.

Offensichtlich liebte es die Dame des Hauses zu schreiben oder zu malen und war stolz darauf, dass sie sowohl teures Papier hatte als auch zeigen konnte, dass sie keine Analphabetin war. Alles wirkte authentisch, alles wirkte, als wäre es normal - weil es authentisch, normal und real war.

Ich weiß nicht, wann mir die ersten Zweifel an meiner Theorie gekommen waren, dass alles eine Show war. Vielleicht, als mein Pferd durchgegangen war und ich wirklich Angst hatte, mich zu verletzen oder zu sterben und Prinz Min-Jae zu meiner Rettung geeilt war. Ungeachtet dessen, dass er sich in Gefahr begeben hat? Der Schauspieler Hae Jun-Ho, aka Min-Jae, konnte vermutlich auch reiten. Allerdings bezweifelte ich, dass er einen Stunt mit einem galoppierenden Pferd selbst gespielt hätte. Die Bewegungen des Reiters waren sicher, als wäre er seit frühester Jugend das Reiten gewohnt, was der angehende Kronprinz vermutlich auch war.

Oder war es mir da komisch vorgekommen, weil alle stets an ihren Rollen festgehalten haben? Egal in welcher Situation? Selbst, als ein echter Eber vor ihnen aufgetaucht war, hatten sie ihn mit Pfeil und Bogen erlegt, als wäre es das Normalste der Welt. Ich glaube nicht, dass der K-Pop Star Taemin in seinem Leben jahrelang das Bogenschießen geübt hat, um mit Perfektion über viele Meter hinweg ein sich bewegendes Tier zu erledigen.

Es könnte aber auch bereits in dem Moment im Kerker gewesen sein, als ich festgestellt hatte, dass meine Narbe verschwunden war und ich plötzlich hüftlange Haare besaß. Meine Vorstellungskraft, dass es sich um eine Reality Show handelte, hatte mich vermutlich davon abgehalten, an meinem Verstand zu zweifeln. Wenn ich alles zusammenzähle, so gab es nur wenige Möglichkeiten, was wirklich gerade passierte. Entweder war ich tot und in einer Art Nachwelt oder Parallelwelt gelandet. Das setzte aber voraus, dass beide Schauspieler, Hae Jun-Ho und Taemin mitgekommen beziehungsweise ebenfalls verstorben waren.

Eine andere, durchaus verwirrende Möglichkeit war, dass ich tatsächlich durch die Zeit in die Vergangenheit gereist war und das Leben der Frau aufnahm, mit der ich eine unverwechselbare Ähnlichkeit hatte. Das erklärte die ungewohnten Fertigkeiten, die ich in mir trug, die manchmal aufblitzenden Gefühle und Kenntnisse von Dingen, die ich nicht haben konnte.

Oder, und diese Möglichkeit war die, die ich am meisten bevorzugte und von der ich hoffte, dass es so war: Ich war zuhause auf meinem Sofa eingeschlafen und erlebte den realistischsten Traum, den man träumen konnte. Vielleicht wachte ich daraus nur dann wieder auf, wenn ich in diesem Traum starb.

KAPITEL 7

Es war, als wäre ich aus einem Traum erwacht und nicht in einem gefangen. Mit einem Mal sah ich die Dinge, wie sie wirklich waren. Es gab hier keinen Strom in dem "Museumsdorf", weil der Strom noch nicht erfunden wurde. Wir waren an keinen anderen Städten oder Siedlungen vorbeigekommen, seit wir China, oder vielmehr Qing verlassen hatten. In meiner Zeit wären wir jetzt in Nordkorea und nicht in Joseon. Der Kampf vor dem Haus der schlafenden Familie war keine Choreografie. Die Schwerthiebe haben verletzt und getötet. Ich habe sogar gesehen, wie bei einem Mann Eingeweide ausgetreten waren und mein Verstand hatte das sicherheitshalber für mich ausgeblendet. Die einhundert Frauen auf dem Weg in die Sklaverei der Mandschurei waren echt. Ihr Leiden war real. Sie spielten nicht ihre Pein, ihre Not, ihre Angst. Selbst Taemin und der Schauspieler Jun-Ho waren nicht die, für die ich sie gerne halten wollte. Sie waren wirklich der Captain der Garde und Bodyguard Ki Yo-Han und der Kronprinz Min-Jae, der später der König von Joseon werden würde. Und ich, ja, ich war irgendwie in den Körper der edlen Dame Nam Jang-Mi geschlüpft und nur noch meine moderne Seele war So-Ra. Wobei ich mir allerdings nicht sicher war, dass ich hier alleine residierte. Vielmehr schien es so, als würden wir uns diesen Körper teilen.

Alle Sitten, Gebräuche und Regeln waren mir bekannt, denn ich habe sie praktisch als Adelsfräulein des 17. Jahrhunderts mit der Muttermilch aufgesogen und erlernt. Die Sprache der Zeit war mir geläufig und ich verwendete sie, ohne nachzudenken. Ausnahmen gab es lediglich in den Momenten, in denen ich mich in Wut und Rage redete oder in Panik verfallen war. Dann übernahm ich die Sprache des modernen 21. Jahrhunderts und führte hiermit bei den Menschen dieser Zeit zur Verwirrung. Zukünftig werde ich aufpassen müssen, was ich sage. Sollte es den Anschein geben, dass ich von einem Geist besessen wäre, würde man auch bei einer adligen Dame wie mir keine Ausnahme machen und mich der Zauberei bezichtigen und schlimmstenfalls foltern und hinrichten lassen.

Vielleicht hatte ich aus diesem Grund die seltsamen Blicke von Yo-Han gespürt. Hatte er mich beobachtet, um zu prüfen, ob ich für seinen Herrn den Prinzen eine Gefahr darstellen könnte? Oder gab es andere Motive, von denen ich bislang noch keine Kenntnis hatte?

Nachdem mir alles nach und nach durch den Kopf ging, kam ich zu einem Entschluss. Ich musste mich der Situation anpassen und herausfinden, wie und warum ich hier gelandet war. Lady Nam hatte eine Verbindung zu mir und was mich am meisten irritierte, war ihre Geschichte, die mit den gleichen Personen, die jetzt um mich herum waren, in einem modernen Drama verfilmt worden war. Mit dem Kronprinzen und einem K-Pop Sänger in den Hauptrollen. Was war Realität, was wurde gespielt? Warum gab es das Drama und warum war ich hier - Jahrhunderte vor meiner Geburt?

"Lady Nam? Seine Hoheit möchte eine Unterredung mit Euch."
Die Stimme einer Bediensteten drang zu mir durch und ich sah ein letztes Mal in den Spiegel. Ich hatte bei allem dennoch einen Vorteil und hoffte, mir das zunutze machen zu können: Die Liebe des zukünftigen Königs und das Wissen um den Ausgang des Dramas. Wenn ich es geschickt anstellen würde, könnte ich die Kenntnisse des Dramas hier verwenden und zu meinen Gunsten verändern und mir mein Leben hier hoffentlich etwas angenehmer gestalten. Immerhin war ich schon mal nicht in Qing bei dem König gelandet, sondern auf dem Rückweg in mein "Elternhaus". Mein geistiges Alter und meine Erfahrungen aus dem 21. Jahrhundert könnten mir vielleicht auch eine Hilfe sein. Die 17-jährige Lady Nam Jang-Mi und die 24-jährigen So-Ra würden einen Pakt eingehen: Überleben - bestmöglich.

Langsam und elegant erhob ich mich und verließ das Schlafgemach. Vor der Tür wurde ich bereits erwartet. Schnell schlüpfte ich in bereitgestellte, hübsch bestickte Schuhe und strich meinen Hanbok glatt. Der Rock war in zartem Rosa und das weiße langärmelige Oberteil war mit süßen Blumen ebenfalls in rosa und grün bestickt. Das Kleid war genau so, wie es ein junges adliges Mädchen dieser Zeit tragen würde und es war wirklich hübsch. Auf jeden Fall gefiel er mir viel besser, als der schlichte weiße Hanbok, den ich zuvor getragen hatte. Mein Mode Sinn stand dem von Jang-Mi in nichts nach und ich spürte, dass auch sie sich in dem hübschen Gewand sehr wohl fühlte. Oder war es etwas anderes, das sie empfand? Freude, den Kronprinzen zu sehen?

"Lady Nam, hier entlang, bitte."
Die junge Dienerin trug einfache, aber saubere Kleidung und ich folgte ihr durch den Innenhof zu einem weiteren Gebäude des Hauses. Im Dunkeln erkannte ich einen großen Mann, der dort auf mich wartete.

"Eure Hoheit", ich knickste vor ihm und wartete mit gesenktem Kopf darauf, dass er sprechen würde. Er schwieg und als ich mein Haupt wieder hob, sah ich seinen Blick im Schein des Mondlichts auf mir liegen.

"Ich habe Euch Unrecht getan, Agassi. Niemals hätte mein Vater dem Willen des Königs der Qing nachgeben dürfen. Das Versprechen, außer Euch keine weiteren Tribute in diesem Jahr zu fordern, hatte ihn blind werden lassen. Doch waren das leere

Versprechen, leere Phrasen ohne Bedeutung. Der König von Qing hat sein Wort gebrochen."

Er kam ohne Umschweife sofort zur Sache und ich sah, wie er die Hände an den Seiten zu Fäusten ballte. Genau wie ich hatte er die Kleidung gewechselt und trug nun eine edle Robe in dunkelblau mit Stickereien auf dem Bauch. Drachenstickerei, die nur der Kronprinz von Joseon tragen durfte. Seine Haare waren hoch auf dem Kopf zu einem Knoten gebunden und wurden von einer kostbaren silbernen Spange und Nadel gehalten. Min-Jae wäre auch in meiner Zeit ein attraktiver Mann und als Schauspieler Jun-Ho war er es auch. Doch diese Kleidung hatte noch einmal etwas Besonderes. Meiner Jang-Mi in mir gefiel auch sehr, was sie sah. Doch ich, So-Ra, hörte nur seine Worte und schluckte.
Es war gefährlich, dass er hier im Dunkeln seinen Vater, der der Souverän dieses Landes war, kritisierte. Eine Kritik am Monarchen könnte einem einfachen Menschen genau wie einem Kronprinzen den Kopf kosten. Es zeigte aber auch, wie verzweifelt er gegen die Entscheidung des Hofes angegangen war. Letztlich hatte er doch verloren. Aber diese Worte machten auch deutlich, wie viel er für mich, oder besser Jang-Mi, bereit war zu riskieren.

"Ihr habt mich zurückgebracht, Euer Hoheit. Das ist für mich das Einzige, was zählt", antwortete ich demütig und meinte diese Worte wirklich.
Wenn ich tatsächlich in Qing gelandet wäre, hätte mich der dortige König wie in dem Drama "Immortality Love" in einen Käfig gesperrt? Wäre ich dann irgendwann geflohen und beim Sprung

von einer Klippe gestorben? Jetzt stand ich hier neben dem Kronprinzen des Landes Joseon, war wohlauf und in Sicherheit. Ich war tatsächlich sehr dankbar, dass er mich gerettet hatte und zeigte ihm das, indem ich ihn freundlich anlächelte.

Plötzlich fasste Min-Jae meinen Arm und zog mich an sich heran. Sein Körper strahlte Wärme aus und wider die Etikette drückte er mich eng an sich heran, so dass ich seine starken Muskeln unter dem Gewand spüren konnte. Dieser Mann war nicht von hunderten Besuchen im Fitnessstudio gestählt. Er hat sich diese Muskulatur vermutlich im Training mit dem Schwert erarbeitet. Ich erinnerte mich wieder an seine schwieligen Hände, was natürlich jetzt einen Sinn ergibt. Er hatte keine feinen Aristokraten- oder Büro-Hände, sondern die fest zupackenden eines trainierten Kämpfers. Obwohl er der Kronprinz des Landes war, hatte er neben täglichen Studien der königlichen Geschichtsbücher und Abhandlungen zum Regieren eines Volkes durch Gelehrte auch Kampfkunst erlernt. Insbesondere Bogenschießen und Schwertkunst.

Nun stand ich also an der breiten Brust dieses Mannes gelehnt und wusste nicht so recht, wie ich mich verhalten sollte. Mein schüchternes Ich aus dem 17. Jahrhundert bekam ein aufgeregtes Herzklopfen, während mein selbstbewusstes Ich aus dem 21. Jahrhundert sich losmachen wollte. Ich ahnte, wohin diese Nähe führen könnte. Es war mir nicht gänzlich unangenehm, aber ich wollte auch nicht den Eindruck erwecken, es würde mehr zwischen uns beiden laufen können. Erst einmal abwarten, dachte ich und blieb unbewegt stehen, ohne ihn zu ermutigen.

Min-Jae hatte den Zwiespalt meiner Gefühle im Mondlicht beobachtet und ein winzig kleines, ironisches Lächeln schlich sich in seine Mundwinkel. Er hatte niedliche Grübchen, die sich nun wieder zeigten. Ich betrachtete den schönen Mann, der einmal König werden würde, und wünschte mir in diesem Moment, dass ich mich in ihn verlieben könnte. Alles wäre einfach, wenn ich ihm mein Herz schenken könnte. Er schien Lady Nam wirklich sehr zu lieben, was sie vielleicht auch erwiderte, doch bei mir wollte der Funke einfach nicht überspringen.

Als er sich über mich beugte, um mich wieder zu küssen, lehnte ich mich in seinem Arm zurück und drückte meine Hand abwehrend gegen seine Brust.

"Eure Hoheit, ich danke Euch für Eure Rettung, aber ich denke, es ist Zeit, dass ich mich nun zur Ruhe lege. Wir haben morgen die Weiterreise vor uns und ich bin jetzt wirklich müde."

Enttäuscht lockerte der Kronprinz seinen Arm und forschte in meinem Gesicht, ob ich die Worte nur gesagt hatte, um meine Ehre aufrechtzuerhalten oder wirklich so meinte. Ich lächelte ihn an, um ihm nicht das Gefühl zu geben, einen riesigen Korb erhalten zu haben. In Seoul hatte ich oft Verehrer gehabt und war tatsächlich, so arrogant es klingen mochte, recht geübt damit, jemanden abzuweisen. Allerdings waren die meisten meiner männlichen Verehrer weniger männlich und erwachsen und vor allem weniger einflussreich als dieser Kronprinz. Er war es vermutlich nicht gewohnt, zurückgewiesen zu werden, und seine Reaktion konnte für mich schlimme Folgen haben, wenn ich ihn verärgerte.

Furchtsam unter gesenkten Lidern, beobachtete ich ihn. Für ihn musste es aussehen, als hätte ich schüchtern meine Augen gesenkt, weil ich von seiner Aufmerksamkeit schlichtweg überwältigt war. Den Eindruck sollte er auch erhalten, denn ich würde unsere Beziehung nicht aufs Spiel setzen wollen. Nur durch ihn war es mir möglich, einen guten, hoffentlich friedlichen Platz in diesem Leben zu bekommen. In diesem Leben, das ich nicht wollte und in dem ich gezwungen war, mitzuspielen.

"Ihr habt Recht, bitte verzeiht. Ich bin so glücklich, dass ich Euch wohlbehalten wieder habe, so dass ich mich vergaß. Ich begleite Euch zurück zu eurem Zimmer."
Er war während seiner Worte einen Schritt von mir zurückgetreten und streckte mir nun seine Hand entgegen. Etwas schüchtern ergriff ich sie und stellte fest, dass meine kleine helle Hand in seiner viel dunkleren, größeren Hand aussah, wie ein gefangener Vogel. Ein kleiner Schauer lief mir über den Rücken. Es war, als hätte ich kurz in meine Zukunft geschaut und diese war nicht besonders hell und freundlich.
Still folgte ich dem zukünftigen König, der langsam den Weg zu meinem Hanok zurückging. Das Mondlicht schien auf sein hübsches Gesicht und ich konnte erkennen, dass ein leichtes Lächeln seine Mundwinkel umspielte. Erleichtert atmete ich leise aus. Er schien nicht beleidigt zu sein, weil ich seinen Kuss abgelehnt hatte. Nicht auszudenken, wenn ich mir mit der Ablehnung meine Chancen für die Zukunft verbaut hätte. Momentan war er einfach die beste Aussicht, die ich hatte und diese aufs Spiel zu setzten, war dumm und vielleicht sogar gefährlich.

Natürlich hoffte ich, dass er mir nach unserer gemeinsamen Reise und der "Zurück Entführung" einen Heiratsantrag machen würde. Allerdings war mir klar, dass nicht einmal der zukünftige Königs des Landes die Wahl seiner Braut selbst bestimmen konnte. Oder anders gesagt: Seine Hochzeit war eine Staatsehe und seine Braut vermutlich jemand, die aus einem ihn unterstützenden großen Clan kommen musste. Aber halt, genau das war ich ja. Mein Vater war der wichtigste Minister im Kabinett des Königs und ich war seine einzige Tochter. Wenn nicht ich die richtige Kronprinzessin war, wer dann? Irgendwie würde ich das Gespräch auf dieses Thema bringen müssen. Erst dann, wenn ich mit dem Kronprinzen verheiratet wäre, könnte der Qing König keinen Anspruch mehr auf mich erheben und ich wäre sicher, dass ich nicht ein Ende in einem Käfig finden würde, oder?

KAPITEL 8

Die deutsche Freundin meiner Mutter hatte früher immer einen Spruch parat, den ich als Kind sehr witzig fand: "Da brat mir aber mal einer einen Storch. Und den recht knusprig."
Genau dieser Spruch entwich mir, als ich die Kutsche sah, die für uns an diesem Morgen bereitstand. Sie war etwa doppelt so groß wie die, in der mich die anderen Mädels auf den Weg in die

Mandschurei begleitet hatten. Als ich darin Platz genommen hatte, stand mir der Mund offen.

Das Gefährt war sehr edel und komfortabel mit dick gepolsterten Bänken, einem kleinen, mit Kohle beheizbaren Ofen und sogar einem kleinen Tischchen ausgestattet. Auf diesem standen verschiedene süße und herzhafte Leckereien, sowie eine Teekanne mit zwei entzückenden dazu passenden kleinen Tässchen. Zusätzlich gab es warme Decken, Kerzen und es lagen sogar Bücher bereit, falls sich der königliche Fahrgast und seine Begleitung auf der Reise langweilen sollten.

Es war genau wie in der Zeit, aus der ich eigentlich stammte: Im Flieger mussten die einfachen Gäste in der Economy Klasse auch die Knie an die Ohren ziehen, und die First Class konnte im Liegen den Flug genießen. Nicht anders war es auch hier. Natürlich war es nicht verwunderlich, denn mein edler Begleiter und Gastgeber war seine Hoheit, Prinz Min-Jae. Seja Joha, der Kronprinz von Joseon. Genau so wurde er von allen Menschen um ihn herum angesprochen: Seja Joha. Tatsächlich war ich vermutlich die Einzige, die es wagte, ihn ganz ungezwungen und wider die Konventionen bei seinem Namen anzusprechen.

Nun, da ich mir bewusst war, dass ich es nicht mit dem Schauspieler der Rolle, sondern dem "echten" Kronprinz zu tun hatte, würde ich ihn in Zukunft ebenfalls mit seiner Ehrenbezeichnung anreden, wenn ich keinen Ärger bekommen wollte. Meine bisherige ungezwungene Art wäre vermutlich sehr unklug, denn in Hanyang würden sowohl der Prinz und besonders ich den Konventionen unterliegen. Ein falsches Wort, eine falsche Geste oder Tat können nicht nur für eine Person fatale Folgen haben, sondern für ihren ganzen Clan.

Die weitere Fahrt in der bequemen Kutsche verlief tatsächlich sehr angenehm und war überhaupt nicht mit der Reise in dem spartanischen Gefährt der Hinreise zu vergleichen. Obwohl ich gedacht hatte, dass mein Prinz mich in dem gemütlichen Fuhrwerk begleiten würde, ritt er auf seinem Pferd zusammen mit den anderen Männern. Vermutlich wollte er so unnötigen Spekulationen aus dem Weg gehen, wenn wir in der Hauptstadt ankommen würden. Ein zukünftiger König, der allein mit einer hochgeborenen Dame, die keine Konkubine oder Ehefrau war, stundenlang eine Kutsche teilte, würde die Gerüchteküche mächtig anheizen. Das war schon vor hunderten von Jahren genauso, wie es in modernen Zeiten war.

Beinahe wäre es mir lieber gewesen, wir hätten für Gerüchte gesorgt und er hätte sich erklären müssen. Doch Min-Jae war ein Ehrenmann und wollte mich keinem böswilligen Gerede aussetzen und damit meinem Ruf schaden.

Die nächste Nacht unserer Reise zurück zur Hauptstadt Hanyang verbrachten wir wieder in der Residenz eines Regierungsbeamten. Dieses Mal war sie jedoch ein wenig kleiner als die des Magistrats. Zwar hatte ich genau wie zuvor einen eigenen Schlafraum zur Verfügung gestellt bekommen, jedoch waren die Häuser näher beieinander gelegen und viel kleiner.

Im Laufe des nächsten Tages erreichten wir endlich unser Ziel: Hanyang, die Hauptstadt des Reiches Joseon, der Sitz des Königs und der Regierung. Die Heimatstadt von Lady Nam Jang-Mi. Nach unserer Rückkehr würde ich zurück in das Haus meines Vaters, des Ministers Nam, ziehen.

Im Fernsehdrama hatten Vater und Tochter eine oberflächliche Beziehung, die nicht besonders intensiv beleuchtet worden war. Man konnte jedoch deutlich spüren, dass der Vater zwar seine Tochter wie ein wichtiges Pfand und ein Mittel zur Machterhaltung und Machterweiterung sah, sie aber auch durchaus auf seine Weise liebte. Seine Einwilligung, seine einzige legitime Tochter in das Reich Qing zu schicken, hatte ihm bei Hofe und insbesondere beim König viele Pluspunkte eingebracht und seine Macht und Einflussnahme verstärkt.

Jang-Mi, also ich, war sein einziger legitime Nachkomme mit seiner verstorbenen Ehefrau, meiner Mutter. Sein einziger Sohn und damit mein leiblicher Bruder war kurz nach der Geburt bereits verstorben. Danach hatte meine Mutter keine weiteren Kinder mehr zur Welt gebracht. Mein Vater zeugte allerdings zusammen mit seinen Konkubinen und Nebenfrauen noch weitere Kinder, allerdings waren es ausschließlich Mädchen. So kam es, dass ich dank der legitimen Geburt nun die Einzige war, die den Namen Nam trug. Doch ich war ein Mädchen und konnte als weiblicher Nachkomme den Namen und Titel meines Vaters nicht weitervererben. So kam der Tag, an dem mein Vater zu jedermanns Überraschung seinen männlichen Nachfolger der Familie vorstellte.

Auch wenn ich die einzige leibliche Tochter war, hatte mein Vater es ohne Zögern zugelassen, dass ich in die Mandschurei "verkauft" wurde. Zwar sollte ich dort die Nebenfrau des Königs werden, aber ich wäre ohne familiäre Unterstützung völlig machtlos in den Palast eingezogen. Hätte der König oder eine seiner Hauptfrauen Missfallen an mir gefunden, wäre es keine Schwierigkeit gewesen, mich für immer verschwinden zu lassen. Man hätte lediglich eine Nachricht an meinen Vater geschickt, dass ich an einer Krankheit verstorben wäre. Nachfragen unerwünscht und Nam Jang-Mi würde vergessen sein.

Mein Vater hatte neben mir noch acht weitere Töchter, die allesamt illegitim waren, aber deren Mütter noch lebten. Selbstverständlich haben diese Frauen alles daran gesetzt, ihre Kinder zu schützen und nicht in das ferne Land gehen zu lassen. Außerdem war es einigen von ihnen auch ganz Recht gewesen, mich schnellstens loszuwerden. So stiegen ihre eigenen Mädchen in der Rangfolge des Nam-Clans. Sie wurden auf dem Heiratsmarkt wertvoller und konnten ihren Müttern durch vorteilhafte Heiraten mehr eigene Macht innerhalb des Clans verschaffen. Politik gab es nicht nur im Palast, sondern auch bei den Beamten in den großen und kleinen Haushalten. Es bleibt also abzuwarten, wie mein Vater meine Rückkehr in den heimischen Hafen aufnehmen würde - und vor allem seine Nebenfrauen und Konkubinen. Ein warmes Willkommen würde mir vermutlich nicht bereitet werden, aber ich war darauf eingestellt und bereit, mich zu verteidigen. Eine Rose hatte bekanntlich Dornen und ich hatte sie in dieser Familie lange versteckt.

Die Zeit verging viel zu schnell und bereits am frühen Nachmittag hörte ich die Rufe einiger Gardisten, dass die Hauptstadt Tore bereits sichtbar seien. Neugierig zog ich einen der Vorhänge vor den Fenstern zur Seite und betrachtete die riesige Stadtmauer, die Hanyang umgab. Vor dem Stadttor war eine Schlange an wartenden Menschen, die eingelassen werden wollten. Jeder, der hinein wollte, musste einen Passierschein vorweisen, den Grund nennen, warum er in die Stadt wollte und sich und seine mitgebrachten Waren kontrollieren lassen. Aus diesem Grund warteten die Menschen zum Teil recht lange vor den Toren, ehe sie die Hauptstadt betreten konnten.

Als die Kutsche des Kronprinzen gesichtet wurde, sorgten auf der Stelle die Wachen des Tores und die mitgebrachten Gardisten dafür, dass die Kutsche und der Prinz ohne Verzögerung passieren konnten. Wie ich es bereits aus den anderen Ansiedlungen kannte, fielen die einfachen Menschen auf die Knie und verbeugten sich tief mit einem Keunjeon, wobei ihre Stirn den Boden berührte. Niemand sah den Prinzen direkt an, denn dies hätte als Grund gedient, die Person wegen Respektlosigkeit zu schlagen oder schlimmer noch sogar zu töten.

Wir passierten das Tor und ich hatte nach wie vor die Gardine angehoben, um mir die damalige Hauptstadt anzusehen. Es war für mich unvorstellbar, dass diese gemütlich wirkende Kleinstadt eines Tages eine der größten Städte Asiens, nämlich Seoul, werden würde. Neugierig betrachtete ich die Häuser und die Geschäfte, die links und rechts der Hauptstraße ihre Waren und Dienstleistungen anboten. Wir passierten Hutmacher, Schneider, Parfümeure und andere Geschäfte für die Oberschicht. Gut gekleidete Damen und Herren mit ihren Dienern wandelten von Geschäft zu Geschäft und ließen ihre Einkäufe von Sklaven oder Dienern tragen. Es war recht laut und fröhlich und hin und wieder sah ich eine Sänfte, die von vier starken Männern durch die Straßen getragen wurden. Tatsächlich waren Kutschen mit zwei Pferden, wie die, in der ich gerade saß, eher selten. Die Straßen waren eng und wenn unsere Kutsche passierte, drängten sich die Menschen in den Eingängen der Geschäfte und zollten seiner Hoheit ihren Respekt. Die Kutsche bog in eine ruhige Seitenstraße ein und vor einem großen hölzernen Tor zwischen einer hohen weißen Mauer hielten wir an.

"Mylady, wir sind da."
Min-Jae begleitete mich zu der Residenz meines Vaters. Ich hatte ihn zuvor mit Yo-Han diskutieren hören, dass er sofort zurück in den Palast gehen sollte, doch er weigerte sich und bestand darauf, mich persönlich nach Hause zu bringen. Fürchtete er, dass meine Heimkehr nicht gerade gefeiert werden würde?
Ich erhob mich von dem Sitz und raffte meine Schultern. Ich war Nam Jang-Mi und ich hatte mir nichts vorzuwerfen. Der Prinz des Landes hatte mich befreit und in den Schoß meiner Familie zurück begleitet. Da konnte und durfte weder mein Vater noch eine seiner Frauen etwas dagegen sagen, ohne dass er wegen Verrat angeklagt werden konnte. Die Entscheidung des Kronprinzen stellte man nicht in Frage. Seine Taten wurden nicht kritisiert. Er war der zukünftige König.

"Ich werde mit meinem königlichen Vater sprechen und Ihr werdet bald eine Nachricht erhalten."
Min-Jae sah mich an und räusperte sich plötzlich. Offensichtlich wollte er noch mehr sagen, aber dann erinnerte er sich daran, dass er

auf einer öffentlichen Straße stand und man ihn sowohl hören, als auch sehen konnte. Leise setzte er daher hinzu: "Ich vermisse Euch und werde die Tage zählen, bis wir uns wiedersehen."

Seine geflüsterten Worte waren lieb und ich lächelte, als ich sie hörte. Es schmeichelte schon, wenn der Prinz einen vermissen würde. Sein Blick lag liebevoll auf mir und ich spürte, wie sich meine Wangen zart röteten. Lady Nam hatte die Führung übernommen, So-Ra gab ihr den Platz frei.

"Haltet nachts Ausschau nach dem Mond. Es gibt Gestalten, die die Dunkelheit lieben."
Seine Worte klangen wie ein Versprechen und ich wusste, was er damit meinte. Die Röte auf meinen Wangen vertiefte sich und ich nickte verstehend. Ein Hallodri und Charmeur, aber da ich ihn als potentiellen Heiratskandidaten sehen musste, ließ ich mich darauf ein.
Er verabschiedete sich noch vor dem Tor und ich sah ihm nach, wie er davonritt. Seine Haltung auf dem Pferd war wirklich königlich. Seine breiten Schultern in der historischen Kleidung kamen besonders gut zur Geltung. Sein Schwert an der Seite funkelte im Sonnenlicht und ich fragte mich, wann ich ihn wohl wiedersehen würde.
Ein Soldat der persönlichen Garde des Kronprinzen begleitete mich zum Tor. Es war der junge Mann der Elitewache, den der Prinz mir zu meinem Schutz zur Seite gestellt hatte. Das war sehr aufmerksam, denn ich wusste tatsächlich nicht, was mich hinter der hölzernen Tür meines Elternhauses erwarten würde. Mein Herz schlug

aufgeregt und ich hatte das unbestimmte Gefühl, dass ich mehr vorfinden würde, als ich in diesem Moment ahnte.

Ehe meine Wache ans Tor klopfen konnte, wurden die Türen bereits aufgerissen und die Torwachen verneigen sich tief vor mir. Neugierig trat ich näher und sah, wie im Hintergrund ein Mann mittleren Alters, zusammen mit drei Frauen und jungen Mädchen, angemessen schnellen Schrittes zum Tor geeilt kam. Ah, dachte ich innerlich lächelnd, meine Familie rückte an.

Als sie bemerkten, dass der Kronprinz nicht mehr anwesend war, wurden ihre Schritte gemäßigter und auch ihre zuvor aufgesetzt freundlichen Gesichter wurden normal und sahen mir eher neugierig als erfreut entgegen.

Genauso interessiert betrachtete ich meine "Familie", die ich noch nie zuvor in meinem Leben gesehen hatte. Sie sahen genauso aus wie in dem Drama "Immortality Love". Es waren exakt die gleichen Gesichter, die ich zuvor auf dem Bildschirm gesehen hatte, zumindest hatte sie gewaltige Ähnlichkeit mit ihnen. Doch genau wie alle anderen Protagonisten, die ich bislang in dieser Welt getroffen habe, gab es auch hier und da kleine Unterschiede zu ihren Fernseh-Pendants. Die Frauen meines Vaters waren nicht mehr ganz so jugendlich und frisch. Ihr Make-Up, wenn sie überhaupt eines trugen, war sehr diskret. Man konnte bei einer der Frauen sogar tiefe Narben, ich vermutete von einer Art Pockenkrankheit, in ihrem Gesicht erkennen. Sie wirkten auch nicht ganz so böse und gemein wie in dem Drama im Fernsehen.

Ihr Gesichtsausdruck ließ eher auf Überraschung als Unwillen schließen, dass ich wieder zuhause war. Mein Vater sah auf den ersten Blick genauso aus wie in dem Drama. Er war nicht besonders groß, trug eine seidene Robe in dunkelblau mit bunter Stickerei, dazu hatte er einen Gat, einen traditionellen breitkrempigen Hut auf dem Kopf. Ein leicht ergrauter Bart zeugte davon, dass er bereits etwas älter war und ließ ihn distinguiert aussehen. Insgesamt wirkte er dennoch sehr distanziert, wie es die Väter der damaligen Zeit gegenüber ihren weiblichen Nachkommen vermutlich waren, doch er schien nicht unfreundlich zu sein.

Mein Vater war kein warmherziger, emotionaler Mann, allerdings wirkte er auch nicht böse. Er war genauso überrascht wie seine Frauen, dass ich nicht in Qing war, aber er schien die Tatsache, dass mich der Kronprinz persönlich zurückgebracht hatte, sofort richtig zuordnen zu können.

"Bitte, herzlich Willkommen daheim, Bingung Mama[4]."

Seine förmliche Anrede ließ die Familienmitglieder zusammenzucken und die Frauen sanken augenblicklich in einen tiefen Knicks, während alle im Hof befindlichen Männer außer meinem Vater eine tiefe Verbeugung vor der ersten Tochter des Hauses machten. Alle zollten mir den Respekt, der mir als zukünftige Königin zustand.

Alle bis auf einer: Mein ältester Bruder Chunsu. Er stand ein wenig hinter meinem Vater und dessen Frauen und sah mich unverwandt an. Die gute Erziehung der Lady Nam rettete mich in diesem Moment davor, meinen Mund peinlich offenstehen zu lassen.

---

[4] Königliche Hoheit für die Kronprinzessin

Chunsu, mein Bruder, war niemand anderes als der bestbezahlte Schauspieler in Südkorea: Park Joon-Ki.

Sein intensiver Blick sorgte umgehend für ein Gefühl von einem Kribbeln in meinem Bauch und als ein winziges Lächeln in seinen Mundwinkeln erschien, lief mir ein ahnungsvoller Schauer über meinen Rücken.

Park Joon-Ki hat die Rollen getauscht. Im Drama hatte er den Kronprinzen Min-Jae verkörpert, hier in dieser Welt war er mein Bruder und ich wusste in diesem Moment, dass er wieder die Hauptrolle spielte. Park Joon-Ki is here.

Nervös fuhr ich mit meiner Zunge über die Lippen und schluckte trocken. Diese Regung wurde von meinem Bruder natürlich bemerkt und ich konnte den Blick nicht von seinen intensiven, strahlenden Augen abwenden. Mein Herz flatterte und ich spürte, dass auch Jang-Mi von seinem Anblick aufgeregt war.

Mein Bruder Chunsu war als Baby von meinem Vater in unsere Familie aufgenommen und als Sohn und Nachfolger erzogen worden. Der damals siebenjährige Knabe wurde von meinem Vater adoptiert und zum rechtmäßigen Erben erklärt. Vor den Mitgliedern und Ältesten des Nam-Clans wurde jedoch geheim gehalten, dass Chunsu nicht vom gleichen Blut wie mein Vater war. Da es keinen legitimen männlichen Erben gab, hatte meine leibliche Mutter noch vor ihrem Tod Chunsu auf Drängen meines Vaters als ihren Sohn anerkannt und damit zugestimmt, dass er im Familienregister eingetragen werden würde. Eine gängige Praxis unter Adligen, die illegitimen, zumeist männlichen Kinder im Stammbaum aufzunehmen. Auf dem Papier war Chunsu also mein Orabeoni, mein älterer Bruder. Allerdings hatte er sich nie als ein solcher benommen und schon gar nicht, als ich älter wurde.

Mein Bruder war in Anwesenheit meines Vaters stets höflich und zurückhaltend. Er wirkte bescheiden und dankbar, dass er von ihm als Erbe aufgezogen wurde. Doch als ich ihn heute zum ersten Mal in meinem Leben wirklich sah, fielen mir die Worte der Jang-Mi in dem Drama ein, dass sie jedes Mal vor ihrem Bruder ein wenig Angst hatte, was nicht mit dem Eindruck zusammenpassen wollte, den ich heute von ihm bekommen hatte.

Im Drama wirkte es stets so, als schlummerte unter der glatten Oberfläche ein Vulkan. Jenseits der Augen seines Ziehvaters verstand er es, die Menschen um sich herum zu manipulieren und zu kontrollieren. Stets hatte Lady Nam Jang-Mi gespürt, dass in ihm etwas Dunkles, vielleicht sogar Böses schlummerte. Seine Blicke waren von Jahr zu Jahr mit mehr Gier und Verlangen auf sie gewesen, und sie hatte sich gefürchtet, ihren Orabeoni alleine zu treffen. Doch das war die Darstellung des Charakters im Fernsehdrama gewesen und der Schauspieler dieser Rolle war Hae Jun-Ho, der nun der freundliche Kronprinz war. Hatte sich die Rolle des Chunsu vielleicht auch mit der darstellenden Person genau wie der Plot verändert? Hätte ich nicht die dunkle Aura des Chunsu spüren müssen? Park Joon-Ki war nun mein "Bruder" und bei seinem Anblick hatten sowohl Jang-Mis als auch mein Anteil vom Herzen heftig geklopft. Jedoch nicht vor Angst, sondern vor… Begehren oder sogar Liebe?

Ich rief die Erinnerungen der Jang-Mi in meinem Kopf noch einmal ab, um ein besseres Verständnis zu bekommen. Im letzten Jahr hatte Jang-Mis' Ziehbruder die Beamtenprüfung abgelegt und war anschließend am Hof im Ministerium der Riten angenommen worden. Meine Kenntnisse hatte ich aus dem Drama "Immortality Love" und auch, dass Nam Jang-Mi ihren Bruder fürchtete. Er hatte sie das eine oder andere Mal unerwartet aufgesucht und das machte auf den Zuschauer den Eindruck, dass er mehr als seine Schwester in ihr gesehen hatte. Doch die Autoren hatten diesen Handlungsstrang nicht weiter verfolgt und so war es bei einer vagen Ahnung geblieben. Vermutlich wollte man damit zeigen, dass die Arme Jang-Mi von sämtlichen Männern der Serie begehrt wurde und nicht jeder Mann es gut mit ihr meinte.

Jetzt stand ich hier im Innenhof des Hauses meines Vaters und sah zum ersten Mal die Familie und eben jenen Bruder, der mich sofort faszinierte. Dieses lag vermutlich einfach daran, dass ich schon seit langer Zeit für Park Joon-Ki schwärmte und er nun in einer klitzeklein abgewandelten Form leibhaftig vor mir stand.
Dieser Mann war überaus attraktiv. In seinem Hanbok, den er als Beamter in einem traditionellen dunkelgrün mit Stickerei trug, wirkte er elegant und männlich.
Obwohl er eher ein Gelehrter war, hatte er genau wie Min-Jae die Kampfkunst trainiert und ich wusste aus dem Drama, dass er sehr gut mit dem Schwert umzugehen vermochte. Alles in allem wirkte er sehr angenehm auf andere, freundlich, höflich und nachgiebig. Doch sein demütiges Verhalten wollte täuschen. In ihm

schlummerte ein Kämpfer, ein Mann, der bereit war, sich zu holen, was ihm zustand.

Sein intensiver Blick auf mich war mir mit einem Mal unangenehm, denn er ließ mich an Dinge denken, die ganz bestimmt nicht in die Gedanken einer züchtigen Schwester passen. Doch auch in seinem hungrigen Blick lag ein Begehren, das ganz gewiss nicht in die Augen eines älteren Bruders gehörte. Allerdings verwirrte es mich nicht so, wie es vermutlich Lady Nam erschreckt hätte.

Mir war hier die Kenntnis des Dramas von großem Vorteil: Chunsu wusste seit langem, dass er nicht mein leiblicher Bruder war. Es bestand keine Blutsverwandtschaft zwischen uns und ich, So-Ra, wusste das auch. Die naive und unschuldige Lady Jang-Mi hatte jedoch keine Ahnung, dass ihr Bruder sie als Frau begehrte und über ihre Rückkehr hocherfreut war und wäre vermutlich zu Tode erschrocken und verwirrt.

"Abeoji", grüßte ich meinen Vater nun und knickste vor ihm.

"Unterlasst das. Es ziemt sich nicht für eine künftige Königin das Haupt zu beugen", wies er mich kühl zurecht.

Ja, Papa, ich freue mich auch, wieder zuhause zu sein. Nein, Papa, ich bin nicht verletzt worden. Mir geht es gut. Trotz der Rüge senkte ich demütig den Kopf und erinnerte mich daran, dass Jang-Mi stets versucht hat, ihrem Vater zu gefallen.

"Bitte verzeiht, dass ich ohne Vorankündigung wieder zurückgekommen bin."

Mein liebevoller Vater nickte knapp und damit war die Begrüßung der Tochter, die vor einigen Tagen das Haus verlassen hatte, um ins ferne Qing transportiert zu werden, beendet. Mit ihm verließen auch die Frauen den Innenhof und ich blieb zusammen mit dem Gardisten, der immer noch hinter mir stand, und Chunsu zurück.

"Ihr seid wieder da."
Seine Stimme war tief und sie war die Stimme von Park Joon-Ki. Ein wohliger Schauer lief mir über den Rücken. Ich hatte ihn bereits zuvor in Seoul getroffen und war fasziniert von diesem Mann. Er war ein Freund meines Schwagers und in der gleichen Entertainment-Company unter Vertrag wie Taemin und die anderen K-Pop-Gruppen-Mitglieder von Star.X. Bei der Hochzeit des Chefs der Agentur Woon-Entertainment haben wir uns kennengelernt. Leider hatte er mich damals nur als kleines Mädchen wahrgenommen und obwohl ich versucht hatte mit ihm zu flirten, sah er mich nur als vielleicht niedliche oder lästige kleine Schwester. Damals war ich genau wie heute siebzehn Jahre alt gewesen. Hier, im Joseon des 17. Jahrhunderts, galt ich jedoch als erwachsene, heiratsfähige Frau und nicht als minderjähriges Mädchen und seine Blicke sagten mir das mehr als deutlich. Allerdings war ich auch nicht das siebzehnjährige, unschuldige Wesen, das er meinte vor sich zu haben. Ich war 24 Jahre alt und ich war auch nicht so unberührt wie die Rose Jang-Mi.

Seine Feststellung war nichts, worauf ich etwas erwidern sollte. Doch der Klang seiner Stimme ließ mich innehalten. Mein Ziehbruder sah mich offen an und ich betrachtete sein schönes Gesicht, das ich zugleich liebte und fürchtete. Woher kam der Gedanke? Fragte ich mich. Liebte Lady Nam ihren Ziehbruder?

Wirklich? Neugierig sah ich ihn jetzt genauer an, obwohl ich das Gesicht von Park Joon-Ki aus allen Kamerawinkel bestens kannte. Chunsu ließ meine Begutachtung über sich ergehen und ich nahm es damit sehr genau. Er war sehr groß. Ich wusste, dass der Schauspieler über 1,80 m groß war und dazu hatte er eine sehr muskulöse, durchtrainierte Figur mit starken Armmuskeln und ich, hier kam ich ins Schwärmen, mit sehr wohl definierten Brust- und Bauchmuskeln. Er sah aus wie der Schauspieler Joon-Ki und doch war auch hier ein minimaler Unterschied erkennbar. Auch er wirkte männlicher, obwohl er vom Alter in dieser Zeit bedeutend jünger als sein Pendent im heutigen Korea war. Doch wahrscheinlich lag es daran, dass die Menschen im 17. Jahrhundert bereits frühzeitig erwachsen wurden und Männer schon in sehr jungen Jahren große Verantwortung übernehmen mussten.

Chunsu/ Joon-Ki hatte ein sehr hübsches Gesicht mit einer geraden Nase, vollen Lippen und einem umwerfenden Lächeln, bei dem sich Grübchen zeigten. Ob er auch in dieser Zeit diese entzückenden Vertiefungen an den Wangen hatte? Er hatte sie, denn in diesem Moment breitete sich ein breites, wissendes Lächeln auf seinem Gesicht aus und mein Herz begann augenblicklich wieder heftig zu schlagen. Es war, als wäre die Sonne über dem Mond aufgegangen und ich musste mir innerlich vor die Stirn schlagen, um wieder zurück ins Hier und Jetzt zu kommen. Dieser Mann war eine Versuchung und er war bei weitem nicht zu unterschätzen.

"Ja, ich bin wieder da und ich bin in Begleitung."

Ich machte ihm klar, dass der Gardist mich nicht verlassen würde. Der Mann würde in meiner Nähe bleiben und für meine Sicherheit sorgen - auch im Hause meines Vaters und vor ihm, meinem Bruder. Abeoji[5] hatte selbst genügend Wachleute, die sein Anwesen und seine Bewohner schützen. Das war in Zeiten wie diesen leider unabdingbar. Die Hauswachen sorgten dafür, dass keine Unbefugten, keine Diebe oder andere Personen, die in der Residenz nicht erwünscht waren, sich Zutritt verschafften. Doch die Hauswachen waren längst nicht so gut ausgebildet, wie es die Leibwache des Kronprinzen war. Bei den Hauswachen waren es oftmals ehemalige Soldaten oder Leibeigene, die diese Aufgabe übernahmen. Die königlichen Leibgardisten hingegen hatten eine Ausbildung zum Elitesoldaten genossen und Dank ihrer unglaublichen Fähigkeiten konnten sie bis zu zehn Soldaten ersetzen. Niemand, der einigermaßen bei Verstand war, legte sich mit der Leibwache des Königs oder der königlichen Familie an. Ich habe gesehen, wozu Taemin, also Yo-Han, der Captain der prinzlichen Leibwache, im Stande gewesen war. Er hatte die überwältigende Überzahl der Soldaten des Qing Königs so gut wie allein besiegt und dabei selbst nur eine kleine Schramme davongetragen.

Ich war also mit diesem Mann sicher, so hoffte ich zumindest. Sicher vor Feinden und vor mir selbst. Mein Bruder würde es nicht wagen, irgendetwas Dummes zu unternehmen. Mir war klar, dass ich durch den Bodyguard nicht nur beschützt wurde, sondern auch das Auge des Prinzen in meinem Haus hatte. Vermutlich würde er von all meinen Schritte berichten und ich war mir im Klaren darüber, dass

---

[5] respektvoll für Vater

ich mich vorsichtig und angemessen verhalten musste, wollte ich kein Misstrauen erregen.

Mit meiner Begrüßung durch meinen Vater als künftige Kronprinzessin hatte er allen Bewohnern seines Hauses klargemacht, welchen Stand ich von nun an hatte oder in Kürze haben werde. Er hatte eine klare Grenze gezogen und ein unbedachter Schritt in die falsche Richtung konnte böse Konsequenzen haben. Nicht nur für ihn, sondern auch für meine gesamte Familie und insbesondere für mich. Mit dem Nach-Hause-Bringen durch den Kronprinzen hatte er mich als sein Eigentum erklärt. Etwas, dem niemand etwas entgegensetzen sollte. Chunsu sagte nichts, sondern betrachtete den Leibgardisten mit einem undeutbaren Blick. Dann nickte er, drehte sich um und ging zurück zum Haupthaus.

Nachdenklich sah ich ihm nach und fragte mich, wie mein Leben wohl mit ihm in diesem Haus vor meiner Abreise gewesen war. Lady Nam schien ihn sowohl zu fürchten als auch zu bewundern, das konnte ich deutlich spüren. Waren sie sich irgendwann einmal näher gekommen, als es der Anstand zuließ? Vermutlich nicht, denn Lady Nam war eine züchtige junge Dame und ich konnte es mir beim besten Willen nicht vorstellen, dass sie hingebungsvoll ihren Bruder knutschte - anders als ich, dachte ich innerlich grinsend. Allerdings wusste ich ja, dass er nicht der leibliche Bruder der Lady war und beging damit auch keine Sünde. Immer noch vor mich hin schmunzelnd ging ich angemessenen Schrittes zu meinen Räumen, die ich in dieser Residenz bewohnt hatte, während mein Gardist mir in diskretem Abstand folgte.

Die nachfolgenden Tage waren ruhig. Ich gewöhnte mich schnell an den Tagesablauf in der Residenz. Auch wenn ich, So-Ra, hier nie gelebt habe, so war Jang-Mi doch hier geboren und aufgewachsen. Die Erinnerungen mochten nicht in meinem Kopf sein, aber die Gewohnheiten waren in diesem Körper verankert. Dank des Dramas kannte ich auch alle Personen, mit denen sie in ihrem Leben viel zu tun hatte.

Genau wie alle anderen bereits erwachsenen Frauen der Familie hatte ich meinen eigenen Wohnbereich im Anwesen meines Vaters. Aus diesem Grund sah ich nur dann meine Verwandten, wenn ich meinen Vater und die anderen weiblichen Mitglieder der Familie am Morgen zur rituellen Begrüßung im Haupthaus traf. Es war üblich, dass die Kinder der Familie, und hier insbesondere die Frauen, die Älteren Frauen und manchmal auch Männer, am Morgen eines Tages begrüßten. Sie erhielten bei diesen kurzen Treffen hin und wieder Anordnungen für den Tag. Es wurden Einladungen anderer Familien überbracht und weitergegeben.
An diesem Morgen erhielt ich die Information, dass der König der Qing heftig gegen den Abbruch meiner Reise in sein Land protestierte. Der Protest wurde schriftlich zuerst dem König von Joseon mitgeteilt, der wiederum diese Protestnote an meinen Vater weiterleiten ließ. Es war ein ernsthaftes diplomatisches Dilemma. Kangxi, der mandschurische König, hatte als erster die Vereinbarung nicht eingehalten und entgegen seinem Versprechen, neben mir als seiner zukünftigen weiteren Frau für seinen riesigen Harem, noch einhundert weitere Frauen gefordert. Durch mein

eigenes Schicksal hatte ich beinahe komplett vergessen, dass außer mir von der Tributleistung noch so viele andere Menschen betroffen waren. Obwohl die Frauen immer noch auf dem Weg in die mandschurische Hauptstadt waren, hatte der König bereits Kenntnis davon erhalten, dass ich nicht mehr unter ihnen war. Warum er solch einen großen Wert darauf legte, dass ich zu den Frauen für seinen Harem gehören sollte, konnte ich persönlich nicht nachvollziehen. Es gab so viele andere, ebenso hübsche Mädchen wie mich, die vielleicht gerne das luxuriöse Leben in einem königlichen Harem leben wollten. Außerdem war ich ganz bestimmt nichts Besonderes. Dennoch schien er sich an mir fest gefressen zu haben. Im Drama habe ich gesehen, wie er das Portrait der Lady Nam Jang-Mi immer wieder betrachtete. Er war regelrecht besessen von dem Bildnis und da fragte man sich, was mit einem Menschen nicht richtig war, wenn er sich derartig in ein Bild verknallte, ohne die echte Person jemals gesehen zu haben.

KAPITEL 9

An diesem neuen Morgen war alles anders als üblich. Ich wurde nicht wie sonst von meiner Kinderfrau geweckt, die anschließend die Dienerinnen befehligte, die mich ankleideten. Das Ankleiden war ein Ritual, das jeden Tag mit großer Präzision und Akkuratheit durchgeführt wurde. Ich sehnte mich zurück zu den Tagen, in denen ich in mein bequemes Sweatshirt und eine Jogginghose schlüpfen konnte.

Die morgendliche Zeremonie war genau das: Ein Ablauf von genau festgelegten Schritten. Ich wurde bei Sonnenaufgang von einer mir zugeteilten Dienerinnen mit höflichen, resoluten Worten geweckt. Ich hatte genau zwei Minuten Zeit, die Augen aufzuschlagen und mich zu recken, ehe ich schon aus dem Bett gescheucht wurde. Anschließend wusch ich mein Gesicht, und zwar nur mein Gesicht, in einer Schüssel mit lauwarmem Wasser. Das erhitzte Wasser war ein Luxus, den meine Halbschwestern nicht hatten. Sie bekamen kaltes Wasser gereicht, wie ich von meiner Dienerin erfuhr. Nach der Katzenwäsche putzte ich mir mit einer ekligen Borstenbürste die Zähne. Die Zahnpasta war ein grobes Zeug, das zudem in meinem Mund einen bitteren Geschmack erzeugte. Ich erfuhr, dass viele vor allem arme Menschen in dieser Zeit ihr ganzes Leben lang sich niemals die Zähne ordentlich pflegten und deshalb bereits in jungen Jahren einen hohen Zahnverlust hatten. Manche starben sogar an entzündeten Zähnen. Ein Zahnarzt war hier wohl eher nicht zu finden und aus diesem Grund schrubbte ich meine Zähne, als gäbe es kein Morgen.

Nach der Körperhygiene begann das rituelle Anziehen. Natürlich gab es im 17. Jahrhundert weder Gummiband noch Reißverschluss und daher wurden alle Kleidungsstücke entweder geknotet, gewickelt oder gebunden. All das begann mit der Unterwäsche, setzte sich über die Unterkleidung fort und über die Unterkleidung wurde eine weitere Unterkleidung gezogen, über die man wiederum zum Schluss die Oberbekleidung drapierte. Das war die normale tägliche Kleidung. Für einen offiziellen oder gar höfischen Anlass wurde noch wesentlich mehr Aufwand betrieben. Ein Hanbok war hübsch, aber das Material aus dem 17. Jahrhundert war wesentlich schwerer als die synthetisch hergestellten Materialien, die ich aus meinem Jahrhundert kannte. Dort hatte ich zum Spaß mit Yunai beim Besuch des Königspalastes einen Hanbok ausgeliehen. Wenn ich jetzt allerdings Gewänder trug, die die adligen Menschen in dieser Zeit anhatten, so war der Unterschied gravierend. Diese Kleider wurden getragen, gelebt und genutzt. Die traditionellen Hanboks, die in meinem Jahrhundert verfügbar waren, waren eher für bestimmte Anlässe gemacht, der Stoff weniger strapazierfähig, weniger alltagstauglich.

Obwohl Lady Nam einer sehr reichen Familie entstammte, hatte auch sie nur einige Hanbok zur Verfügung. Man hatte mir für meine Reise lediglich zwei von ihnen eingepackt und daher erklärte mir meine Dienerin stolz, dass die restlichen fünf Kleider in einer Kiste aufbewahrt wurden und nicht an meine Schwestern übergeben worden sind.

Ich überlegte, warum das so ungewöhnlich war. Lag es daran, dass mein Vater es doch nicht übers Herz bringen konnte, meine Kleidung zu verschenken, obwohl man es nicht erwartet hatte, mich jemals wiederzusehen? Das war eine schöne Erklärung, doch tatsächlich wollten meine Halbschwestern nicht die getragenen Kleider der unglücklichen älteren Schwester, die sie zurücklassen musste. Unschuldig stimmte mir die Dienerin zu und ich dachte mir, wie gesegnet ich mit meiner herzlichen Familie war.

Nachdem ich angekleidet war, wurde ich zur morgendlichen Begrüßung der Älteren begleitet. Das war der normale Rhythmus am Morgen der Lady Nam. Doch an diesem Tag war es anders. Anstelle meiner Dienerin und Kinderfrau stand heute vermutlich zum ersten Mal in meinem Leben mein Vater an meinem Bett und weckte mich.

Verschlafen rieb ich mir die Augen und sah ihn zu meiner Überraschung vor mir stehen und mit einem Gesichtsausdruck auf mich herabblicken, den ich im weitesten Sinne als Bedauern interpretieren könnte.

"Es ist ein Bote aus dem Palast eingetroffen. Zieht Eure gute Kleidung an und kommt in den Innenhof."

Ich wusste, was das zu bedeuten hatte. Ein Bote des Palastes konnte ein Offizier sein, der ein Dekret des Hofes verkündete, ein Beamter, der das Gleiche tat, nur mit einem nicht militärischen Hintergrund, oder ein Eunuch, der dem besuchten Haus einen direkten königlichen Erlass überbringen würde.

Ich hoffte auf den Eunuchen und als ich mich eiligst angezogen und zum Innenhof gelaufen war, sah ich tatsächlich den Sangseon, den Chef Eunuchen und engsten Vertrauten des Königs mit den Händen auf dem Rücken auf uns warten. Er wirkte ungeduldig, denn der Chef-Eunuche war niemand, den man warten ließ. Er vertrat den König und war somit in diesem Moment so zu sehen, als würde der Herrscher selbst im Hofe stehen.

Ein Teil meiner Familie war bereits anwesend und ich flitzte auf meinen Platz, direkt hinter meinen Vater und meiner Stiefmutter und neben meinen adoptierten Bruder, der mir einen kurzen Seitenblick zuwarf, ehe er wieder mit ausdruckslosem Gesicht zum Eunuchen sah.

Als wir offensichtlich alle anwesend waren, nickte mein Vater kurz und der Sangseon[6] nahm eine Papierrolle in die Hand, die das Dekret des Königs enthielt.

"So höret das Edikt", verkündete er mit voll tönender lauter Stimme und alle im Innenhof anwesenden sanken auf ihre Knie in den Jeol[7] und beugten den Rücken, so dass die Stirn auf die vor ihnen liegenden Hände gelegt werden konnte. Ausnahmslos alle, sowohl alt als auch jung, verharrten in dieser Haltung.

"Lady Nam Jang-Min ist eine tugendhafte Frau und hat sich durch ihr Opfer als Tribut für ihr Land ins Reich Qing zu gehen verdient gemacht. Sie hat dem Land Ehre gebracht. Sie ist die Tochter meines geliebten Untertanen Lord Nam, der sich für das Land und mein Volk aufopfert. Aus diesem Grund gewähre ich seiner Tochter, der ehrenwerten Lady Nam Jang-Min, die Vermählung mit meinem Sohn, dem Kronprinzen und zukünftigen Herrscher dieses Landes. Diese Verbindung ist gesegnet und wird nach meinem Willen und dem Willen meines Volkes Früchte tragen."

Der Eunuch beendete das Edikt und rollte die Rolle mit dem königlichen Siegel wieder zusammen. Ich blieb in gebückter Haltung, hob jedoch meine Hände und spürte, wie mir der

---

[6] Chef Eunuch - meist enger Vertrauter des regierenden Monarchen
[7] tiefe respektvolle Verbeugung

Chef-Eunuch meine Zukunft dort hineinlegte. Ich grinste von einem Ohr zum anderen, als ich die Heiratsanordnung umfasste und hoffte, dass niemand in diesem Moment mein Gesicht sehen konnte. Ich würde den Prinzen heiraten und der blöde König von Qing konnte mich mal!

Nach dem Verlesen des Erlasses erhoben wir uns. Zufällig fiel mein Blick auf Chunsu, der mich mit einem Blick unter seinen langen Wimpern fixierte. Sein Gesichtsausdruck war neutral, beinahe maskenhaft starr. Ich konnte nicht erkennen, ob er erfreut oder erbost war, doch dann sah ich seine Hände, die er an den Seiten zu Fäusten geballt hatte. Er war alles andere als erfreut über den Beschluss, dass ich den Kronprinzen heiraten sollte. Oder war seine Wut darauf zurückzuführen, dass ich mich darüber gefreut hatte?

Mein Vater verabschiedete den Eunuchen, nicht ohne ihm zuvor ein prall gefülltes Säckchen mit Gold in die Hand zu drücken, was dieser schnell in den weiten Ärmel seiner Robe versenkte. Huldvoll lächelnd verließ der Mann des Königs das Haus und ich sah ihm dankbar nach.
Min-Jae hatte es geschafft, dass uns der König die Ehe verschaffte. Ich war glücklich. Meine Zukunft war sicher und es war mir egal, dass ich den Prinzen nur als Mittel zum Zweck sah. Ich würde nicht wieder nach Qing geschickt werden und ich würde nicht über die Klippe springen.

"Pingung Mama, Ihr werdet in wenigen Tagen zur Vorbereitung auf Eure Verantwortung in den Palast einziehen. Bereitet Euch für diesen Anlass gewissenhaft vor."

Mein Vater sprach mich wieder mit dem Ehrentitel an, der mir ab sofort wirklich zustand, und ging anschließend ohne ein weiteres Wort in die Richtung, in der sein Arbeitszimmer lag.

Ich hatte nicht erwartet, dass er mir herzlich gratulierte, aber sagte man nicht wenigstens irgendetwas Nettes zu seiner Tochter, wenn sie sich verlobte? Scheinbar nicht.

Gerade, als ich gehen wollte, hörte ich die Worte, die meine jüngeren Schwestern flüsterten. Die Frauen waren mir nicht vertraut, da sie weder im Drama noch in meinem jetzigen Leben eine Rolle spielten. Mir waren noch nicht einmal ihre Namen bekannt, denn ich hatte sie außer bei der morgendlichen Begrüßung kaum oder gar nicht gesehen. Außerdem gab es für mich nur eine einzige Schwester, und das war meine liebste Yunai zuhause in Seoul, die ich schmerzlich vermisste. Zu den Mädels hier hatte ich keine Beziehung und auch sie suchten keine Nähe zu ihrer ältesten Schwester. Als mich nun jedoch ihre Worte erreichten, trafen sie nicht nur mein Ohr, sondern auch mein Herz.

"Arme Schwester. Jetzt wird sie für immer im Palast eingesperrt sein. Sie wird nie wieder einen Fuß dort heraussetzen dürfen."

Es war meine jüngste Schwester, die ihr Bedauern ausdrückte. War es wirklich so? Durfte man als Prinzessin nie wieder aus dem Palast gehen? Niemals?

"Und dann muss der Prinz auch noch fünf Konkubinen zu ihrer Hochzeit wählen. Solch ein Jammer. Er wird sie alle im Bett besuchen und dann bleibt nicht mehr viel für die Kronprinzessin. Also, wenn ich heirate, dann nur einen Mann, der keine anderen Frauen neben mir hat."

Dieses kam von meiner älteren Halbschwester und dazu ein böses kleines Kichern. Natürlich wusste ich, dass Könige nicht nur eine Ehefrau, sondern aus dynastischen und politischen Gründen Nebenfrauen und Konkubinen hatten. Aber doch nicht Min-Jae, der nur mich liebte! Undenkbar. Er würde doch nicht gleichzeitig mit mir andere Frauen heiraten? Ich schüttelte den Kopf. Nein, das würde er nicht tun, oder?

Ich war gar nicht mehr so sehr begeistert, dass ich eine Heiratsorder erhalten hatte. Kronprinz hin oder her. Ich würde nicht eine von vielen werden wollen, selbst wenn ich die erste Frau in der Reihe wäre, so wäre ich immer nur eine Frau aus der Reihe. Nee, nee, das wollte ich nicht.

Nach der Verkündung, dass ich zur Kronprinzessin gewählt worden war, herrschte helle Aufregung im Haus. Ich hörte von meiner Kinderfrau, dass am Haupttor stetig Menschen ihre Glückwünsche aussprachen und Geschenke an die Torwachen zur Weitergabe überreichten. Sicherlich stets begleitet mit der Hoffnung, über diese kleinen Präsente eine gute Beziehung zum königlichen Hof aufbauen zu können.

Mir war irgendwie gar nicht nach fröhlichem Feiern zumute. Meine Zukunft war in den Augen der Menschen scheinbar gesichert. In die königliche Familie zu heiraten, war eine Ehre und würde dem Schwiegervater des zukünftigen Königs, meinem Vater, eine noch größere Macht am Hof sichern. Es war auch gut für mich. Ich würde zumindest als verheiratete Frau nicht mehr nach Qing verfrachtet werden können und der Grund hierfür war natürlich mein zukünftiger Mann. Nur ein zukünftiger König konnte einem amtierenden König einen Wunsch ausschlagen. Vielleicht war ich mir so sicher, dass König Kangxi immer noch eine Gefahr für mich darstellen würde, weil er in dem Drama so obsessiv gewesen war. Es war so, als lauerte er ständig im Hintergrund, um zuschlagen zu können.

Grübelnd saß ich in meinem Zimmer und malte das Für und Wider einer Hochzeit auf einen kostbaren Bogen handgemachtem Papier. Ich wollte automatisch die chinesischen Schriftzeichen verwenden, die Jang-Mi wohl von Kindesbeinen an gelernt hatte, doch dann bemerkte ich, dass ich gar nicht wusste, was sie bedeuten und schrieb in Hangul. Diese Zeichen waren zwar seit 200 Jahren in Joseon offizielle Schrift, doch der Adel hing an dem Hanja, den chinesischen Schriftzeichen, die das einfache Volk zumeist nicht lesen konnte. Doch einem spontanen Entschluss folgend, entschied ich mich plötzlich, alles in englisch zu schreiben. Hier war ich mir absolut sicher, dass außer mir niemand die Worte lesen und verstehen konnte. Grinsend notierte ich jedes Wort und kam mir ein wenig verrucht vor, als ich die optischen Vorzüge des Prinzen auf der Seite Pro ausführte.
Ich konzentrierte mich wieder auf meine Liste. Ein weiterer Punkt in meiner Überlegung war, dass man in meiner Zeit, also in meiner *wirklichen* Zeit, nur einen einzigen Partner heiraten durfte. Bigamie war unter Strafe verboten. Nahm einer der beiden Partner einen Geliebten, flogen die Fetzen. Die wenigsten tolerierten eine offene

Beziehung und ich gehörte ganz bestimmt auch nicht dazu. Hier war es jedoch normal, dass ein Mann mehrere Frauen hatte, zumindest dann, wenn er es sich finanziell leisten konnte. Es war sogar erwünscht und im Protokoll des königlichen Hofes festgelegt, wie viele Ehefrauen, Haupt- und Nebenfrauen und Konkubinen ein König haben sollte. Die Zahl war nach oben zumindest im Bereich der Konkubinen offen. Eifersucht unter den Frauen galt als Todsünde und eine zukünftige Prinzessin hatte die Nebenfrauen zu tolerieren und sie sogar wie eine Chefin zu leiten.

Der innere Harem wurde nach einer strikten Rangfolge geführt. Die Königinmutter war im Rang höher als die Königin, die Königin wiederum höher als die Kronprinzessin, diese höher als die royalen Prinzessinnen ... ihr habt es, denke ich.

Mein Zukünftiger hatte seine Mutter genau wie ich bereits in jungen Jahren verloren. Seine Großmutter lebte noch und führte den Harem. Sie war die aktuelle Chefin, da es keine amtierende Königin am Hof gab. Also musste ich den ganzen Kram lernen und würde die nächste Chefin werden. Personalführung war so gar nichts für mich. Ehrlich, das war etwas, was ich definitiv nicht machen wollte. Vielleicht konnte man den Job an jemanden delegieren. Dann waren die Nebenfrauen und Konkubinen gar nicht so übel. Plötzlich schüttelte ich den Kopf. Ich würde da aussteigen. Min-Jae hin oder her. Ich wäre nicht bereit zu teilen. Never.

Als ich meinem Vater von meinem Entschluss erzählte, dass ich die Hochzeit ausschlagen wollte, sah er mich an, als wäre mir ein Horn auf dem Kopf gewachsen. Eine Frau hatte hier nichts zu sagen und eine Tochter hatte auf gar keinen Fall die Entscheidungen des Vaters zu hinterfragen. Und niemand, absolut niemand hatte die Order des Königs abzulehnen oder sich dagegen auszusprechen. Ein solches Edikt war unwiderruflich und nicht änderbar. Nur mein Tod würde mich davon befreien und vielleicht noch nicht einmal das.

Geknickt ging ich zurück zu meinem Haus und knallte die Tür hinter mir zu. Nicht ganz so effektvoll, da es sich um Schiebetüren handelte, aber ich war wirklich wütend. Solch eine blöde Zeit, solch eine Benachteiligung für Frauen. So ein Blödsinn! Ich war siebzehn Jahre alt und sollte einen Prinzen heiraten, der mit mir zusammen noch zig andere Frauen haben würde.

Wütend fiel ich auf meine Decke und heulte in mein Kissen. Ich fühlte einen dicken Kloß in meiner Brust. Keine Möglichkeit zu haben, eine eigene Entscheidung zu treffen, war etwas, das ich nicht kannte.

Zuhause habe ich die ersten Jahre in Deutschland gelebt und wurde liebevoll von meinen Eltern aufgezogen. Nach ihrem Tod war ich zusammen mit Yunai nach Korea gegangen und wurde dort genauso liebevoll von meinem Onkel und meiner Tante behütet. Yunai war ebenfalls eine wundervolle Schwester und meine Meinung, meine Wünsche und meine Worte wurden stets von allen respektiert und nach Möglichkeit berücksichtigt. Jetzt, im Körper der Lady Nam gefangen, war es komplett anders. Ich war allein auf mich gestellt. Eine Mutter hatte ich nicht, dafür einen Vater, der mich als Mittel zum Zweck sah. Meine Schwestern kannte ich nicht und mit den Dienern war ich nicht vertraut. Mein Zukünftiger liebte mich, aber für ihn wäre ich nach der Hochzeit nur eine von vielen. Min-Jae war nicht einfach ein Prinz, ein Kronprinz, ein zukünftiger

König. Er war der Mann, der ein Land regieren und seine Nachfolge sichern musste. Dort, im Palast, wäre ich wieder allein und ich bemitleide mich zutiefst selbst. Ich heulte mich in den Schlaf.

Mitten in der Nacht wachte ich plötzlich auf. Im Unterbewusstsein spürte ich, dass etwas nicht stimmte. Meine Zofe hatte in meinem Zimmer keine Kerzen angezündet, da ich lieber im Dunkeln schlief und so lauschte ich in die Nacht. Da, war da nicht ein leichtes Scharren und Kratzen zu hören? Ruckartig setzte ich mich auf und starrte auf die Tür.

Die Hanok hatten Türen aus leichtem Holz, die zu einem Rahmen gezimmert waren und durch Quer- und Längsstreben eine Art Gitter zur Verstärkung hatten. Die Gitter waren mit einem dicken Papier bespannt, damit die Luft nicht ungehindert eindringen konnte, doch blieb es eben Papier und man konnte jedes Geräusch davor gut hören. Meine Tür war die eines Mädchens des Hauses und daher nur mit dünnem Papier bezogen, genau wie die Fenster, die ich am Abend hatte schließen lassen. Jetzt sah ich trotz der Dunkelheit, wie eines der Fenster langsam nach außen aufgezogen wurde. Irgendjemand stand davor und würde gleich in meinen Raum kommen. Kurz überlegte ich, laut um Hilfe zu schreien, doch dann blieb ich still. Ich würde abwarten, wer der nächtliche Eindringling war.

Blitzschnell griff ich nach dem Kerzenständer, der auf dem kleinen Tischchen vor meiner Schlafdecke stand und hielt ihn mit beiden Händen vor mich. Sollte ich doch laut um Hilfe schreien? Meine Leibwache, die mir Prinz Min-Jae zurückgelassen hatte, war nach wie vor in meiner Nähe und ich wunderte mich, wieso jemand dennoch in mein Schlafzimmer eindringen konnte. Leise schlich ich zum Fenster und wunderte mich über meinen eigenen Mut.

Ein schwarzer Schatten sprang mit einer geschmeidigen Bewegung beinahe lautlos in mein Zimmer und ich holte mit dem Kerzenleuchter aus. Dem Kerl würde ich zeigen, was es hieß, mich hier überraschen zu wollen.

Im letzten Moment hielt mich etwas davon ab, den schweren Kerzenständer auf die Gestalt niedersausen zu lassen. Davon abgesehen, dass der Mann mit einer schnellen Bewegung meinen Arm auffing und ich so meine Selbstverteidigung nicht ausführen konnte, hatte mich etwas an der Gestalt des Mannes innehalten lassen. Sie war mir vertraut.

"Nangja[8]"

Erleichtert atmete ich auf. Ich kannte die Stimme und war froh, dass ich den künftigen König nicht gerade bewusstlos geschlagen hatte.

"Verdammt, ich hätte dir beinahe eins übergezogen", fluchte ich leise und dann fiel mir plötzlich ein, mit wem ich sprach. "Seja Joha", setzte ich in dem Versuch, noch etwas retten zu wollen, hinzu.

Min-Jae lachte leise.

"Meine brave Braut hat sich daran erinnert, dass ich der Kronprinz bin."

Schulterzuckend legte ich den Kerzenständer zurück auf das kleine Tischchen und betrachtete meinen zukünftigen Gatten. Er trug schwarze Kleidung und hatte seine Haare auf dem Oberkopf zu einem Knoten gedreht, der von einem schlichten schwarzen Band zusammengehalten war. Ein silberner Gürtel war um seine schmale

---

[8] Bezeichnung für junges Fräulein, adliges Fräulein

Taille geschlungen und seine Füße hatten weiche lederne Stiefel bedeckt, die jetzt achtlos ausgezogen unter dem nun wieder geschlossenen Fenster lagen.

"Wer sich nachts hierher einschleicht, muss damit rechnen, dass ich ihn entsprechend aufmerksam begrüße." Ich lächelte, denn ich freute mich, dass er tatsächlich sein Versprechen wahr gemacht hatte. "Aber jetzt weiß ich auch, warum meine Elite-Wache diesen Eindringling ohne Widerstand zu mir gelassen hat."

Min-Jae war um mich herum gegangen und setzte sich im Schneidersitz auf meine noch immer warme Bettdecke. Er sah mich fragend an und ich nahm ihm gegenüber Platz. Wir hatten einiges zu bereden.
Nach einiger Zeit wollte er das ernste Gespräch beenden, das wir bis dahin geführt hatten und grinste breit, was ich sogar im diffusen Licht gut erkennen konnte, und klopfte neben sich auf die Bettstatt.

"Kommt zu mir."
Zögernd ging ich zur Decke. Sein Besuch in meinem Schlafraum war gefährlich. Mit welcher Erwartung war er zu mir gekommen? Immer noch unentschlossen blieb ich vor ihm stehen, doch dann schnellte er vor und zog mich mit Schwung zu sich herunter, so dass ich mit einem leisen Schrei beinahe auf ihn gefallen wäre. Geschickt fing er mich auf und rollte zusammen mit mir auf die Decke, so dass ich zur Hälfte unter seinem Körper zum Liegen kam. Verdammt, seine Absicht war klar und ich überlegte verzweifelt, wie ich ihn mir von der Pelle halten sollte.

“Ich habe Euch vermisst”, hauchte er an meinem Mund und wollte mich küssen, als wir plötzlich zu meiner grenzenlosen Erleichterung vor meinem Haus einen Aufruhr hörten. Entschlossen drückte ich ihn von mir herunter und rollte zur Seite.

“Hoheit”, flüsterte ich und tatsächlich kam er zur Vernunft und setzte sich alarmiert auf. Deutlich waren Stimmen vor meinem Haus zu hören, die immer näher kamen. Eine davon gehörte ganz eindeutig Minister Nam und er war wütend.

“Vater?” Entschlossen sprang ich auf und lief zur Tür. Ehe ich sie aufziehen konnte, legte der Prinz seine Hand auf meine, schüttelte den Kopf und drückte seinen Finger auf meinen Mund. Ich schwieg und blieb wie erstarrt stehen. Auch wenn wir nun als verlobt galten, gab es dem Prinzen nicht das Recht, nachts in mein Zimmer einzudringen. Mein eigener Ruf wäre ruiniert, sollte dieses nach außen dringen und er musste sich sowohl vor meinem Vater als auch vor dem König selbst erklären. Auf jeden Fall gäbe es Ärger und das wollten weder er noch ich riskieren. Leise zog er mich von der Tür zurück und ich sah ihn stumm an. Was würde jetzt geschehen? Mein Vater würde die Tür zu meinem Raum nicht selbst öffnen, aber er hatte vermutlich jemanden mitgebracht, der das durfte - und genau diese Person hörte ich nun sprechen.
“Herr, meine Dame schläft, seid versichert. Sie hat sich früh zur Ruhe gelegt. Außerdem hat sie die Leibgarde zu ihrer Sicherheit. Niemand würde es wagen, hier einzudringen.”

Es war die Stimme meiner Amme, die ich nun verzweifelt sprechen hörte. Er musste die alte Kinderfrau aus ihrer Unterkunft mitgebracht haben und ich fragte mich, wie er vom Besuch des Prinzen Wind bekommen hat. Zum Glück kam seine Unterbrechung im richtigen Moment. Wenn er später gekommen wäre… Der Prinz war mit einer großen Entschlossenheit heute Nacht aufgetaucht und ich war mir nicht sicher gewesen, wie ich ihn hätte stoppen können. Vermutlich hätte ich ihn beleidigt und das war ein Risiko, das ich einfach nicht eingehen konnte.

"Geht", höre ich nun den Herrn des Hauses sprechen und ich sah mich hektisch nach dem Prinzen um. Dieser war jedoch nicht mehr in meinem Raum zu sehen und ich bemerkte gerade noch, wie das Fenster zum rückwärtigen Teil meines Zimmers leise zugeklappt wurde. Der Prinz hat die Bühne verlassen. Erleichtert atmete ich auf.

"Jang-Mi, ich weiß, dass Ihr nicht mehr schlaft. Kommt sofort heraus."
Leise seufzend strich ich meine Kleidung glatt. Ich hatte nichts Verbotenes getan und konnte ihm mit gutem Gewissen entgegentreten. Trotzdem schlich sich ein kleines Unwohlsein in meine Gedanken. Wie hatte er von dem Besuch des Prinzen erfahren?
Misstrauisch trat ich aus dem Raum und stand vor einem kleinen Aufgebot an Bediensteten, Wachen und meinem Vater. Dieser sah mich mit einem durchdringenden, angespannten Blick an und musterte mich mit zusammengezogenen Augenbrauen von oben bis unten. Als er nichts Ungewöhnliches feststellen konnte, sah ich, wie

er sich ein wenig entspannte. Er hatte eine Mission und diese ausgeführt. Keuschheit der zukünftigen Kronprinzessin erhalten, Krone sichern.

"Ich bedaure, dass wir Euch geweckt haben, teure Tochter. Jedoch wurde der Wache von einem Eindringling berichtet, der sich auf Eure Gemächer zubewegt hat. Wie ich sehe, seid Ihr wohlauf und unbeschadet. Wir werden uns jetzt zurückziehen. Geht wieder zur Ruhe."
Er machte eine angedeutete Bewegung und ich nickte verstehend. Für diesen Moment wollte er kein Aufhebens mehr machen, aber ich hatte sehr wohl gesehen, dass er die Umgebung meines Hauses genau abgesucht hat und mit dem Ergebnis nicht wirklich zufrieden zu sein schien. Er nickte mir noch einmal zu und gab den Wachen und Dienern ein Zeichen, sich zurückzuziehen. Er selbst drehte sich ebenfalls um und ich sah ihm aufatmend hinterher.

Kurze Zeit später war ich wieder allein und grinste ironisch. So viel Aufregung in meinem Schlafzimmer hatte ich seit meiner Trennung von meinem Ex nicht mehr gehabt. Müde legte ich mich zurück auf meine Bettdecke und wollte mich zudecken, als ich im Dunkeln des Mondlichts plötzlich etwas auf meinem kleinen Tischchen vor dem Bett liegen sah. Es war eine rosafarbene Rose, die zuvor nicht im Raum gewesen war. Langsam griff ich danach und drehte sie in meiner Hand. Es war genau die gleiche Art Rose, die ich bei meinem ersten Aufwachen in der Zelle auf dem Weg in die Mandschurei gefunden hatte. Langsam führte ich sie an die Nase und roch daran. Sie verströmte einen betörenden Duft und weckte tief in mir eine

Erinnerung. Eine Erinnerung von Jang-Mi an einen leidenschaftlichen Kuss, der in ihren Augen niemals hätte ausgetauscht werden dürfen.

Kapitel 10

Ich konnte nicht wieder einschlafen und blieb wach, bis die Sonne aufgegangen war und meine Kinderfrau mich wecken kam. Nachdem Min-Jae meinen Raum wegen der Störung durch meinen Vater überstürzt verlassen musste, hatte ich keine Gelegenheit mehr, unser zuvor geführtes ernstes Gespräch wieder aufzunehmen.

Ich hatte ihm gesagt, was ich davon hielt, dass er am gleichen Tag, an dem unsere Hochzeit stattfinden würde, noch die Ehe mit weiteren Frauen eingehen würde. Seine Hoheit lachte über meine Empörung, konnte aber meine Bedenken nicht zerstreuen.

"Ich verstehe, was dich so stört. Glaubst du mir, wenn ich dir verspreche, dass du die einzige Frau sein wirst, die ich jemals lieben werde?"

Seine Worte suchten nach Verständnis und sollten mich beruhigen. Sein Blick war voller Verlangen, als er mich betrachtete und dennoch schmerzte mein Ego. Ich wusste, dass er mir nur die Liebe versprach, aber nicht, dass er mir treu sein würde und mich respektieren würde. Das war vermutlich auch eine Bitte, die er nicht erfüllen konnte. Man würde ihn seitens des Hofes regelrecht drängen, mit den anderen Frauen Sex zu haben, um weitere potentielle Nachfahren und Thronerben zu zeugen. Schlimmstenfalls konnte ich keine Kinder bekommen, dann würde ich meine Hauptaufgabe als zukünftige Königin nicht erfüllen und er hätte sogar das Recht, mich abzusetzen und eine neue Braut zu wählen.

Es machte mich zugleich traurig und wütend. Eine Frau in dieser Zeit hatte kein Recht, einen Mann allein für sich zu haben, aber sie hatte auch kein Recht, einen Mann nicht zu wollen. Ein echtes Dilemma, denn es gab für mich keinen Ausweg aus der Situation. Mein moderner Geist konnte sich mit allem nicht anfreunden und obwohl ich vermutlich glücklich sein sollte, dass er mir seine Liebe versprach, machte mich dieser Gedanke erst recht unglücklich. Auch wenn man glauben sollte, dass es Männern vielleicht Spaß machen könnte, ihre Gene überall zu verteilen, wirkte er beim Gedanken daran auch nicht sehr fröhlich. In gewisser Weise hatte er genauso wenig etwas in seinem Liebesleben zu entscheiden, wie ich. Vielleicht waren die Worte, dass er nur mich lieben würde, von ihm so etwas wie eine Revolution, denn Liebe unter Ehepartner, und insbesondere unter königlichen Eheleuten, war vermutlich nicht allzu oft in der Geschichte vorgekommen.

Ich betrat zusammen mit den anderen Töchtern des Hauses, meinen Halbschwestern, am nächsten Morgen die große Halle, um meine Stiefmütter und meinen Vater zu begrüßen. Meine Halbschwestern sahen mich unter gesenkten Lidern an und knicksten vor mir, ehe sie in einem kleinen Abstand nach mir die Halle betraten.

Mein Vater und seine Lieblingsfrau saßen gemeinsam am Kopfende der Halle und sahen uns entgegen. Dieses Ritual war üblicherweise der einzige Moment, in dem ich Kontakt zu den Älteren hatte. Zu meiner Überraschung waren sie heute Morgen jedoch nicht allein, denn mein Bruder Chunsu stand neben den beiden und sah uns entgegen. Eigentlich war er um diese Zeit bereits bei Hofe im Ministerium für Riten und so verwunderte mich seine Anwesenheit. Es musste einen Grund geben, warum der Erbe beim Morgenritual zugegen war.

Sein Blick lag auf mir und ich senkte schnell meine Augen. Er verunsicherte mich jedes Mal und ich fragte mich, was Nam Jang-Mi vor meiner Ankunft noch erlebt haben mochte, von dem ich nichts wusste. Waren sie beide aneinandergeraten? Als Kinder oder als Erwachsene? Warum fühlte sie sich, oder besser ich mich immer so unwohl, wenn er in der Nähe war? Es war kein Abscheu oder Widerwillen, sondern das Gefühl, dass mir etwas Wichtiges entgangen war und ich eine Erinnerung nicht abrufen konnte, die immens wichtig war. Doch egal wie sehr ich auch gegrübelt hatte, mir fiel es einfach nicht ein. Es hatte sicherlich auch etwas mit seinem Begehren zu tun, dass er gegenüber Jang-Mi hatte. Doch ich war mir sicher, dass es noch einen anderen Grund gab. Ganz sicher. Vielleicht verstand ich das Gefühl auch aus diesem Grund nicht, weil ich es noch niemals zuvor empfunden hatte? Er sorgte jedes Mal, wenn ich ihn sah, für ein Kribbeln in meinem Körper. Es war, als würde ich plötzlich unter Spannung stehen und er wäre das

Ventil für die Entladung. Meine Hände wurden feucht und meine Kehle war trocken und wieder fuhr ich mir mit meiner Zunge über die Lippen, um sie zu befeuchten. Herrgott, ich war aufs höchste angespannt und befürchtete, dass ein Funke genügen würde, um mich zum Brennen zu bringen. War das das Gefühl, das tief in mir wucherte? Leidenschaftliches Begehren und… Liebe? Und das allein, weil ich ihn sah und seinen Blick auf mich spürte? Waren das die Gefühle von Jang-Mi vermischt mit meinen eigenen?

"Pingung Mama", begrüßte mich mein Vater und riss mich aus meinen Gedanken. Er erhob sich von seinem Sitz, als ich näher trat, genau wie seine Lieblingsfrau, die nun in einem respektvollen tiefen Knicks vor mir versank. Mir war ihr Verhalten unangenehm, denn ich war so viel jünger als sie und sollte sie eigentlich entsprechend ehren. Doch die Riten waren klar und sich dagegen zu stellen konnte als eine Beleidigung an den König selbst gesehen werden. Umso mehr verwunderte es mich, dass Chunsu nur ein leichtes Nicken seines Kopfes andeutete und nicht, wie ich erwartet hatte, eine Verbeugung machen würde. Lediglich meinem Vater, dem zukünftigen Schwiegervater des Kronprinzen, war es gestattet, mir mit einem Kopfnicken seinen Gruß zu übermitteln. Meinem Bruder jedoch nicht. Das schien auch mein Vater zu bemerken und nach einem scharfen Blick in seine Richtung erwies mir auch mein älterer Bruder die Ehre und verbeugte sich vor mir. Ein kleines, vielleicht etwas gehässiges Lächeln schlich sich in meinen Mundwinkel. Ätsch, schöner Joon-Ki, hier war ich die Chefin.

"Eine Sänfte wird Euch in Kürze abholen und in den Palast bringen. Die Vorbereitungen zur Hochzeit werden ab heute beginnen und wir werden Euch an Eurem Hochzeitstag wieder begrüßen. Nehmt die Worte Eures Vater mit und bringt Ehre für den Nam-Clan. Jeder Schritt, den Ihr geht, ist ein Schritt des Nam-Clans. Jedes Wort wird von Euch gemessen und jedes Tun wird auf euren Clan zurückgeführt. Werdet eine weise Mutter des Volkes und führt Eure Nachfahren auf den Thron."

Jo, dachte ich. Alles für die Familie, Papa. Dass du mich liebst und vermisst, ist klar und ich sehe das an deinen gütigen, warmen und liebevollen Worten.
"Ich werde dem Clan und unserer Familie Ehre erweisen und ich werde die Königin, die das Volk sich wünscht", antwortete ich, wie ich es gelernt habe.
Die Worte waren mir genau wie ein Dutzend Bücher übermittelt worden. Diese Schriften hatte ich studieren sollen, denn sie sollten mich auf "Clan-Linie" trimmen. Die anderen Bücher, nämlich die mit den Regeln des Palastes, der Führung des Harems, der Sitten und Vorgaben, diese gefühlt hunderte Bücher werde ich ab heute im Palast auswendig lernen müssen. Es war fast so, als wenn ich einen neuen Studiengang gewählt hätte: Becoming Queen in 30 days. Eine Mammutaufgabe und es gab tatsächlich auch eine Art Abschlussprüfung. Der König selbst würde mich mit den Hofdamen zusammen "abfragen". Unglaublich, oder? Glücklicherweise fiel mir das Lernen leicht und die von Kindesbeinen an einstudierte Lebensweise der Lady Nam war zudem tief in mir verankert. Nehme das Beste aus beiden Welten und versuche es zu meistern,

war meine Devise geworden. Wenn ich nicht zurück oder besser nach vorne in der Zeit gehen konnte, dann musste ich mich nach bestem Wissen und Gewissen eben hier durchschlagen.

"Euer Bruder wird Euch zusammen mit Eunuchen und der Palastwache begleiten und an die Hofdamen übergeben."
Damit erklärte mein Vater auch, warum mein Ziehbruder anwesend war. Er war im Ministerium für Riten und damit vermutlich abgeordnet, die Aufgabe der königlichen Brautübergabe zu übernehmen. Jetzt sah ich Chunsu an und nickte ihm freundlich zu. Ein Lächeln umspielte seine Lippen und obwohl ich mich unwohl fühlte, konnte ich nicht umhin zu bemerken, dass er ein verdammt gutaussehender Bruder war und er in der offiziellen Kleidung der Beamten des Hofes, einem grünen Gwanbok mit kunstvoller Stickerei auf der Brust und dem Rücken, wirklich eindrucksvoll aussah. Allerdings war er auch der Mann meiner Familie, der mich gleich ins Bootcamp für angehende Prinzessinnen verfrachten würde.

Ich knickste ein letztes Mal vor meinem Vater, den ich bis zum Vortag meiner Hochzeit nicht wiedersehen würde. Einen Tag vor der Eheschließung würde ich aus dem Bootcamp zurück nach Hause gekarrt werden, um dort auf die Sänfte zu warten, die mich wieder zurück in den Palast bringen würde. Zuvor gab es eine offizielle Verabschiedung von meinem Vater und schwupps, gehörte ich in den Haushalt des Prinzen. Übergabe der menschlichen Ware, sozusagen.

Die Dienerschaft des Hauses hatte bereits meine Habe zusammengesucht und diese schon einige Tage vor meinem Auszug zum Palast bringen lassen. Es war mir nicht gestattet, viel persönliches Eigentum mitzunehmen und so habe ich mich lediglich für ein paar Bücher und den Schmuck entschieden, den mir meine verstorbene Mutter vermacht hatte. Alles andere ließ ich ohne Trauer zurück, denn ich, So-Ra, hatte hier nie meine Kindheit und Jugendzeit verbracht und somit hingen an diesen materiellen Dingen auch keinerlei wehmütige Erinnerungen. Das dachte ich zumindest, doch als ich mein Zimmer in dem Hanok verließ, spürte ich, dass mein Herz schwer war, und es rollte sogar eine emotionale Träne über meine Wange. Jang-Mi schien ihr Elternhaus mit gemischten Gefühlen zu verlassen und ich konnte sie verstehen.

Bislang hatte ich mir nie den Gedanken an meine eigene "echte" Familie gestattet. Meine Schwester Yunai, meine Freunde, die Wahlfamilie Star.X, ja sogar die streunende Katze, die ich auf dem Campus nach wie vor fütterte, obwohl ich längst mein Studium beendet hatte. Alles hatte ich zurückgelassen und mit einem Mal spürte ich wirkliches, echtes Heimweh und es rollte nicht nur eine zarte Träne, sondern ich hatte die Schleusen komplett aufgemacht. Blind vor Tränen setzte ich mich auf die Stufen meines Hauses und vergrub meinen Kopf in meinen Händen. Ich wollte wieder zurück! Zurück in mein Apartment, zurück zu meiner Schwester und zurück in mein geordnetes, ruhiges und gemütliches Leben! Ich hatte Angst vor dem, was mich im Palast erwarten würde. Ich hatte sogar richtige Panik und wollte eigentlich nur eines: Weglaufen!

Als plötzlich ein dunkler Schatten neben mir auftauchte und mich vor dem morgendlichen Sonnenlicht abschirmte, spürte ich, dass ich nicht mehr alleine war. Ich nahm mein Gesicht aus meinen Händen und sah auf die Person, die neben mir stand und auf mich herunter sah. Chunsus Gesicht lag im Schatten der Sonne und ich konnte nicht erkennen, was er dachte. Es war vermutlich das erste Mal, dass er in meinem Garten war und erschrocken erhob ich mich von den Stufen, auf denen ich gesessen und geheult hatte.

Mein Kreislauf war jedoch nicht ganz so erfreut und ich hörte erst ein Sausen in meinen Ohren, ehe ein Flimmern vor meinen Augen einsetzte. Ich schwankte und mein Ziehbruder trat schnell einen Schritt vor, um mich am Arm festzuhalten und verhinderte so einen wenig eleganten Sturz auf den staubigen Boden. Mein Kreislauf beruhigte sich sogleich und dankbar wollte ich ihn anlächeln, doch mein Lächeln versagte. Chunsu hielt mein Handgelenk nach wie vor fest und zog mich sanft dichter, während er seinen Arm um meine Taille schlang und mich damit an sich fesselte. Gegen seine kräftigen, vom Schwertkampf geübten Armen konnte ich nichts entgegensetzen und so hielt er mich plötzlich an sich gedrückt, wie es in Jang-Mis Leben zuvor nur ihr Verlobter getan hatte.

Die Kleidung meines Ziehbruders verbarg nicht, dass er erregt war und ich ahnte seine Absicht, noch ehe er sich zu mir hinunter beugte und mir seine warmen Lippen auf den Mund legte. Heiß und hungrig küsste er mich und gleichzeitig hielt er mich in seinen Armen wie mit Schraubstöcken gefangen. Als er seine Zunge in meinen Mund schieben wollte, biss ich ihn und fluchend hob er seinen Kopf, jedoch ohne mich auch nur einen winzigen Zentimeter vor ihm zurückweichen zu lassen.

"Komm mit mir! Ich weiß, dass du nicht in den Palast gehen willst. Komm mit und wir werden gemeinsam ein Leben leben, das aus Freiheit und Gleichheit besteht. Komm mit und ich werde dich so lieben, wie du es verdient hast. Du wirst dein Bett nicht mit anderen teilen und ich werde dir jeden Wunsch erfüllen. Komm mit, Jang-Mi, jetzt. Ich gebe dir die Freiheit, die du brauchst." Er sah mir nun auf meinen von seinem harten Kuss geschwollenen Mund. "Und ich werde dich lieben, wie du es dir erträumst."

Seine Stimme war eindringlich und leidenschaftlich und ich spürte, wie meine Knie zu zittern begannen. Das Timbre seines Tons durchdrang meine Haut, meine Blutbahnen, mein Herz. Er verwirrte mich, brachte mich tatsächlich in Versuchung mit seinen Worten. Und er zeigte mir, dass es etwas gab, was ich zuvor schmerzlich zu finden versucht hatte: Unsere tiefe Verbundenheit zueinander. Mein Misstrauen? Meine Ablehnung? Ich spürte in diesem Moment nichts davon. Ich spürte Verlangen, Liebe und den heißen Wunsch, seinen Worten Folge zu leisten. Sein Versprechen, die ungesagten Worte und die Leidenschaft erleben, die er mir geben würde.
Doch die Jang-Mi in mir sträubte sich. Sie war eine brave, gehorsame Tochter, die sich von ihrem Vater in die Mandschurei verkaufen ließ. Anschließend wurde sie zurückgeholt und nun an einen Prinzen übergeben, der neben ihr viele andere Frauen haben würde. Aber sie würde der Familie Ruhm und Ehre bringen. Spontan dachte ich an den Film "Mulan" und wünschte mir, dass

ich genauso mutig wäre, wie die chinesische Kriegerin es gewesen sein soll. Doch ich war feige. Ich werde nicht weglaufen. Ich würde mich nicht mit meinem Ziehbruder wegschleichen. Zu groß war die Angst, dass alles böse enden könnte - nicht nur für mich, sondern auch für ihn.

Mittlerweile ist der gesamte Plot des Dramas verändert worden. Ich war nicht in der Mandschurei und wurde eine Nebenfrau des Königs Xangzi. Ich wurde nicht von Taemin aka Yo-Han befreit und er verliebte sich auch nicht in mich. Auf der Flucht bin ich nicht von einer Klippe gesprungen und gestorben, sondern wurde durch den Kronprinzen selbst zurückgebracht. Er hat mir seine Liebe gestanden und eine Ehe zwischen uns wurde beschlossen. Mein Ziehbruder war außerdem nicht ein Monster ohne wirkliche Rolle, sondern ein attraktiver Mann, der mir nun eine Möglichkeit bot, vor meinem Schicksal, eingesperrt in einem Palast als Kronprinzessin, zu entfliehen. Nun stand ich hier, angelehnt an den Mann, der irgendwie eng mit mir verbunden war und fühlte ein trauriges Bedauern, dass ich gehen musste - zu dem Mann, der mich liebte. Mein Schicksal war vorbestimmt und ich werde es gehen, denn ein Abweichen von diesem Weg könnte ungeahnte Schwierigkeiten mit sich bringen. Auch für den Mann, den ich vermutlich seit meiner Kindheit liebte. Sowohl als Lady Nam, als auch als So-Ra. Chunsu aka Park Joon-Ki.

Ich war in einen tiefen Konflikt mit mir selbst verstrickt. Meine Gefühle waren eine einzige Achterbahnfahrt und mein Kopf und mein Herz lagen im Kampf miteinander. Ein letztes Mal schniefte ich und nahm das warme Gefühl seines Körpers mit all meinen Sinnen auf, dann drückte ich mich entschlossen von meinem Rettungsanker weg. Chunsu ließ mich tatsächlich los. Bedauernd schien er bemerkt zu haben, dass ich eine Entscheidung getroffen habe, die ihm nicht gefallen würde.

"Bist du wirklich bereit alles aufzugeben, nur um dem Wunsch deines Vaters genüge zu tun?"
In seiner Stimme war unterdrückte Wut und ich konnte ihn verstehen. Ich wollte nicht dem Wunsch nachkommen, aber ich fühlte, dass ich es tun musste. Wenn ich mit Chunsu fliehen würde, was könnte ihm geschehen, wenn man uns fand? Ich werde vermutlich in ein Kloster verfrachtet - mit geschorenem Kopf und für den Rest meines Lebens abgeschottet von der Welt. Aber was würde man ihm antun? Für den Versuch und das dreiste Vorhaben, die zukünftige Königin zu entführen? Vermutlich würde man ihn foltern und anschließend hinrichten, und all das, weil ich freiwillig mit ihm gegangen wäre. Es gab diese Option nicht für uns. Wir mussten dem Willen des Königs folgen und gehorsam sein. In diesem Land, in dieser Zeit gab es nur diesen Weg, um zu überleben.

Kapitel 11

Niemand hat behauptet, dass das Leben einfach sei. Man muss Regeln befolgen, sich anpassen und wenig auffallen, wenn man ruhig leben will. Aber es gab auch Menschen, die anders waren. Menschen, die sich nicht fürchteten, aufbegehren, Widerstand leisten und eine Veränderung herbeiführen möchten. Solche Menschen hat es in der Geschichte auf jedem Kontinent der Erde gegeben, zu jeder Zeit. Chunsu war ein Mensch, der auch zu diesen mutigen Kämpfern zählte - oder er war dumm, es kam auf die Sichtweise an.

Ich war der Meinung gewesen, dass ich ihm klargemacht hatte, dass ich nicht mit ihm weglaufen würde, und ich hatte auch gedacht, dass er diese Entscheidung akzeptiert hätte. Allerdings hatte ich mich getäuscht. Er wollte es ganz und gar nicht auf sich beruhen lassen.

Nach meiner kurzen Verabschiedung von meiner Familie, von der lediglich eine meiner Stiefmütter nebst Töchter erschienen war, führte mich mein Adoptivbruder zu meiner Sänfte, die aus dem Palast für mich geschickt worden war. Es war das erste Mal, dass ich in einem solchen Kasten sitzen würde. Obwohl sie vermutlich besser ausgestattet war als andere Tragen, war sie sehr klein und beengend. Es handelte sich im Grunde um eine Holzkiste, die kräftige Männer an allen vier Seiten an Holzbohlen anfassen und hochheben konnten. Man wurde also praktisch mit Händen getragen.

Einsteigen war nur rückwärts möglich. Chunsu klappte die Front wie eine Jalousie hoch und hielt mir die Hand hin. Fragend blieb ich vor dem Ding stehen, dann verstand ich das Prinzip und drehte mich um. Die Hand meines Bruders war sehr hilfreich, denn ich musste mit meinen puffigen, bauschigen Röcken auf die Erde und rückwärts in die Sänfte kriechen. Als mein Hintern das Kissen berührte, ließ ich mich darauf nieder und ordnete meine Röcke züchtig um meine Beine. Links und rechts waren Fenster, die wie gewohnt mit Gardinen die Sicht nach draußen, aber auch von draußen nach drinnen, versperrten.

Ehe Chunsu die Jalousie des "Eingangs" wieder herunter ließ, sah er noch einmal in die Sänfte und sein durchdringender Blick ließ mir plötzlich Hitze ins Gesicht schießen. Mein Gott, der Typ hatte es wirklich drauf. Egal ob echt oder Schauspieler. Park Joon-Ki war nicht umsonst als der Verführer mit dem Blick bekannt.
Wortlos ließ der die Jalousie herab und ich hielt mich fest, als die Sänfte plötzlich nicht besonders symmetrisch angehoben wurde und ich hin und her schaukelte. Das kann ja spaßig werden, dachte ich noch, dann ging die lustige "Fahrt" auch schon los. Wo waren hier noch einmal die Kotzeimer?

Nach gefühlten Stunden hörte ich plötzlich laute Rufe und mit ein Mal das unverkennbare Klirren von Metall auf Metall. Ängstlich zog ich eine der Gardinen der Sänfte zur Seite, als in diesem Moment das Ding auf den Boden fiel und ich mir schmerzhaft meine Stirn an den Holzrahmen des Fensters stieß.

“Verdammt”, fluchte ich nicht gerade ladylike laut und rieb mir den Kopf. Etwas Warmes, Feuchtes war auf meinen Fingern. Ich zog meine Hand zurück und bemerkte das Blut, das ganz offensichtlich von einer Platzwunde am Kopf stammte. Na super. Jetzt war ich auch noch verletzt.

Das Getümmel vor der Sänfte war ganz offensichtlich von einem Kampf und ich rechnete mir schnell aus, dass ich in dem Kasten, ängstlich wie ein Hase wartend, ein leichtes Opfer wäre. Schnell öffnete ich die Tür zur Sänfte und warf sie auf das Dach. Anders als erwartet, waren wir nicht in den Straßen von Hanyang, sondern ich stand mit dem Ding mitten auf einem Waldboden. Über mir versperrten die Blätterdächer der hohen Bäume die Sicht zum Himmel und um mich herum herrschte Krieg.

Ungläubig betrachtete ich die Szene, die sich vor meinen Augen abspielte. Chunsu kämpfte in diesem Moment gleichzeitig mit drei Gegnern und diese hatten verdammt viele Ähnlichkeit mit den Schergen, die mich in die Mandschurei bringen sollten. Entsetzt sah ich, wie sich ein vierter Gegner unbemerkt von Chunsu hinter ihm anschlich und sein böse aussehendes Schwert hob. Leider wusste ich jetzt, dass es sich um keine Choreografie und Filmrequisite handelte, und so sprang ich voller Panik und Angst aus der Sänfte und lief so schnell ich konnte auf den Angreifer zu. Mit einem Satz hechtete ich trotz meiner behindernden Röcke vor und warf mich mit aller mir zur Verfügung stehenden Kraft und Mut auf den Mann.

Dieser war von meinem Angriff überrumpelt worden und fiel zusammen mit mir auf den Boden. Offensichtlich hatte er nicht realisiert, dass sein Widersacher eine Frau war - und vermutlich auch die Frau, die er entführen sollte.

Flink sprang er auf und er hob ein Messer, um mich damit zu verletzen oder sogar zu töten. Entsetzt sah ich das silberne Ding aufblitzen und auf mich zukommen. Ich schrie in absoluter Panik, so laut ich konnte und wartete darauf, dass das Messer mich treffen würde. Die Hand des Mannes fiel plötzlich mit einem Mal schlaff herab und er sank mit einem starren auf mich gerichteten Blick auf den Boden. Eine feine rote Linie war an seinem Hals und in seiner Brust steckte ein Messer, aus dem nun das Blut heraus strömte. Er war ganz offensichtlich tot. Wieder schrie ich auf und zu meiner eigenen Sicherheit schaltete mein Gehirn sämtliche Lichter aus und ich fiel dankenswerterweise in Ohnmacht.

Ich erwachte mit rasenden Kopfschmerzen. Meine Orientierung ließ zu wünschen übrig und so sah ich mich total verwirrt um. Weder lag ich in meinem Bett zuhause noch in der Residenz der Familie Nam. Die Räumlichkeiten, in denen ich mich befand, waren praktisch und nicht besonders prächtig, ja sogar ein wenig spartanisch eingerichtet. Ganz offensichtlich war ich aber immer noch im 17. Jahrhundert und nicht, wie ich gehofft hatte, zurück in meiner eigenen Zeit. Etwa fünf Meter vom Bett entfernt stand ein einfacher Holztisch und Stühle, auf denen ein Mann saß und einen Apfel schälte. Es war mein Bruder Chunsu, der nun hoch sah, als er zu spüren schien, dass ich wach war.

"Du bist in Sicherheit."

Seine Stimme war klar und tief und ich hatte irgendwie das Gefühl, sie war verändert. Hatte er zuvor stets einen weichen, angenehm gefälligen Unterklang, so wirkten allein diese wenigen Worte selbstbewusst und kräftig - männlicher, könnte man auch sagen.

Ich raffte mich in dem Bett hoch und wollte mich aufsetzen, doch mein Kopf brummte wie ein Kreisel und ich fuhr mit der Hand an die Stirn. Ich entdeckte einen Verband, der um mein Haupt gewickelt war, und dann erinnerte ich mich wieder an das, was nach meiner Abreise geschehen war. Ich war mit dem Kopf böse an den Rahmen geschlagen und anschließend im Wald Zeugin eines Überfalls geworden.

"Ist er tot?"

Meine Stimme klang rau und ich räusperte mich. Chunsu nickte und begann, den geschälten Apfel in Schnittchen zu schneiden und sorgfältig auf einem kleinen Holzbrett zu drapieren.

"Wo sind wir?"

Ich hob die Hand und zeigte auf die Umgebung, als könnte er mich sonst missverstehen.

"In meinem Basislager."

Er klang, als wäre es das Normalste der Welt, dass ich wusste, warum er ein solches Lager hätte.

"Willst du es mir erklären, Chunsu?"

Er sah nun hoch und lächelte. Es war nicht sein übliches Lächeln. Das war sanft und freundlich und wie immer ein wenig unterwürfig gewesen. Dieses Lächeln war genau wie seine Stimme und die Art zu sprechen - männlicher. Arrogant, selbstbewusst und… sehr sexy.

"Fangen wir damit an, dass du aufhörst, mich Chunsu zu nennen,
Jang-Mi."
Verständnislos sah ich ihn an.
"Wie soll ich dich denn nennen, Orabeoni?"
"Nenne mich bei meinem richtigen Namen, kleine Rose."
Immer noch irritiert schaute ich auf ihn. Er war aufgestanden und
brachte die Apfelschnitze zu mir ans Bett. Er stellte das Brett jedoch
nicht auf den kleinen Tisch, sondern setzte sich auf die Matratze, die
sich unter seinem Gewicht ein wenig senkte. Erst in diesem Moment
fiel mir auf, dass ich nicht wie üblich auf dem Boden auf einer
dicken Bettdecke lag, sondern in einem Bett, das eine gewisse
Ähnlichkeit mit einer modernen Schlafstatt hatte.
Chunsu schien meine Gedanken lesen zu können.
"Ich hasse es, auf dem Boden zu schlafen", erklärte er und ich
nickte. Ja, es war ja auch normal, ein Bett im Hanok zu haben. Klar.
Chunsu spießte mit seinem Messer nun ein Apfelstückchen auf und
reichte es mir. Vorsichtig zog ich es von dem scharfen Messer
herunter, als ich daran dachte, dass eben ein solches in der Brust des
Mannes gesteckt hatte, der mich töten wollte, hätte ich das Obst
beinahe fallengelassen.

"Das war ein anderes."
Wieder hatte er meine Gedanken erraten und so steckte ich mir den
Apfel in den Mund und kaute, damit ich in Ruhe nachdenken
konnte. Warum hat sich mein Adoptivbruder so verändert? Beinahe
so, als hätte er endlich seine Maske fallen lassen und er zeigte mir
nun sein wahres Gesicht?

"Wie soll ich meinen Bruder also nennen?", fragte ich ihn, als ich meinen Mund wieder leer hatte.

Er spießte lächelnd ein weiteres Apfelstückchen auf und reichte es mir wieder. Dieses Mal zögerte ich. Nicht, dass es mir gleich im Halse stecken blieb, wenn ich seine Antwort gehört hatte.

Schulterzuckend nahm er selbst den Apfel und sah darauf. Dann steckte er sich den Schnitt zur Hälfte in den Mund, so dass die andere Seite noch herausschaute. Sein Blick wanderte auf meinen Mund und plötzlich beugte er sich vor und schob mir die Hälfte seines Apfels an die Lippen, die ich überrascht öffnete und dann in den Mund. Er fütterte mich! und das war vielleicht die erotischste Art, Obst zu essen, das ich mir vorstellen konnte. Nachdem er den Apfel "versenkt" hatte, zog er sich wieder zurück und wischte sich mit seinem Daumen den Mund trocken. Herrje, was war mit ihm los?

"Ab sofort nennst du mich Min-Jun, erster Sohn des Königs, royaler Prinz des Landes und zukünftiger König von Joseon."

Bumm, die Bombe war geplatzt und ich war nicht rechtzeitig in Deckung gegangen. Sprachlos starrte ich ihn an. Er war angeblich ein Sohn des Königs? Der Erstgeborene und damit eigentlich der Thronfolger? Ein Bruder von Min-Jae? Wollte er mich veräppeln? Wenn es meine Zeit gewesen wäre, hätte ich ihn gefragt, ob er zu viele Dramen gesehen hat.

"Und du, meine Rose, bist meine Verlobte. Erinnere dich an das Edikt des Königs? Du wirst mit seinem Segen den Kronprinzen des Landes heiraten und genau dieser Kronprinz werde ich sein.

Gewöhne dich an den Gedanken - und an mich als deinen zukünftigen Gemahl."

Sein Lächeln war arrogant und ich schluckte meine Erwiderung herunter. Blödmann. Gleiches Szenario, dritter Ehemann.

"Du wartest hier, bis ich wieder zurückkomme. Lauf nicht allein herum, hörst du?"

Ich nickte, obwohl ich ihm nicht zugehört hatte. Unerwartet zog er mich plötzlich an sich heran und legte seine warmen Lippen zärtlich auf meine. Überrascht öffnete ich den Mund und spürte, wie seine Zunge in meinen eindrang. Seine Hand lag in meinem Nacken und hielt meinen Kopf, sodass ich mich nicht vor ihm zurückziehen konnte und mit der anderen hielt er mich eng an seine breite Brust gedrückt. Ich hatte die Augen geschlossen und riss sie erst dann wieder auf, als er sich plötzlich von mir zurückzog. Geschmeidig stand er auf und sah mit einem wissenden, selbstsicheren Lächeln auf mich herab. Mein Atem ging schnell und ich legte mir meine Hand auf den Brustkorb, um meinem Herz einen ruhigeren Schlag zu befehlen.

"Damit du mich nicht vergisst." Er zwinkerte mir zu und ich sah ihm verwirrt hinterher, als er den Raum verließ. Er zwinkerte?

Nachdem Chunsu, oder vielmehr seine Hoheit Prinz Min-Jun den Raum verlassen hatte, blieb ich wie erstarrt auf dem Bett sitzen. Alles rauschte in meinem Kopf und ich hatte irgendwann wohl vergessen, das Radio darin auszumachen. Ich versuchte jetzt einmal zu rekapitulieren, wie es gerade um mich stand:

Der König der Qing, König Yangxi der Mandschurei, wollte mich heiraten - check.

Der Kronprinz Min-Jae, aktueller Kronprinz und somit vorerst zukünftiger König von Joseon, wollte mich heiraten - check.

Prinz Min-Jun, selbsternannter Thronfolger und damit auch zukünftiger König von Joseon, wollte mich heiraten - check.

Ich, Lady Nam Jang-Min war die begehrteste Frau in Joseon und gleichzeitig die Frau, die eine plötzliche panische Angst vor diesen dominanten Männern entwickelte. Das konnte nicht gut gehen und aus dem Drama wusste ich, dass das Ganze zu meinem Tod führen würde. Ich wollte doch nur hier überleben, nichts anderes. Und überhaupt, warum war Chunsu jetzt der eigentliche Erbe und Kronprinz? Min-Jae war also nur der jüngere Bruder? Warum war Chunsu/ Min-Jun/ Joon-Ki bei meinem Vater aufgewachsen und nicht im Palast? Fragen über Fragen und ich wollte Antworten. Erst einmal musste ich dafür sorgen, dass mein Kopf sich nicht mehr beschwerte und so legte ich mich auf das Bett und schloss die Augen, die ich kurz darauf wieder aufriss.

"Basislager?" sagte ich laut und dann hörte ich die militärischen Kommandos, Rufe und das unverkennbare Klirren von Schwertern. Och nö!

Mühsam raffte ich mich auf und schwang vorsichtig meine Beine über die Bettkante. Nachdem das Drehen und Flimmern vor meinen Augen sich wieder beruhigt hatte, stellte ich mich langsam auf meine Füße und prüfte, ob ich nicht gleich wieder umfallen würde.

Alles war stabil und so ging ich auf die Tür des Zimmers zu, die nach draußen führte.

Dieser Raum war kein Hanok, denn er war wesentlich größer und höher und die Bauweise glich eher einer europäischen als einer asiatischen Behausung. Ich entdeckte, dass der große Raum in verschiedene Bereiche aufgeteilt war. Es gab einen Teil, in dem das Bett stand. Ein Bereich, in dem der große Holztisch mit den Stühlen stand, und einen, an dem Regale mit verschiedenen Büchern und Schriftrollen waren. In dieser Ecke befanden sich ebenfalls Truhen, in denen vermutlich die Kleidung des Bewohners dieser Suite enthalten war.

Nach meiner oberflächlichen Inspektion schritt ich zum Ausgang und zog die Holztür vorsichtig auf. Was würde mich dahinter erwarten? Dem Klang der Waffen nach zu urteilen, war es ein militärisches Camp und da Min-Jun seine Identität geheim gehalten hatte, war es mit Sicherheit auch kein offizielles Trainingslager der königlichen Soldaten. Hatte sich mein Adoptivbruder eine eigene Armee aufgebaut? Erschrocken drückte ich die Tür wieder zu. Wenn dem so war, und ich jetzt Kenntnis davon hatte, würde ich wohl das Camp nicht mehr verlassen können. Min-Jun würde nicht Gefahr laufen, dass ich ihn verrate. Natürlich, dachte ich ironisch, er hat mich hierher gebracht und war sich sicher, dass ich nichts von dem bemerke, was um mich herum geschieht. Es war alles so verwirrend. Diese ganze Story, halt nein, dieses ganze *Leben* war so verzwickt und undurchschaubar.

Wieso war ich überhaupt hier gelandet? Warum waren bei dem Überfall im Wald plötzlich wieder die Männer aus Qing aufgetaucht. Aber warum war meine Sänfte überhaupt im Wald und nicht mehr auf dem Weg in den Palast gewesen? Min-Jun - ich musste mich erst an den Namen gewöhnen - war der hauptverantwortliche Begleiter gewesen und bereits unter seiner Aufsicht waren wir nicht mehr auf dem Weg zum Palast gewesen. Sollte der Überfall also eine Entführung von der Entführung werden oder hatte ich irgendetwas übersehen?

Ich stellte mich aufrecht und zog meine Schultern zurück. Es war Zeit, die Antworten auf meine Fragen zu finden.

KAPITEL 12

Ich befand mich tatsächlich in einem Militärcamp. Ein Trainingslager für echte Kerle. Egal wo ich hinsah, überall liefen Männer herum, die bis an die Zähne bewaffnet waren und einer wichtigen Aufgabe nachzugehen schienen. Auf jeden Fall sah es für mich so aus. Sie trugen Schwerter an der Hüfte oder in den Händen und Messer am Gürtel. Auf einem freien Platz standen etwa zwanzig Krieger und übten den Schwertkampf miteinander. Ihre Bewegungen waren perfekt in Harmonie und sahen dabei absolut tödlich aus. Alle waren komplett schwarz gekleidet und sie hatten ausnahmslos ein Tuch vor dem Gesicht, so dass nur ihre Augen zu erkennen waren. Ihre Haare waren auf dem Kopf zu einem Knoten gebunden, der wiederum von einem weiteren schwarzen Tuch gehalten wurde. Alle sahen identisch, gefährlich und höchst entschlossen aus. Niemand stach aus der Menge heraus. Suchend sah ich mich um und konnte den neuen Prinzen unter ihnen einfach nicht ausmachen.

Langsam entfernte ich mich von dem Haus, das sich als einziges festes Gebäude in diesem Camp herausstellen sollte. Die anderen Unterkünfte waren große Zelte, die in einem Halbkreis aufgebaut waren und das Wohnhaus umschlossen. Zäune, Wachtürme oder Ähnliches konnte ich nicht entdecken, was mich vermuten ließ, dass das Trainingslager nicht dauerhaft hier untergebracht war. Die Zahl der anwesenden Männer konnte ich nur grob schätzen, aber es waren mindestens einhundert Kämpfer, die sich im Camp aufhielten.

Ich hatte erst wenige Schritte zurückgelegt, als ich plötzlich Pferdehufe hinter mir hörte und mich erschrocken umdrehte. Pferde waren für mich gleichbedeutend mit Gefahr und so sah ich dem Trupp Reiter mit weit aufgerissenen Augen panisch entgegen. Anstatt zur Seite zu springen und ihnen Platz zu machen, blieb ich wie angewurzelt mitten in meiner Bewegung stehen. Ängstlich riss ich die Arme hoch in dem unsinnigen Versuch, mich vor den donnernden Pferdehufen zu schützen, als sich plötzlich ein starker Arm um meine Hüfte schlang und mich schwungvoll vor der sich annähernden Gefahr zur Seite zog.

"Willst du hier sterben?"
Die Stimme von Min-Jun war atemlos, als wäre er schnell gelaufen und erschrocken sah ich in seinen dunklen Augen, die mich über dem Rand des Tuches in seinem Gesicht zugleich böse und entsetzt ansehen. Aufatmend lehnte ich mich an ihn und merkte, wie mir

eine Träne malerisch über die Wange lief. Warum heulte Lady Nam jetzt schon wieder, oder war ich es doch selbst, die vor Erleichterung Tränen vergoss?

"Ich dachte, ich würde dich hier finden. Wo warst du? Lass mich nicht allein."

Ich schniefte wenig damenhaft und sah ihn mit Tränen feuchtem Blick von unten herauf an. Seine Augen wurden weicher und er fing mit seinem Daumen eine Träne ein.

"Komm mit."

Ehe ich mich wehren konnte, nahm er meine Hand und zog mich zurück zu dem Haus. Ich lief ein wenig beschämt hinter ihm her und als er die Tür nach unserem Eintreten schloss, sah ich verlegen auf meine Hände. Er musste mich für selten dämlich halten.

"Du solltest hier auf mich warten, Jang-Mi. Eine Militärbasis ist kein Ort, an dem ein Mädchen sich frei bewegen sollte. Du hast Glück gehabt, dass meine Männer so gut ausgebildet sind. Verlasse diesen Raum nur dann, wenn ich oder einer meiner Offiziere bei dir bin. Hast du das verstanden?"

Ich nickte und hielt meinen Kopf weiterhin beschämt gesenkt. Selbst in meiner modernen Zeit würde ich als Frau nicht einfach stolpernd durch einen Ort laufen, der allem Anschein nach geheim war und der vermutlich nur Männern vorbehalten war.

Min-Jun ging zum Tisch, auf dem eine Karaffe mit Wasser und Becher stand und schenkte zwei voll. Ich hatte gar nicht bemerkt, wie durstig ich war und so nahm ich es dankbar entgegen.

"Setz dich. Ich habe für uns etwas zu Essen bestellt, das der Koch gleich bringen wird. Leider gibt es hier nur Männer, also musst du dich an meine Adjutanten wenden, wenn du etwas benötigst. Ich war auf den Besuch einer Lady nicht wirklich eingestellt."

Er zeigte auf die sehr maskuline Ausstattung seines Raumes und ich trank langsam einen Schluck aus dem Becher, während ich mich noch einmal umsah. Also war meine "Entführung" nicht von ihm geplant gewesen, oder?

"Warum bin ich überhaupt hier gelandet? Wäre es nicht besser gewesen, du hättest mich nach dem Überfall in den Palast geschickt? Man wartet doch da auf die Ankunft der Braut, oder? Was ist überhaupt passiert? Bitte, ich sterbe vor Neugier."

Min-Jun lachte leise, was mir einen angenehmen Schauer über den Rücken laufen ließ. Warum war es mir nie zuvor aufgefallen, dass er eine solch sexy Aura hatte? Vielleicht, weil Lady Nam das nicht wahrhaben wollte oder weil Chunsu sich perfekt verstellt hatte. Lediglich So-Ra hatte eine gewisse Spannung von dem sogenannten Bruder ausgehend gespürt, aber ich wusste es auch, weil ich das Drama und den Hintergrund des "Bruders" kannte.

Der neue Prinz lehnte sich bequem zurück und sah mich über dem Rand seines Bechers an, während er trank. Dann stellte er ihn zurück auf den Tisch und verschränkte die Arme vor seiner breiten Brust. Er sah so lässig und entspannt aus, wie ihn nie zuvor gesehen hatte. Ganz offensichtlich musste ich Min-Jun komplett neu kennenlernen, und das war nicht unbedingt schlecht, wenn man ihn so vor sich sah. Die schwarze Kleidung stand ihm ausgesprochen gut. Er sah gleichzeitig verrucht und sexy aus. Seine Aura war gefährlich und ich war schon immer ein Mädchen gewesen, das den Bad Boy bevorzugte, zumindest in Filmen. Die braven, guten Jungs waren oftmals so langweilig. Park Joon-Ki verkörperte in seinen Serien auch stets einen Mann, der eine dunkle Vergangenheit hatte und das war wirklich anregend, wenn man ihm zusah. Außerdem hatte ich ein Faible für schwarz.

"Die mandschurischen Männer sind mir zuvorgekommen. Sie haben uns auf dem Weg zum Palast abgefangen und die Sänfte mit Gewalt umgelenkt. Als wir im Wald waren, konnte ich sie zusammen mit meinen Männern überwältigen, aber da vermutlich die Meldung an den Palast gegangen war, dass du von dem König von Qing gestohlen wurdest, kam mir das sehr gelegen. Natürlich würde ich dich jetzt, wo du befreit warst, nicht in den Palast bringen. Mein Brüderchen Min-Jae wird verzweifelt sein und macht hoffentlich etwas Unüberlegtes."

Ich sah auf den älteren Bruder und dachte nach. Wenn die Qing-Soldaten nicht gekommen wären, hätte er die Sänfte dennoch in den Wald gelenkt.

"Ja, ich hätte dich nicht in den Palast gelassen. Zwei Straßen weiter waren meine Männer bereit, dich aus der Sänfte zu holen und zu meinem Haus zu bringen."

Ich sah mich um. Es war nicht gerade gemütlich für meine Ankunft hergerichtet worden.

"Nicht dieses Haus. Ich habe unter falschem Namen eine Residenz in Hanyang."

"Oh, das wusste ich nicht. Aber, wenn du hier Soldaten ausbilden lässt ..."

Ich biss mir auf die Zunge. Eine solche Frage hätte ich besser nicht stellen sollen. Es war ganz klar, dass er diese Privatarmee nicht aufgebaut hatte, um sie zu seinem Vergnügen gegeneinander kämpfen zu lassen. Min-Jun sah mich fest an, dann stand er auf und kam zu mir herüber. Ängstlich sah ich zu ihm hoch und wartete auf das, was er vorhatte. Er beugte sich herunter und zog mich an den Armen zu sich hoch, bis ich wieder eng vor ihm stand. Dann führte er sein Gesicht an meines.

"Min-Jae ist weder der richtige Kronprinz noch der richtige Verlobte. Beides, Thron und Rose, gehören mir. Von Geburt an, vom ersten Blick. Niemals überlasse ich meinem Bruder das, was mir gehört. Und ganz sicher nicht dich."

Seine Worte jagten mir einen Schauer über den Rücken. Er hörte sich ein wenig obsessiv an und das war dann doch gruselig. Ich schluckte, doch dann nahm ich meinen Mut zusammen.

"Ich gehöre niemanden. Weder dem König aus Qing, noch deinem Bruder oder dir. Ich bin kein Pokal, den man gewinnen kann. Ich bin ein Mensch und ich habe einen eigenen Willen. Wenn du mein Ehemann werden willst, dann musst du mich überzeugen, du musst mich lieben, du musst mich ehren. Ich will einen Mann, mit dem ich auf gleicher Stufe stehe, nicht einen, der mich als seine Trophäe sieht."

Min-Jun sah bei meinen Worten mit unbewegtem Gesicht auf mich hinunter, dann zog er einen Mundwinkel hoch.

"Du bist es auf jeden Fall wert, dass man um dich kämpft."

Ich wusste nicht, ob er meine Ansicht teilte und wurde im nächsten Moment auch schon wieder durch den Sturm meiner Gefühle von allem abgelenkt. Min-Jun beugte sich zu mir hinunter und wollte mich küssen, da kribbelte in Vorfreude bereits meine Haut und ich spürte, wie sich eine aufgeregte Wärme in meinem Bauch und ein Stückchen tiefer ausbreitete.

Kurz vor meinem Mund zögerte Min-Jun für einen Bruchteil, dann bückte er sich und nahm mich auf den Arm. Erschrocken quiekte ich kurz auf und legte ihm dann schnell meine Arme um den Hals. Behend trug er mich zu seinem Bett, als würde ich nicht mehr als eine Feder wiegen und legte mich vorsichtig dort ab. Nervös sah ich zu ihm hoch und überlegte, ob ich das zulassen sollte, was er vorhatte. Die siebzehnjährige, unschuldige Lady Nam in mir schrie entsetzt und züchtig auf und die vierundzwanzigjährige So-Ra feuerte den attraktiven Prinzen an, auf keinen Fall jetzt zu stoppen.

Meine Gedanken verstummten in dem Moment, in dem sich Min-Jun über mich beugte. Er stützte seine starken Arme neben meinem Kopf ab und ich konnte deutlich seine festen Armmuskeln in dem Gewand sehen. Verdammt, das machte mich wirklich an. Seine dunklen Augen suchten meine und gaben mir eine letzte Chance, mich ihm zu verweigern. Als sein Blick auf meine Lippen wanderte, sah er das kleine Lächeln, das sich in meine Mundwinkel geschlichen hatte und mit einem leisen Stöhnen presste er seinen Mund sanft auf meinen.

Sein Kuss war vorsichtig, als wollte er mir immer noch die Gelegenheit geben, dass ich ihn stoppen könnte. Mir war er allerdings viel zu vorsichtig. Ich schlang meine Arme um seinen Nacken und zog ihn ungeduldig zu mir herunter. Überrascht ließ Min-Jun dies geschehen und als seine Zunge versuchte in meinen Mund zu gelangen, öffnete ich meine Lippen für ihn. Mein Herz schlug einen unruhigen Takt und ich spürte an meiner Brust, dass es ihm genauso erging. Bislang hatte er seine Arme neben mir aufgestützt und es hatten sich nur unsere Münder berührt, doch auch ihm genügte das irgendwann nicht mehr und so rollte er sich auf die Seite und zog mich mit sich mit. Geschickt öffnete er den Knoten des kleinen langärmligen Jäckchens über meiner Brust und half mir dabei, das störende Kleidungsstück auszuziehen.

Die Mode der Damen aus dem 17. Jahrhundert entsprach der Vorstellung des Konfuzianismus. Alle "aufreizenden" Körperteile wurden verdeckt, um den Mann nicht von "wichtigen" gesellschaftlichen, politischen oder geistigen Gedanken abzulenken. Aus diesem Grund war der Rock über der Brust mit einem Band zusammengehalten und verbarg die Körperform der Frauen. Eigentlich sahen die Damen aus wie dicke, auf den Kopf gestellte Trichter und ich fragte mich, wie ein Mann eine Frau begehren konnte, die derart unförmig verpackt war. Aber ich sah, dass Min-Jun mich begehrte, und ich konnte es deutlich spüren, denn er hatte seinen Unterkörper an mich herangerückt.
Einen Hanbok gab es auch zu meiner Zeit. Hier wurden sie allerdings fast ausschließlich zu bestimmten Anlässen wie Hochzeiten oder Trauerfeiern getragen. Ein einziges Mal habe ich einen getragen und das war bei der Trauerfeier von … Himmel. Warum machte ich mir Gedanken über den Hanbok?

Min-Jun hatte mir das Kleid geöffnet und begann, es vorsichtig von meinem Körper zu ziehen, was im Liegen sehr schwierig war. Ich setzte mich auf und zog es ungeduldig von mir herunter. Mein Prinz unterdrückte ob meiner Ungeduld ein Lachen und ich zeigte anklagend auf ihn. Er war nach wie vor komplett bekleidet und das sollte er gefälligst gerne mit meiner Hilfe sofort ändern. Wortlos, und mich dabei im Blick behalten, entledigte er sich nun ebenfalls seiner Oberbekleidung und war nach kurzer Zeit in der seidigen, feinen weißen Unterbekleidung, von der ich wusste, dass er hierunter nur noch nackte Haut trug.

“Los, mach weiter”, forderte ich ihn forscher auf, als ich vielleicht sein sollte. Meine Hände waren schwitzig, als er nun sein Hemd aufknotete, das über der Brust gewickelt war. Ich riss meine Augen erfreut auf, als seine trainierten Brustmuskeln sichtbar wurden und ich einen wohldefinierten Waschbrettbauch sehen konnte. Ach herrje, das war mal ein ganz anderer Anblick als den, den mir mein Ex-Freund geboten hatte. Neugierig streckte ich meine Hand aus und fuhr mit meinen Fingerspitzen über seinen Bauch. Fasziniert beobachtete ich dabei, wie er die Muskulatur anspannte und als mein Finger tiefer wandern wollte, fing er sie kurz vor dem weißen Hosenbund ein.

“Möchtest du das wirklich?” Seine Stimme war rau und ein wenig gepresst. Machten ihn meine Berührungen heiß? Ich freute mich darüber, denn alleine bei seinem Anblick spürte ich, wie in meinem Körper das Kribbeln immer stärker wurde. Ob ich es wollte?

“Unbedingt”, hauchte ich mit einem heiseren Klang und es hörte sich selbst in meinen eigenen Ohren erotisch und verführerisch an.

Min-Jun griff nach dem Band an seiner Hose und zog sie auf, doch ehe sie komplett herunter streifte, packte er meine Füße an den Fesseln und zog mich mit einer kräftigen, energischen Bewegung mit gespreizten Beinen in seine Richtung. Ich trug immer noch meine Unterkleidung und mit wenigen geschickten Handgriffen befreite mich Min-Jun von ihnen. Erwartungsvoll sah ich ihn an und wartete darauf, was er nun tun würde. Mein ganzer Körper war angespannt und ich war mehr als bereit für ihn, obwohl wir außer einem tiefen Kuss noch keinerlei weitere Zärtlichkeiten ausgetauscht hatten.

"Du bist wunderschön", hauchte mein Prinz und ich konnte die begehrlichen Flammen in seinen Augen sehen, als sein Blick über meine Brüste, meine schlanke Taille und zu dem Körperteil wanderte, der offen vor ihm lag und ihn erwartete. Mit einem Brummen riss er sich seine weiße Hose vom Körper und beugte sich über mich, um mich heiß und begehrlich zu küssen. Seine Hände umfassten meinen Hals und wanderten zärtlich abwärts zu meinen Brüsten, tiefer über meinen Bauch und prüften kurze Zeit später sanft, ob ich bereit für ihn war. Oh man, ich war so etwas von bereit! Gierig schlang ich meine Schenkel um seine Hüften und zog ihn so energisch enger an mich heran. Er ließ sich nicht länger bitten und kam zu mir, als wären wir füreinander geboren worden. Die Rose und das Schwert.

Erschöpft lag ich neben meinem Prinzen und sah ihn an. Er war eingeschlafen, zumindest dachte ich es und meine Finger zeichneten seine starken Brustmuskeln nach. Er war ein aufmerksamer, rücksichtsvoller Liebhaber gewesen und ich hatte festgestellt, dass ich in diesem Leben zuvor noch niemals mit einem Mann geschlafen hatte - auch nicht mit ihm. Min-Jaes Worte haben mich auf einen falschen Weg geführt, Min-Juns Taten haben mir gezeigt, dass ich mich geirrt habe. Meine Jungfräulichkeit war ein zweites Mal flöten gegangen. Meine Lust an Sex mit diesem Mann war unersättlich. Wir liebten uns in dieser Nacht ein weiteres Mal und obwohl mein Körper an gewissen Stellen schmerzte, wollte ich ihn schon wieder. Langsam ließ ich meine Hand tiefer wandern und sah erfreut, dass er selbst im Schlaf heftig auf mich reagierte. Zärtlich nahm ich ihn in die Hand und weckte ihn mit meinen Bewegungen vollends auf. Als er mich erneut zu ungeahnten Höhen trieb, schrie ich vor Glück auf, was er schnell mit seinem Mund einfing. Ich hatte vergessen, dass wir in einem Militärcamp waren. Umgeben von dutzenden jungen Männern und ich war vermutlich die einzige Frau unter ihnen. Es war mir auch schlichtweg egal, denn ich hatte für nichts und niemand anderen Gedanken, außer für den Prinzen, der mich jetzt wieder hingebungsvoll liebte.

KAPITEL 13

Als ich am nächsten Morgen erwachte, fühlte ich mich seltsam zerschlagen und gleichzeitig lebendig. Mein Körper tat mir an Stellen weh, denen ich schon lange keine Aufmerksamkeit mehr gegönnt hatte. Mit geschlossenen Augen tastete ich neben mich und griff ins Leere. Schlagartig fiel mir wieder ein, warum ich mich so fühlte und warum ich nach jemanden suchte, der neben mir liegen sollte. Plötzlich war ich hellwach und zog mir beschämt die Bettdecke über den Kopf. Nach kurzer Zeit verdeckte diese aber nicht mehr mein hochrotes Gesicht, sondern ein breites, glückliches Lächeln.

Ich erinnerte mich mit klopfendem Herzen daran, wie Min-Jun bereits in der Dämmerung mit geschmeidigen Bewegungen aufgestanden ist. Neugierig und ein wenig verschämt hatte ich seinen Körper bewundert. Ohne Scheu stand er in seiner perfekten Gestalt vor mir und kleidete sich an. Min-Jun war schlank und extrem muskulös. Er hatte kräftige, muskelbepackte Arme, die dank jahrelanger Übung problemlos ein Schwert schwingen konnten, ohne davon zu ermüden - oder mich durch die Gegend tragen, ohne sich zu beschweren.

Mein Blick fiel auf den Holztisch und ich wurde rot, als ich daran dachte, wie er mich mühelos auf ihn abgesetzt hatte und … Mein Prinz hatte breite Schultern, eine schmale Taille und ah, hier konnte ich meine Finger einfach nicht von ihm lassen, einen Sixpack. Den Rest der Beschreibung behalte ich für mich. Niemand soll neidisch werden.

Während ich ihn beobachtete, wie er sich im Morgengrauen bekleidete, überkam mich plötzlich eine Scheu.

In der Nacht hatte ich mich nicht zurückgehalten und ihn damit ganz offensichtlich zu seiner und auch meiner Freude überrascht. Doch jetzt kamen mir Zweifel. Hielt er mich für leichtfertig, weil ich mit ihm geschlafen hatte? Er hat in der Nacht unzweifelhaft selbst herausgefunden, dass ich unschuldig gewesen war - zumindest in diesem Leben und in dieser Zeit. Dennoch waren wir weder verlobt, geschweige denn verheiratet und trotzdem habe ich mich ihm hingegeben. Was, wenn er mich nach unserer gemeinsamen Nacht nicht mehr begehrte? Er hatte bekommen, was er von mir wollte.

Musste er mich jetzt noch heiraten? Hatte ich mit unserer Nacht vielleicht alles verspielt?

Meine Selbstzweifel zerfressen mich und ich grub mein Gesicht in das Kissen. Wütend auf mich selbst schlug ich mit meiner Faust auf die Decke und dann fluchte ich, weil mich etwas Spitzes pikste. Schnell setzte ich mich auf und nahm das hoch, was neben mir im Bett gelegen hatte: eine rosafarbene Rose.

Nachdem ich mich allein bekleidet hatte, saß ich erschöpft am Holztisch und trank einen Becher Wasser. Jetzt wusste ich, dass Diener in dieser Zeit für adlige Frauen unabdingbar waren. Die ganzen Lagen Kleidung selbst anzulegen, war eine Tortur gewesen. Allerdings war ich auch zu scheu, meinen Liebhaber der Nacht um Hilfe zu bitten. Also quälte ich mich mit der Ober-, Unter-, Ausgeh-Was-weiß-ich-Kleidung und hoffte, dass ich einigermaßen präsentabel aussah. Was ich allerdings selbst nicht hinbekommen hatte, war mir eine hübsche Frisur zu flechten. Mein Zopf sah ein wenig dilettantisch aus, aber immerhin hatte ich diese langen Strähnen einigermaßen im Griff und konnte sie sogar kämmen. Auch wenn das gefühlt Stunden gedauert hat.

"Lady Nam? Ich bringe Euch Euer Morgenmahl."
Freudig sah ich den jungen Mann an, dem ich soeben die Tür geöffnet hatte. Er stellte sich als der Adjutant von Min-Jun vor und machte eine tiefe Verbeugung vor mir, und das alles, obwohl er ein riesiges Tablett mit leckerem duftendem Essen balancierte.
Schnell zeigte ich zum Holztisch, auf dem er das Frühstück abstellen sollte. Beflissen verteilte er die kleinen Schüsseln und legte ein paar

Essstäbchen sowie einen Löffel neben eine leere Schale. Das Besteck war aus Silber und das verwunderte mich. Ich hatte gedacht, dass in einem Militärcamp der Luxus außen vor blieb und auch das Besteck aus einfachem Holz wäre. Der Adjutant schien meine Blicke bemerkt zu haben und lächelte.

"Mein Herr hat dieses extra für Mylady bringen lassen."
Ah, dachte ich. Mit mir hielt der Luxus Einzug. Freundlich dankte ich ihm und als er die Tür hinter sich wieder verschloss, begann mein Magen lautstark zu knurren.
Neugierig betrachtete ich das Essen auf dem Tisch. Es unterschied sich kaum von dem, das ich in der elterlichen Residenz erhalten hatte. Weißer, geschälter Reis, dampfende heiße Jjigae[9], ein Eintopf mit Kimchi und ... ich prüfte es, es war sogar Fleisch enthalten. Dann gab es verschiedene Banchan[10] und eine Kanne mit süßem, leichtem Wein. Das Essen war etwas, das ich von zuhause kannte, denn es hatte sich tatsächlich über die Jahrhunderte hinweg kaum verändert. Vielleicht schmeckte es im 17. Jahrhundert sogar besser, da die Umweltbelastung hier kein Thema war und das Essen natürlich nicht chemisch bearbeitet war. Das Kimchi war einfach göttlich, genau wie das Namul[11]. Ich hatte gar nicht bemerkt, dass ich solch einen Hunger hatte und als ich mit dem Essen fertig war, hatte ich tatsächlich kaum etwas von den Speisen übrig gelassen.

---

[9] Eintopf
[10] Gemüsebeilagen wie Kimchi, eingelegte Blätter, Spinat
[11] gedünstete, angebratene Gemüsearten zumeist in Sesamöl und mit Knoblauch

Gesättigt lehnte ich mich auf dem Stuhl zurück und sah auf den Tisch. Was hat Min-Jun wohl zu sich genommen? Mit einem Mal fuhr mir ein Schrecken durch die Glieder. Hätte er vielleicht mit mir zusammen essen sollen und ich habe ihm alles weggefuttert? Mir schoss die Hitze in den Kopf, weil ich mich in diesem Moment so für meine Gier schämte. Allerdings habe ich, seit ich in dieser Zeit gelandet war, kaum so gut und so ausreichend Essen serviert bekommen. Im Elternhaus waren viele Mäuler zu stopfen und es gehörte zum guten Ton, dass Mädchen und Frauen aßen wie Spatzen. Ich hatte eine der Schwestern auf dem Weg zur morgendlichen Begrüßung sagen hören, dass ihre Mutter sie jedes Mal darauf hinwies, dass eine Dame nach fünf Löffel Suppe satt zu sein hatte.

Das arme Mädchen tat mir leid. Sie war ein wenig mollig und ich glaube, dass ihre Mutter ihr diese Regel beigebracht hat, damit sie Gewicht verlieren sollte. Dabei fand ich, dass sie die hübscheste meiner Schwestern war, denn sie hatte niedliche runde Bäckchen und ein sonniges Gemüt.

Nach einiger Zeit klopfte es wieder an meine Tür und der Adjutant holte die leeren Schüsseln wieder ab. Min-Jun war nicht gekommen. Nach dem Essen lief ich ein wenig gelangweilt im Raum herum und überlegte, was ich tun sollte. Wie am Vortag einfach das Haus verlassen, werde ich nicht wieder wagen. Zu groß war der Schreck gewesen, als plötzlich die Reiter meinen Weg gekreuzt hatten. Die Männer, die auf dem Trainingsplatz mit ihren Schwertern gekämpft hatten, waren beeindruckend gewesen. Im Fernsehen hätte ich mich an ihren geschmeidigen Bewegungen erfreut, hier war mir jedoch bewusst, dass sie dafür kämpften, um zu töten, um nicht selbst getötet zu werden. Ich würde brav in diesem Holzhaus bleiben und meine Nase nur dann zeigen, wenn es gar nicht anders ging.

Also ging ich jetzt also durch den Raum und blieb in der Ecke mit den Büchern hängen. Neugierig griff ich mir eines von ihnen und schlug es auf. Enttäuscht musste ich jedoch feststellen, dass es nicht in Hangul, sondern mit chinesischen Schriftzeichen geschrieben wurde. Obwohl es in der Schule für eine kurze Zeit unterrichtet wurde, habe ich dem nicht sonderlich viel Aufmerksamkeit gewidmet und lediglich für die Prüfungen gelernt. Nun starrte ich auf die schönen Zeichen und hatte nicht die geringste Ahnung, ob ich ein Liebesgedicht oder eine Kriegsschrift vor mir hatte. Ich lauschte in mir, ob Jang-Mi mir aushelfen konnte, aber sie schwieg. Vielleicht konnte sie gerade schlecht sehen oder hatte vergessen ihre Brille aufzusetzen. In diesem Jahrhundert war ich zur Analphabetin geworden. Frustriert legte ich das Buch zurück ins Regal.

Der Tag verging schleichend langsam und ich langweilte mich. Außer zum Mittagessen sah ich keine Menschenseele. Min-Juns Adjutant brachte mir einfache Speisen und verließ mich sofort wieder, nachdem er sie auf dem Holztisch abgestellt hatte. Gelangweilt sah ich mich im Zimmer um und überlegte, was ich mit meiner Zeit anfangen sollte. Dann fiel mein Blick auf eines der Fenster, das genau wie in einem Hanok mit Papier auf einem dünnen Rahmen bespannt war. Jenseits des Fensters waren die Stimmen der Männer zu hören, die auf dem Trainingsplatz Kampfübungen machten. Die Geräusche waren seit dem Morgen gleich geblieben und immer wieder hörte ich knappe Befehle und Schreie sowie das Klirren von Waffen und Stöhnen von Männern, die vermutlich nicht die Gewinner waren.

Ich zog mir einen der schweren Stühle vom Tisch an das Fenster und klappte es auf. Dieses Loch in der Wand würde nun mein persönlicher 3D-Fernseher werden. Gemütlich lehnte ich mich auf dem Stuhl zurück und betrachtete die Szene, die sich vor mir abspielte.

Der Ort, an denen diese Übungen stattfanden, war bedeckt von Staub und eingerahmt von einigen Zelten. Dazwischen standen die Männer in einer Aufstellung und hielten ihre langen Schwerter in der Hand. Es sah ziemlich beeindruckend aus, wie sie dort wie eine Choreografie Schrittfolgen und Bewegungen vollführten, eine absolut tödliche Choreografie. Bewundernd sah ich, wie sich die Muskeln anspannten. Es war dieser Tage recht warm und die Männer wähnten sich fernab jedes weiblichen Blicks. Hah, das dachten sie zumindest. Ich hatte meine helle Freude daran, ihre unbedeckten Oberkörper zu betrachten. Nicht jeder von ihnen hat ein Sixpack, aber viele! Welch eine Pracht! Bei jedem Heben und Senken der Arme mit dem Kampfschwert bewunderte ich das Spiel ihrer Muskeln und hatte mich gerade so weit im Griff, dass mir nicht mein Sabber aus den Mundwinkeln lief. Hin und wieder machten sie eine Pause und änderten für mich das Programm. Nach den, ich nenne es mal Gemeinschaftsübungen, kam eine Art Wettbewerb Mann gegen Mann. Der Gewinner eines jeden Kampfes trat gegen den nächsten Kämpfer an. Ich setzte mein Geld auf einen Typen, der etwas größer war als die anderen und der wahnsinnig gut mit dem Schwert umgehen konnte. Er tanzte förmlich und es sah so aus, als wöge die todbringende Waffe in seiner Hand nicht mehr als ein paar Federn, dabei wusste ich, dass das Jikdo-Schwert wenigstens ein Kilogramm schwer war, und das konnte sich nach einiger Zeit anfühlen wie zehn.

Seine Bewegungen waren perfekt. Auch er trug kein Hemd und ich bewunderte die perfekte Harmonie seines Körpers, bis ich eine Narbe auf der Schulter entdeckte, die mir sehr bekannt vorkam. Da alle Männer auf dem Kampfplatz Tücher vor Mund und Nase trugen, waren ihre Gesichter nicht erkennbar. Dieser Körper und diese Narbe waren mir jedoch vertraut und ich sprang von meinem Stuhl hoch und beugte mich weit vor. Der Mann, den ich die ganze Zeit über bewundert hatte, war Min-Jun. Der angehende König selbst stand auf dem Trainingsplatz und kämpfte mit den einfachen Soldaten, ohne Rücksicht darauf zu nehmen, dass er verletzt werden könnte.

Mit einem Mal sah ich die ganze Vorstellung nicht mehr so entspannt und wäre am liebsten nach draußen gelaufen, um meinen Prinzen von weiteren Kämpfen abzuhalten. Ich hatte wirklich Angst, dass er von den scharfen Schwertern eines Gegners verletzt werden könnte. Allerdings wusste ich, dass wenn ich dort auftauchte, seine Konzentration gestört werden könnte und ihm so ein Fehler unterlaufen würde. Erheblich angespannter saß ich vor meinem improvisierten Fenster und hielt meine verknoteten Finger ineinander verschlungen. Inbrünstig betete ich, dass alles gut gehen würde.

Mein Prinz schlug sie alle - ausnahmslos. Er hatte es tatsächlich geschafft, alle Gegner vom Feld zu hauen, bis der letzte Mann aus der Reihe aufstand und sehr selbstbewusst seinen royalen Gegner grüßte. Min-Jun hatte wohl auf diesen Mann gewartet, denn ich hörte sein Lachen vom Platz. Bereits nach kurzer Zeit konnte ich erkennen, dass der neue Kämpfer weitaus geschickter und präziser war, als alle vorherigen. *Er* war ein echter Sparringspartner für meinen Prinz. Seine Bewegungen waren genauso gezielt, genauso geübt wie die von Min-Jun und ihre Bewegungen wurden immer schneller. Min-Jun war zuvor bereits gegen verschiedene andere angetreten und nicht mehr so frisch wie der neue Mann. Seine Bewegungen waren ein wenig langsamer und er vermied unnötige Angriffe. Es machte beinahe den Eindruck, dass er sich nur noch verteidigte und nicht mehr wie zuvor zum Angriff überging. Der neue Mann hingegen tanzte leichtfüßig mit dem Schwert und ich bewunderte seine Bewegungen ebenso, wie die von Min-Jun. Dieser Kämpfer hatte sein Oberhemd nicht abgelegt und ich erkannte plötzlich, dass das sein Nachteil war. Min-Jun packte ihn plötzlich an dem Hemd und wirbelte ihn daran herum. Der Gegner konnte an Min-Juns nackten Oberkörper keinen Widerstand finden und ich sah nun, wie er plötzlich zu Boden ging und Min-Jun sein Schwert an dessen Kehle hielt. Der wahre Kronprinz hatte auch den Endgegner besiegt.

Die Männer applaudierten und jubelten und der zukünftige König half seinem Gegner vom Boden hoch, indem er ihn die Hand hinhielt. Anschließend legte er den Arm um den angezogenen Mann und ich sah, dass beide ganz offensichtlich mehr miteinander verband als Kameradschaft. Sie schienen gute Freunde zu sein und ich fragte mich, wer der Mann war, mit dem Min-Jun so vertraut war.

Am Abend kam mein Prinz endlich zurück in unser trautes Heim und ich freute mich, dass ich nicht mehr allein war, aber gleichzeitig war ich ein wenig schüchtern. Wir hatten uns nach unserer gemeinsamen Nacht noch nicht wieder gesehen und ich verlor erst dann die Scheu, als er mich wortlos in die Arme nahm und verlangend küsste. Er schmeckte nach Sonne und ich sog seinen Duft tief in mir auf. Seine Haare waren nass. Er musste kurz vorher vermutlich in dem nahen Bach, den ich gesehen hatte, gebadet haben. Als ich in sein volles Haar griff, stöhnte er auf und seine Hand umschloss meinen Nacken und zog mich enger an seinen Körper heran. Ich konnte deutlich spüren, dass er mich auch sehr vermisst hatte. Ehe wir jedoch unserem Verlangen nachgeben konnten, klopfte es an der Tür und schnell traten wir schwer atmend voneinander zurück.

Sein Adjutant brachte uns das Abendessen. Beim Eintreten schien er die Situation erfasst zu haben und senkte sofort den Blick. Eilig stellte er die Schüsseln ab und verschwand so schnell er konnte. Min-Jun und ich sahen uns an und grinsten. Vermutlich würde in Kürze jeder im Camp wissen, dass sie dieses Haus in einem großen Bogen umgehen sollten, wenn sie nicht stören wollten. Es hätte mir peinlich sein sollen, aber ich war viel zu glücklich, dass Min-Jun mich genauso vermisst hatte, wie ich ihn.

Die nächsten Tage verliefen ähnlich langweilig, aber die Nächte versöhnten mich mit allem. Min-Jun war ein leidenschaftlicher, liebevoller Mann und ich liebte ihn von Tag zu Tag ein wenig mehr.

Nach etwas über vier Wochen sollte sich jedoch etwas an dem gewohnten Tagesverlauf für mich ändern.

KAPITEL 14

Der Tag war genauso langweilig, wie alle anderen zuvor. In letzter Zeit war ich recht schnell müde geworden und schlief viel am Tage. Vielleicht lag es daran, dass ich in den Nächten nicht so viel Schlaf bekam?

Auch überkam mich auch heute die Müdigkeit und ich gähnte hinter vorgehaltener Hand. Ich hatte keine Ahnung, wie spät es mittlerweile war und ob es erst wieder Abendessen geben würde, oder zum Mittag der Adjutant mit einem Imbiss kommen würde. Also wartete ich geduldig, doch als ich mir sicher sein konnte, dass die Mittagszeit vergangen war und niemand mehr auftauchen würde, legte ich mich auf das Bett und war sofort, nachdem mein Kopf das Kissen berührt hatte, wieder eingeschlafen.

Stimmen weckten ich und ich hatte ein Déja Vu. Doch es waren dieses Mal Stimmen, die jünger waren und eine davon sehr vertraut. Neugierig setzte ich mich auf und lauschte, von wo die Stimmen kamen. Ich machte sie an der gegenüberliegenden Seite des Bettes aus und eilte dorthin, um zu lauschen.

"Berichte", hörte ich die schöne Stimme von Min-Jun. Offenbar war jemand zurück ins Camp gekommen und hatte Neuigkeiten zu überbringen. Scheinbar wollte er diese Informationen nicht mit anderen teilen und er wollte wohl auch nicht, dass ich hiervon hörte. Geheimnissen konnte ich noch nie widerstehen und so drückte ich mich unter das Fenster und legte mein Ohr an die Holzwand. Wäre doch gelacht!

"Seine Hoheit hat die Soldaten jedes Haus, jeden Stein umdrehen lassen. Sie sind dabei nicht sehr vorsichtig vorgegangen und es gab zuhauf Beschwerden von den Untertanen gegen diese Maßnahme. Diejenigen, die dagegen vorgegangen und protestiert haben, sind im Gefängnis. Es wird gesagt, er sei besonders rücksichtslos gewesen."

"Er ist wütend." Min-Juns Stimme klang, als hätte er nichts anderes erwartet. Sprachen sie etwa von seinem Bruder, dem amtierenden Kronprinzen Min-Jae? Er war doch sanftmütig und freundlich. Warum ging er brutal gegen sein eigenes Volk vor.
"Er hat im Palast alle Eunuchen, die bei dem Überfall überlebt haben, hinrichten lassen."
"Was macht mein königlicher Vater?"
"Seine Majestät lässt ihn gewähren."
Ich hörte Min-Jun kurz sarkastisch auflachen.
"Sein Verhalten hat sich nicht geändert."
"Seine Majestät soll versucht haben, ihn zurückzuhalten."
Es trat eine kurze Stille ein. Ich rückte näher an die Wand, um ja nichts von dem Gespräch zu verpassen. Doch es blieb still. Enttäuscht machte ich mich ein wenig größer, um eine bessere

Position zu finden und war so konzentriert, dass ich erschrocken aufschrie, als sich plötzlich ein starker Arm um meine Taille legte und ich an die harte Brust eines Mannes gedrückt wurde.

"궁금하면 죽어도 못 참는다[12] (Neugier ist der Katze Tod)"
Sein Atem war an meinem Ohr und jagte mir einen wohligen Schauer über den Rücken. Ich versuchte gar nicht zu verheimlichen, dass ich gelauscht hatte und ich verbarg ebenfalls nicht, dass ich seine Nähe genoss. Lächelnd drehte ich mich in seinen Armen um. Hungrig beugte er sich zu mir herunter und küsste mich. Begeistert legte ich eine Arme um seinen Hals und erwiderte den Kuss. Schwer atmend löste er sich nach einiger Zeit von mir und lächelte, so dass ich seine entzückenden Grübchen sehen konnte. Ich hob meine Hand und legte sie auf seine Wange. Seine viel größere Hand legte sich über eine und ich sah seine Liebe in den Augen, die er nicht vor mir verbarg.

"Ich habe dich vermisst", flüsterte er und ich lächelte glücklich. Schnell stellte ich mich auf meine Zehenspitzen und küsste ihn noch einmal auf seine leicht geschwollenen Lippen.
"Ich dich auch."
Er fasste meine Hand und zog mich zum Tisch, von dem er einen der klobigen Holzstühle zurückzog. Ich setzte mich und sah ihn abwartend an. Min-Jun nahm die Karaffe mit Wasser vom Tisch und schenkte uns beiden etwas ein. Er schien zu überlegen, was und wie

---

[12] (gunggeumhamyeon jugeodo mot chamneunda) - wörtlich: "Wenn man neugierig ist, kann man es nicht ertragen, auch wenn man stirbt"

viel er mir verraten durfte, und schien sich dann entschieden zu haben.

"Wieviel hast du von meinem Gespräch gehört?"
Ohne Scheu antwortete ich "Alles. Mir war langweilig."
Er nickte, dann trank er einen Schluck und seine Augen lagen ernst auf mir.
"Wir planen eine Absetzung des Kronprinzen."
Seine Worte waren Hochverrat. Lady Nam wäre vermutlich vor Angst gestorben, ich grinste jedoch für Min-Jun völlig unerwartet.
"Ich habe es mir gedacht und ich unterstütze dich."
Jetzt stellte er seinen Becher mit Schwung auf den Tisch zurück und sprang auf.
"Hast du nicht gehört, was ich gesagt habe?"
Ich nickte enthusiastisch.
"Doch, natürlich habe ich das gehört. Ich freue mich! Dich hat man um den Thron betrügen wollen, du bist der echte Thronfolger. Richtig so, dass du das nicht hinnimmst. Ich stehe voll hinter dir. Hwaiting!"
"Jang-Mi, verstehe doch. Wenn ich nicht erfolgreich bin, werden alle, mit denen ich zusammen bin und die mir nahestehen, mit mir untergehen! Die Männer dort draußen wissen, was auf sie zukommt. Sie sind sich der Gefahr bewusst. Aber du … du solltest ängstlich sein, mich zurückhalten wollen oder darum bitten, zurück zu deinem Vater gebracht zu werden. Alles, nur solltest du nicht an meiner Seite bleiben."
Verständnislos sah ich ihn an.

"Möchtest du denn, dass ich das bin? Ich dachte, jeder Mann wünscht sich eine Frau, die ihn unterstützt? Soll ich mich ängstlich in einer Ecke verkriechen und bibbernd darauf warten, ob du es schaffst? Soll ich dann hervorkriechen und sagen: Seht, ich habe es gewusst? Oder soll ich dir nicht im Weg stehen und brav die gute Tochter spielen, die ich definitiv nicht mehr bin?"

Jetzt war es an Min-Jun verwirrt auszusehen. Er hatte offensichtlich mit dieser Reaktion von mir gerechnet und nicht damit, dass ich ihn in seinem Vorhaben stärken würde.

"Warum hast du mir überhaupt von deinem Vorhaben erzählt, wenn du nicht wolltest, dass ich dich unterstütze? Du hättest es auch einfach durchziehen können und mir hinterher alles erklären können." Jetzt schnaubte ich. "Außerdem, ganz ehrlich, glaubst du, ich hatte keine Ahnung, was du vorhast? Dieses Camp, die Offenbarung deiner Herkunft, alles das war doch mehr als Hinweis genug, dass du den Thron übernehmen möchtest. Ich kenne mich zwar mit Politik nicht so gut aus, aber ich kann eins und eins zusammenzählen."

"Ja, es ist richtig. Ich habe dir alles gezeigt, alles gesagt, weil ich wollte, dass du es weißt. All die Jahre habe ich mich zurückgehalten, habe es vermieden, meine wahre Natur vor dir, deinem Vater und den Menschen um mich herum zu zeigen. Ja, es ist richtig, dass ich das nur ausgehalten habe, weil ich auf den richtigen Zeitpunkt gewartet habe, um mir das zurückzuholen, was mir gehört. Der Thron und … ", hier sah er mich mit einem wilden Blick an, "du. Ich konnte nicht mehr zusehen, wie du von deinem Vater für seine Zwecke benutzt wurdest. Und Min-Jae?" Er sprach hier nicht weiter, sondern schüttelte den Kopf.

"Was ist mit deinem Bruder?", fragte ich sanft.

"Min-Jae." Seine Stimme hörte sich zugleich sanft und wütend an. Ich griff über den Tisch nach seiner Hand und drückte sie aufmunternd. "Min-Jae ist der Liebling meines Vaters. Bei seiner Geburt ließ er den Palast drei Tage lang feiern. Bei meiner Geburt ließ er lediglich ein Geschenk an meine Mutter, die Königin überbringen. Min-Jaes Mutter ist seine Lieblingsfrau."

Ich erinnerte mich an das Drama. Tatsächlich war die rechtmäßige Hauptfrau des Königs, Min-Juns Mutter, jung verstorben und der König hatte zwar gemäß den Hofsitten getrauert, aber bereits in der Trauerzeit einen neuen Sohn mit seiner liebsten Nebenfrau gezeugt. Das musste dann also Min-Jae gewesen sein.

"Der Astrologe meines Vaters wurde von Min-Jaes Mutter kontrolliert und mein Vater hielt große Stücke auf ihn. Dieser Astrologe hat dem König von Joseon eingeredet, dass sein Erstgeborener Min-Jun Unglück über die königliche Familie bringen würde. Er müsste den Palast verlassen oder besser noch, man tötete ihn. Mein Vater hatte es nicht über das Herz gebracht, mich umbringen zu lassen - seine Lieblingsfrau hatte nicht so viele Skrupel. Ich überlebte zwei Versuche der Vergiftung und endlich sandte mich mein liebevoller Vater aus dem Palast. Ich verlor meinen Namen, meinen Stand und das Anrecht auf den Thron. Den Hofbeamten wurde mitgeteilt, dass ich entführt worden bin und man daher auch keine Leiche präsentieren konnte. Dankenswerterweise wurde ich nicht aus dem Erbfolge Register ausgetragen, sondern lediglich als verstorben markiert. Es gibt sogar eine Gedenktafel für mich in der königlichen Gruft!" Seine Stimme klang emotionslos, als erzählte er die Geschichte irgendeiner Person, die er nicht persönlich kannte. Doch es war seine Lebens- und Leidensgeschichte. Nicht die Erzählung eines Fremden sondern von einem kleinen Jungen, der mit gerade mal sieben Jahren zwei Mal einem todbringenden Giftanschlag auf sein Leben entkommen ist und zu Chunsu, meinem Adoptivbruder wurde. Zum Glück lag er nicht zwei Meter tief unter der Erde und ich konnte ihn lebend und atmend in die Arme nehmen.

"Dein Vater, der liebste Vertraute seiner Majestät, nahm mich in seiner Familie auf und ich sollte sogar sein Erbfolger werden. Der Minister ist nicht böse, und er war auch derjenige, der dafür gesorgt hat, dass ich trotz allem ein gutes Leben habe. Ich weiß, dass es Dokumente, Schriftwechsel und Urkunden gibt, die bestätigen, dass ich Prinz Min-Jun bin. Als ich aus dem Palast entfernt wurde, war ich bereits sieben Jahre alt. Ich kann mich an viele Dinge erinnern, die nur ein Mitglied der königlichen Familie kennen darf. Ich könnte den Thron jederzeit beanspruchen, oder zumindest den Versuch starten und eine Eingabe beim Hof machen. Aber auch mein Halbbruder war sein ganzes Leben lang nicht untätig geblieben und seine Mutter hat ihn mit aller Macht ihres Clans unterstützt. Außerdem hat mein königlicher Vater mich nie als den Thronerben gesehen." Jetzt schwieg er kurz und ich konnte sehen, wie sich sein Adamsapfel bewegte, weil er schwer schlucken musste. "Und er hat mich nie als seinen Sohn betrachtet."

Ich drückte seine Hand in stummer Anteilnahme. Meine echten Eltern waren früh verstorben, aber ich hatte bis zu ihrem Tod ihre ganze Liebe erfahren. Die von meinem Vater genauso wie die von meiner Mutter und Schwester. Anschließend hatten diese Aufgaben meine Tante und Onkel übernommen und auch bei ihnen war ich behütet und geliebt aufgewachsen. Erst hier, im 17. Jahrhundert, habe ich erfahren, was es heißt, ohne Liebe und warme, behütende Fürsorge zu leben. Natürlich hatte mich die kalte, distanzierte Weise meines hiesigen Vaters nicht getroffen, aber ich war ja auch nicht Lady Nam, sondern So-Ra. Jang-Mi musste sehr gelitten haben, genau wie Min-Jun, der letztendlich im gleichen Haushalt, mit dem gleichen Ersatzvater, groß werden musste.

"Wie geht es jetzt weiter?" Ich wollte ihn von seinen trüben Gedanken ein wenig ablenken und sah, dass er die Gelegenheit gerne nutzen wollte, von dem traurigen Thema seiner Kindheit wieder Abstand zu bekommen.
"Der Plan war erst für etwas später vorgesehen, doch die jetzigen Taten meines Bruders sorgen dafür, dass ich ihn etwas eher umsetzen muss."
Fragend zog ich eine Augenbraue hoch. Natürlich habe ich beim Lauschen mitbekommen, dass Min-Jae aggressiv und rücksichtslos im Volk vorgegangen ist. Ich vermutete, dass er nach Lady Jang-Mi suchte, und das erschreckte mich doch ein wenig. Ich hatte ihn als ruhigen, freundlichen Prinzen kennengelernt, der zwar sehr für die Lady schwärmte, aber nicht gnadenlos wüten würde, wenn sie ihm verloren ging. Suchte er wirklich eine Verlobte, oder wollte er nur das zurück, was seiner Meinung nach ihm gehörte? Aus dem K-Drama konnte ich nichts ableiten, denn die Figur des doppelten Thronanwärters gab es dort nicht. Min-Jae war Joon-Ki und gut und Chunsu war einfach nur eine unbedeutende Nebenrolle und nicht der echte Thronfolger Min-Jun.

"Min-Jae wird nicht aufgeben. Das ist einerseits gut, denn er zeigt nun dem Volk, wie er wirklich ist, andererseits ist es überaus gefährlich, da er nun sein wahres Gesicht gezeigt hat. Er hat viele Befürworter bei Hofe, von denen der größte Unterstützer wohl unser gemeinsamer Vater ist. Min-Jae ist rücksichtslos und entschlossen. Aber ich weiß nicht wirklich, wie weit er gehen wird, um seine Braut zurückzuholen. Das kannst eigentlich nur du mir sagen, Jang-Mi. Ist dein ehemaliger Verlobter so besessen, dass er sogar einen Krieg riskieren würde?"

Ich musste nicht lange überlegen und nickte heftig. Min-Jae blieb Min-Jae und würde vermutlich wie im Drama gegen die Qing in den Krieg ziehen, da er vermutete, dass ich dorthin entführt worden war. Ein Krieg bedeutete Not und Elend für die Bevölkerung. Hunger, Tote, auseinandergerissene Familien - alles das, nur um eine Frau zurückzuholen, die er als sein Eigentum betrachtete?

"Ich denke", begann ich langsam, "er wird meine Entführung als Vorwand nehmen, um einen Krieg zu führen. Er wird diesen Krieg zur Festigung seines Machtanspruchs initiieren und dem Volk zeigen wollen, dass er sich auch von dem König der Qing nicht zurückhalten muss."

Min-Jun hörte sich meine Worte an und nickte dann zustimmend.

"Wie bist du auf diese Erkenntnis gekommen?"

Er war wirklich an meiner Meinung interessiert und erfreut lehnte ich mich vor. Begeistert begann ich zu erzählen.

"Also, ich habe ihn die ganze Zeit für eine Mischung aus allem, was das Drama-Repertoire zu bieten hat, gesehen. Der jüngere Prinz, der unbedingt die Macht für sich will. Die Mutter, die alles daran setzt, ihrem Sohn die Macht zu verschaffen - inklusive der Vergiftung Versuchen am rechtmäßigen Thronerben. Dann der dritte im Bunde, der auch Ansprüche erhebt. Hach, alles ist wirklich toller Stoff für ein Drama. Und dann bist du noch da: der integre Held, der sich bislang stets zurückgehalten hat, bis seine Zeit gekommen ist und letztendlich siegen wird."

Ich glaube, bei dem Wort Drama hatte ich ihn bereits verloren. Min-Jun sah mich an, als wenn mir ein zweiter Kopf gewachsen wäre. Vermutlich waren mir die Pferde durchgegangen und ich hatte als So-Ra ein wenig zu viel geplappert.

Bescheiden verschränkte ich nun meine Hände in meinem Schoß und sah ihn unschuldig an. "Oder anders gesagt: Ich halte dich für meinen Helden und ich weiß, dass du der einzig wahre Thronerbe sein wirst."

Das Böse wird in meinem Traum nicht siegen, setzte ich in Gedanken hinzu.

"Nun gut. Der Plan sieht vor, dass wir das Lager morgen verlegen. Da ich dich nicht zurück zu deinem Vater bringen kann, werde ich dich im Haus eines Vertrauten unterbringen. Er wird dich an meiner statt beschützen, als wäre ich selbst zugegen. Bis wir unseren Plan umsetzen, wirst du in seinem Haushalt leben und dort als Cousine seiner Frau vorgestellt werden. Da du zuvor an wenigen offiziellen gesellschaftlichen Festen teilgenommen hast, wird dein schönes Gesicht auch nur wenigen bekannt sein."

Er erhob sich während seiner Worte und machte Anstalten, das Zimmer zu verlassen. Enttäuscht sah ich ihn hinterher, als er zur Tür ging.

"Wann kommst du zurück?", hauchte ich leise und hoffte, dass er meine Frage nicht aufdringlich finden würde. Draußen warteten über einhundert Elitekämpfer auf ihn und das große Ziel, neuer König von Joseon zu werden. Hier wartete ich lediglich. Eine Frau, die sich nichts sehnlicher wünschte, als noch etwas gemeinsame Zeit mit dem Helden zu haben.

Bei meinen Worten blieb er stehen und drehte sich um.

"Vermisst du mich jetzt schon?"

Seine Stimme hatte einen belustigten Unterklang und als ich nickte, änderte sich sein Blick schlagartig und wurde ernst.

"Ich werde dich keine Sekunde länger alleine lassen, als ich unbedingt muss."

Seine Worte beruhigten mich und ich setzte ein etwas gezwungenes, aufmunterndes Lächeln auf. Doch meine Mundwinkel zuckten und ich spürte, dass sich schon wieder Wasser in meinen Augen sammeln wollte. Herrje, ich wurde hier wahrhaftig zu einer Heulsuse.

Mit drei großen Schritten war Min-Jun mit einem Mal wieder vor mir und zog mich in seine Arme.

"Ich werde die Abreise ein ganz wenig verschieben", versprach er mit rauer Stimme und küsste mich. Ganz offensichtlich war auch ihm der Abschied nicht so leicht gefallen, wie er gerne vorgeben wollte.

Bei seinem leidenschaftlichen Kuss floss ein heißer Strom an Gefühlen durch mich hindurch und ich klammerte mich an ihn fest, als könnte ich den Moment und damit auch ihn auf diese Weise für die Ewigkeit festhalten. Er brummte an meinem Mund und hob mich mit einer fließenden Bewegung auf seine Arme. Weiterhin mich küssend, trug er mich zum Bett und gemeinsam sanken wir darauf nieder. Min-Jun verabschiedete sich von mir, wie ich es mir gewünscht hatte.

KAPITEL 15

Irgendwann in der Nacht ist er gegangen. Sein Duft hing noch an meiner Haut und ich grub meinen Kopf in die Decken. Min-Jun war vermutlich bereits mit seinen Männern ein paar Stunden fort und ich war nicht sicher, wann ich ihn wiedersehen würde. Er hat mir erklärt, dass das Camp von einigen wenigen Getreuen abgebaut werden würde und sie sich jetzt in die Berge zurückziehen würden. Seinen genauen Plan hatte er mir nicht erläutert, aber immer wieder gab es in seinem Holzhaus in letzter Zeit Besprechungen und ich hatte in Begleitung seines Adjutanten währenddessen den Raum verlassen. Wir waren zu dem nahegelegenen Fluss gegangen und ich hatte mir die Wartezeit damit vertrieben, barfuß durch das angenehm kühle Wasser am Ufer zu laufen. Während dieser Zeit war ich niemals unbeaufsichtigt, doch hielten sich meine Beschützer bedeckt im Hintergrund. Wer es oder gar wie viele Männer für meine Sicherheit sorgte, hatte sich mir nie offenbart, aber ich wusste, dass Min-Jun mich beschützen ließ.

Das Basislager wurde an diesem Tag an einen geheimen Ort verlegt und ich hatte in der Nacht von meinem Liebsten erfahren, dass diese hier anwesenden einhundert Kämpfer lediglich ein kleiner Teil seiner privaten Armee waren. Im neuen Camp in den Bergen würde er beginnen, alle bislang ausgebildeten, freiwilligen Soldaten um sich herum zu versammeln. Über die Jahre hatte er zusammen mit Getreuen, die ihrem zukünftigen Kronprinzen rückhaltlos vertrauten, tausende Krieger ausgebildet. Einige stammten aus dem gemeinen Volk und waren Bauern oder sogar ein paar Leibeigene, andere waren Söhne reicher Kaufleute, sogar viele Adlige waren unter ihnen. Was mich jedoch am meisten überraschte, war die Großzahl der Männer, die bereits als Soldaten des jetzigen Königs dienten. Als wahrer Erbe hatte Min-Jun niemals ihre Loyalität verloren, denn nach seinem Verschwinden hielten ihm sehr viele Mitglieder des Adels und hohe Beamte des Hofes die Treue. Er war der einzige und rechtmäßige Sohn des Königs, denn seine Mutter war die einzige Ehefrau und Königin des Landes. Die Mutter des derzeitigen Kronprinzen war eine Konkubine und durch Geburt war Min-Jae unehelich geboren und hatte formal gesehen keinen Erbanspruch auf den Thron, wenn der rechtmäßige Erbe noch lebte. So hatte ich es zumindest verstanden, als mir Min-Jun die Thronfolgeregelung und die Motivation seiner Gefolgsleute erklärte. Allerdings waren diese Gründe nicht die einzigen, die für Min-Jun und gegen den derzeitigen Prinzen sprachen. Die treuen Kämpfer, die eine Revolution und Absetzung des Kronprinzen verfolgten, hatten etwas gemeinsam: Sie wollten einem guten und weisen König folgen und nicht einem zukünftigen König, der allem Augenschein nach nicht die Absicht hatte, seine Untertanen während seiner Regierungszeit gerecht zu behandeln oder gar Reformen durchzusetzen, die dem niederen Volk zugutekommen würden.

Min-Jun hat sein Leben nicht wie sein jüngerer Halbbruder verwöhnt in einem Palast verbracht, sondern er hatte das harsche Leben außerhalb dessen Mauern kennengelernt. Natürlich war er immer noch privilegiert aufgewachsen und hatte auch nicht das harte Leben der Bauern und Leibeigenen erfahren müssen. Dennoch waren seine Augen nicht blind gewesen, und seine Ohren nicht nur mit dem befüllt worden. was ihm Hofbeamte einflüsterten. Min-Jun hatte nach dem Entfernen aus dem Palast selbst erfahren, wie das Leben vor den hohen Mauern aussah. Er kannte die Nöte des Volkes, er hatte ihre Stimmen gehört. Während seiner Zeit des Studiums, um Beamter des Hofs zu werden, hatte er sich unter den Gelehrten viele Freunde gemacht und wichtige Verbindungen unter den jungen Männern geknüpft, die ihn in Zukunft als König unterstützen würden.

Wem sollte man lieber als König dienen? Jemanden, den man kannte, schätzte und dem das Leben der Menschen nicht egal war oder dem König, der sein ganzes Leben gepampert wurde und auf das hörte, was ihm gefiltert zugetragen wurde?

Für mich wäre die Entscheidung glasklar - für die Menschen, die Min-Jun folgten ebenfalls. Erstaunlich war lediglich, dass nicht bekannt geworden war, dass der wahre Thronfolger immer noch lebte. Das lag allerdings an der klugen Taktik, die sich Min-Jun mit seinen engsten Vertrauten überlegt hatte und der uneingeschränkten Treue und Loyalität seiner Mitstreiter.

Min-Jun trug genau wie jeder andere im Camp eine Maske. Es war unter den Kämpfern bekannt, für wen sie trainierten und sie waren auch gewillt, ihr Leben für diesen Mann zu opfern. Allerdings trat Min-Jun niemals persönlich als Prinz in Erscheinung, sondern war allen als engster Vertrauter des Mannes bekannt, den sie gemeinsam auf den Thron setzen wollten. Der eine oder andere mochte sich das richtige denken, jedoch waren alle an dem Ergebnis interessiert: Min-Jun zum König zu machen. Wer will schon seine eigene Hoffnung verraten?

Nach einer Katzenwäsche am Morgen, zog ich mich an und aß etwas von dem Morgenmahl, das mir Min-Juns Adjutant gebracht hatte. Heute waren die Speisen ein wenig spartanisch, denn der Koch hatte seine Sachen genau wie alle anderen im Lager bereits zur Abreise gepackt und verladen. Aus diesem Grund wurde lediglich eine heiße Suppe, Reis und Kimchi serviert. Das Essen war für mich ausreichend, denn ich würde in Kürze ebenfalls das Camp verlassen und wollte auf der Reise nicht mit einem vollen Magen in der Kutsche sitzen. Oder musste ich wieder auf ein schaukelndes Pferd?

Leider hat sich meine Befürchtung bewahrheitet. Kurz nachdem das Frühstück abgeholt worden war, klopfte es an der Tür und ich öffnete, während ich mein kleines Bündel mit persönlichen Gegenständen, sorgfältig in ein Tuch verpackt, jetzt in der Hand hielt. Vor der Tür stand ein Mann, der ein Tuch vor seinem Mund und der Nase trug. Lediglich die Augen lagen frei und ich hatte das

Gefühl, dass ich ihn schon einmal irgendwo gesehen hatte. Stumm zeigte der Mann auf die beiden Pferde, die vor dem Haus angebunden waren, und ich schüttelte mich innerlich. Spätestens heute Abend würde mir mein Allerwertester wieder so weh tun…
Seufzend ging ich zum Ross, verknotete mein Päckchen hinter den Sattel und löste die Zügel. Das Pferd folgte mir brav. Erleichtert atmete ich leise auf. Es schien ein freundlicher Geselle zu sein, denn er wendete den Kopf und schnaubte leicht.

"Hallo mein Hübscher. Bitte sei nett zu mir, ja?" Half es, wenn man sich dem Tier vorstellt? Hinter mir hörte ich ein leises Lachen und ich drehte mich zu meiner Begleitung um.

"Soll ich Euch auf das Pferd hinauf helfen?"
Die Stimme ließ mich mitten in der Bewegung innehalten. Ich kannte sie, da war ich mir absolut sicher. Grübelnd sah ich ihn an und konnte erkennen, dass sich feine Fältchen in seinen schräg stehenden Augenwinkeln bildeten, weil er vermutlich unter dem Tuch breit grinste.
"Yo-Han", rief ich nun voller Überraschung aus. Yo-Han, den ich zuletzt als Captain der Leibgarde des Kronprinzen gesehen habe, stand vor mir und jetzt hörte ich auch das leise Lachen, das ich mir demnach nicht eingebildet hatte. Yo-Han, der in meinem modernen Leben Taemin, der Sänger von Star.X war. Er war der Mann, in dessen Haus ich gebracht werden würde? War er nicht der Vertraute von Min-Jae? War ein Spion? Konnte man ihm trauen?

"Ja, Mylady. Ich bin es. Und ehe Ihr Euch weitere Gedanken macht: Ich bin und war schon von Kindesbeinen an der beste und engste Freund von seiner Hoheit, Prinz Min-Jun."

"Aber ..." Stotterte ich und beendete meine Frage nicht.

"Ja, ich arbeite im Palast als Gardist für den Mann, der unrechtmäßig der gegenwärtige Kronprinz ist."

Okay, er machte also kein Geheimnis daraus. Er war tatsächlich ein Agent.

"Außer mir sind mehr als die Hälfte der Gardisten treue und loyale Unterstützer des wahren Königs."

Das musste ich erst einmal verarbeiten. Yo-Han/ Taemin war im Drama auch der beste Freund von Park Joon-Ki gewesen, der in der historischen Serie den König gespielt hat. Jetzt waren die beiden wieder zusammen als Freunde. Es machte Sinn und ich vertraute Yo-Han, weil ich Taemin vertrauen würde.

"Der Gardist im Haus meiner Eltern?", fiel es mir plötzlich ein.

"Ein Kämpfer für Prinz Min-Jun."

"Die Männer, die zu meiner Befreiung kamen?"

"Min-Juns Männer."

"Warum?"

"Seine Hoheit hat die Garde zu Eure Rettung gesandt. Sein Bruder, Prinz Min-Jae, hatte diese Rettungsmaßnahme als seine Idee gesehen."

"Ihr habt Min-Jae ausgenutzt? Dann war es von vornherein mein angeblicher Adoptivbruder, der mich gerettet hat?"

Yo-Han nickte und während er sein Pferd losband und neben meines führte.

"Der falsche Kronprinz hat sich im Sonnenlicht des Mondes
gebadet."
Hä? Was ist denn das für eine Redewendung? Yo-Han bemerkte
meinen fragenden Gesichtsausdruck.
"Er hat sich mit fremden Federn geschmückt?"
Versuchte er nun die Redewendung mit einer anderen zu erklären.
Diese kannte ich und nickte erleichtert, weil ich jetzt den Sinn
verstanden habe.
"Die Rose in der Zelle?"
"Von Prinz Min-Jun, und durch mich überbracht."
"Und in meinem Zimmer, als Min-Jae mich nachts besucht hat und
mein Vater rechtzeitig aufgetaucht war?"
"Auch von dem wahren Prinzen, der Euren Vater vom Eindringling
hat wissen lassen."
Min-Jun hatte einige Geheimnisse, von denen er mir nichts gesagt
hatte. Vermutlich gab es noch viel mehr und wenn wir uns
wiedersehen, würde ich genauere Erklärungen von ihm fordern.
"Ich helfe Euch aufs Pferd."
Ehe ich widersprechen konnte, saß ich schon dank Yo-Hans Hilfe
oben und nahm die Zügel auf. Okay, mein Schicksal war eng mit
einem schmerzenden Popo verbunden. Ich war bereit.

Yo-Han ritt schweigend vor mir und mein Blick streifte öfter seinen
breiten Rücken. Es wirkte so lässig, wie er das Pferd lenkte und ich
wusste dennoch, dass er stets die gesamte Umgebung im Visier
hatte. Nichts entging seiner Aufmerksamkeit, das bemerkte ich nach
etwa zwei Stunden, als er sein Pferd plötzlich zum Stehen brachte.
Mein braver Brauner machte exakt das, was er machen sollte. Er

passte sich ohne mein Dazutun in allen Bewegungen Yo-Hans Pferd an und ich wäre fast aus dem Sattel geflogen, als es plötzlich bremste.

Der Captain gab mir ein Zeichen, nicht zu sprechen und griff plötzlich nach meinen Zügeln.

"Festhalten", zischte er leise und ich konnte mich gerade noch am Sattel festklammern, als er sein Pferd bereits zu einem Galopp antrieb und meines bereitwillig mit galoppierte. Wir sausten den Weg entlang, bis er eine Stelle fand, wo wir uns vor den Blicken der Menschen, die nach uns auf dem Weg kommen würden, verbergen konnten.

Wie er bemerkt hatte, dass hinter uns in einem gebührenden Abstand Reiter folgten, war mir schleierhaft. Vielleicht hatten die Menschen in diesem Jahrhundert einfach ein besseres Gehör und Gespür für Gefahr. Samt Rösser hatte uns Jo-Han hinter einer hohen natürlichen Hecke mit dichtem Gestrüpp und Bäumen versteckt. Wir stiegen ab und er hielt den beiden Pferden die Nüstern zu. Mir gab er die Order, ebenfalls still zu sein. Automatisch ging ich in die Hocke und zog meinen Kopf ein. Wir wussten nicht, wer nach uns auf dem Weg unterwegs war und vor allem, wie viele. Während ich mich klein machte, sah ich hinüber zu Yo-Han, der wegen der Pferde stehen geblieben war und aufmerksam lauschte. Ich betrachtete das schöne Gesicht des Mannes, der in meiner Zeit ein berühmter Sänger war und hier ein ernstzunehmender Krieger.

Zuhause hatte ich die Musik von Star.X sehr gerne gehört und war bereits als Teenie ein richtig großer Fan der K-Pop Band gewesen. Zeitweilig hatte ich sogar einen der großen Fanclubs der Band mit geleitet. Taemin war in meinen Augen einer der besten Sänger der Musikindustrie und als meine Schwester bekannt machte, dass sie Sunny, den Leader der Band Star.X datete, lernte ich die Mitglieder sogar persönlich kennen. Taemin war nach wie vor mein Bias, mein Liebling der Band. Er war in der Zwischenzeit mit einer wundervollen Frau aus Deutschland verheiratet und hatte sogar eine süße Tochter.

Jetzt sah ich zu dem Gesicht von Taemin hoch und überlegte, wie der Neuzeit-Taemin wohl hier reagiert hätte und war froh, dass ich mit Yo-Han und mich nicht mit ihm in diesem Moment versteckte. Yo-Han war ein Elitekämpfer und ich hatte absolut Vertrauen in ihn, dass er die Situation, die sich uns gleich unabwendbar zeigen würde, beherrschte.

Kurze Zeit später hörten wir auch schon das Donnern von Hufen, die sich uns im Galopp näherten. Da wir uns versteckt hatten, konnte ich nicht sehen, wer oder was sich näherte. Freund oder Feind?

"Unten bleiben", hörte ich Yo-Han knapp flüstern, dann ließ er die Zügel der beiden Pferde los und zog leise sein Schwert aus der Scheide. Er müsste doch nicht kämpfen, oder? Ängstlich sah ich zu ihm hoch und formte mit meinen Lippen eine lautlose Frage. Yo-Han schüttelte den Kopf und machte mir ein Zeichen, dass ich mich nicht bewegen sollte. Mit dem Fuß schob er mir die Zügel der Pferde zu, die ich automatisch aufsammelte und in meinen eiskalten Fäusten festhielt. Bitte, Yo-Han, bleib hier bei mir, betete ich und dann war der Leibgardist des Kronprinzen bereits verschwunden. Ängstlich blieb ich in der Hocke und hoffte, dass niemand auf die

Idee kam, hier nachzusehen. Die Pferde waren zwar sichtbar, wenn man genau hinsah, aber mich verdeckten die Büsche vollkommen.

Ich war so angespannt, dass ich gar nicht merkte, dass ich am ganzen Körper zitterte. Die Zeit schien zu kriechen, während ich immer wieder verzweifelt versuche zu lauschen, ob ich irgendwelche Geräusche vernehmen konnte. Ging es Yo-Han gut? Waren die Verfolger vielleicht gar nicht hinter uns her, sondern zufällig auf dem Weg? Dagegen sprach, dass Yo-Han nicht sofort wieder zurückgekommen war. Die Minuten kamen mir wie Stunden vor und ich hätte vor Erleichterung beinahe geweint, als Yo-Han nach einer Ewigkeit des Wartens und Bangen wieder bei mir auftauchte. Sein Schwert steckte in der Scheide und sein Gesichtsausdruck war entspannt.

"Ihr könnt Euch erheben, Mylady."
Er reichte mir eine Hand und ich wollte sie ergreifen, doch meine Beine waren in der Hocke eingeschlafen und ich konnte nicht mehr hochkommen.
"Erlaubt", murmelte er, hob mich mühelos auf die Arme und setzte mich zurück auf den Pferderücken. Meine Beine begannen augenblicklich zu brennen, als würden tausende von Ameisen durch sie hindurchlaufen und ich knetete möglichst unauffällig die Muskulatur.
"Ist die Gefahr vorüber?", wollte ich nun wissen und flüsterte immer noch.
"Es waren Kaufleute und ihre Wachen, die den Weg nutzten", erklärte Yo-Han und ich wunderte mich, warum er meinem Blick auswich. Log er mich an?

Schnell schwang er sich auf sein Pferd und ergriff meine Zügel. Wollte er wieder im Galopp weiter reiten? Mein Hintern protestierte bitterlich, doch außer mir hörte ihn niemand.

Yo-Han führte uns zurück auf den Weg und ich sah, dass an einigen Stellen sowohl das Gras niedergetrampelt war als auch Äste von Büschen geknickt waren. Hatte es hier einen Kampf gegeben? Dann sah ich einen dunklen Fleck am Rande des Weges, der viel Ähnlichkeit mit Blut hatte. Ich schauderte und schnell wandte ich den Blick ab.

Da mein Begleiter beharrlich schwieg, traute ich mich nicht, ihn hiernach zu fragen und ritt von ihm geführt genauso still wie er hinter seinem Pferd her. Vermutlich hat es nur zwei Möglichkeiten gegeben: Sie oder wir. Hier war eine gesunde Portion Egoismus einfach angebracht und ich seufzte leise auf.

Der Weg war nicht mehr allzu weit und wir erreichten einen kleinen Ort, vor dem mein Begleiter jedoch in ein Waldstück abbog. Der Pfad war recht schmal und sah aus, als würde er nicht von vielen Reisenden benutzt werden. Es fiel mir schwer, die Entfernung zu schätzen, aber nach etwa einem Kilometer erreichten wir eine Weggabelung, an der wir uns links hielten und wiederum nach einigen hundert Meter hatten wir das Ziel unserer Reise erreicht.

Vor uns tauchte ein wunderschönes Hanok auf, das sich perfekt an den Wald und den dahinter fließenden kleinen Bach anpasste. Es waren mehrere Gebäude, die sich idyllisch in Einklang mit der Natur hier einfügen. Vor einem der Häuser spielten zwei Kinder, ein Junge und ein Mädchen. Eine junge und eine etwas ältere Frau saßen auf einem etwa zwei Quadratmeter großen Holztisch vor einem der Hanoks. Sie schienen Gemüse vorzubereiten und hoben ihre Köpfe, als sie die Pferde sich nähern hörten.

Das Gesicht der jungen Frau leuchtete sofort beim Anblick des männlichen Reiters und dann fiel ihr neugieriger Blick auf mich. Erstaunt sah ich auf den Rücken von Yo-Han. Er war verheiratet und hatte Kinder? Genau wie in meiner Zeit? War er nicht in Lady Nam verliebt gewesen und hatte einen Gewissenskonflikt ausgetragen? Aber die gesamte Geschichte war verändert in dem Moment, in dem meine Flucht als Tribut geglückt war. Nichts war mehr genauso, wie ich es kannte oder erwartete. Ein verheirateter Bodyguard mochte merkwürdig erscheinen, aber ich freute mich, denn ich mochte Taemins Frau in meiner Zeit sehr gerne. Ob seine Ehefrau in dieser Zeit Ähnlichkeit mit ihr hatte?

"Nam-Pyeon[13], Ihr seid zurück!"
Jetzt betrachtete ich die Frau, die in dieser Zeit das Herz von Taemin aka Yo-Han gewinnen konnte, und riss erstaunt die Augen auf. Sie war das koreanische Ebenbild von Emmy, seiner Frau im 21. Jahrhundert. Die Neuzeit-Emmy hatte rote Haare, grüne Augen und kam aus Deutschland. Seine hiesige Ehefrau sah der Deutschen auf asiatische Art sehr ähnlich. Ich war fasziniert.
"Yuna", Yo-Han sprang elegant und mühelos von seinem Pferd und lief zu seiner Frau, die er fest in den Arm nahm. Verlegen wollte sie sich aus der Umarmung winden, denn ihr Blick war auf mich gefallen. Sie fragte sich mit Sicherheit, was ich in ihrem trauten Heim wollte. Hatte ihr Mann eine Konkubine nach Hause gebracht?

---

[13] Bezeichnung für Ehemann, Gemahl

Freundlich lächelte ich und hoffte, dass sie mich nicht missverstand. Bitte, Yo-Han, erkläre ganz schnell, warum du eine Frau mitgebracht hast.

"Yuna, meine Fee. Ich bin so glücklich, dich zu sehen."
Dann wandte er sich zu der älteren Frau, die nach wie vor auf dem niedrigen Holztisch vor dem Haus saß und mit einem gütigen Lächeln die Begrüßung des Ehepaares betrachtet hatte. Sie war vermutlich nicht älter als vierzig, sah aber dennoch aus, wie meine sechzigjährige Tante im Alter ausgesehen hatte. Das Leben auf dem Land im 17. Jahrhundert war für die Frauen hart und es zeichnete die Gesichter frühzeitig.
Die Ältere sah mich nun ebenfalls neugierig an und ihre Augenbrauen zogen sich fragend zusammen. Yo-Han wandte sich der Frau zu und machte eine formelle Verbeugung vor ihr.
"Siomoni[14]"
Die Ältere lächelte freundlich. "Herzlich Willkommen daheim, mein Schwiegersohn. Sag, wen hast du in unser Haus gebracht?"

"Mutter, Yuna, ich bringe euch die zukünftige Königin von Joseon."

Seine Worte hallten auf der Wiese und in meinen Ohren wider, wie ein Omen. Er sprach die Worte aus, die sich alle erhofften und die mir dennoch fremd waren.
Plötzlich sprang die Ältere vom Holztisch und befahl mit einem einzigen Wort die beiden spielenden Kinder zu sich, die sofort gehorchten. Die beiden Frauen, wie auch die beiden etwa drei- und

---

[14] Schwiegermutter

vierjährigen Kinder fielen auf den staubigen Boden und machten eine so tiefe Verbeugung vor mir, dass ihre Stirn die Erde berührte Peinlich berührt bat ich sie, sich zu erheben, aber tatsächlich hörten sich die Worte in meinen Ohren genauso an, wie es eine zukünftige Königin zu ihren geliebten Untertanen sagen würde. Lady Nam war wieder da.

Nervös und unsicher stand die weibliche Familie nun vor dem Gast, der immer noch auf dem Pferd saß und nichts sehnlicher wünschte, als endlich eine schmerzlindernde Salbe auf den Allerwertesten auftragen zu können.

Yo-Han half mir vom Wallach herunter und führte mich zu den Frauen, die nach wie vor ehrfürchtig mit gesenktem Kopf vor mir standen und mir aus Respekt nicht in meine Augen sahen. Lady Nam war als adliges Fräulein ein solches Verhalten gewohnt, aber ich fand es ein wenig verstörend. Doch es war nicht an mir, die Sitten und Gebräuche der Menschen dieses Jahrhunderts in Frage zu stellen.

"Wenn es Euch nichts ausmacht, dann freue ich mich, wenn Ihr mich wie eine Freundin seht", bat ich sie ein wenig unbeholfen. Ich hoffte, sie verstanden meine Absicht. Yuna war die erste, die mich freundlich und etwas scheu anlächelte.

"Mylady, bitte folgt mir. Ich werde Euch die Unterkunft zeigen. Bitte verzeiht die Einfachheit, aber mein Gemahl hält dieses Haus vor den Augen der Gesellschaft verborgen, damit wir in Frieden leben können. Wenn Euer königlicher Gemahl den Thron bestiegen hat, werden wir in die Residenz meines Mannes hoch erhobenen Hauptes ziehen."

Fragend sah ich sie an. Warum ging das erst dann? Es brannte mich, sie danach zu fragen, aber ich wollte nicht neugierig wirken und vielleicht würde sich die Gelegenheit ergeben, und sie berichtete mir freiwillig, warum sie erst dann umziehen konnten.

Yo-Han nickte mir auffordernd zu und ich folgte seiner Frau nun zum Hanok, in dem ich die nächsten Tage und hoffentlich keine Wochen wohnen werde.

KAPITEL 16

Yuna, ihre Mutter und ihre beiden entzückenden Kinder Jin und So-Hee nahmen mich in ihrer Familie auf, als wäre ich die lang vermisste Schwester und Tochter. Die beiden süßen Mäuse nannten mich Imo[15] und wenn ich nicht den beiden Frauen im Haushalt half, spielte ich mit den beiden Kleinen. Es gab in diesem Haus keine Dienerschaft und hierfür entschuldigten sich die Frauen, als wäre es ein Vergehen. Für mich, die moderne So-Ra, war es völlig normal, dass ich mich um alles selbst kümmern musste und so zeigte ich den Frauen, dass ich mir nicht zu schade war, auch bei der Wäsche mitzuhelfen.

Das einfache Leben war Routine. Am frühen Morgen sammelte ich die Eier aus dem Hühnerstall und brachte sie in die Küche, in der

---

[15] Tante

Almoni, ich durfte sie Mutter nennen, bereits das Feuer schürte. Yuna bereitete mit den Eiern, etwas Mehl und Wasser einen Teig für Brot, das sie später im Feuer backen würde. Ich habe in meinem ganzen Leben noch nie so leckeres Brot gegessen. Vielleicht lag es am offenen Feuer, an der netten Gesellschaft oder weil ich an der Entstehung der Backware beteiligt war und es nicht im Markt gekauft hatte. Aber das Brot war nur ein Mahl, welches unvergleichlich gut schmeckte. Die Banchan waren ebenfalls ein Gaumenschmaus und ich griff zu jeder Mahlzeit herzhaft zu. Wahrscheinlich war ich das hier verwendete Öl nicht gewohnt, aber mir ging es nach dem Essen oftmals etwas übel, was aber nicht meinen Appetit schmälerte.

Nach dem Frühstück wurde der kleine Garten gepflegt: Unkraut zupfen, wässern und ernten. Wir hatten Sommer, und die Bäume trugen reife Früchte, die ebenfalls geerntet und eingekocht wurden. Die Frauen erzählten während der Arbeit lustige Geschichten und stets wurde das Thema vermieden, das uns alle besonders beschäftigte: Hatte die Revolution bereits begonnen? Befanden sich unsere Liebsten im verdeckten Krieg? Abends, wenn wir mit den Hühnern schlafen gingen, wirbelten die Gedanken und Ängste durch unsere Köpfe. Wann würden wir von ihnen hören? Würden sie siegreich sein?

Es verging ein weiterer Monat, ohne dass wir eine Neuigkeit erhielten. Die Frauen vermieden das Dorf und hielten sich ausschließlich in der Nähe des Hauses auf. Als Selbstversorger benötigen sie kaum etwas, was sie nicht selbst vorrätig hatten oder produzieren konnten. Allerdings gab es eine Zutat, die für jeden

Koreaner und natürlich auch für jeden Bewohner in Joseon essentiell war und das war natürlich Reis.

"Ich gehe morgen ins Dorf", hörte ich am Abend Almoni sagen, als ich vom Bach zurückkam, in dem ich unser Geschirr gespült hatte. Yuna bereitete gerade neues Banchan vor und stand mit dem Rücken zu mir.
"Sei vorsichtig, Eomma. Gehe nicht auf dem Weg und halte dich von den Häusern fern."
Yuna klang besorgt und ich fragte mich, warum sie so vorsichtig war. Lag es daran, weil ich hier bei ihnen war? Bislang hatten wir noch nicht darüber gesprochen, warum sie erst dann in die Residenz von Yo-Han ziehen konnten, wenn Min-Jun den Thron bestiegen hatte. Ich war zwar neugierig, aber die Höflichkeit hatte es verboten, sie danach zu fragen. Hatte diese Vorsicht, wenn die Mutter ins Dorf ging, etwas damit zu tun?

"Mache dir keine Sorgen, Kind. Du weißt, dass ich das nicht zum ersten Mal tun werde. Achte hier auf die Kinder und haltet euch beim Haupthaus auf. Wenn du das Warnsignal hörst, weißt du, was ihr tun müsst."
Die Stimme der Älteren klang ernst und auch so, als hätten sie das bereits mehrere Male besprochen. Ich räusperte mich und machte damit auf meine Anwesenheit aufmerksam, die bislang von ihnen nicht bemerkt worden war. Erschrocken ließ Yuna den Bund Frühlingszwiebel fallen und sah mich mit großen Augen an.

Ich lächelte und tat so, als hätte ich nichts gehört, doch ich konnte den Zweifel sowohl in Yunas als auch in Almonis Augen sehen. Die Ältere seufzte.

"Yuna, es ist besser, sie weiß Bescheid, meinst du nicht? Eine Erklärung im entscheidenden Moment könnte zu spät sein."
Ich sah, wie Yuna mit sich kämpfte und dann nickte sie.

"Wir reden, wenn die Kinder heute Abend im Bett sind", sagte sie und nahm dann ihre Arbeit wieder auf, als wäre nichts geschehen. Der Bund mit der Frühlingszwiebel lag nach wie vor auf dem Boden und zeugte davon, dass ganz offensichtlich nichts in Ordnung war.

Wir saßen auf dem großen Tisch vor dem Haus und tranken langsam eine Tasse Tee, die Yuna uns gebracht hatte. Es war eine milde Nacht im August und man konnte den hellen Mond und die tausenden Sterne am Himmel sehen. Doch niemandem war nach Romantik zumute. Ich warte gespannt, was man mir gleich erzählen würde und Yuna konnte sich immer noch nicht dazu durchringen, zu sprechen. Endlich stellte sie den Becher zur Seite und holte Luft.

"Ihr fragt Euch bestimmt, warum wir hier zurückgezogen und vor allen Blicken verborgen im Wald leben, während mein Mann am Hofe des Königs in Hanyang weilt."
Sie erwartete keine Antwort und so schwieg ich.
"Nun, Yo-Han ist nicht mein Gemahl, zumindest noch nicht."
Erstaunt zog ich eine Augenbraue hoch. Sie war mit jemand anderem verheiratet? Yuna sah, wohin meine Gedanken gingen.

"Jin und Soo-He sind Yo-Hans Kinder. Vor dem Himmel und meiner Mutter sind wir auch ein Ehepaar. Aber vor dem Gesetz gehöre ich dem König von Joseon."

Erstaunt sah ich sie an. Mir schossen tausende Gedanken durch meinen Kopf, aber ich schweige weiterhin, um sie weiterreden zu lassen. Die Geschichte wurde immer verworrener.

"Ich war Hofdame im Palast und wie Ihr wisst, gehört jede der Frauen dem König und hat kein Recht zu heiraten. So auch ich. Ich habe Yo-Han dort getroffen und lieben gelernt. Nachdem meine Bitten um Entlassung und Entfernung aus dem Dienst des Palastes stets abgelehnt wurden, haben wir meine Flucht geplant und durchgeführt. Das war die einzige Möglichkeit, in die Freiheit zu gelangen. Allerdings gibt es keinen Beamten, der eine ehemalige Hofdame, die dazu noch den König durch ihre strafbare Flucht betrogen hat, verheiraten würde. Wenn Prinz Min-Jun auf dem Thron sitzt, wird er allen Damen, die nicht mehr Dienst in den Mauern verrichten wollen, egal ob jung oder alt, ob adlig oder aus Leibeigenschaft, freilassen. Das hat er versprochen, das ist der Grund, warum ich ihn aus tiefstem Herzen verehre. Wenn König Min-Jun regiert, werden mein liebster Gemahl und ich endlich offen unsere Liebe zeigen dürfen. Bis dahin muss ich mich bedeckt halten, da mein Gesicht auf Plakaten zu sehen war und es vielleicht jemanden gibt, der mich wiedererkennen könnte."

Ich schluckte. Das wusste ich nicht, dass die Palastdamen nicht aus dem Dienst ausscheiden durften, wenn sie es wollten. Frauen in dieser Zeit hatten wirklich nichts zu lachen gehabt, dachte ich mitleidig, bis mir wieder einfiel, dass ich selbst zu den bemitleidenswerten Frauen gehörte.

"Eomma ist damals von ihrer Schwiegermutter gezwungen worden, ihre Tochter in den Palast zu schicken. Da mein Vater bereits früh verstorben war, hatten weder sie noch ich Fürsprecher und Eomma musste zusehen, wie ich als Siebenjährige hinter den Mauern eingesperrt wurde."

Ich blickte auf Almoni und sah, wie sie sich vorsichtig mit dem Ärmel die nassen Augen betupfte. Man hat ihr das Kind gestohlen. Wie furchtbar! Kein Wunder, dass sie beide so eng zusammenleben. Sie hatten viel Zeit, die sie nachholen wollten.

"Also glaubt Ihr, dass man euch im Dorf erkennen könnte und es zu einer Anzeige kommen könnte?" Ich versuchte herauszufinden, wie ernst die Lage war.

"Nach all den Jahren halten wir es für unwahrscheinlich, aber wir sind lieber vorsichtig."

"Was würde passieren, wenn man Euch finden würde?"

"Man würde mich entweder wegen dem Verrat am König auf der Stelle hinrichten, in die Sklaverei verkaufen oder als Tribut nach Qing schicken."

Ich sah sie an und schüttelte entsetzt den Kopf. Sie war Mutter, eine Frau, die nur ein normales Leben führen wollte und doch sollte sie wegen "Verrat" eine solche Strafe bekommen, wenn man sie erwischte? Mir fehlte dafür das Verständnis, absolut.

"Wir lassen uns besser nicht erwischen", flüsterte ich leise und sah, wie beide Frauen nickten, ehe wir alle stumm unsere Becher zum Mund führten und einvernehmlich tranken.

"Wenn ihr die Glocken hört, dann geht in das Versteck, habt ihr verstanden?"

Es war der nächste Morgen und Almoni sah uns jungen Frauen noch einmal streng an. Sie hatte einen kleinen hölzernen Karren bei sich und würde sich in Kürze auf den Weg ins Dorf machen. Was für uns ein Einkaufen im Supermarkt war und vielleicht eine halbe Stunde Zeit in Anspruch nahm, war im 17. Jahrhundert eine Tagesaufgabe. Es war noch recht früh am Morgen und sie würde voraussichtlich erst in der Dämmerung des Abends wieder zurück sein. Wir verabschiedeten uns voneinander und sahen ihr nach, wie sie den Karren hinter sich herzog und bald auf dem sich windenden Pfad nicht mehr zu sehen war.

"Was für Glocken sind das, von denen Eure Mutter gesprochen hat?"
Ich putzte gerade Frühlingszwiebeln und blickte jetzt hinüber zu Yuna, die beschäftigt war, Knoblauchzehen für das Essen zu schälen und zu zerkleinern. Wir trafen bereits Vorbereitungen, Kimchi für den Winter einzulegen und wenn Almoni aus dem Dorf zurückkehrte, würden wir drei Frauen Krüge Weise den Gähr Kohl vorbereiten. Manche Dinge bleiben in jedem Jahrhundert gleich. Ich hatte meiner Tante und Yunai ebenfalls jedes Mal bei der Zubereitung von Kimchi geholfen und liebte diese Tradition.

"Wir haben im Wald eine Art Alarmsystem angebracht. Yo-Han hat Glocken überall verteilt und diese sind mit Schnüren verbunden.

Wenn man also an einer von ihnen zieht, setzt man damit alle Glocken entlang der Schnur in Bewegung. Mutter prüft das Alarmsystem jeden zweiten Tag. Habt ihr es noch nie zuvor gehört?"

Ich überlegte, und dann fiel mir ein, dass ich das eine oder andere Mal gedacht hatte, etwas wie Glockenklang zu vernehmen. Das Gehör der Menschen in dieser Zeit schien wirklich besser zu sein als meines.

Wir waren den ganzen Tag über angespannt und blieben stets in der Nähe des Haupthauses. Bis zum frühen Abend war alles normal, doch dann hörten wir es: Die Glocken läuteten wie verrückt.

Kreidebleich sah mich Yuna. Sie war wie erstarrt und ich war die erste, die reagierte. Ich packte Jin und nahm ihn auf den Arm, während ich So-Hee zu Yuna stieß und ihr befahl, ihre Tochter auf den Arm zu nehmen. Sie reagierte sofort und gemeinsam hetzten wir zum Haupthaus, ehe wir auch schon laute Stimmen hörten, die sich brüllend etwas zuriefen. Der Feind hatte uns gefunden.

Das Geheimversteck war im Boden des Haupthauses eingelassen. Es war eine Art Kellerraum, den Yo-Han vor dem Bau des Hauses ausgehoben, verstärkt und gesichert hatte. Er bot gerade so viel Platz, dass wir vier uns dort hineinquetschen können. Leise zog ich die Klappe über unseren Kopf wieder zu und machte allen ein Zeichen, dass sie still sein sollten. Ich sah, wie sich in So-Hees Augen Tränen sammelten und flüsterte ihr schnell etwas zu.

"Kleines, wir spielen jetzt Verstecken, so wie wir es draußen auch gemacht haben. Wir wollen doch mal sehen, ob wir es ganz lange aushalten und die anderen uns nicht finden. Wenn wir es schaffen, dann gibt es eine Überraschung und etwas Leckeres zu essen, ja? Also, ab jetzt sagen wir nichts und sprechen nur mit unseren Händen."

Ich zwang mich dazu, ein aufmunterndes Grinsen in mein Gesicht zu zaubern und war froh, dass So-Hee nun lächelte. Zum Glück konnte sie das Gesicht ihrer Mutter nicht sehen, der stumm Tränen über die bleichen Wangen rollten.

Wir lauschten angestrengt und versuchten herauszuhören, was über unseren Köpfen geschehen mochte. Wer hatte das Haus auf der Lichtung gefunden? Waren es die Häscher des Königs? Jäger oder einfach nur Räuber, die durch Zufall auf die Lichtung gestoßen waren? Aber warum war das Alarmsystem dann betätigt worden, überlegte ich. Ging es Almoni gut? Hatte man ihr etwas angetan? Es half nicht, dass ich mir jetzt darüber Gedanken machte. Erst einmal mussten wir dieses hier überstehen und überleben.

Die Personen befanden sich mittlerweile im Haus, wie wir an den Geräuschen hören konnten. Schwere Schritte, Möbel, die umgeworfen wurden und Poltern waren deutlich über unseren Köpfen zu hören. Sie suchten uns, da war ich mir sicher.
"Sucht gründlich! Sie muss hier sein."
Die tiefe Stimme donnerte den Befehl direkt über uns und ich hielt den Atem an. Wenn sie die Bettdecke hochziehen würden, würden sie die Luke zum Versteck entdecken.
Genau in diesem Moment hatte der dreijährige Jin entschieden, dass er keine Lust mehr auf Verstecken spielen hatte.

"Ich muss mal. Eomma, ich muss wirklich jetzt", quengelte er und Yuna hielt ihm verzweifelt die Hand vor den Mund und versuchte, ihn still zu halten. Doch ein Dreijähriger verstand den Ernst der Lage nicht und so begann er lauthals zu weinen.

Plötzlich blendete uns das Licht einer Fackel und erschrocken sahen wir hoch, zu der geöffneten Luke und direkt in das Gesicht eines Soldaten des Königs.

"Gefunden", rief nun So-Hee enttäuscht und klatschte in die Hände. Der Hauptmann lächelte, als er uns vier eingequetscht in dem Versteck sah.

"Oh ja, gefunden."

KAPITEL 17

Ich saß in der Kutsche und betrachtete meine Hände, die brav zusammengefaltet in meinem Schoß lagen. So sah es für jeden Betrachter aus, doch in Wirklichkeit hatte ich sie ineinander verkrampft, weil sie so stark am Zittern waren.

Nachdem wir entdeckt worden waren, hat man uns aus dem Versteck herausgeholt. Wie sich herausstellte, war man nicht auf der Suche nach Yuna, sondern ich war ihr Ziel gewesen. Ich brannte darauf, zu erfahren, woher sie ihre Kenntnis hatten, dass ich in diesem Haus gewesen war. Es war möglich, dass man uns wirklich zufällig gesehen hat oder es einen Hinweis gegeben hat, von jemandem aus dem Dorf. Vielleicht gab es auch im Camp einen Verräter oder oder oder.

Glücklicherweise hatte man Yuna und den Kindern nichts angetan, ja nicht einmal Kenntnis von ihnen genommen. Es hat den Soldaten ausgereicht, mich mit ihnen aus dem Wald fortzuführen. Hinter mir weinten die Kleinen und auch meine Freundin, doch ich drehte mich nicht zu ihnen um. Ihr Anblick hätte mir das Herz gebrochen, denn sie waren hier, in diesem nicht besonders angenehmen Jahrhundert, zu meiner Familie geworden.

Am Rande des Waldes wartete bereits eine Kutsche auf mich, in die ich hineingebracht worden war. Eine Flucht konnte ich von vornherein ausschließen, als ich sah, wie viele Männer die Kutsche bewachten. Wir fuhren ununterbrochen beinahe drei Tage durch, hielten nur für eine kurze Rast, in der die Pferde vor dem Wagen getauscht wurden und ich unter großer Aufsicht ein paar Schritte laufen durfte. Ich bekam Essen, Trinken und einen Topf in den Wagen gestellt und nach drei Tagen erreichten wir Hanyang. Zumindest dachte ich so, doch wir hielten nicht an dem großen Tor der Hauptstadt, sondern waren in einer wesentlich kleineren Stadt angekommen. Als ich den Vorhang des Fensters zur Seite zog, erkannte ich, dass die Stadt sehr stark bewacht wurde. Auf der Stadtmauer standen schwer bewaffnete Wachen und das Tor war mit mehreren Barrikaden und Torsperren zusätzlich gesichert.

Wir passierten das Tor, das nach uns sofort wieder fest verschlossen wurde, und fuhren weiter durch die Hauptstraße, bis die Kutsche vor einem großen Haus stand. Es schien auch eine Art Palast zu sein, denn ich sah die königlichen Wachen, oder zumindest Männer, die entsprechend gekleidet waren wie eben diese. Die Kutsche hatte angehalten und ich wartete, was als nächstes kommen würde.

"Pingun-Mama, bitte", hörte ich eine weibliche Stimme vor dem Wagen.
Ich seufzte auf. Es würde mir nichts bringen, hier sitzen zu bleiben, außer dass ich meine Würde verlieren würde, weil man mich herausziehen würde. Tief Luft holend raffte ich meinen Hanbok und zog den Vorhang zur Seite. Geblendet vom hellen Sonnenlicht sah ich von der Kutsche herunter auf die Frau, die mich zum Aussteigen bewegt hat. Es war eine streng aussehende Dame im mittleren Alter, die die Kleidung der Hofdamen trug. Als ich sie ansah, knickste sie, genau wie die sechs weiteren Frauen, die hinter ihr standen.
Ich kletterte über den Tritt von der Kutsche und stützte mich auf den Arm der Hofdame. Ein letztes Mal sah ich mich um und hoffte auf eine Rettung, dann folgte ich ihr durch das Tor.

"Bitte folgt mir", bat mich die Hofdame in einem Ton, der keine Widerrede zuließ und ich schritt hoch erhobenen Kopfes hinter ihr her. Ich war eine Gefangene, aber ich würde mich nicht einsperren lassen.
Wir kamen an verschiedenen Menschen vorbei, die bei meinem Anblick tief knicksten oder sich verbeugten. Wir gingen auf verschlungenen Wegen, bogen mehrmals ab und stiegen Stufen

hinauf und hinunter, passierten kleine Treppen und Brücken, sodass ich komplett die Orientierung verlor. Das große Haus, das ich von außen gesehen hatte, war tatsächlich ein Palast und hatte riesige Ausmaße.

Endlich kamen wir an dem Ziel an und die Hofdame zeigte auf den Eingang zu einem Haus, bei dem die Türen offen standen. Wachen waren davor postiert und ich war mir sicher, dass diese Unterkunft mein Kerker werden würde. Nachdem ich eingetreten war, knickste die Hofdame erneut und schloss kommentarlos die Schiebetüren hinter mir. Ich war nun allein.

Einen Augenblick lang blieb ich in dem dämmrigen Licht des Raumes stehen. Die zahlreich in Kandelaber und Kerzenständer verteilten Kerzen waren noch nicht entzündet und so gab es in dem Raum einige Ecken, die im Schatten lagen. Vorsichtig ging ich voran und sah mich um. Der Raum war edel und sogar königlich ausgestattet. Feinste Möbel, luxuriöse Materialien, Gold und Jade konnte ich auf den ersten Blick erkennen. Er war ganz offensichtlich für einen weiblichen Gast eingerichtet, einen unfreiwilligen Gast wie ich es war. Ich war ein paar Schritte in den Raum getreten, als sich plötzlich eine Gestalt aus dem Schatten löste und ich erschrocken aufschrie.

"Du bist endlich wieder da, meine Prinzessin."

Die Stimme jagte mir einen Schauer über den Rücken. Obwohl er nach wie vor im Dunkeln stand, erkannte ich Min-Jae sofort. Er trug einen dunklen Hanbok über einem weißen Untergewand und hatte seine Haare auf dem Kopf lediglich mit einem schwarzen Band zusammengebunden und nicht mit einer kostbaren silbernen Nadel geschmückt. Als er näher trat, stand er im Licht er untergehenden Sonne, die durch die mit Papier bespannten Fenster herein schien. Sein Gesicht wirkte müde und er sah aus, als hätte er in den letzten Wochen einige Kilo an Gewicht verloren. Dennoch war er immer noch ein äußerst attraktiver Mann - und ein gefährlicher, wie ich nun wusste. Instinktiv trat ich einen Schritt zurück und in diesem Moment schnellte er vor. Seine Hand packte meine Kehle und er zog mich an sich.

"Bist du die Hure meines lieben Bruders geworden, Jang-Mi?"
Seine Stimme klang heiser und er zischte beinahe hasserfüllt die Worte. Wo war der freundliche, sanfte, liebevolle Kronprinz geblieben, den sowohl Jang-Mi als auch ich kennengelernt hatten? An seiner Stelle stand ein zu allem entschlossener, wütender Mann, der mir Angst machte. Ich zerrte an seiner Hand an meinem Hals, doch er ignorierte meine Bemühungen.

"Hast du dich von mir abgewendet, um dich unter diesen Hurensohn zu legen? Sag, es Jang-Mi, bist du seine Hure geworden?"

Immer panischer versuchte ich, seine Hand von mir herunterzuziehen. Er drückte mir die Luft ab und es begann bereits, vor meinen Augen zu flimmern. Anstatt mich nun weiter zu wehren, wurde ich schlaff und er ließ mich los, fing mich jedoch auf, ehe ich den Boden berührte.

“Ich werde dich vergessen lassen, dass es ihn gibt, Jang-Mi. Du gehörst mir! Nur mir!”

Er presste seinen Mund wütend auf meinen und ich spürte, wie meine Lippen aufplatzen, und Blut in meinen Mund rann. Wild versuchte er seine Zunge in meinen Mund zu schieben, während seine Hände an meinem Oberteil des Hanbok herumfuhrwerken, um es mir von den Schultern zu streifen. Unaufhaltsam liefen mir Tränen über die Wangen und ich fragte mich, ob er mich hier und jetzt vergewaltigen würde. Plötzlich hob er seinen Kopf und sah mich an, wie ich zitternd vor ihm stand. Er trat schwer atmend einen Schritt zurück und wandte sich von mir ab.

“Bedecke dich”, forderte er, und ich klaubte mein Oberteil vom Boden und zog es mit bebenden Fingern über.

Mit wenigen Schritten war er zu einem kleinen Tisch gegangen und schenkte sich Wein ein. Ich hatte beim Kuss den Alkohol in seinem Atem bemerkt. Er schien bereits stark alkoholisiert zu sein und ich fragte mich, ob er hier auf meine Rückkehr gewartet hatte. Er war im diffusen Licht nicht sonderlich gut zu erkennen, aber ich konnte sehen, dass seine Bewegungen trunken waren und er nun nicht mehr den Becher zum Mund führte, sondern gleich die ganze töpferne Flasche.

“Setz dich zu mir”, befahl er nun und zeigte auf ein leeres Kissen, das ihm gegenüber auf dem Boden lag.

Vorsichtig näherte ich mich dem Platz und ließ mich darauf nieder. Ich wollte ihn auf keinen Fall verärgern, so dass er die versuchte Tat nachher doch noch ausführen würde. Oder schlimmer, mich aus lauter Wut und Eifersucht wirklich umbringen würde.

"Wie ist es Euch ergangen, Mylady?"
Seine Frage war ironisch und ich wusste nicht, was ich antworten sollte. Er hatte mich ganz offensichtlich während der letzten Wochen gesucht und auch gefunden und so wusste er vermutlich auch, dass ich niemals von den Qing entführt worden war, sondern freiwillig mit seinem Halbbruder gemeinsame Sache gemacht hatte.

"Wollt Ihr mir berichten, wie Ihr Eure Zeit als meine Kronprinzessin beim gemeinen Volk verbracht habt? War es angenehm? Habt ihr viele neue", hier machte er eine Pause und lachte freudlos auf, ehe er aus seiner Flasche trank, "Viele neue Erkenntnisse gewonnen?"
Er blickte auf meinen Schritt und ich wusste genau, was er sagen wollte. Obwohl ich mir nichts vorzuwerfen hatte, errötete ich bei seiner Frage.
Min-Jae sah dieses und warf plötzlich wieder wütend die Flasche quer durch den Raum, wo sie an einer Säule lautstark zerbrach. Ich betrachtete die Flüssigkeit, die auf dem Boden eine kleine rote Lache bildete. Beinahe sah es aus wie Blut und ich schüttelte mich. Würde meins auch bald in diesem Raum zu finden sein? Würde er mich töten? Wie kam es, dass ich ihm dieses zutraute? Er hat sich mir gegenüber nie böse oder auch nur gereizt gezeigt. Ich hatte ihn für einen sanften, freundlichen Mann gehalten. Doch immer mehr seiner brutalen, egoistischen und machtgierigen Züge kamen mir im Camp zu Ohren. Min-Jae war nicht der freundliche, rücksichtsvolle Mann, den ich gemeint hatte zu kennen. Ganz und gar nicht. Und

jetzt kam noch ein wirklich grausames Gefühl für ihn hinzu: rasende Eifersucht.

"Sag mir, Jang-Mi, warum durfte er dich haben und nicht ich?"
Seine Stimme war gefährlich ruhig. Ich sah ihn an, wie ein Kaninchen seinen Häscher. Würde er gleich zuschlagen?
"Bin ich geringer als er? Bin ich weniger gutaussehend?" Er breitete die Arme weit aus und zeigte auf sich. "Ich bin der Kronprinz. Ich bin der Mann, der König wird. Nicht dieser Mann, der sich einbildet, er wäre der Sohn meines Vaters. Jang-Mi, ich bin der Mann, der dir alles bieten kann. Alles, was du willst, soll dir gehören. Ich verspreche dir auch, dass ich keine anderen Frauen heiraten werde, wenn es das ist, was du willst. Jang-Mi, du bist meine Kronprinzessin. Du bist mir", jetzt sprang er auf die Füße und ich sah erschrocken zu ihm hoch, "Du bist mir, nur mir versprochen! Dein Vater, dein König, und ich, dein Verlobter, wir alle wissen, dass nur ich dein Mann werden kann. Jang-Mi, DU GEHÖRST MIR!" Er brüllte die letzten Worte und ich zuckte zusammen.
Er fiel vor mir auf die Knie und packte mich an den Schultern. "Jang-Mi, du musst mich lieben. Du hast mich doch geliebt!" Seine Stimme wurde mit einem Mal brüchig und ich sah Tränen in seinen Augen. "Ich liebe dich, meine Rose. Ich verzeihe dir, dass du bei ihm warst. Du musst mich lieben!"

Jetzt schluchzte er sogar und ich sah ihn nun weniger ängstlich, als vielmehr erschüttert an. Er war wie ein kleiner Junge, der um die Aufmerksamkeit seiner Mama bettelte. Vorsichtig hob ich die Hand und legte sie nach einem kurzen Zögern an seine Wange. Er schluchzte mittlerweile haltlos und als er meine Hand in seinem Gesicht spürte, war er nicht mehr zu halten. Sein Weinen verunsicherte mich mehr, als es seine wütende Rede zuvor getan hatte. Dieser Mann war emotional völlig instabil und ich hatte das Gefühl, dass eine tickende Bombe vor mir saß. Plötzlich zog er mich an meiner Hüfte zu sich heran und legte sich mit dem Kopf auf meinen Schoß. Meine erste Reaktion war es, ihn wegschubsen, doch das traute ich mich nicht und so ließ ich ihn dort weinen. Seine Mutter würde ich gerne mal kennenlernen. Den Erzählungen nach war sie ein manipulatives Biest und sie hatte ihren Sohn scheinbar völlig verkorkst.

Plötzlich hörte ich leise Schnarch Geräusche. Min-Jae war betrunken eingeschlafen. Erleichtert atmete ich auf. Mit etwas Glück wäre dieser Krug zumindest vorerst an mir vorbeigegangen. Vorsichtig versuchte ich, meine sich verkrampften Beine unter seinem Kopf herauszuziehen, ohne ihn dabei zu wecken. Ein schlafender Min-Jae war ein guter Min-Jae. Tatsächlich gelang es mir und als ich neben ihm stand und auf ihn herunter blickte, bekam ich plötzlich Mitleid. Der junge Prinz ist sein ganzes Leben aufgezogen worden in dem Glauben, dass er eines Tages König werden würde. Jetzt kam sein älterer Bruder und nahm ihm die Position und auch noch die Frau weg, die er für sich beansprucht hatte.

Bei dem Gedanken lächelte ich glücklich. Min-Jun musste sein Staatsstreich geglückt sein. Wie konnte es sonst erklärt werden, dass der Kronprinz Min-Jae nicht im Hauptpalast war und hier in einem der Neben-Paläste residierte? Dennoch hatte er königliche Wachen und Hofdamen um sich herum. Hatte Min-Jun seinen jüngeren Bruder nur abgesetzt und in diesem Palast untergebracht? Die genauen Pläne von Min-Jun waren mir nicht geläufig. Er hatte sie nicht mit mir besprochen. Das war eine kluge Maßnahme, denn so konnte ich selbst unter Folter nichts ausplaudern, was besser ungesagt bleiben sollte.

Ich warf einen letzten Blick auf den Betrunken, dann ging ich zum Bett, das hier, genau wie in anderen Häusern üblich, eine dicke Decke auf dem Boden war. Leise ließ ich mich darauf nieder und sah auf den Bruder meines Liebsten. Hatte Min-Jun Mitleid mit ihm gehabt und deshalb verschont? Ich brannte darauf, mehr zu erfahren, wie die Machtübernahme verlaufen war. Ging es Min-Jun gut? Nach der Handlungsweise seines Bruders zu schließen, auf jeden Fall. Der jüngere Bruder hatte zumindest eine gehörige Wut auf den älteren.

Trotz meiner misslichen Lage war ich nach der anstrengen Fahrt in der Kutsche sehr müde und so legte ich mich schlafen in der Hoffnung, dass Min-Jae nach seinem Aufwachen, wenn er dann wieder nüchtern war, etwas weniger emotional wäre und mich respektvoller behandeln würde. Ebenso, wie ich es von ihm bislang gewohnt gewesen war. Wünsche durfte man haben, und Träume auch, oder?

Ich wachte in der Nacht auf, weil ich etwas Warmes an meinem Rücken spürte, dass sich eng an mich drückte. Glücklich zog ich den Arm meines Liebsten enger um mich herum und wollte wieder einschlafen. Doch etwas stimmte nicht. Der Arm war zwar genauso stark wie der von Min-Jun, doch er fühlte sich falsch an. Mit einem Mal fiel mir wieder ein, wo ich war und wer mich hatte hierher bringen lassen. Entsetzt spürte ich nun, dass Min-Jae hinter mir zum Leben erwachte und als seine Hand an meiner Vorderseite auf Wanderschaft ging, schrie ich empört auf.

Min-Jae hatte die Gelegenheit genutzt, und war beim Aufwachen zu mir unter die Decke geschlüpft. Seine Hand wanderte frech unter mein Oberteil und umschloss in diesem Moment meine Brust. Voller Ekel und Empörung schlug ich auf seine Hand, doch Min-Jae ließ sich davon nicht beeindrucken. Er drückte seinen Unterleib an mich heran, damit mir auf keinen Fall entgehen sollte, was und wie viel er mir zu bieten hatte. Ich hätte kotzen können vor Wut und genau das tat ich in diesem Moment auch. Ein schöner, kleiner Schwall ergoss sich über Min-Jaes Arm und da ich mich drehte, auch über seinen Körper. Blitzschnell setzte er sich auf und sah angeekelt auf seine Kleidung. Die Stimmung hatte ich ruiniert und ich dankte still meinem Magen für das rechtzeitige Einsetzen der Übelkeit.

"Verflucht!" Min-Jae riss angewidert die Oberbekleidung von seinem Körper und wischte sich damit sauber. Ich grinste heimlich und freute mich, dass ihn im richtigen Moment stoppen konnte. Vermutlich hätte ich jetzt meine Ruhe vor ihm, denn ohne mich noch einmal anzusehen, drehte er sich um, gab einen Befehl nach draußen, dass die Tür für ihn geöffnet werden solle und war wortlos verschwunden. Erleichtert lehnte ich mich auf dem Bett zurück und begann zu lachen. Selbst hier verteidigte mich Min-Jun. Dankbar legte ich meine Hand auf meinen Bauch.

"Du wirst ein Kämpfer, wie dein Vater", flüsterte ich und dann weinte ich.

Meine Morgenübelkeit war täglich da und auch wenn ich anfangs die Symptome nicht zuordnen konnte, so wusste doch Yuna nach kurzer Zeit, warum mir jeden Morgen schlecht geworden war. Sie selbst hatte zwei Kinder auf die Welt gebracht und dank ihrer Hilfe bekam ich die Übelkeit bereits nach kurzer Zeit ganz gut in den Griff. Seit drei Tagen hatte ich den Trank, den Yuna nach altem Rezept für mich braute, nicht mehr zu mir genommen und als ich heute Nacht meinen Magen gespürt hatte, war es wie ein Geschenk des Himmels gewesen - oder durch Min-Juns Kind in meinem Bauch, das seine Mutter beschützen wollte

Kapitel 18

In einer Truhe fand ich Frauenkleidung. Es verwunderte mich nicht, denn der gesamte Raum war weiblich eingerichtet und da man mich entführt hatte, konnte auch davon ausgegangen werden, dass ich nicht mit großem Gepäck anreisen würde.

Ich zog mir den beschmutzten Hanbok aus und wählte aus der Truhe einen in gedeckten Tönen. Die Haare steckte ich mir hoch. Zufrieden betrachtete ich mich in dem kleinen Spiegel. Mein Anblick sagte mehr als tausend Worte. Min-Jae wusste, dass ich mich mit hochgestecktem Haar als verheiratete Frau zurechtgemacht hatte. Jungfern trugen einen langen, geflochtenen Zopf auf dem Rücken und erst nach ihrer Hochzeit durften sie sich die Haare hochstecken. Das war tatsächlich nicht nur in meiner Kultur so, sondern wurde in vielen anderen Ländern in dieser Zeit genauso gehandhabt.

Ich wollte keine jungfräuliche Braut sein, die Min-Jae gerne in mir sehen wollte. Hoffentlich würde ich ihn mit meinem Aussehen nicht zu sehr provozieren, aber ich wollte die Grenze zu ihm noch einmal verdeutlichen. Würde er mich zwingen, seine Braut zu werden, wenn ich in den Augen aller anderen bereits verheiratet wäre?

Gegen Mittag erschienen drei Dienerinnen, die Essen auf Tabletts hereintragen und stumm auf einem runden Tisch abstellen. Anschließend verbeugten sie sich wortlos vor mir und verließen mein Gefängnis. Die Tür wurde hinter ihnen verschlossen und ich erhaschte einen Blick auf die Wachen, die vor meinem Raum standen. Wie erwartet, würde ich nicht einfach das Zimmer verlassen können.

In diesem Moment knurrte mein Magen lautstark. Neugierig sah ich mir die Speisen an und stellte fest, dass sie sehr exquisit waren. Ich hatte irgendwo mal gelesen, dass es Essen gab, das nur der Königsfamilie vorbehalten war und nicht vom einfachen Volk gegessen werden durfte. Vermutlich gehörte dazu das Fleisch und die verschiedenen Fischarten, die eingelegt in Sesamöl und gewürzt mit Chilipulver einen wunderbaren Duft verströmen. Hungrig setzte ich mich an den Tisch und griff nach den Essstäbchen. Plötzlich hielt mich jedoch ein Gedanke zurück. Was, wenn das Essen vergiftet war? Min-Jae hatte mit Sicherheit eins und eins zusammengezählt und wusste, warum ich mich am Morgen übergeben musste. Was, wenn er mir nun Gift ins Essen hatte mischen lassen, damit ich eine Fehlgeburt erleiden würde? Tatsächlich habe ich viele koreanische Dramen gesehen, die in einem historischen Setting spielten, wo man genau auf diese Weise unliebsame Babies von Konkurrentinnen verschwinden ließ. Für immer und unter grauenvollen Schmerzen und Trauer. Ich legte die Stäbchen zurück auf den Tisch und schob meine Schale von mir fort. Ich konnte das Essen mit einem Mal nicht mehr sehen. Dann fiel mein Blick auf die Karaffe mit dem Getränk. Auch dort könnte Gift enthalten sein. Entmutigt seufzte ich auf. Ich konnte doch jetzt nicht für die Zeit, die ich hier verbringen musste, hungern und verdursten? Mein Zwerg brauchte eine kräftige, gesunde und gut genährte Mutter, um zu wachsen und zu gedeihen. Ich nahm die Stäbchen zurück in meine Hand. Vielleicht war ich auch nur paranoid. Weder konnte man mir die Schwangerschaft ansehen, noch waren Männer so feinfühlig, dass sie sofort nach einmal Magenentleerung wussten, wie der Zusammenhang war. Außerdem, würde es Min-Jae bei all der Mühe riskieren, dass ich bei einer Fehlgeburt sterben könnte?

Nach dem Essen lehnte ich mich auf meinen Platz zurück und wartete. Nichts passierte und erleichtert lachte ich auf. Ich war paranoid, dachte ich und nahm mir vor, meine Schwangerschaft auf jeden Fall so gut es ging zu verstecken. Stumm hielt ich Zwiesprache mit dem kleinen Kämpfer in meinem Bauch, dass er seine Mama nicht verraten sollte.

An diesem Tag kam Min-Jae wider Erwarten nicht wieder und ich war genau wie im Trainingscamp den ganzen Tag allein. Unterbrochen wurde die Langeweile lediglich, als am Abend wieder drei Dienerinnen Essen brachten.

Langsam wurde es dunkler im Zimmer und ich suchte nach einem Feuerstein, um Kerzen anzuzünden, als es plötzlich lebhaft vor meiner Tür wurde. Neugierig und mit einer gewissen Spannung und Ängstlichkeit sah ich zum Eingang. Würde Min-Jae wieder zu mir kommen und den Blödsinn des vorherigen Abends erneut versuchen?

Ich straffte meine Schultern, raffte die Röcke und stelle mich zum Kampf bereit fest auf den Boden. Mit hoch erhobenem Kinn sah ich zur Tür und wartete, dass die Wachen sie aufschieben würden. Zu meiner Überraschung kam jedoch nicht der Prinz herein, sondern zwei Hofdamen. Wortlos packten sie mich an den Oberarmen und zogen mich nach draußen. Erschrocken ließ ich es geschehen und wehrte mich nicht, dann sah ich mich plötzlich einem Tross an Menschen gegenüber, deren Zentrum eine Frau mittleren Alters mit einem verkniffenen Gesicht war.

Sie war etwa so groß wie ich und trug auffallend mit Gold bestickte Kleidung. Eunuchen und Hofdamen standen in einer Ordnung hinter ihr und einer der Eunuchen hielt eine Art Baldachin über ihrem Kopf, um sie vor der Abendsonne zu schützen. Die beiden Hofdamen zogen mich mit sich und drückten mich vor dieser furchteinflößend aussehenden Frau auf den Boden in die Knie. Bereits auf dem ersten Blick war mir klar gewesen, wer vor mir stand. Es war die Lieblingsfrau des Königs, die inoffizielle Königin des Landes und Mutter von Prinz Min-Jae.

Lady Jang-Mi wusste sofort, wie sie sich verhalten musste und ich war ihr dankbar, dass sie in diesem Moment in unserem geteilten Körper die Führung übernahm.
"Daebi-Mama[16]", sagte ich und verbeugte mich mit der Stirn auf dem Boden.
Die Lieblingsfrau des Königs betrachtete mich wie ein Insekt, das unter einem Stein hervorgekrochen war. Es war ganz offensichtlich, dass sie mich sowohl verachtete als auch lästig fand. Ich war immer noch in der Verbeugung und wartete, dass sie mich anwies, mich wieder zu erheben. Lady Nam war von hoher adliger Geburt und die Verlobte des zukünftigen Kronprinzen. Dass ich auf diese Weise gedemütigt wurde, verhieß nichts Gutes. Die Frau war böse und sehr wütend auf mich. Endlich wurde ich von den Hofdamen wieder hochgezogen.

"Ihr habt es gewagt, meinen Sohn zu beleidigen."
Ihre Stimme war eiskalt und sie funkelte mich hasserfüllt an. Mit einem kleinen Wink ihrer Hand trat eine ihrer Damen hervor.
"Bestraft sie."
Sagte die Lieblingsfrau des Königs und ich sah, wie in diesem Moment die Hand der Hofdame auf mich zu flog und mit einem heftigem Klatschen auf meine Wange landete, die sofort wie Feuer brannte.

---

[16] Königliche Hoheit für Königin, Königsgemahlin

"Weiter", forderte die königliche Hoheit unerbittlich und so wurde ich ein weiteres Mal und noch ein drittes Mal geschlagen. Gerade, als ich einen vierten Schlag in mein brennendes Gesicht erhalten sollte, hörte ich hinter mir die Stimme Min-Jaes.

"Jungjeon[17], bitte haltet ein!"
Er rannte förmlich den Weg auf uns zu. Seine Mutter hob die Hand und die Hofdame zog sich zurück. Ich saß nach wie vor auf meinen Knien und traute mich nicht, mich zu bewegen.
"Bitte, ich bitte Euch." Min-Jae sah auf mich hinunter und ich konnte sehen, wie sich unterdrückte Wut in seinen Augen zeigte, jedoch hatte er nach wie vor ein höfliches, gespieltes, entspanntes Lächeln auf seinem Gesicht. "Ärgert Euch nicht, Mutter. Es war alles ein Missverständnis zwischen meiner Kronprinzessin und mir."

Seine Mutter sah ihren Sohn mit einem Blick an, der keine Liebe enthielt, sondern Kalkulation. Min-Jae hatte wirklich Glück mit seiner Mama. Sie war verärgert, dass sie unterbrochen wurde und ich wusste, dass sie es genossen hatte, wie ich geschlagen wurde. Diese Frau liebte Macht und ich wunderte mich erst jetzt, warum die Lieblingsfrau des Königs in diesem Palast weilte und nicht in dem Hauptpalast, in dem der König regierte. War sie zusammen mit ihrem Sohn fortgeschickt worden? Wieder wollte ich zu gerne wissen, was außerhalb dieses Hauses in der Welt vor sich ging. Würde man mir die aktuelle Situation irgendwann erklären? Oder anders gesagt, wann konnte ich endlich hier wieder weg?

---

[17] Königliche Mutter, Neben Gemahlin, Anrede Prinz an Mutter

"Erhebt Euch, Lady Nam."

Forderte mich der falsche Kronprinz auf und ich stand auf. Am liebsten hätte ich der bösen Königin die Zunge herausgestreckt, doch natürlich hielt ich mich damit zurück. Sie war immer noch wütend und konnte ihren Sohn jederzeit in die Schranken weisen und mich weiterhin verprügeln lassen. So knickste ich, als wäre ich dankbar für die Züchtigung, und wurde von den beiden Hofdamen zurück in meinen Kerker, den andere als luxuriösen Raum betiteln würden, geführt.

In einer Ecke stand eine Schüssel mit kaltem Wasser. Ich feuchte das dort liegende Tuch an und drückte es an meine gepeinigten, heißen Wangen. Diese blöde Kuh von Königin hatte es gewagt, mich zu schlagen. Für So-Ra waren es die ersten Schläge ihres Lebens, für Jang-Mi war es nichts Besonderes, wie ich erschrocken bemerkte. Als junges Mädchen war sie so von ihrer Nanny oder Stiefmutter ebenfalls gezüchtigt worden. Andere Zeiten, andere Sitten. Ich war froh, dass ich nicht hier aufgewachsen bin.

Ich hatte damit gerechnet, dass Min-Jae zu mir hereinkommen würde, doch ich blieb allein. Dieser Tag hatte mir gezeigt, dass ich in diesem Haus dem Wohlwollen der Hausherrin ausgesetzt war, und dass sie mich nicht mochte, war eindeutig erkennbar gewesen. Es beruhte auf Gegenseitigkeit, aber das half mir nicht wirklich weiter.

Am Abend erhielt ich wieder ein Essen, das dieses Mal jedoch wesentlich schmaler ausfiel. Die Dame des Hauses war immer noch böse. Mir war es egal. Ich musste lediglich dafür sorgen, dass der Zwerg in meinem Bauch ausreichend Nährstoffe zum Wachstum bekam, und so aß ich ohne Appetit.

Nach dem Essen setzte ich mich auf meine Bettstatt und rieb gedankenverloren über meinen flachen Bauch. Hier war die Verbindung zu meinem Liebsten lebendig und ich vermisste ihn in jeder einzelnen Minute schmerzlich. Außerdem sorgte ich mich immer mehr um meine gegenwärtige Situation und das, was vor diesen Mauern passiert war.

War Min-Jun im Hauptpalast eingezogen? Wusste er, dass ich in die Hände von seinem Halbbruder und der bösen Familie gefallen war? Würde er mich hier befreien kommen oder war er so mit wichtigeren Dingen beschäftigt, dass er mich nicht retten käme oder… Hier schluckte ich schwer, hatte er mich vielleicht sogar vergessen?

Meine Nerven waren so angespannt, dass ich bei jedem kleinsten Geräusch außerhalb des Raumes zusammen zuckte. Würde wieder jemand kommen, der mir etwas antun wollte?

Von meiner inneren Unruhe getrieben, lief ich im Raum auf und ab und sah immer wieder zur Tür. Ob ich nicht vielleicht doch einen Weg finden könnte, allem hier zu entfliehen? Aber wo sollte ich hin? In die Residenz meines Vaters? Dieser war ein loyaler Untertan des Königs, der wiederum seinen zweitgeborenen Sohn seinem wahren Erben vorgezogen und die Augen vor allem verschlossen hatte. Oder sollte ich versuchen, dass ich zum Hauptpalast floh, um dort Min-Jun zu sehen? Allerdings rechnete ich mir keine Chancen aus, sollte er dort als neuer Herrscher eingezogen sein. Sicherlich würde man mich nicht einfach zu ihm vorlassen.

Es war aber auch verzwickt. Ich wusste einfach nicht, was ich tun sollte. Hier sitzen und warten? Jang-Mi nickte heftig. Es war die beste Lösung, sagte sie, doch So-Ra war da anderer Meinung. Aktion war immer besser als passives Abwarten.

Nach einer gefühlten Ewigkeit des unruhigen Laufens setzte ich mich endlich erschöpft zurück auf die Bettdecke. Ich habe mich entschieden. Ich werde in dieser Nacht versuchen, aus diesem Palast zu fliehen.

Wahrscheinlich gab es außer den beiden Wachen vor der Tür keine weiteren, die auf mich aufpassen sollten. Ich war eine Frau und damit in den Augen der Männer nicht wehrhaft oder entschlossen genug, gegen zwei Bewaffnete zu kämpfen. Das würde ich auch nicht, aber ich war entschlossen genug, aus dem rückwärtigen Fenster zu klettern und meine Flucht von dort aus anzutreten. Es war gefährlich, denn mein Haus war zu dieser Seite hin an einen Abhang gebaut, der direkt zum Han Fluss abfiel. Aus diesem Grund war man auch der Meinung, dass von dort aus keine Gefahr einer Flucht bestehen würde.

Entschlossen entledigte ich mich meines voluminösen Hanbok-Rocks und des unpraktischen Oberteils. Beides wäre mir beim Klettern aus dem Fenster hinderlich. Aus der Kleidertruhe zog ich Kleidungsstücke heraus und prüfte, ob ich diese verwenden konnte. Ich war mir nicht sicher, ob ich nach dem Herausklettern einen sicheren Halt auf dem abfallenden Felsen haben würde. Vermutlich nicht, denn sonst hätte man sich sicherlich nicht so sorglos in der Bewachung gegeben. Doch es war meine einzige Chance, hier abzuhauen. Ich zerriss die kostbaren Kleider in lange Streifen und band sie aneinander. Im Sportunterricht hatte ich im

Seilklettern eine gute Note erhalten und ich war zuversichtlich, dass diese Kenntnisse hier hilfreich sein werden. Ein letztes Mal prüfte ich die verbundenen Stofffetzen und knotete sie an der Säule am Fenster fest.

Ich trug drei Schichten Unterkleider übereinander und hatte ein Paket mit einem Rock und Oberhemd zusammengebunden, das ich gleich aus dem Fenster rauswerfen würde. Ich war mir sicher, dass die Bevölkerung des 17. Jahrhunderts es nicht so angemessen finden würde, wenn ich in Unterwäsche durch ihre Stadt laufen würde, ganz zu schweigen von der Vorstellung, wie ich damit in den Hauptpalast gelangen wollte.

Nach wie vor wusste ich nicht, was mich nach dem Verlassen des Neben-Palasts erwarten würde. Aber das Risiko wollte ich eingehen. Allerdings war der Palast nicht in der Hauptstadt und ich wusste auch nicht, wie weit der Fußmarsch nach Hanyang wäre. Ich würde mich am Han Fluss orientieren und hoffte einfach, dass ich weder entdeckt werden würde noch vor Erschöpfung zusammenbrach, ehe ich in der Hauptstadt angekommen wäre. Mein kleiner Kämpfer in mir und ich, wir würden alles geben.

Min-Jun, ich komme!

Ich hatte gerade meine Beine über den Fenstersims geschwungen und nach meinem provisorischen Seil gegriffen, als die Tür zu meinem Raum aufgestoßen wurde und ich mit großen Augen in die erschrockenen Augen meines Liebsten sah. In genau diesem Moment rutschte mir das improvisierte Kleider Seil durch die Finger und ich stürzte mit einem gellenden Schrei in die Tiefe.

Ich war mir sicher, dass ich mir bei dem Aufprall sämtliche Knochen im Leib brechen würde. Mit großer Erleichterung stellte ich jedoch fest, dass ich nicht auf dem harten Boden aufgeschlagen war, sondern von den starken Armen meines Liebsten gehalten wurde, der wiederum mit nur einer Hand unser gesamtes gemeinsames Gewicht trug, indem er sich am Fensterrahmen festhielt. Ich umschlang seine Hüften mit meinen Beinen und krallte meine Arme um seinen Hals fest. Er stöhnte leise auf, doch ließ er nicht los und unter großer Anstrengung schaffte er es, uns gemeinsam zurück ins Zimmer zu ziehen. Was für ein Mann!

Schwer atmend blieb er mit mir auf dem Boden des Raumes liegen. Er hatte die Augen geschlossen und seine Brust hob und senkte sich heftig, wohl gleichermaßen aus Anstrengung und Adrenalin. Endlich öffnete er die Lider und sah mich mit seinen wunderschönen braunen Augen an.

"Ist alles in Ordnung?", wollte er wissen und ich nickte heftig an seiner Brust. Dann klammerte ich mich noch enger an ihn und weinte an seiner Brust, ich Heulsuse.

"Du bist gekommen", schniefte ich, "Du hast mich gerettet. Oh mein Gott, ich liebe dich so sehr", heulte ich weiter und spürte plötzlich, wie sich seine Brust ruckartig bewegte. Er lachte, der blöde Kerl!

"Ich hoffe, du hast niemals daran gezweifelt. Entschuldige, dass ich so spät bin", fügte er hinzu und zog mein Gesicht am Kinn hoch, ehe er mir einen tiefen Kuss gab. Überglücklich, erleichtert und wahnsinnig verliebt erwiderte ich den Kuss. Kurze Zeit später war er nicht mehr allein außer Atem.

Langsam registrierte ich, dass er zurück war. Wir hatten uns über einige Wochen nicht gesehen und diese Zeit war mir vorgekommen, wie eine Ewigkeit. Ich setzte mich auf und untersuchte ihn von Kopf bis Fuß. Er hatte den dunklen Schatten eines Bartes auf der Oberlippe und am Kinn und seine Haare waren nicht mehr so ordentlich auf dem Kopf zusammengebunden, sondern ein paar seiner langen Strähnen hingen an den Schläfen herunter, was ihn unglaublich sexy aussehen ließ. Allem Anschein nach hatte er aber zum Glück nicht an Gewicht verloren, und ich konnte auch keine Wunden oder Narben an den unbedeckten Stellen seines Körpers erkennen. Wie es unter seiner Kleidung aussah, werde ich hoffentlich in Kürze intensiv prüfen können.

"Komm", forderte er mich auf und stand elegant vom harten Boden auf, dann reichte er mir eine Hand und zog mich mühelos hoch. Wieder umschlang ich ihn mit beiden Armen und drückte ihn ganz fest an mich. Ich wollte ihn nie wieder loslassen. Leise lachend legte er seine Arme ebenfalls um mich und küsste mich auf meinen Scheitel.
"Ich habe dich auch wahnsinnig vermisst, meine Rose", flüsterte er in meine Haare.
"Wir werden uns nicht mehr trennen, das verspreche ich dir. Nie wieder. Nicht in diesem und nicht in unserem nächsten Leben. Wir werden für ewig zusammenbleiben."
Seine Worte klangen so romantisch, so wunderschön, so voller Verheißung. Ich nickte heftig an seiner Brust. Nie wieder würden

wir uns trennen. Nie wieder. Ich liebte ihn so sehr, dass es für ein Leben nicht ausreichen würde.

Kapitel 19

Nach der ersten Wiedersehensfreude zog mich Min-Jun an der Hand aus meiner Kerkerzelle heraus. Zuvor hatte ich mir schnell etwas Angemessenes übergezogen und dann eilte ich mit ihm gemeinsam zum Ausgang, um zurück in die Freiheit zu gelangen. Vor dem Haus waren keine Wachen mehr und auch niemand anderes war zu sehen. Es herrschte eine Ruhe, die sowohl schön als auch unheimlich war. In diesem Neben Palast lebten und arbeiteten vermutlich mehrere hundert Menschen und doch konnte man nicht einen einzigen von ihnen sehen oder hören. Immer wieder schaute ich mich um, aber wir blieben die einzigen, die auf dem Weg entlang schritten.

Min-Jun führte mich Richtung Eingangstor. Hin und wieder erhellten uns einige Fackeln den Weg, doch zuallererst verließ ich mich auf ihn. Meine Hand lag vertrauensvoll in seiner und ich sah immer wieder verliebt zu ihm auf. Er war gekommen. Er war endlich wieder da. Er war hier bei mir und hat mich gerettet.

Erst, als wir uns dem Innenhof näherten, hörte und sah ich die Menschen, die hier eng aneinander gedrängt standen. Um die Traube herum standen Männer in schwarzen Uniformen, die mit Waffen die Diener, Eunuchen und Hofdamen bewachten. Einige von ihnen weinten, andere sahen trotzig und herausfordernd auf die Soldaten, doch keiner wagte es, den Kreis zu verlassen. Ich betrachtete alle und suchte dennoch vergeblich nach den Gesichtern von Min-Jae und seiner Mutter. Vermutlich mussten sie nicht hier zusammen mit den weniger Privilegierten stehen und waren in ihren Räumen, oder?

"Min-Jae ist nicht unter ihnen", erklärte nun Min-Jun, als er meinen suchenden Blick sah. Ich nickte, obwohl ich es schon selbst bemerkt hatte, aber es war augenblicklich nicht die richtige Zeit, Fragen zu stellen. Min-Jun führte mich aus dem Innenhof hinaus und ich sah, wie alle Soldaten eine tiefe Verbeugung vor ihm machten. Es waren ganz ohne Zweifel seine Leute, die hier die Bagage im Griff hatten. Ich konnte mich nicht zurückhalten, aber ich formte einen erhobenen Mittelfinger und versteckte ihn in meinem weiten Rock. Er zeigte in Richtung der verkniffenen Hofdame, die mitten unter den anderen Dienern stand und wirklich angepisst aussah. Es war die Frau, die mir vier Mal ins Gesicht geschlagen hatte.

Vor dem Neben-Palast stand wieder einmal eine Kutsche. Es ging eben nicht ohne, dachte ich grinsend. Doch dieses Mal stieg ich freudig ein, denn Min-Jun ging nach mir die Stufen hinauf. Er würde mit mir zusammen fahren und ich strahlte ihn an, als er sich zu mir setzte. Beherzt griff ich nach seinen Händen, da ich so unglaublich froh war, ihn zu sehen. Er lachte wieder leise, aber er erwiderte den Griff genauso fest.

Wir fuhren nicht sehr lange. Ich vermutete, dass der Nebenplatz nicht allzu weit von der Hauptstadt und damit vom Hauptpalast entfernt war. Die Kutsche stoppte nicht ein einziges Mal, auch nicht, als wir das Haupttor erreichten.

Bislang hatte ich nicht auf das Interieur des Wagens geachtet, doch nun fiel mir auf, dass dieses noch luxuriöser war als damals die Prinzenkutsche von Min-Jae. Sie war größer, hatte sehr viele Kissen und auf dem Boden lagen trotz der sommerlichen Wärme dicke Felle, die nun aber zur Seite gezogen waren, so dass unsere Füße auf einem dünnen, edel geknüpften Teppich standen. Für all das hatte ich eigentlich gar keine Augen, denn ich wollte die ganze Zeit nur meinen Liebsten betrachten.

"Jang-Mi, meine Rose."

Ich strahlte bei seinen liebevoll geflüsterten Worten und nickte eifrig. "Meine Königin", fügte er nun mit einem breiten Lächeln hinzu. Erstaunt riss ich meine Augen auf. Wie jetzt?

"Königin?" Wiederholte ich deshalb auch etwas dümmlich. "Was meinst du?" Er hatte doch seinen Anspruch auf den Thron als Kronprinz geltend machen wollen, jetzt war er plötzlich König, oder was?

"Ich habe uns ein Nachtmahl vorbereiten lassen. Du erfährst alles, sobald wir angekommen sind", meinte er geheimnisvoll.

Mir konnte es gar nicht schnell genug gehen und so zappelte ich ein wenig aufgeregt auf dem Sitz. Mir brannten so viele Fragen auf der Zunge.

“Wie geht es Yuna? Ihrer Mutter und den Kindern?”

Die Frage hatte mich die ganzen letzten Stunden umgetrieben und egal was sonst war, ich musste sicher sein, dass es ihnen gut ging.

“Sie sind in Yo-Hans’ Residenz und richten sich ein.”

Ich atmete erleichtert aus. Die Angst, dass man ihnen etwas angetan haben könnte, hatte mich die ganze Zeit verfolgt. Aber wenn sie in der Residenz waren, dann hieß es doch, dass sie keine Angst mehr vor dem König haben mussten. Vor dem *alten* König.

“Jeonha[18]”, sagte ich jetzt plötzlich verstehend. Das war die offizielle Bezeichnung, die mein Zukünftiger Mann Chunsu/ Min-Jun/ Kronprinz/ König/ Joon-Ki haben würde. Mein Liebster grinste.

“Du darfst mich weiterhin bei meinen Namen nennen, Wangbi[19]”

Ich ließ das Wort in mein Ohr hinunterrutschen zu meinem Herz. Wangbi, seine Frau. Seine königliche Ehefrau, seine Königin. Er hat es wirklich geschafft. Er hatte sein Geburtsrecht eingefordert. Er war noch nicht gekrönt, aber das war vermutlich nur noch eine Formalität.

Die Kutsche fuhr bis zum Außenhof, da sie hier nicht weiter rollen konnte. Wir wurden bereits von zwei Sänften erwartet, in die wir leider nun getrennt voneinander einsteigen mussten. Jetzt wurde es noch offensichtlicher, wer der Chef in diesem Palast war. Ich zählte die anwesenden Menschen gar nicht, aber es erwarteten uns dutzende von Eunuchen und Hofdamen, Diener und Dienerinnen und überall waren Wachen in hübschen Uniformen zu sehen. Lady

---

Nam schien nicht erstaunt zu sein, und so wollte ich es auch nicht. Die Sänftenträger brachten mich ohne großes Geschaukel zum privaten Teil des königlichen Palastes. Zwei Hofdamen waren mir beim Aussteigen behilflich und hielten sanft meine Ellenbogen. Ich war vor Min-Jun ausgestiegen und wartete nun auf den König in spe.

Gemeinsam gingen wir in den riesigen Palast-Teil, vor dem ein Dutzend bewaffnete Wachen standen. Ich schritt versetzt hinter Min-Jun und trat nach ihm ein. Seine Hoheit gab den Anwesenden ein Zeichen und nach einem respektvollen Knicks und Verbeugungen verließen sie uns und wir waren allein.

Neugierig sah ich mich um und staunte, dass sich der Raum, in dem der König schlief und sich privat aufhielt, wenig von einem anderen Hanok unterschied. Natürlich war alles größer, es wurden edlere Materialien verwendet, aber dennoch war alles einfach und spartanisch eingerichtet. Lediglich die erhöhte Lagerstatt, wo das dicke Unterbett lag, war edler und prunkvoller ausgestattet als in einem normalen adligen Haushalt. Die Decke war aus Seide, weich mit Daunen gefüttert und reich bestickt. Zwei quadratische Kissen an Kopf- und Fußende waren ebenfalls mit kostbarer Stickerei versehen und hinter der Bettdecke stand ein mit Seide bespannter und kunstvoll bemalter Paravent.

"Wenn du willst, können wir uns alles näher ansehen", flüsterte mir nun mein König lustvoll ins Ohr und ich errötete.
"Ich möchte zuvor gerne etwas essen", sagte ich leise und als er meine Worte hörte, bereute ich die Wortwahl sofort. Ich hörte mich gierig an und hatte es eigentlich anders gemeint.

"Wir können uns mit dem Essen sehr beeilen - oder es unterbrechen."
Sein maliziöses Lächeln jagte mir wohlige Schauer über den Rücken und ich kicherte mädchenhaft. Huch, was war denn das für ein Laut aus meinem Mund?
Min-Jun zeigte zu dem niedrigen Tisch, auf dem mindestens fünfzig Schalen mit Essen standen. In jeder Schale war ein anderes Gericht und mir blieb vor Staunen der Mund offenstehen. König sein war nicht schlecht, dachte ich und bemerkte plötzlich peinlich berührt, dass sich der Zwerg aus meinem Bauch meldete und Essen haben wollte. Mein Magen knurrte gut vernehmlich und Min-Jun lachte amüsiert auf.

Satt lehnte ich mich zurück und rieb über mein rundes Bäuchlein. Es war ohne Essen immer noch flach, doch jetzt, wohlig genährt, stand es ein wenig heraus und ich grinste. In wenigen Wochen würde es noch viel runder sein, aber das wollte ich Min-Jun erst später berichten.
"So, Storytime", sagte ich ohne nachzudenken und erst, als er eine Augenbraue fragend hochzog, bemerkte ich meinen Fehler. Auch wenn es Min-Jun war, bei dem mir meine moderne Sprache herausgerutscht war, ich war jetzt am Hofe und musste sehr genau aufpassen, wie ich mich benahm und mich ausdrücken würde.
"Bitte, Jeonha, berichtet, wie ihr den Thron gewonnen habt, mein geliebter Bruder und Herrscher."
Ich hoffte, dass er das zuvor Gesagte vergessen würde und tatsächlich schien er nicht mehr nachhaken zu wollen.

"Es verlief sehr friedlich. Mein königlicher Vater war nicht ganz so ahnungslos, wie ich gedacht hatte."

Ach, wie denn das? Ich lehnte mich interessiert vor und machte ihm ein Zeichen, dass er weitersprechen sollte.

"Er wusste, dass ich im Haus deines Vaters aufwuchs, ja er hatte sogar den Befehl gegeben, mich dort erziehen zu lassen. Dein Vater, der Erste Minister dieses Landes, hatte den Auftrag bekommen, fernab des Hofes einen König für seine Aufgaben vorzubereiten."

Jetzt hält mich nichts mehr. Ich rutschte auf Knien weiter zu ihm.

"Mein Vater hat dich großgezogen, weil...?"

"Mein königlicher Vater war überhaupt nicht desinteressiert, wie ich immer gedacht hatte - und auch nicht so voreingenommen, wie ich vermutete. Nach zwei glücklicherweise fehlgeschlagenen Anschlägen auf mein Leben mit tödlichem Gift war ihm klar, dass ich den Hof verlassen musste, wenn ich erwachsen werden sollte. Er hatte einen Verdacht, wer hinter allem steckte, aber ein offener Kampf gegen seine Zweitfrau war ausgeschlossen. Er konnte es nicht riskieren, ihren Clan gegen sich aufzubringen, da er damals deren Unterstützung für die Regentschaft benötigte. Also tat er so, als würde er vor allem die Augen verschließen. Außerdem konnte Min-Jaes Mutter nie etwas bewiesen werden. Also ließ mein königlicher Vater zu, dass der Sohn eben dieser Frau sein offizieller Nachfolger wurde. In den Augen aller Beamten und sogar in den Augen dieser Frau sah es so aus, als wäre ich für immer aus dem Weg geräumt und der Platz zum Thron für ihren Abkömmling frei. Heimlich unterstütze mein Vater jedoch mich und half mir sogar meine Privatarme zu vergrößern. Genau wie dein Vater steuerte er heimlich hinter dem Rücken der Min-Jae treuen Hofbeamten die

Revolution. Sie wussten von den Männern, die ich ausbildete. An dem Tag, an dem wir uns vorbereitet hatten, nach Hanyang zu marschieren, sandte mein Vater einen Boten mit einem geheimen Brief. Für ihn war endlich genau wie für mich der Tag gekommen, sein wahres Gesicht als König zu zeigen. Mittlerweile war er stark genug am Hofe und hatte genügend Unterstützer in vielen Beamten, dass er offen gegen seine Zweitfrau und ihren Clan antreten konnte. Er übergab mir seine königliche Anerkennung meiner royalen Herkunft als Erstgeborener und bestätigte, dass ich der rechtmäßige Thronfolger bin. Mit diesem Erlass ritt ich in die Hauptstadt und wurde im Palast empfangen. Mein Vater hatte mich nie aufgegeben und ich konnte meinen Groll ihm gegenüber endlich beilegen. Tatsächlich ging er sogar so weit, abzudanken und mir den Thron zu überlassen. Offiziell aus gesundheitlichen Gründen, aber er wollte damit meine Stellung sichern. Mein Bruder Min-Jae wurde als Kronprinz vom Rat abgesetzt und man hatte ihm die Gnade erwiesen, als Großprinz gemeinsam mit seiner verräterischen Mutter, der ehemaligen Lieblingsfrau meines königlichen Vaters, in vollen Ehren in dem Neben Palast einziehen zu lassen. An dem Tag, an dem ich meine Vertrauten gesandt habe, um dich abzuholen, war mir Min-Jae zuvorgekommen. Er hatte dich bereits entführen lassen. Dass er dich ausgerechnet direkt unter meiner Nase versteckt gehalten hatte, war dreist und ein kluger Schachzug. Es kostete mich Zeit herauszufinden, wo er meine Liebste verbarg und erst, als meine Spione im Neben-Palast von dir berichten konnten, wusste ich endlich, wo ich dich finden konnte.

Min-Jae hatte sich das Recht, in dem Neben Palast zu leben, mit der Entführung der zukünftigen Königin verspielt, doch er hatte wohl

Wind davon bekommen und ist geflohen. Er ist immer noch mein Bruder und ich habe ihn gehen lassen. Da er nun keine Macht mehr hat, kann er nun nicht mehr viel ausrichten."

Amen, dachte ich, obwohl ich nicht sehr gläubig war. Ich freute mich, dass es eine Art friedliche Machtübernahme gegeben hat. Das war für seine Regierung als König wichtig und es freute mich auch, dass Min-Jae nicht bestraft worden war. Er war eine tragische Figur. Sein ganzes Leben lang von der Mutter darauf getrimmt worden, eines Tages Chef des Landes zu werden und kurz bevor er das Zepter übernehmen konnte, stand plötzlich sein älterer Bruder wieder auf der Matte und übernahm den ganzen Spaß. Kein Wunder, dass er sauer war. Ich hoffte für ihn, dass er jetzt ein ruhigeres Leben führen würde. Doch dann fiel mir ein, dass er ja seine teuflische Mutter bei sich hatte. Mit ihr an seiner Seite wird das wohl nichts, oder er befreit sich von ihrem Gängelband und lebt ein selbstbestimmtes Leben. Ich wünschte es ihm auf jeden Fall.

KAPITEL 20

Wenn man will, dass die Zeit stehen bleibt, dann rennt sie schneller als Usain Bolt die 100 m. Wie gerne hätte ich sie mit aller Macht, die mir als Königin zustand, festgehalten. Die Uhren angehalten und für immer und ewig gelebt. Doch diese Macht hatte ich nicht.

Mein Min-Jun war mittlerweile gekrönt worden und regierte seit nunmehr drei Jahren ein stabiles, sicheres Joseon als König Tonghyon. Er war beliebt beim Volk, und natürlich beliebt bei seiner Frau Königin Jang-Mi und seiner Tochter, der royalen Prinzessin Sa-Rang, die er beide von Herzen liebte. Unsere pompöse Hochzeitszeremonie hatte kurz nach seiner Krönung zum König stattgefunden und wurde zugleich auch meine Krönung als Königin. Die Geburt unserer Tochter Sa-Rang wurde im Land gefeiert, als wäre ein Thronerbe geboren worden und ich versprach meinem königlichen Gatten dafür zu sorgen, dass unser nächstes Kind ein Prinz werden würde, wenn er sich ordentlich anstrengt. Was soll ich sagen? Wir bemühten uns jede Nacht.

Min-Jun nahm sich keine Nebenfrauen, hatte keine Konkubinen und hielt dem Druck der Hofbeamten, Minister und Berater stand. Er weigerte sich und verbot es den Beamten, ihn weiterhin damit zu belästigen. Selbst politische Ehen schloss er aus und schaffte es, auf anderem Weg Frieden zu schaffen und zu halten.

Drei Jahre waren vergangen, als wäre ich erst vor Kurzem in einem mit Stroh bedeckten Verschlag hinter Holzstäben aufgewacht. Hin und wieder überkam mich großes Heimweh und ich fragte mich immer noch, wieso ich in dieser Zeit gelandet war, doch darauf gab es einfach keine Antwort.

Einmal im Jahr unternahm der Palast der Königin einen großen Ausflug zum Tempel, um dort zu den Ahnen zu beten. Dieser Ausflug war einer der wenigen, die ich unternahm. Anders als ich befürchtet hatte, war das Leben für mich im Palast spannend und lustig. Ich habe gleich nach meinem Einzug begonnen, die chinesischen Schriftzeichen zu erlernen. Ich war damit beschäftigt, unsere süße Tochter aufzuziehen, die wider die Etikette bei ihren Eltern aufgezogen wurde. Ich hatte Spaß damit, mich mit den Hofdamen zu unterhalten, ihre Ideen zu bestimmten Themen kennenzulernen und ich versuchte, sanfte Änderungen einzubringen. Min-Jun hatte als Regent sein Versprechen umgesetzt und sämtliche Hofdamen, Eunuchen, Diener und Mägde aus seinem Dienst entlassen, die nicht im Palast bleiben wollten. Erstaunlicherweise war die Zahl derjenigen, die gehen wollten, sehr gering.

Yuna hatte die Residenz bezogen, die Yo-Han mitten in Hanyang für seine Familie gekauft hatte. Sie besuchte mich im Palast regelmäßig und wurde meine engste Freundin und Vertraute. Ihre Kinder spielten mit So-Rang und ich lebte wirklich ein gutes Leben. Abends kam mein Mann von der Arbeit und wir aßen gemeinsam zu Abend. Er spielte noch kurz mit So-Rang, ehe wir uns zurückgezogen. Das Leben einer normalen kleinen Familie - einer königlichen Familie, die ganz und gar nicht normal war, die sich aber innig liebte, achtete und den anderen ehrte. Alles war perfekt und deshalb wollte ich so gerne die Zeit anhalten.

An diesem Tag war also der jährliche Ausflug zum Tempel. So-Rang würde im Palast zurückbleiben, da der Weg dorthin recht lang und ein wenig beschwerlich war. Ich verabschiedete sie am Morgen und sie legte ihre süßen kleinen, etwas dicklichen Ärmchen um meinen Hals.

"Bis bald, Eomma", sagte sie nicht den Regeln einer königlichen Verabschiedung folgend und ich grinste. Irgendwann würde sie mich förmlich ansprechen müssen, doch ich genoss es, das Wort Mama von ihr zu hören.

Ein letztes Mal winkte ihr noch zu und freute mich, dass sie schon vergessen hatte, dass ich sie erst am nächsten Tag wiedersehen werde. Yuna war mit den Kindern Jin und Soo-He im Palast und würde So-Rang beschäftigen, bis ich wiederkam. Sie war es auch, die die Kleine nun weg führte und mir dabei zulächelte. Mit einem Seufzen wollte ich in die bereitstehende Sänfte steigen, als sich plötzlich Wolken vor die Sonne schoben. Ich legte den Kopf in den Nacken und betrachtete den Himmel, der bis vor Kurzem noch strahlend blau und wolkenlos gewesen war. Mir rann plötzlich ein dunkler Schauer über den Rücken, doch dann schüttelte ich mich. So ein Quatsch. Alles war okay, es war lediglich ein ganz normaler Himmel, der plötzlich dunkel wurde. Nichts Unnormales, einfach nur das Wetter.

Der Weg zum Tempel führte durch einen Wald. Es war lang und ich wurde begleitet von dutzenden Soldaten und Leibgardisten. Jedes Mal, wenn Min-Jun diese Anzahl an Bewacher orderte, war es mir ein wenig unwohl. Doch ich war nicht mehr nur Lady Nam oder So-Ra, ich war die Königin von Joseon, die Mutter des Landes und die Frau, die neben dem König am meisten geschützt werden musste.

Min-Jun hatte mich am Morgen verabschiedet und es bedauert, dass er wegen der Staatsgeschäfte nicht mitreisen konnte und am meisten war er traurig darüber gewesen, dass ich die Nacht im Tempel verbringen würde und nicht in seinen Armen. Wir haben gelacht und uns innig voneinander verabschiedet. Ein Tag konnte so lang sein, dachten wir.

Alles ging plötzlich schnell. Ich hörte Schreie, das Klirren von Schwertern, Weinen, Röcheln und Stöhnen im Todeskampf. Aber am schlimmsten war der Geruch von Blut, der zu mir drang. Diese intensiv nach Kupfer riechende Luft drang in meine Sänfte und ich blieb wie erstarrt darin sitzen. In Panik legte ich mir die Hände auf die Ohren und versuchte nichts zu hören, doch die Todesschreie, die Geräusche, die man hörte, wenn jemanden eine Kehle durchschnitten wurde, die Schreie der Hofdamen, die uns begleitet hatten und nun ebenfalls abgeschlachtet wurden … All das hörte ich durch meine Hände. Voller Entsetzen wurde mir klar, dass ich vermutlich jetzt auch sterben werde. Ich sah die Gesichter meines Mannes, meiner Tochter, meiner Freunde, meiner Zofen, der Hofdamen und Tränen liefen mir unaufhaltsam über die Wangen. Ich wollte die Zeit anhalten, aber dafür reichte meine Macht einfach nicht aus.
Plötzlich wurde es ruhig. Es waren nur noch vereinzelte Klagelaute oder ein leises Stöhnen zu hören, das bald aufhörte. Die Stille, die nun eintrat, war wie eine Welle, die über mich hinweg spülte. Ich wollte an die Oberfläche, doch ich wusste, dass ich ertrinken würde. Alles war still und ich hörte mein eigenes Herz überlaut in meiner Brust klopfen. Dann wurde die Decke zu meiner Sänfte geöffnet und ich sah in das Gesicht, das ich gedacht hatte, nie wieder in meinem Leben zu sehen: Min-Jae.

"Meine Rose"

Seine Worte drangen zu meinem verängstigten Hirn durch. Rose, so nannte mich mein Liebster, mein König, mein Gemahl und so wurde ich jetzt von dem Mann genannt, der von Kopf bis Fuß mit Blut beschmiert war und ein Schwert in der Hand hielt, von dem die rote Flüssigkeit auf die Erde tropfte. Ich sah ihn an und schrie, wie von Sinnen. Mein Albtraum hat mich gefunden.

Er sah mich unbewegt an und ein böses Lächeln breitete sich auf seinem Gesicht aus. Langsam hob er seine blutbeschmierte freie Hand und hielt sie mir entgegen.
"Kommt heraus, meine Königin. Hier endet die Reise."
Entsetzt sah ich auf seine Hand und schüttelte panisch den Kopf. Niemals würde ich es über mich bringen, die Hand zu berühren, die soeben vermutlich die Menschen getötet hat, die zuvor noch freudig und voller Elan meinen Weg zum Tempel begleitet hatten.
Min-Jae schien die Geduld zu verlieren und so beugte er sich vor und zog mich schmerzhaft an meinem Oberarm aus der Sänfte heraus. Hier draußen war der Geruch von Blut noch viel schlimmer und ich spürte, wie sich mein Magen verkrampfte und ich ein Würgen unterdrücken musste. Ehe ich mir die Augen zukneifen konnte, hatte ich noch gesehen, wie die Menschen, die ich größtenteils kannte und sehr schätzte, abgeschlachtet um die Sänfte lagen, in dem verzweifelten Versuch, mich zu beschützen. Meine Leibgarde, die Soldaten und jede Hofdame, die mich begleitet hatte, waren tot. Ich schloss die Augen und hoffte, dass ich gnädigerweise in Ohnmacht fallen würde, doch leider geschah das nicht.
Min-Jae hielt mich nicht sehr sanft an den Oberarmen, doch mir sackten die Knie weg. Ich stand unter Schock und war nicht mehr in

der Lage, mich selbständig zu bewegen. Der ehemalige Prinz zögerte nicht lange, sondern packte mich und warf die Königin des Landes respektlos über seine Schultern. Schmerzhaft drückten mir seine Knochen in den Magen und ich übergab mich wieder einmal über ihn. Dieses Mal schien es ihn nicht wütend zu machen, oder es war ihm schlichtweg egal, ob er nach Erbrochenem oder nach Blut stank. Nach wie vor hielt ich meine Augen geschlossen, damit ich nicht die vielen Leichen sehen musste, die auf dem Weg verteilt im Wald lagen. Ich wusste, wie viele Menschen mitgekommen waren und ich fragte mich, ob wenigstens ein einziger von ihnen dieses grauenvolle Massaker überlebt hatte.

Die Männer des abgesetzten Prinzen standen etwas entfernt vom Ort des Überfalls auf einer Lichtung und hielten Min-Jae die Zügel von seinem Pferd entgegen. Wortlos warf er mich über dessen Rücken und stieg anschließend hinter mir auf. Würdelos hing ich nun über dem Widerrist und Min-Jae legte seine dreckige Hand auf mein Hinterteil, ehe er dem Tier die Versen in die Flanken bohrte und wir im Galopp den Ort des Gemetzels verließen.

Nachdem wir einige Zeit schweigend geritten waren, packte er mich und setzte mich aufrecht vor sich hin. Meine Beine baumelten auf einer Seite des Pferdehalses und Min-Jae zog mich eng an sich heran, so dass ich zwischen seinen Schenkeln saß. Diese Position war zwar etwas bequemer, allerdings war der Zweck immer noch der gleiche. Er entführte mich ein zweites Mal und dieses Mal war seine Entschlossenheit und Vorgehensweise böse und rücksichtsloser, als es beim ersten Mal gewesen war. Das ungute Gefühl, dass ich diese Entführung nicht unbeschadet überstehen würde, beschlich mich und wollte sich einfach nicht mehr abschütteln lassen.

Nachdem wir einige Zeit in schnellem Tempo geritten waren, machten wir Halt. Wir waren irgendwo auf einer Bergkuppe. Ich hatte anfangs noch versucht, mir die Richtung zu merken, doch irgendwann hatte ich aufgegeben. Der Wald sah für mich überall gleich aus und die Wege hatten natürlich keine Hinweisschilder, wie ich es bei Klettertouren rund um Seoul kannte. "Von hier noch 800 Meter bis zur Aussichtsplattform". Das Schild musste jemand geklaut haben.

Es wurde langsam dunkel. Ich saß an einem Baum gelehnt und beobachtete, wie Min-Jaes Männer ein Lager errichteten. Meine Hände waren auf dem Rücken gefesselt und ich spürte, wie die Schnur des schmalen Seils böse in meine Handgelenke einschnitt. Vermutlich wollte man sichergehen, dass ich nicht alle im Schlaf mit bloßen Händen erwürgen würde, dachte ich ironisch und wenig belustigt. Diese Haltung war extrem unbequem und meine Armmuskeln schmerzten höllisch. Allerdings war es mir immer noch lieber, ich saß hier gefesselt an einem Baum, als ohne Fesseln in den Armen ihres blutrünstigen und skrupellosen Anführers. Min-Jae schien tatsächlich kein Interesse daran zu haben, sich mir zu nähern. Warum hat er mich entführt? Wollte er sich rächen? Dafür, dass ich ihn nicht liebte? Dafür, dass er als Prinz abgesetzt wurde? Vermutlich war ich jedoch nichts anderes als ein Pfand, um meinen Mann und damit den König zu erpressen. Ich war mir im Klaren, dass er das alles nicht auf sich genommen hatte, weil er unsterblich

in mich verliebt war. Das war zwar eine verquer romantische
Vorstellung, aber völliger Blödsinn. Ihm ging es um Macht und die
wollte er sich zurückholen, indem er mich als Geisel für seine
Forderungen nahm. Er wusste vermutlich, wie viel ich dem König
von Joseon bedeutete und wollte sich seine einzige Schwäche zu
Nutzen machen.
Mir rann plötzlich eine Träne über die Wange. Min-Jae würde mich
nicht benutzen, das schwor ich mir. Vermutlich würde er mich
sowieso nicht am Leben lassen und mit Sicherheit seinem Bruder
schaden. Er würde mein Leben bedrohen, um Min-Jun in eine Falle
zu locken. Egal, wie ich mich der Lage entziehen musste, ich würde
es tun.

Es war mittlerweile dunkel geworden und die Männer hatten
verschiedene Lagerfeuer entzündet. Sie schienen sich ihrer Lage
sicher zu sein und hatten keine Angst, dass der König sie finden und
versuchen würde, mich zu befreien. Unter ihnen sah ich die Gestalt
von Min-Jae, wie er am Feuer stand und mit den anderen Mördern
zusammen lachte und ich spürte wieder die Übelkeit in mir
hochkommen. Niemals zuvor hatte ich jemanden gehasst, doch er,
den ich zuvor bemitleidet hatte, war der erste Mensch in meinem
Leben, dem ich alles Schlechte der Welt wünschte.

"Hier."
Min-Jae saß in der Hocke vor mir und hielt mir einen Löffel mit Brei
an den geschlossenen Mund. Er hatte meine Fesseln nicht gelöst und
es machte ihm ganz offensichtlich Freude, mich zu füttern.
Abwehrend wendete ich den Kopf ab. Erbarmungslos packte er

mein Kinn und zwang mich, den Mund zu öffnen. Der Löffel schob sich zwischen meine Lippen und ich musste ein Würgen unterdrücken, dann schluckte ich den Brei herunter und sah mit wildem Blick zu meinem Entführer hoch. Ich hatte noch kein einziges Wort mit ihm gesprochen und das würde ich so beibehalten, bis wir uns auf welche Weise auch immer voneinander trennen würden.

Min-Jae füllte den Löffel erneut und wieder presste er mir den Brei in den Mund. Das Ganze setzte sich fort, bis die Schale leer war. Er sah auf meinen Mund und ich ahnte, dass er vorhatte, mich zu küssen. Immer noch hielt er meinen Kopf fest, sodass ich keine Möglichkeit hatte, auszuweichen und dann presste er seinen Mund auf meinen.

Im Hintergrund hörte ich das Johlen der Männer, die unser Aufeinandertreffen beobachtet hatten und das noch lauter wurde, als Min-Jae mich an meiner Brust packte, wie um ihnen zu zeigen, dass er es konnte. Er konnte die Königin dieses Landes so weit erniedrigen, wie er wollte. Hilflos rannen mir die Tränen über die Wangen und ich wünschte mir in diesem Moment nichts mehr, als dass dieser Mann vom Blitz getroffen werden würde. Leider passierte das natürlich nicht und als er anfing, meine Röcke nach oben zu schieben, schrie ich aus Leibeskräften. Offensichtlich brachte ihn das wieder zur Vernunft, denn er ließ von mir ab.

"Ich habe keine Eile, meine Rose. Morgen sind wir in meinem Zuhause. Da werde ich die Königin der Rosen pflücken und ihre Blütenblätter langsam zwischen meinen Fingern zerreiben. Freue dich, Jang-Mi. Du wirst lernen, zu was ein entschlossener Mann bereit ist."

Ängstlich sah ich ihn an. Er war verrückt. Immer noch hatte er den Gedanken an mich nicht aufgegeben. Er war verrückt oder besessen. Vielleicht war er auch beides, aber er war auch absolut gefährlich.

Noch diese Nacht werde ich versuchen zu fliehen. Was sollte passieren, außer dass sie mich wieder einfangen würden? Mich fesseln? Erledigt. Mich schänden? Ist sowieso ihr Plan. Mich töten? Vielleicht. Aber ich würde hier nicht weiter hocken und auf mein Ende warten - oder auf das, was dieser Verrückte mit mir plante. Und auf gar keinen Fall würde ich mich als Mittel zur Erpressung meines Liebsten zur Verfügung stellen.

Irgendwann wurde es in dem Lager ruhig. Sie hatten Wachen aufgestellt, die um die Feuer herum verteilt waren. Es waren nicht sehr viele Verbrecher bei Min-Jae und ich hatte mich anfangs gefragt, wie er das Massaker gegen meine Elitekämpfer und die gut ausgebildeten Soldaten des Königs ausführen konnte. Vermutlich waren wir in einen Hinterhalt geraten. Nur so konnte ich mir erklären, dass meine Beschützer ausnahmslos ermordet worden sind. Doch am Abend habe ich gesehen, warum ihm dieser Überfall möglich gewesen war. Mehr als doppelt so viele Männer wie die, die mit uns geritten waren, sind in dem Lager zu uns gestoßen. Und sie waren ausnahmslos Krieger aus der Mandschurei. Ich hatte es anfangs nicht erkannt, da sie alle schwarz gekleidet gewesen waren und sowohl ihre Köpfe als auch ihre Gesichter bedeckt hatten. Doch als am Abend Gespräche in ihrer Sprache zu mir herüberwehten, wusste ich, dass sich der ehemalige Kronprinz von Joseon mit dem

König aus Qing verbündet hatte, um den Thron für sich zurückzugewinnen. In diesem Lager auf dem Berg campieren vermutlich mehrere hundert Kämpfer aus dem Nachbarland. Genug, um eine Revolution zu beginnen, auf jeden Fall genug, um die Königin von Joseon zu entführen und den König von Joseon zu bedrohen. Die Zeit tickte. Ich musste eine Veränderung des Plans bewirken. Und dafür gab es nur eine Möglichkeit.

Langsam schob ich mich vom Baum weg und vorsichtig tiefer in den Wald. Meine Flucht würde mit Sicherheit nicht lange unbemerkt bleiben und so musste ich schnell handeln. Ich habe mich für eine Richtung entschieden und diese werde ich beibehalten. Endlich war ich aus dem Schein des Lagerfeuers gerückt und richtete mich mühsam auf die Beine. Ich hatte im Sitzen bereits meine Muskulatur aufgewärmt, sodass ich jetzt nicht mit steifen Gliedern loslaufen musste. Blitzschnell begann ich nach Norden zu laufen und hatte bereits ein gutes Stück geschafft, als meine Flucht bemerkt wurde.

Plötzlich war sie da. Die Klippe. Die Klippe, die zu jedem guten Drama gehörte und eine Wendung der Geschichte bedeutete. Die Klippe, über die Nam Jang-Mi im Drama "Immortality Love" sprang, um sich von dem gierigen König aus Qing zu befreien. Die Klippe, über die ich in Kürze springen würde, um meinen Liebsten und meine geliebte Tochter zu befreien. Die Klippe, die mir mein Leben nehmen würde und mich bedauern lassen würde, dass ich Min-Jun nicht viel eher als So-Ra begegnet bin. Hier würde es also enden.

Min-Jae stand im Halbkreis zusammen mit etwa zwanzig seiner Männer, die mich quer durch den Wald verfolgt hatten und nun etwa zehn Meter von mir entfernt verharrten. Das Laufen mit auf den Rücken gebundenen Händen war sehr schwer gewesen, dennoch hatte mein Adrenalin dafür gesorgt, dass ich es bis hierher geschafft hatte. Ziel erreicht, Ende des Spiels.

"Bitte, Jang-Mi, komm da weg. Ich werde dich nicht bestrafen, dass du weggelaufen bist. Bitte." Min-Jaes Stimme klang flehentlich und er hob bittend seine Hände als Zeichen, dass er mir nichts tun würde.
Min-Jae, ich glaube dir nicht. Unsere gemeinsame Zeit endet hier.
Ich schüttelte den Kopf und ging noch einen Schritt näher an den Abhang. Ich wusste nicht, wie tief er war, aber ich wusste, dass es ein Felsvorsprung auf einem Berg war und vermutlich einige Meter tiefer erst wieder fester Boden sein würde. Egal wie, ich werde diesen Fall mit Sicherheit nicht überleben.
Min-Jaes Gesicht war kreidebleich. Ihm liefen Tränen über die Wangen, als er meine Entschlossenheit in meinem Gesicht sah. Hatte er mich tatsächlich geliebt? Armer Mann, die Frauen um ihn herum kontrollierten ihn, aber er nicht sie. Endlich sprach ich das erste Mal seit der Entführung.

"Liebe kann man nicht erzwingen. Man kann sie verschenken und hoffen, dass sie angenommen wird. Min-Jae, ich liebe deinen Bruder aus tiefstem Herzen und mein Geschenk an ihn ist mein Tod. Ich treffe ihn in meinem nächsten Leben wieder und werde ihn wieder lieben. Niemals jemand anderen. Immer nur Min-Jun. Für immer

und ewig." Ich flüsterte diese Worte, während der Wind an meinem Hanbok zerrte und die Tränen aus meinen Augen wischte.
"Jang-Mi, NEIN!" Ich hörte Panik in seiner Stimme, dann öffnete ich meine Arme und ließ mich rückwärts fallen.

Leb wohl, Min-Jun, mein Geliebter. Leb wohl, meine süße So-Rang. Ich werde aus dem anderen Reich über euch wachen und wenn es die Vorhersehung will, werden wir uns in einem anderen Leben wiedersehen.

Dann wurde alles schwarz. Lady Nam Jang-Mi war fort.

Teil 2

"Aua", entfuhr es mir und sah ich erschrocken hoch. Meine Hand fuhr an den Hinterkopf, wo ich mit Sicherheit eine dicke Beule bekommen würde. Ich lag neben dem Sofa, von dem ich vermutlich gefallen war und musste dabei unglücklicherweise an der Tischkante angeschlagen sein. Dabei hatte ich wohl so tief und fest geschlafen, dass ich den Sturz gar nicht bemerkt hatte. So etwas Blödes.

Verschlafen sah ich auf die Uhr und stellte fest, dass ich vor über zwei Stunden weggenickt sein musste. Der Fernseher lief immer noch und ich wollte ihn gerade ausschalten, als eine Eingebung mich innehalten ließ. Zum wiederholten Mal guckte ich meine Lieblingsserie "Immortality Love" und kannte sie eigentlich auswendig, doch als ich nun die Szene auf dem Bildschirm sah, stutzte ich. Hatten die Macher eine Art Spin-Off von dem K-Drama gemacht und das war an mir vorbeigegangen?

Park Joon-Ki saß im Palast auf dem Thron und sah traurig aus. Das war so weit noch etwas, was ich kannte, doch vor ihm spielte ein süßes kleines Mädchen mit zwei anderen Kindern, wobei die Kleine ganz offensichtlich seine Tochter sein sollte. Die Kamera fing das Gesicht der Kleinen ein und als ich ihre niedliche, pummelige Gestalt sah, traten mir plötzlich Tränen in die Augen. Verdammt, ich heulte doch sonst nie! Einen letzten Blick auf den Bildschirm werfend, nahm ich die Fernbedienung und schaltete den Fernseher aus. Morgen werde ich im Netz recherchieren, ob es tatsächlich ein alternatives Ende oder eine Art Spin-Off zu der Serie gab. Im Moment tat mir mein Kopf ganz furchtbar weh und nachdem ich mir zwei Kopfschmerztabletten eingeworfen hatte, legte ich mich ins Bett und schlief tief und traumlos bis zum nächsten Morgen.

Als ich vom Weckerklingeln erwachte, konnte ich meine Augen nicht richtig öffnen. Sie klebten, als hätte ich in der Nacht geweint und dann spürte ich, dass auch mein Kopfkissen ein wenig feucht war. Mir kamen äußerst selten die Tränen und im Schlaf hatte ich noch nie geweint. Das war irgendwie seltsam. Mit einem Mal merkte ich ein Pochen in meinem Hinterkopf. Vorsichtig tastete ich meinen Kopf ab und ertastete eine riesige Beule. Na prima, das habe ich ja richtig gut hinbekommen, dachte ich, als mir mein Sturz vom Sofa wieder einfiel. Während ich mir am Vorabend im Bad die Zähne putzte, war ich noch einmal ins Grübeln gekommen. Wieso konnte ich mich nicht daran erinnern, dass ich vom Sofa gefallen war? War ich da vielleicht kurz weggetreten und kurzzeitig in Ohnmacht gefallen? Letztendlich war es auch egal, denn nun hatte ich eine pochende Beule und damit auch Kopfschmerzen, die mich vermutlich den ganzen Tag begleiten würden.

Müde, trotz vieler Stunden nächtlichen Schlafs, krabbelte ich wie erschlagen mühsam aus dem Bett und machte mir einen Kaffee. Ich stand in meiner kleinen Küchenecke und starrte auf die Maschine, die surrend die schwarze Brühe ausspuckte. Irgendwie hatte ich ein merkwürdiges Gefühl, seitdem ich gestern Abend auf dem Boden vor meinem Sofa aufgewacht bin. Etwas war anders, doch ich konnte es nicht wirklich greifen. Ich spürte eine Art Traurigkeit in mir und hatte keine Ahnung, woher sie kam. Es war beinahe so, als würde ich etwas schrecklich vermissen und mich nach etwas sehnen, das ich verloren hatte. Aber was sollte das sein? Über mich selbst ein wenig lachend machte ich mich fertig für den Arbeitstag und anschließend auf den Weg zum Büro. Business as usual war angesagt.

Meine Architekturfirma hatte ein neues Projekt und während des Tagesgeschäfts kam ich nicht dazu, viel nachzudenken. Wir sollten ein traditionelles und doch modernes Hanok auf dem Land bauen. Die Investitionskosten waren hoch angesetzt, so munkelten die Kollegen, und der Kunde wäre sehr anspruchsvoll, sehr reich und sogar berühmt. Zusammen mit zwei weiteren Angestellten aus dem Büro war ich helfend für die Planung zuständig. Ich liebe Hanoks und als der Zuschlag für den Auftrag an uns gegangen war, hatte ich mich sehr bemüht, dem Team zugeteilt zu werden. Glücklicherweise war der Teamleiter ein junger Architekt, der meine Arbeit schätzte und mein Fürsprecher wurde. Kang Nam-Gi, mein neuer Chef, war ein attraktiver Mann Anfang dreißig. Ich kam sehr gut mit ihm aus und hatte ein wenig das Gefühl, dass er mich bevorzugte. Bedauerlicherweise hatte ich keinerlei Interesse an ihm und war stets vorsichtig, ihn dieses nicht wissen zu lassen.

An diesem Abend wollte er dem gesamten Team etwas zu Essen ausgeben. Das war keine Bitte, sondern eine Pflichtveranstaltung und obwohl ich meiner Schwester Yunai versprochen hatte, ihr bei der Vorbereitung zu ihrer Verlobungsfeier zu helfen, konnte ich das Teamessen nicht absagen.

Yunai hatte Verständnis und wir änderten unsere Pläne für den nächsten Abend. Sie wollte mit mir zusammen die Lokalität besuchen, in der ihre Feier mit Sunny, ihrem berühmten Freund, stattfinden sollte.

Ich mochte meine Kollegen aus dem Büro. Sie waren größtenteils lustig, freundlich und beuteten mich nicht aus, obwohl ich "nur" eine Praktikantin war. In Kürze würde entschieden werden, ob ich einen Vollzeitstelle in der Firma erhalten sollte und ich war sehr zuversichtlich. Meine Vorgesetzten hielten viel von meiner Arbeit und ich hängte mich als angehende fest angestellte Architektin auch sehr in den Job hinein. Schon alleine aus diesem Grund war es wichtig, bei Teamessen anwesend zu sein. Manche Entscheidungen und einige wichtige Informationen wurden tatsächlich zwischen Soju und Bulgogi[20] ausgeplaudert. Das war zumindest bei meinem Chef so. Er war auf der gleichen Universität wie ich gewesen und seine Mutter war eine der Senior Chefinnen der Firma. Ich wusste, dass er an mir als Frau interessiert war, doch ich hielt absolut nichts von einer Beziehung am Arbeitsplatz. Das war das einzig bedauerliche.

Kang Nam-Gi Timgjangnim[21] war insgesamt eine gute Partie. Freundlich, zuvorkommend und ich hatte ihn nie mit irgendwelchen Frauen flirten sehen. In meiner Gegenwart wurde er stets ein wenig schüchtern, obwohl er mindestens fünf Jahre älter war als ich und schon Ende zwanzig oder Anfang dreißig sein musste.

---

[20] mariniertes Rindfleischgericht
[21] Anrede für Teamleiter

Der Funke wollte bei mir aber einfach nicht überspringen und ich war sehr vorsichtig in seiner Gegenwart mit allem, was ich sagte oder tat.

Bei einem Teamessen wurde üblicherweise Alkohol getrunken und leider vertrug ich nicht allzu viel. Alleine aus diesem Grund waren diese Gemeinschaftsaktivitäten für mich sehr anstrengend, aber kneifen ging nun einmal nicht. Wollte ich in der Firma Karriere machen, musste ich mitziehen.

"Fleisch oder ..." Kang Nam-Gi kam nicht dazu, die Alternative auszusprechen. Meine Kollegen fielen schon in Jubelschreie ein, als das Wort Fleisch fiel und so war die Entscheidung bereits ohne Nennung der Alternative gefallen. Wir würden BBQ essen. Das war okay, aber ich wusste auch, dass das Essen damit etwas länger dauern würde, als hätten wir uns einen Eintopf oder Hühnchen bestellt. Nun gut, ich habe Yunai sowieso schon abgesagt und damit keine weiteren Pläne für den Abend.

Kang Nam-Gi sah mich kurz an und ich lächelte als Zeichen, dass ich mich auch über die Entscheidung freute. Eigentlich wäre ich jetzt tausend Mal lieber mit Yunai bei einem gemütlichen Essen und einer Flasche Rotwein, als hier mit Soju und Gegrilltem, aber ich sah es genau wie die meisten anderen Kollegen als Teil unseres Jobs.

Das Lokal war keines, das ich mir selbst ausgesucht hätte. Es gehörte zur gehobenen Kategorie und wurde selten für Gruppen Essen ausgewählt. Ich war auch noch niemals zuvor hier, obwohl ich bereits in einigen netten Lokalen zum Essen ausgeführt worden war. Mein Chef hatte sich für dieses entschieden, so vermutete ich, weil er uns beeindrucken wollte. Meine Kollegin knuffte mich an die Seite und nickte unauffällig zu unserem Teamleiter hin.

"Das macht er für dich, So-Ra. Du weißt, dass er auf dich steht?" Verlegen senkte ich den Kopf. War es für andere so offensichtlich? Es weckte Erwartungen und sollte mein Teamleiter irgendwann auf die Idee kommen, und sich mir direkt offenbaren, wäre es mehr als unangenehm und hätte vermutlich böse Folgen für mich, wenn ich ihm dann einen Korb gab. Allerdings war ich seit meiner Schulzeit an die Aufmerksamkeit von Männern gewöhnt. Das sollte nicht arrogant klingen, aber aus irgendeinem Grund standen die Jungs und später auch die Männer auf mich.

Yunai hat mir irgendwann einmal erklärt, das läge an meinem hübschen Gesicht und meiner niedlichen Art. So ein Quatsch. Wir hatten beide nach ihren Worten gelacht. Mein Gesicht war ansprechend, genau wie das vieler anderer Mädchen und ich war ganz sicher nicht niedlich. Vielleicht dachten die meisten das, weil ich klein war, große Augen hatte und einen Schmollmund. Kennt ihr IU, die Sängerin und Schauspielerin? Ich soll Ähnlichkeit mit ihr haben. Finde ich zwar nicht, denn sie ist wirklich süß. Allerdings glaube ich, dass wir Schwestern im Herzen sind. Sie ist vermutlich auch nicht so niedlich, wie man sie sehen will. Sonst wäre sie nicht eine der Topstars in meinem Land geworden.

"Ach, das ist mir gar nicht aufgefallen", antwortete ich meiner Kollegin unschuldig. "Das freut mich sehr zu hören. Mein fester Freund wird das zwar nicht so schön finden, wenn er erfährt, dass ein anderer Mann mich mag, aber er ist sich meiner Liebe ja sicher."

So, der Abwehrschirm ist aufgespannt. Ich wusste, dass meine Kollegin gerne tratscht und konnte sicher sein, dass diese Information in Kürze die Ohren meines Timgjangnim erreichen würde. Man soll nicht lügen, haben mir meine Onkel und Tante beigebracht, aber eine weiße Lüge ist erlaubt, wenn man damit jemandem hilft, das Gesicht zu wahren.

Meine Worte waren schneller an Kang Nam-Gis' Ohr gedrungen als das Licht. Bereits als wir uns im Restaurant an den Tisch setzten, konnte ich sehen, dass er ein wenig enttäuscht war und nicht mehr so strahlte wie zuvor. Freundlich lächelte ich ihn an und versuchte die Situation zu lockern. Er sollte nicht denken, dass ich ihn nicht mochte, aber subtil erwähnte ich während des Essens meinen imaginären Freund das eine oder andere Mal und war sicher, dass er den Brocken geschluckt hatte.

Während des BBQ wurde zum Glück nicht sonderlich viel Alkohol getrunken. Erfahrungsgemäß ging es erst richtig nach dem Essen zur Sache und ich hoffte, dass ich mich vorher von der Runde trennen könnte.

"Ach, So-Ra, es ist doch noch so früh. Du kannst jetzt noch nicht gehen."

Meine Kollegin legte mir einen Arm um die Schultern und drückte mich an sich. Ich wusste, dass sie keine Lust hatte, mit den anderen alleine zurückzubleiben. In meinem Team war ein Männerüberschuss und Shi-Eun war neben mir und einer anderen Kollegin die einzige Frau. Die ältere Kollegin musste nach Feierabend nach Hause gehen, denn sie hatte so kurzfristig keinen Babysitter für ihre beiden Kinder gefunden. Ich glaubte, dass es eine

Ausrede war, denn sie hatte kurz vorher mit ihrem Mann am Telefon das Essen für den Abend besprochen. Jetzt waren also Shi-Eun und ich die einzigen Frauen in dieser Runde. Seufzend gab ich nach. Es wäre wirklich nicht nett von mir, wenn ich sie allein lassen würde. Wider besseres Wissen blieb ich. Leider sah ich nicht, wie meine Kollegin unserem Chef ein Zeichen machte und dieser erfreut nickte.

"Sag mal, So-Ra. Du arbeitest jetzt schon fast ein Jahr bei uns und hast noch nie von deinem Freund erzählt. Hast du mal ein Bild von ihm? Ich möchte wissen, wer unsere kleine So-Ra für sich gewinnen konnte. Ist er hübsch? Ist er reich? Hat er ein eigenes Haus? Ein Auto? Wo arbeitet er?"
Shi-Euns' Fragen trafen mich nicht völlig unvorbereitet. Eine Prüfung, ob mein Freund wirklich existiert und ob er ein ernstzunehmender Konkurrent war, erfolgte fast immer, wenn ich von ihm erzählte.
"Ja, er sieht sehr gut aus. Er ist aber in der Unterhaltungsbranche tätig und du weißt ja, wie das ist, wenn man einen Celebrity dated. Keine persönlichen Fotos, keine Namen, keine Infos. Sei mir also nicht böse, Shi-Eun-Ssi, dass ich dir keine Beweise vorlegen kann. Aber ich verspreche dir, dass ich es gut mit ihm habe. Er ist ein toller Mann und wir sind bereits seit einer ganzen Zeit zusammen."
Ich setzte ein strahlendes Lächeln auf und dachte dabei an Park Joon-Ki, den Schauspieler, den ich vergötterte. Mit ihm in meinem Kopf fiel es mir leicht, verliebt auszusehen.
Ich grinste noch breiter, als ich daran denken musste, dass zu der Verlobungsfeier meiner Schwester Yunai auch die Stars von

Woon-Entertainment eingeladen werden würden. Immerhin ist ihr Verlobter der Leader der Super-K-Pop Band Star.X. Park Joon-Ki war ein enger Freund von Taemin und ebenfalls bei Woon-Entertainment unter Vertrag. Also würde der Top-Schauspieler aller Voraussicht nach auch auf der Feier sein. Zuletzt habe ich meinen Schwarm vor einer ziemlich langen Zeit gesehen, und zwar auf der Hochzeitsfeier des CEO von Woon-Entertainment. Meine Schwester hatte damals eine deutsche Bäckerei und wir haben die Hochzeitstorte und den Nachtisch für die Feier geliefert.

"Nee, alles gut. Ich sehe schon, dass du total verknallt bist. Schade, dass du mir nicht sagen darfst, wer es ist. Kenne ich ihn auch? Ich meine, ist er berühmt? Ein Sänger? Ein Schauspieler oder Entertainer?"

So schnell gab sie nicht auf. Shi-Eun wäre auch nicht die Klatschbase der 14. Etage, wenn sie es tun würde. Ich lächelte lediglich und schüttelte den Kopf. Enttäuscht drehte sie sich weg. Hier gab es nichts mehr zu holen. Sie sah hinüber zu unserem Chef und machte ein unauffälliges Daumen-nach-unten Zeichen. Unser Teamleiter sah enttäuscht auf mich und trank sein Glas mit Soju leer, ehe er sich ein neues und dann noch ein weiteres einschenkte. Verdammt, dachte ich. Hoffentlich würde es sich nicht nachteilig auf meine Bewertung auswirken.

Ein wenig berechnend stand ich auf und setzte mich neben meinen Boss. Als er sich wieder ein Glas füllen wollte, nahm ich ihm die kleine Flasche ab und schenkte ihm ein.

"Timgjangnim, darf ich mit Ihnen trinken?"

Er sah mich an und ich bemerkte, dass er nicht mehr ganz nüchtern war. Er lächelte und ich musste zugeben, dass er in diesem angetrunkenen Zustand irgendwie niedlich aussah. Er hatte den obersten Knopf seines Hemdes geöffnet und die Ärmel hochgekrempelt. Sein Jackett hing über dem Stuhl und ich bemerkte, dass mein Chef Kang Nam-Gi unter der Bürokleidung einen sehr trainierten Körper zu haben schien. Eigentlich wäre er genau der Mann, in den man sich verlieben könnte, doch ich empfand rein gar nichts für ihn. Lächelnd stieß ich mit ihm an und wir tranken gemeinsam.

"So-Ra-Ssi, ich bin wirklich traurig."
Seine Stimme klang ein wenig verwaschen und ich hatte Schwierigkeiten, ihn zu verstehen.
"Timgjangnim, ich denke, wir bestellen Ihnen jetzt ein Taxi."
Ich war die Jüngste in der Runde und eigentlich stand es mir nicht zu, den Vorgesetzten nach Hause zu schicken. Allerdings fühlte ich mich in gewisser Weise schuldig für seinen Zustand und wollte Verantwortung übernehmen.
Kang Nam-Gi nickte und stützte sich mit beiden Händen auf dem Tisch auf, um aufzustehen. Er hatte Mühe, das Gleichgewicht zu halten und schwankte ein wenig.
"Hey hey, ich helfe Ihnen." Mein älterer Kollege legte unserem Chef einen Arm um die Taille und wollte ihn stützen, doch dieser wehrte ihn ab.
"So-Ra-Ssi bringt mich nach draußen."
Seine Stimme klang bestimmt und ich sah den älteren Kollegen bittend an, doch dieser schien mich nicht verstehen zu wollen, denn

er zuckte die Schultern und setzte sich zurück an den Tisch, um mit den anderen weiter zu trinken. Sollte ich jetzt den betrunkenen Teamleiter allein zum Taxi begleiten?

Mit leicht unkoordinierten Bewegungen griff sich Kang Nam-Gi in sein Jackett und zog eine Kreditkarte heraus, die er auf den Tisch warf.

"Die zweite Runde geht auch auf mich", nuschelte er und dann drehte er sich um, um zum Ausgang zu torkeln.

Mit ungutem Gefühl sah ich ihm hinterher. Betrunkene Männer und ich, das war keine gute Kombination und ich hatte damit selten gute Erfahrungen gemacht. Doch er war mein Chef, meine Festanstellung war noch nicht beschlossen und ich hatte keine Unterstützung von meinen Kollegen, die ich bislang sehr geschätzt hatte.

Seufzend nahm ich meine Handtasche und folgte Kang Nam-Gi zum Ausgang. Er war bereits vor der Tür, lehnte an der Hauswand und sah mir entgegen.

Eigentlich sah er gar nicht mehr so betrunken aus, wie zuvor und ich trat vorsichtig näher. Täuschte ich mich?

"So-Ra, du weißt, dass ich mich in dich verliebt habe, oder?"

Seine direkte Art schockte mich genauso wie das Weglassen jeglicher Höflichkeitsform. Wie konnte er das jetzt hier einfach so auf der Straße sagen? Er war mein Vorgesetzter und ich eine Angestellte. Wir arbeiteten beide in der gleichen Firma und er hatte erfahren, dass ich vergeben war. Wieso das Geständnis? Stumm nickte ich, und beantwortete damit seine Frage.

"Ich weiß, dass du einen Freund hast, aber könntest du mich nicht in Betracht ziehen? Ich meine, ich weiß, dass dein Freund irgendein Typ aus dem Showbusiness ist. Mit ihm kannst du dich nicht in der Öffentlichkeit zeigen. Aber ich kann dir alles bieten, So-Ra. Von mir darfst du Fotos zeigen, wir dürfen uns in der Öffentlichkeit küssen. Aber dein Typ wird das nie machen. Und …" Hier lallte er ein wenig. "Ich habe wirklich viel Geld. Bitte, So-Ra, überlege es dir. Ich mag dich wirklich."

Mein Gott war das peinlich. Er würde sich am nächsten Tag für sein betrunkenes Gerede hassen und das mit Sicherheit an mir auslassen. Ich kannte diese Situationen nach einem Geständnis und einem Korb leider zu gut. Es ging in der Regel für mich nie gut aus. Die Jungs und später die Männer waren beleidigt, in ihrem Ego gekränkt oder sie wurden zu anhänglichen Bettlern. Ich war nicht gemein, und ich versuchte, jedem von ihnen zu helfen, ihr Gesicht zu wahren. Dummerweise zog ich jedoch diejenigen immer wieder an, die ein großes Ego haben und ich war oft die erste Person in ihrem Leben, die sich nicht sofort in sie verliebte und sie erhörte.

Fieberhaft überlegte ich, wie ich geschickt aus dieser Situation herauskommen konnte. Es war so unangenehm. Warum hat er meine diskrete Abfuhr nicht einfach angenommen? Nervös knetete ich meine Hände und überlegte, wie ich meinen Kopf aus der Schlinge bekommen konnte, ohne ihn zu verärgern. Ich wollte den Job, ich brauchte den Job. Ich habe ein Jahr lang alles dafür getan, um vom Praktikanten zur Festangestellten zu werden. Jetzt stand ich hier mit dem Mann zusammen, der mich unterstützen sollte. Ich konnte ihn und ich durfte ihn weder ermutigen noch vor den Kopf stoßen. Meine Güte, ich war echt in der Scheiße.

"Jagiya[22]. Endlich habe ich dich gefunden. Ich dachte, du wartest im Restaurant auf mich."
Starke Arme schlangen sich von hinten um mich und ich wurde sanft an eine breite Brust gedrückt, die sich seltsam vertraut anfühlte. Erleichtert atmete ich auf. Hier war meine Rettung! Die Stimme, ich kannte sie und hätte sie unter tausenden heraushören können. Ich drehte meinen Kopf und sah gespielt verliebt und wirklich erfreut zu einem der wenigen Männer, denen ich jemals nahe gekommen war. In-Ho, ein Mitglied der Band Star.X und mein bester Freund. Wie aus dem Nichts war er zu meiner Rettung aufgetaucht und ich war mehr als erleichtert.

KAPITEL 22

"Oppa, du bist schon da?"
Nachdem ich mich von meinem positiven Schock erholt hatte, drehte ich mich in seinen Armen um. Er strahlte mich an und beugte sich zu mir herunter. Seine Arme umgriffen meinen Kopf und ich

---

[22] Liebling

riss erschrocken die Augen auf. Wenn er mich jetzt küsste, bekam er eine von mir geballert, darauf konnte er wetten.

Er drehte meinen Kopf ein wenig, so dass sich der Winkel zu unserem Zuschauer Kang Nam-Gi änderte und beugte sich zu mir herunter. Kurz bevor sich unsere Münder trafen, stoppte er und zwinkerte mir belustigt zu, als er meinen blitzenden Blick sah. Für meinen Chef musste es aussehen, als würde er mich küssen, doch ich konnte sein Grinsen sehen und verzog ebenfalls den Mundwinkel.

Nach unserem imaginären Kuss griff er nach meiner Hand und hielt sie fest, als wäre er wirklich mein Freund. Dann tat er so, als hätte er meinen Chef erst in diesem Moment bemerkt.

"Bitte, entschuldigen Sie unsere Begrüßung. Ich habe meine Liebste hier seit einem Tag nicht gesehen. Sind Sie ein Kollege von meiner So-Ra?"

Mein Chef starrte den berühmten Sänger wortlos an und nickte. Er hatte vermutlich mit allem gerechnet, aber nicht damit, dass seine Konkurrenz so umwerfend war wie dieser Mann. Den konnte man nicht besiegen, darüber war er sich im Klaren. Ich sah hinauf zu meinem Fake-Liebhaber und einem echten Freund.

In-Ho war wie immer umwerfend attraktiv. Kang Nam-Gi stotterte nun, dass sein Taxi auf ihn warten würde und flüchtete regelrecht vor uns. Erleichtert sah ich ihm hinterher. In-Ho legte seinen Arm um mich und grinste sein jungenhaftes Lächeln.

"Bitte entschuldige, wenn ich dir etwas zu nahe gekommen bin. Aber ich hatte den Eindruck, du konntest etwas Hilfe gebrauchen."

Er klang nicht schuldbewusst, sondern vielmehr sehr zufrieden mit sich selbst.

"Gerade im richtigen Moment, vielen Dank. Hast du auch hier gegessen?"

Ich zeigte auf das Restaurant und er nickte.

"Wir hatten einen separaten Raum, daher habe ich dich erst auf meinem Weg zu den Waschräumen gesehen und wollte kurz Hallo sagen."

Er sah dorthin, wo in diesem Moment ein Taxi um die Ecke fuhr und meinen Chef vermutlich einsammeln würde.

"Wieder einmal einer, der dir verfallen ist?"

In-Ho zeigte mit dem Daumen in die Richtung und ich seufzte. Lachend drehte er mich in seinem Arm und sah zu mir hinunter.

"Du könntest jeden haben, wenn du wolltest, und doch bist du seit deiner Schulzeit Single, wenn wir den Idioten von der Uni mal außen vor lassen. Sag mir, schöne So-Ra, wer ist der Mann, der dein Herz gewinnen kann?"

Es sollte witzig klingen, aber ich sah ihn ernst an. Tatsächlich hatten wir es vor einiger Zeit auch miteinander versucht, denn In-Ho war sowohl witzig, freundlich als auch aufmerksam als Freund. Doch genau wie bei allen anderen konnte ich mich einfach nicht verlieben. Irgendwann während meiner Zeit an der Uni hatte ich mich mit einem Typen eingelassen, von dem ich verzweifelt gehofft hatte, dass ich in ihn verliebt wäre. Doch ich konnte mir die Liebe nicht einreden und so war diese erste und einzige Beziehung gescheitert. In-Ho und ich waren seit meiner Schulzeit eng befreundet und er war neben Joon, unserem ehemaligen Mitarbeiter der Bäckerei und Yunai, mein engsten Vertrauter.

"Kommst du mit zu uns? Taemin und Emmy sind heute Abend da und die Kleine Mi-Na ist auch mit."
Ich hatte die Tochter von Taemin und Emmy noch niemals zuvor gesehen und war neugierig, wie ein Kind von zwei solch schönen Menschen aussehen mochte. Außerdem mochte ich Taemin und Emmy sehr gerne und habe sie ebenfalls auf der Hochzeit vom CEO Park Jae-Woon kennengelernt. Beide waren sehr nett und gut mit meiner Schwester Yunai befreundet. Die Frauen trafen sich regelmäßig.
"Danke, ich komme gerne noch kurz mit, um Hallo zu sagen."
In-Ho nickte erfreut und gemeinsam gingen wir zurück ins Restaurant.

Als er die Tür zum Separee öffnete, hätte mich beinahe der Schlag getroffen. Neben Taemin, Emmy und ihrer Tochter Mi-Na saß eine weitere Person am Tisch, die ich niemals erwartet hatte, hier zu sehen. Zur Flucht war es für mich jetzt zu spät, und so hoffte ich, dass ich wenigstens einigermaßen präsentabel aussah.
Park Joon-Ki, der Mann, für den ich seit meiner Jugend schwärmte und der einzige Mann, der jemals mein Herz dazu gebracht hat, schneller zu klopfen, sah mir mit einem freundlichen Lächeln entgegen. Sein Blick veränderte sich jedoch, als er mich erkannte und ich zuckte innerlich zusammen. Park Joon-Ki war der Mann, in den ich mich verlieben könnte, aber er war auch der Mann, der mich nicht als Frau, sondern als kleine Schwester sah.
Als ich nun seinen Blick auf mich spürte, den ich überhaupt nicht zuordnen konnte, war ich völlig verunsichert. War es Ablehnung?

Oder... Nein! Es war eindeutig ein schmerzlicher Ausdruck, wenn auch nur sehr kurz, zu sehen gewesen. Dieser Mann war einer der besten Schauspieler, den Korea zu bieten hatte, und sein Gesichtsausdruck war im nächsten Moment wieder neutral. Mit einem nonchalanten Lächeln sah er dem neuen Gast entgegen. Ich spürte, wie sich mein Herz in diesem Moment vor Trauer zusammenzog und eine Träne rann völlig unerwartet über meine Wange.

Peinlich berührt wandte ich mich ab und schniefte leise die Tränen weg. Verdammt, warum machte ich mich hier vor meinem Schwarm zum Narren? In-Ho bemerkte es und legte einen Arm um mich. Die anderen Personen im Raum sahen diskret zur Seite oder hatten es vielleicht gar nicht bemerkt. Park Joon-Ki war meine Reaktion jedoch nicht entgangen und für den Bruchteil einer Sekunde sah ich es wieder in seinen Augen: Schmerz und... Verlangen.
Ich schaffte es, mich wieder zu fangen. Nervös blieb ich trotzdem und als In-Ho mich zum Tisch führte, wackelten meine Knie, als wäre ich tausende von Meter gelaufen. Mein Herz schlug so schnell, dass ich hoffte, ich würde nicht gleich umfallen und als In-Ho mir den Stuhl neben Park Joon-Ki zurückzog und ich mich setzte, hatte ich das Gefühl, endlich gefunden zu haben, wonach ich mein Leben lang gesucht hatte.

"Hallo So-Ra. Es ist schön, dich wieder zu sehen", begrüßte mich Emmy, die Frau von Taemin freundlich. Ich lächelte ein wenig verkrampft, denn mein ganzes Wesen, mein gesamtes Ich war auf die Person neben mir gerichtet. Endlich hatte ich mich so weit im

Griff, dass ich alle am Tisch begrüßen konnte. Mi-Na, die kleine Tochter, die ganz entzückend pausbäckig mit ihrem Kopf auf der Tischplatte eingeschlafen war, rührte mein Herz. Sie kam mir seltsam vertraut vor, obwohl ich sie noch niemals zuvor gesehen hatte.

Als ich endlich Park Joon-Ki neben mir begrüßte, hoffte ich, dass meine Stimme fest blieb und weder zitterte noch brach.

"Es ist eine Zeit lang her, als wir uns zum letzten Mal gesehen haben", sagte ich nun und war erleichtert, dass meine Stimme nicht versagt hatte. Endlich sah mich der in meinen Augen schönste Mann der Welt an und sein Blick ging direkt in meine Seele.

"Es ist tatsächlich eine Ewigkeit vergangen, seit wir uns zuletzt gesehen haben."

Seine Stimme war sanft und ich spürte ein Kribbeln durch meinen Körper laufen. Alle Sinne waren angespannt und ich starrte in die wunderschönen Augen des Mannes, den ich vermisst hatte, ohne es zu wissen. Ich räusperte mich und nickte, dann blickte ich auf meine im Schoß gefalteten Hände und plötzlich fuhr mein Kopf wieder hoch. Seine Worte hatten eine graue Erinnerung in mir wachgerufen und obwohl ich mich mühte, konnte ich sie nicht wirklich einfangen. Kurz blitzte vor meinen Augen ein Bild auf, das mich zu Tode erschreckte. Ich stürzte über eine Klippe und das letzte, was ich sehen konnte, war das panische Gesicht eines Mannes, der mir hinterher sah, wie ich zu Tode stürzte. Aber es war nicht seines, nicht das von Joon-Ki. Es war ein Mann, den ich noch nie zuvor in meinem Leben gesehen hatte und den ich dennoch zu kennen schien und fürchtete, wie niemand anderen. Ein Mann, der mich über diese

Klippe getrieben hatte und nun mit einem entschlossenen Gesichtsausdruck hinter mir ebenfalls in den Tod sprang. Der Mann, der mir noch im Fallen zurief, er würde mich auch im nächsten Leben finden.

"So-Ra? So-Ra-Ssi? Geht es wieder?"
Das besorgte Gesicht von Emmy beugte sich über mich und ich sah verwirrt zu ihr hoch. Ich lag auf dem Boden und In-Ho hielt meine Beine in die Höhe. War ich hier umgekippt? Wie peinlich!

"So-Ra, du hast uns einen riesigen Schrecken eingejagt."
In-Ho setzte meine Beine langsam und sanft wieder zurück auf den Boden und Emmy half mir dabei, mich vorsichtig aufzurichten. Was war nur passiert? Dann sah ich das schöne Gesicht von Joon-Ki, der ebenfalls besorgt zu mir hinunter sah. Oh nein, dachte ich, peinlich berührt, ich möchte jetzt einfach in ein tiefes Loch fallen. Ich war das erste Mal in meinem Leben in Ohnmacht gefallen und dann auch noch vor dem Mann, vor dem ich möglichst gut dastehen wollte. Schlimmer ging es nicht.

"Wir bringen dich ins Krankhaus. Du musst dich unbedingt durchchecken lassen. Man fällt nicht einfach so um."
Emmy sah ihren Mann Taemin an, der nun nickte.
"Eomma, warum liegt die Frau auf dem Boden? Will sie auch schlafen wie ich?"
Mi-Na war in der Zwischenzeit aufgewacht und zu uns gekommen. Taemin sah auf seine Tochter, dann auf mich und anschließend zu Joon-Ki.

"Wir haben In-Ho mitgenommen und müssen Mi-Na ins Bett bringen. Kannst du sie bitte zum Krankenhaus begleiten?"

Taemins Bitte an seinen Freund Joon-Ki traf mich unerwartet. Entsetzt wollte ich mich aufsetzen und die Bitte ablehnen, doch in meinem Kopf drehte sich noch alles und mir war immer noch furchtbar schwindelig.

Joon-Ki sah auf mich hinunter und sein Gesichtsausdruck wurde plötzlich weich.

"Natürlich bringe ich die Kleine ins Krankenhaus. Macht euch keine Sorgen."

Seine Stimme klang wie die eines gütigen Onkels. Sofort fühlte ich mich wieder wie die junge So-Ra, die ihrem Schwarm Joon-Ki ihre Liebe gestanden hatte und von ihm freundlich, aber bestimmt abgelehnt wurde. Damals war ich siebzehn und er war neunundzwanzig. Natürlich musste er meine Avancen zurückweisen, aber es hat dennoch sehr wehgetan. Heute war ich volljährig. Ich war vierundzwanzig Jahre alt und er war sechsunddreißig. Wir waren beide erwachsen und doch kam ich mir in diesem Moment wieder so vor, als wäre ich ein kleines Mädchen und fühlte mich erneut abgelehnt. Mein Ego würde das nicht ein zweites Mal ertragen - und mein Herz erst recht nicht.

"Ich muss nicht ins Krankenhaus. Mir geht es wieder gut. Vielen Dank für das Angebot."

Ich setzte mich langsam auf und sah in die Runde. Was so schön hätte werden können, endete mit einer peinlichen Szene meinerseits und ich wollte jetzt nur noch nach Hause und meine Wunden lecken. Mein Plan war es bis zu diesem Abend, auf der

Verlobungsfeier meiner Schwester in einem erwachsenen, sexy Kleid aufzutauchen und Park Joon-Ki mit meiner betörenden Schönheit zu verwirren und ihn in mich verliebt zu machen. Leider hatte er nun den Eindruck von mir gewonnen, dass ich immer noch ein kleines Mädchen war, das aus den Latschen kippte. Ich wollte so schnell wie möglich weg und so tun, als wäre das heute Abend nicht passiert.

Emmy sah mich zweifelnd an, doch als ihre Tochter begann, unruhiger zu werden, brachte sie das in einen Zwiespalt. Einerseits wollte sie die kleine Schwester ihrer Freundin nicht alleine lassen, andererseits musste ihre Tochter unbedingt nach Hause.

"Ich bringe sie nach Hause", schaltete sich nun Park Joon-Ki mit seiner tiefen Stimme ein und nahm Emmy die Entscheidung ab. Ich wollte vehement den Kopf schütteln und protestieren, doch mich beachtete niemand.

"Das ist gut. Ich danke dir im Namen von Yunai. Sorge bitte dafür, dass sie sich zuhause hinlegt und ausruht und wenn es ihr morgen nicht besser geht, soll sie unbedingt zum Krankenhaus."

Hallo, dachte ich ein wenig genervt und gleichzeitig peinlich berührt, ich bin hier! Redet mit mir und nicht über mich. Ich bin kein Kind, für das man Entscheidungen treffen muss. Ich bin *erwachsen!*

"Alles ist gut, Eonni[23]. Ich kann ein Taxi zurücknehmen, oder In-Ho bringt mich. Wir müssen Park Joon-Ki-Nim nicht damit belästigen."

In-Ho sah mich bedauernd an.

---

[23] Anrede für ältere Schwester/ Freundin

"Sorry, Bephu[24], ich habe kein Auto hier und auch etwas getrunken. Außerdem muss ich ins Dorm, da wir morgen früh nach Japan fliegen. Aber Hyungnim[25] wird sich bestimmt gut um dich kümmern." Er grinste mich an und sah hinüber zu Park Joon-Ki, der bei unserem Gespräch zugehört hat. In-Ho wusste von meiner Schwärmerei für den Schauspieler und schien sich diebisch zu freuen, dass er uns beiden eine Chance verpasst hatte, allein zu sein. Bei nächster sich bietender Gelegenheit würde ich meinen besten Freund erwürgen. Ich könnte es wie einen Unfall aussehen lassen...

"Also ist alles geklärt. Es tut mir leid, aber wir müssen jetzt los. Mi-Na hat schon sehr lange durchgehalten und ist müde. Joon-Ki-Ssi, grüße deine Kleine von mir und schade, dass sie heute Abend nicht mitkommen konnte. Richte bitte meine besten Genesungswünsche aus, und wir müssen uns unbedingt bald wieder mit den Kindern treffen."

Möglichst unauffällig hatte ich jedes Wort, das Emmy zu Joon-Ki sagte, aufgesaugt. Beinahe hätte ich vergessen, dass Park Joon-Ki ebenfalls eine kleine Tochter hatte. Sie müsste jetzt etwas älter sein als Mi-Na.
Der Schauspieler hatte eine gute Kollegin geheiratet, als diese bereits schwer von ihrer Krankheit gezeichnet im Sterben lag und die Tochter dieser Frau adoptierte. Die Kleine hatte es gut, dachte ich und dann schämte ich mich sofort für meinen Gedanken. Sie hatte in ganz jungen Jahren ihre Mutter verloren und ich beneidete sie?

---

[24] Beste Freundin
[25] Respektvoll von jüngerer Mann an etwas älteren Mann "älterer Bruder"

Nein, das tat ich nicht. Ich hatte plötzlich sogar einen dicken Kloß in meinem Hals, als ich an das Kind von Park Joon-Ki dachte. Merkwürdig.

"So, ihr Lieben. Wir machen uns jetzt schnell auf den Weg, ehe Mi-Na unausstehlich wird, weil sie so müde ist. Wir sehen uns und danke für den schönen Abend. So-Ra, grüße deine Schwester und werde wieder gesund und wir sehen uns spätestens auf der Verlobungsfeier wieder."
Emmy winkte noch einmal in die Runde und zog sowohl Taemin als auch Mi-Na mit sich heraus. In-Ho drehte sich noch einmal kurz um, grinste mich an und war dann mit dem Ehepaar und seiner Patentochter zusammen verschwunden. Zurück blieben der beste Schauspieler Koreas und ich, die Frau, die so wahnsinnig in ihn verschossen war und die sich dennoch lieber ans andere Ende der Welt wünschte.

"Lass uns gehen", sagte Joon-Ki und zeigte auf die Tür, durch die soeben die anderen verschwunden waren. Er konnte es bestimmt kaum erwarten, mich abzuliefern. Ich nickte und gemeinsam verließen wir das Restaurant.
"Warte bitte kurz. Ich hole den Wagen."
Wieder nickte ich stumm und stellte mich neben die Eingangstür. Das Paket war bereit zur Verladung. Ich sah Joon-Ki nach, als er zum Eingang der Tiefgarage ging und plötzlich hatte ich ein merkwürdiges Flackern vor meinen Augen. Es war so, als würde sich ein Bild über das Bestehende legen. Joon-Ki hatte plötzlich einen Hanbok an, genauso einen, wie er ihn in dem Drama "Immortality

Love" getragen hatte und dann wurde das Bild wieder normal und ich sah ihn in einer Tür verschwinden. Wurde ich langsam wirr und habe das Drama einmal zu oft gesehen? Oder musste ich meinen Kopf doch mal untersuchen lassen, weil er nach dem Sturz viel mehr gelitten hatte als gedacht?

Es dauerte nicht lange, da hörte ich das Röhren eines schweren Motors. Joon-Ki hielt seinen teuren Sportwagen vor dem Eingang an und stieg sogar aus, um mir die Tür zu öffnen. Ein wenig nervös setzte ich mich in den tiefen Wagen und schnallte mich an. Er hatte einen exquisiten Geschmack, was Autos anging, dachte ich und sah mich in der noblen Sport Karosse ein wenig um. Wieder hatte ich ein merkwürdiges Gefühl und sah für den Bruchteil einer Sekunde das Interieurs einer edlen Kutsche. Verdammt, ich sollte aufhören, soviel Dramen zu gucken, wenn ich jetzt schon halluzinierte.

"Wo wohnst du?"

Joon-Kis Finger schwebte über dem Touchfeld der Tastatur und ich nannte ihm meine Adresse, die er in das Navi eintippte. Kurze Zeit später schleuste er sich in den fließenden Verkehr ein und ich sah aus dem Fenster.

Ich hatte Angst, etwas Falsches zu sagen oder ihn zu offensichtlich anzustarren. Ob er sich noch daran erinnern konnte, dass ich ihm als Teenager meine Liebe gestanden hatte? Vermutlich nicht, da er es mit Sicherheit gewohnt war, dass die Frauen ihm regelmäßig Avancen machten.

Mein Fahrer blieb während der Fahrt ebenfalls stumm und hatte noch nicht einmal das Radio angestellt. Obwohl es so ruhig im Wagen war, dass man nur die Geräusche außerhalb des Fahrzeugs hören konnte, war es nicht unangenehm. Langsam begann ich damit, mich ein wenig zu entspannen und warf nun sogar einen vorsichtigen Blick auf den Star neben mir.

Er saß entspannt auf seinem Sitz und lenkte den Sportwagen lässig mit einer Hand. Sein Blick war auf die Straße gerichtet und ich bewunderte sein perfektes Profil. Er war zu diesem privaten Treffen weder geschminkt noch besonders zurechtgemacht und dennoch sah er so viel besser aus als die meisten Männer, die ich kannte. Von den Jungs von Star.X mal abgesehen, war niemand so hübsch wie Park Joon-Ki.

"Geht es dir besser?", fragte er plötzlich in die Stille hinein und ich fühlte mich ertappt. Schnell wandte ich meinen Blick ab und nickte.

"Soll ich noch zu einer Apotheke fahren und dir Vitamine besorgen?"

Er schien wirklich besorgt zu sein, doch ich wollte keine falsche Interpretation zulassen. Sein gesamtes Verhalten zeigte, dass er lediglich dem Wunsch seiner Freunde Emmy und Taemin nachkam und die Schwester einer weiteren Freundin nach Hause brachte. Nicht mehr und nicht weniger und auf schmerzliche Weise war mir das nur allzu deutlich bewusst.

"Nein danke", antwortete ich daher einsilbig und sah wieder aus dem Fenster. Ich würde mir nicht wieder falsche Hoffnungen machen, wie damals, als er mich lediglich als kleine Schwester gesehen hatte und freundlich behandelte.

Er nickte, und setzte den Blinker. Wir würden in Kürze in meinem Bezirk sein und die gemeinsame Fahrt würde hier enden.

"Da vorne an der Ecke kannst du mich rauslassen", zeigte ich ihm an, doch er sah auf sein Navi und fuhr weiter. Ich hatte bereits meine Tasche vom Boden genommen und stellte sie wortlos zurück. Er würde mich also direkt nach Hause bringen. Von mir aus. Vor meinem Apartmenthaus suchte er einen Parkplatz und parkte geschickt den Wagen ein. Nachdem er den Motor abgestellt hatte, schnallte er sich ab und sah mich an.

"Ich bringe dich wie versprochen in deine Wohnung", erklärte er.
"Das brauchst du wirklich nicht. Mir geht es gut und du möchtest bestimmt nicht von einem der Bewohner der Anlage gesehen werden. Ich danke dir fürs Bringen und wünsche dir eine gute Heimfahrt."
Ich schnallte mich ab und öffnete die Tür. Als ich ausgestiegen war, stand Park Joon-Ki bereits vor mir. Wie schnell war der Mann, bitte? Er ließ die Beifahrertür sanft ins Schloss zurückfallen, dann sah er mich lächelnd an.
"Hast du Angst vor mir, So-Ra?" Seine Stimme war sanft und ich sah ihn überrascht an. Natürlich hatte ich keine Angst vor ihm. Ich hatte Respekt, weil er zum einen älter war als ich und so berühmt und ich hatte Scham, weil ich mich wieder einmal in seiner Anwesenheit blamiert hatte. Aber Angst hatte ich ganz bestimmt nicht vor ihm.
"Natürlich nicht", antwortete ich daher auch bestimmt.
Park Joon-Ki musterte mein Gesicht im Schein der Straßenlaterne und lächelte.
"Warum bist du dann so angespannt, wenn ich in deiner Nähe bin?"
Er schien ehrlich an einer Antwort interessiert zu sein. Wie sollte ich

ihm erklären, dass ich mich neben ihm klein und unbedeutend fühle?

"Bin ich nicht", sagte ich daher ein wenig trotzig und Park Joon-Ki lächelte. Seine Grübchen blitzten auf und ich war sofort in seinem Bann. Er hatte im echten Leben die gleiche Ausstrahlung wie auf dem Fernsehbildschirm. Ach nein, korrigierte ich mich, er war noch viel überwältigender, als im Fernsehen. Meine Knie begannen zu zittern und ich räusperte mich.

"Herrje, kannst du aufhören, mich mit deinem Lächeln zu betören", entfuhr es mir, ehe ich meine Worte zurückhalten konnte. Joon-Kis Schmunzeln wurde noch breiter und als ich bemerkte, was ich gesagt hatte, verfärbte sich mein Gesicht und wurde knallrot.

"Betöre ich dich, kleine So-Ra?"

Seine Stimme wurde plötzlich sexy und ich sah ihn verdattert an. Gab er jetzt den verführerischen Helden? Wenn ja, er hat mich damit schon vor Jahren erobert. Ihn jetzt mit dieser Stimme in meinem echten Leben zu hören, war mehr, als ich vertrug. Ich antwortete nicht, denn ich bezweifelte, dass meine eigene Stimme mir gehorchen würde. Nicht auszudenken, wenn mir ein peinliches Quieken entfuhr? Ich wollte rauchig erotische antworten: "Du kannst es ja versuchen", doch anstelle dessen blickte ich ihn nur wie ein verliebter Teenager mit dusseligen Augen an. Jaaaa, Joon-Ki, ich bin dir verfallen, seit ich siebzehn bin.

Mein Schwarm lachte leise und die Härchen an meinen Armen stellten sich auf. Plötzlich wurde mir warm an einer Stelle, die ich lieber nicht näher benennen möchte. Was machte dieser Mann mit einfachen Geräuschen?

"Komm, kleine So-Ra. Ich bringe dich ins Bett."

Seine Worte sollten ganz eindeutig zweideutig sein und ich hätte mir am liebsten eine Ohrfeige verpasst. Wollte er mich hopsnehmen oder war Park Joon-Ki am Ende ein Aufreißer?

Da ich mich immer noch nicht rührte, nahm er meinen Ellenbogen und führte mich in Richtung meines Wohnkomplexes. Ich ließ mich von ihm führen, wie eine Puppe.

"Welche Nummer?"

Ich nannte sie ihn und er drückte auf den Fahrstuhlknopf, um mit mir zusammen in die sechste Etage zu fahren. Im Aufzug stand ich nach wie vor wie ein hypnotisiertes Kaninchen und sah ihn an. Er betrachtete mich ebenfalls und wieder lächelte er sein sexy Verführer Lächeln.

"Ich habe lange auf dich gewartet, So-Ra", sagte er jetzt und schüttelte den Kopf. Was sagte er da? "Sehr lange."

Der Fahrstuhl war eindeutig überhitzt und viel zu klein für uns beide. Als die Tür aufging, stützte ich beinahe aus dem Lift und lief den Gang zu meiner Tür. Mit zitternden Händen zog ich den Deckel zur Verriegelung des elektronischen Türschlosses hoch und tippte meinen Sicherheitscode in das Display. Beim zweiten Biep, legte sich plötzlich eine große Hand über meine und hielt mich davon ab, den Code ein drittes Mal falsch einzutippen.

"Wie ist die Zahl?"

Verlegen flüsterte ich eine Nummer, die ihm mit Sicherheit sehr bekannt vorkommen musste. Er grinste, als er sein eigenes Geburtsdatum eintippte und die Tür sprang auf. Da ich mich nicht bewegte, schob er mich in mein Apartment hinein und streifte sich seine Schuhe von den Füßen. Er wollte bleiben? Nervös drehte ich mich um und ehe ich etwas sagen konnte, schlang er seinen Arm um meine Taille und küsste mich.

In meinem Kopf explodierten Sternchen. Ich sah nichts mehr, war erblindet. Ich konnte nur noch fühlen. Fühlen, wie er gierig meinen Mund öffnete, seine Zunge eindrang und ein erotisches Spiel mit meiner begann. Fühlen, wie seine Hand unter meine Kleidung glitt und meine nackte Haut wie ein Verhungernder streichelte. Fühlen, wie er mich auf seine starken Arme hob und zielgerichtet mit mir zusammen in mein Schlafzimmer ging und mich sanft auf mein Bett gleiten ließ. Fühlen, wie ich nach langer Zeit wieder eins mit ihm wurde. Mein Prinz Min-Jun.

Plötzlich waren alle Erinnerungen an meinen Traum wach. Alles, was ich geträumt hatte, war präsent. Alle Angst, alle Liebe, alle Abenteuer. Der Mann, den ich im 17. Jahrhundert geliebt hatte, der Mann, den ich im 21. Jahrhundert liebte, alles wurde eins. Die Bilder schoben sich übereinander und die Sehnsucht in mir, die Trauer, die Suche nach etwas, jemanden den ich verloren hatte, machten Sinn. Park Joon-Ki liebte mich, wie Min-Jun mich liebte. Ich liebte ihn, wie Jang-Mi ihn liebte. Wir waren eins, über alle Zeiten. Wir haben uns wiedergefunden.

KAPITEL 23

”Woher wusstest du es?"

Ich lag mit meinem Kopf auf seiner nackten Brust und malte kleine Kreise auf seine Muskeln. Park Joon-Ki war kein Schwertkämpfer, wie Min-Jun einer gewesen war, dennoch hatte er einen gestählten Körper und war muskelbepackt an den richtigen Stellen. Er zog mich enger an sich heran und küsste mich auf den Scheitel.

"Ich wusste es vom ersten Moment an, als ich dich sah."

Mein Kopf schnellte hoch und ich hätte ihm beinahe einen Kinnhaken verpasst, wenn er nicht so schnell reagiert hätte und den Kopf gerade noch rechtzeitig zurückgezogen hätte.

"Wusstest du es schon, als wir uns damals das erste Mal begegnet waren?"

Damals, der peinliche Moment meines Geständnisses? fügte ich in Gedanken hinzu.

Joon-Ki schüttelte verneinend den Kopf.

"Da wusste ich es nicht."

"Aber, das war das erste Mal, dass wir uns sahen. Weißt du noch? In der Bäckerei bei der Verlobungsfeier von Lisanne und Jae?", half ich nach. Wieder schüttelte er den Kopf.

"Das war das erste Mal, dass Joon-Ki dich sah, aber nicht das erste Mal, als Min-Jun dich wiedergesehen hat."

Ich war verwirrt. Waren das nicht die gleichen Personen?

"Bei der Verlobung und Hochzeit hatte ich noch nicht das Bewusstsein von Min-Jun. Damals wusste ich nur, dass du eine verdammt entzückende Person bist und ich es schade fand, dass du noch so jung warst. Dein Liebesgeständnis hat mich bereits mehr berührt, als es sollte, aber natürlich ist ein minderjähriges Mädchen unantastbar. Allerdings dachte ich die folgenden Jahre immer wieder an die Kleine zurück, die mich an eine Rose erinnerte. Noch eine Knospe, aber wenn sie vollständig erblühte, wunderschön und betörend."

Ich glaubte, mich verhört zu haben. Er fand mich damals gar nicht so aufdringlich und schlimm, wie ich gedacht hatte? Glücklich strahlte ich ihn an. Dann küsste ich ihn und wir vergaßen für die nächste Zeit unsere Unterhaltung.

"Was meinst du mit dem Bewusstsein von Min-Jun?", kam ich einige Zeit später auf das Thema zurück.

"Hast du nicht auch das Wissen von Jang-Mi?", stellte er eine Gegenfrage.

Ich überlegte. Tatsächlich hatte ich mich nach dieser Geschichte mit meinem Sturz vom Sofa anders gefühlt. Ich habe Dinge gesehen, die im direkten Zusammenhang mit Park Joon-Ki standen und als wir vorhin in mein Apartment gegangen waren, war es. als würden wir unser Wiedersehen nach vielen Jahren feiern. Alles war wie eine Welle der Erkenntnis über mich gerollt. Plötzlich habe ich mich an mein vergangenes Leben erinnern können und an das Versprechen, das wir uns gegeben hatten, uns in unserem neuen Leben wiederzufinden. Unsere Träume, wenn es denn welche waren, haben uns geholfen, uns zu finden. Vielleicht hätten es unsere

Herzen auch ohne diese Hilfe geschafft, aber die Träume waren sehr hilfreich bei der Suche gewesen.

“Ich habe erst vor kurzem den Traum gehabt. Wann hattest du ihn?” Joon-Ki überlegte und dann überraschte er mich.
“Vor einigen Jahren, vielleicht ein Jahr nachdem wir das Drama “Immortality Love” gedreht haben. Eines Abends hatte ich vor einem Nachtdreh einen Schwächeanfall und war kurzzeitig bewusstlos gewesen. Man hatte eine rosafarbene Rose neben mir gefunden und ich hatte sie fest in meiner Hand. Nachdem ich wieder erwacht war, konnte ich mich an nichts erinnern, doch ich hatte ständig das Gefühl, etwas wirklich Wichtiges suchen zu müssen. Etwas, das mir fehlte und unendlich wichtig war. Doch ich wusste nicht, was es war. Bis zum heutigen Tag, als du in dem Raum aufgetaucht bist. Anfangs dachte ich, ich würde mich so zu dir hingezogen fühlen, weil ich dich damals schon so niedlich gefunden habe. Doch dann…”, er machte eine kurze Pause, “Ich weiß nicht, wie ich es beschreiben soll. Es war, als hätte ich dich ständig doppelt gesehen und dann waren meine Erinnerungen an Min-Jun da. Sie tauchten einfach so auf. Oh mein Gott, So-Ra, ich habe dich so schrecklich vermisst und wusste nicht einmal, dass ich dich gesucht habe. Mein ganzes Leben war ich auf der Suche nach dir.”

Während seiner Schilderung hatte ich ständig genickt, denn exakt genauso war es mir ergangen. Bei seinen letzten Worten nahm ich sein vertrautes und doch unbekanntes Gesicht in meine Hände: "Ich auch, Jeonha, ich auch.”

Ich konnte mein Glück immer noch nicht fassen. Park Joon-Ki und ich, wir waren ein Paar. Als er mich am Morgen verließ, schwebte ich auf Wolken. Wir hatten uns die ganze Nacht unterhalten und geliebt, als müssten wir die Jahrhunderte in einer Nacht aufholen. Wie so etwas, was wir beide erlebten, möglich war, konnten wir uns nicht erklären. Eine Erinnerung an ein vorheriges Leben, ein Wiedersehen im neuen Leben, alles war so unglaublich und so unwirklich.

Joon-Ki konnte sich genau wie ich an sämtliche Details seines vorherigen Lebens erinnern. Allerdings verwirrte mich, dass er, anders als ich, in der Vergangenheit kein Bewusstsein für sein Leben in der Zukunft hatte. Er war in der Zeit, in der er in der Vergangenheit träumte, ausschließlich Min-Jun. Der Sohn des Königs, der Prinz und der Mann, der als Bruder von Jang-Mi aufgewachsen ist. Meine Erinnerungen aus der Gegenwart habe ich in die Vergangenheit mitgenommen. Scheinbar liefen diese, nun ich nenne sie mal Flashbacks, nicht immer gleich ab. Allerdings war es mir auch egal, denn wir lebten hier und jetzt.

Natürlich verlief nicht alles problemlos und ohne Reibung. Joon-Ki und ich kannten uns gut - aber wir kannten die Personen, die wir früher einmal waren. Hier und jetzt mussten wir uns neu finden, neu kennenlernen, aber nicht neu verlieben. Sowohl Joon-Ki als auch ich hatten unser gesamtes Leben gespürt, dass irgendwo jemand Besonderer auf uns wartet und jetzt, nachdem wir uns gefunden haben, konnten wir beide endlich leben.

Als er mich am Morgen nach unserer ersten gemeinsamen Nacht verlassen hatte, spürte ich bereits in dem Moment, als er mit einem bedauernden Lächeln die Tür hinter sich schloss, dass ich ihn schon schrecklich vermisste. Am Abend würde er mich von zuhause abholen und seiner Tochter vorstellen. Ich war aufgeregt, denn ich erinnerte mich jetzt lebhaft daran, dass ich in der Vergangenheit ebenfalls ein Kind gehabt hatte: So-Rang, die wir beide Min-Jun und ich über alles liebten. Würde mich die Tochter von Joon-Ki akzeptieren? Sie war sechs Jahre alt und hatte ihren Papa drei Jahre lang komplett allein für sich gehabt.

Ich war sehr aufgeregt, als Joon-Ki am Abend seinen Sportwagen im Innenhof seiner Villa parkte. Neugierig sah ich mir die eindrucksvolle Fassade des Hauses an und wartete, dass Joon-Ki mir die Tür öffnete. Nervös stieg ich aus und er nahm sofort beruhigend meine Hand in seine. Ging nicht alles viel zu schnell? Wir hatten uns gestern Nachmittag noch nicht einmal gekannt und jetzt führte er mich in sein Zuhause und stellte mich der wichtigsten Frau in seinem Leben vor, seiner Tochter? Zur Flucht war es zu spät, also setzte ich ein Lächeln auf von dem ich hoffte, dass es sowohl freundlich, als auch zuversichtlich aussah und packte den Teddybären mit einer schwitzigen Hand fester und mit der anderen quetschte ich Joon-Kis Hand. Dieser gab sanft den Druck zurück.

"Hab keine Angst. Mi-Yun freut sich darauf, dich zu treffen."
Ich hatte trotzdem Panik vor dem Besuch und schluckte schwer. Was, wenn sie mich nicht mochte? Wenn sie mich ablehnt? Mussten wir uns dann wieder trennen?

"Komm", forderte mich Joon-Ki auf und ich zog entschlossen meine Schultern zurück und reckte mein Kinn. Ich schaffte es, hwaiting!

Ich hatte keinen Blick für das Interieur der wunderschönen Villa. Als mein Blick auf Mi-Yun fiel, brach ich in haltlosen Tränen aus. Vor mir stand das Ebenbild unserer Tochter So-Rang. Mi-Yun war jetzt drei Jahre älter als meine Kleine So-Rang aus der Vergangenheit, aber es war ganz eindeutig meine Tochter. Ihr strahlendes Lächeln, als sie mich sah, war genau gleich geblieben. Es ließ ihr süßes Gesichtchen von innen leuchten. Dann streckte sie ihre knubbeligen Ärmchen vor und kam so schnell ihre kurzen Beinchen sie trugen auf mich zugelaufen. Ich fiel auf die Knie.

"Eomma!"

Weinend nahm ich sie in den Arm und drückte sie so eng an mich, als wollte ich mit ihr verschmelzen. Mein Mann und mein Kind waren zurück.

***

Ich tat etwas, was ich zuvor noch nie getan hatte: Ich beantragte für die nächsten Tage auf der Arbeit Urlaub. Das war für mich völlig ungewohnt, denn eigentlich hatte ich so gut wie nie freigenommen. Erstaunlicherweise schien es meinem Vorgesetzten egal zu sein. Er war tatsächlich enttäuscht, dass ich ihn abgewiesen hatte und ich befürchtete, dass er mich aus dem Projekt entfernen würde. Doch darüber werde ich mir erst dann wieder Gedanken machen, wenn ich wieder arbeite.

Die nächsten drei Tage verbrachte ich damit, meine Familie wieder kennen- und lieben zu lernen. Mi-Yun war zwar nicht Park Joon-Kis und meine leibliche Tochter in diesem Leben, aber ganz eindeutig war sie unser Kind. Wir drei spielten zusammen, unternahmen zusammen einen Ausflug, aßen zusammen und lachten viel. In der Nacht, wenn das kleine süße Mädchen schlief, liebten wir uns. Alles war perfekt, doch alles was perfekt war, erregte den Neid von anderen.

Nach drei Tagen musste ich die wunderschöne Wolke verlassen und zurück in den Alltag. Wir hatten bereits geplant und Park Joon-Ki hatte es sogar schon veranlasst, dass ich in seine Villa zog, damit wir endlich wieder zusammenleben können. Obwohl es für Außenstehende mit Sicherheit verwunderlich war, dass wir nach so kurzer Zeit zusammenziehen wollten, konnte ich darüber nur schmunzeln. Wir waren mit Sicherheit bereits länger als jeder andere Mensch auf der Welt zusammen, nämlich seit vielen Jahrhunderten. Meine Schwester Yunai war zwar erstaunt, als ich ihr von meinem Plan erzählte, aber sie kannte meine Schwärmerei für den schönen Schauspieler und wünschte mir von Herzen Glück, nachdem sie sich zuvor mit Park Joon-Ki fünf Minuten lang am Telefon unterhalten hatte. Es hätte nur noch gefehlt, dass mein Liebster die Hacken zusammenknallen würde und "Yes Ma'am" gebrüllt hätte.

Yunai war eine Seele von Mensch, aber für mich würde sie die Welt niederbrennen, wenn es sein müsste. Ich liebte sie innigst und ihre Meinung war mir wichtig. Als sie mir nun alles Gute und Glück der Welt wünschte, war mein Leben beinahe perfekt. Es fehlte noch der Segen meines besten Freundes. Da In-Ho aber dafür Sorge getragen hatte, dass wir an jenem Abend vor vier Tagen allein zu mir gefahren sind, war er sowohl begeistert als auch schockiert über die Schnelligkeit, in der wir ein Paar geworden waren und sogar gemeinsam wohnen wollten. Doch auch er war spontan und hatte Verständnis.

Nach meinen drei Tagen Auszeit mit meiner neuen/ alten Familie musste ich wieder arbeiten gehen. Ich fürchtete ein wenig das erste Zusammentreffen mit meinem Chef und ging mit gemischten Gefühlen ins Büro. Mein Boss ließ sich jedoch zu meiner Überraschung nichts anmerken. Er verhielt sich mir gegenüber neutral, wenn auch etwas zurückhaltender als zuvor.
Am Nachmittag stand ein wichtiges Meeting mit unserem Klienten an, der sich das teure Hanok-Haus bauen ließ. Es war nicht das erste Treffen mit ihm, doch es war das erste Mal, dass ich daran teilnehmen sollte. Ich hatte einen großen Anteil an der Planung mit eingebracht und meine Kollegin - die mit den beiden Kindern - hierin unterstützt. Leider waren ihre Kids erkrankt, so dass sie an dem Meeting nicht persönlich dabei sein konnte, und als ihre Assistentin sollte ich sie nun vertreten.

Es handelte sich um einen Außentermin auf dem Baugrundstück, das ein gutes Stück außerhalb von Seoul lag. Wir waren zu dritt und mein Chef steuerte nun den Firmenwagen nach dem dichten Großstadtverkehr über Land. Neugierig sah ich mich um und genoss die schöne Landschaft, die ich zuvor auf Fotos gesehen hatte. Für die In-Sichtnahme des Baugrundstücks war ich nicht eingeplant gewesen und so fuhr ich zum ersten Mal hier raus.

Das letzte Stück des Weges kam mir plötzlich seltsam vertraut vor. Ich wusste, dass das Hanok in einem Waldgebiet gebaut werden sollte, und das hatte uns bei der Planung ein wenig Kopfzerbrechen bereitet, doch ich liebte Herausforderungen. Die wunderschöne Landschaft, der kleine Bach, der hinter dem Haus fließen würde. Alles das kannte ich nur von Fotos und dem Papier und so war ich gespannt, wie die Umgebung in Echt aussehen würde. Die Wege waren nicht befestigt und mein Chef fuhr den Wagen ein wenig an den Rand und stellte den Motor aus.

"Das letzte Stück müssen wir zu Fuß gehen", sagte er und sah dabei ein klein wenig gehässig auf meine hübschen Schuhe mit den kleinen Absätzen, die ich heute trug. Meine Kollegin zog stets Turnschuhe an und war daher natürlich bestens für einen Fußmarsch vorbereitet. Seufzend stakste ich hinter den beiden her und balancierte dabei die Unterlagen, die wir für die Vor-Ort-Besprechung mitgenommen hatten.
Seit der Abfuhr, die ich meinem Vorgesetzten gegeben hatte, war er zwar höflich, aber man hatte mir bei diesem Treffen eindeutig die Praktikantenrolle überlassen. Okay, ich war immer noch Praktikantin und durfte mich nicht beschweren. Keuchend lief ich also nun vorsichtig hinter ihnen her und war bemüht, die Unterlagen nicht auf den staubigen Waldboden fallenzulassen. Daher achtete ich nicht besonders auf die Umgebung und als ich endlich auch auf der Lichtung angekommen war, hätte ich beinahe vor Überraschung alle Papiere aus meinem Arm fallen lassen.

Diese Lichtung, dieser Wald, alles war zwar nicht mehr genauso, wie damals, aber hier hatte zu Nam Jang-Mis Zeit das Hanok von Yo-Han und Yuna gestanden. Das Haus, in dem ich mich über einen Monat versteckt hatte. Ungläubig sah ich mich um. Ich erkannte es sofort und doch war es natürlich anders. Der kleine Bach, der hinter dem Haus entlang lief, war natürlich immer noch da. Selbstverständlich hatte sich die Natur hier verändert und das Haus war nicht mehr da. Anstelle des Hanok stand dort nun ein Tisch mit vier Stühlen und neben ihm ein Mann, der uns seinen Rücken zuwandte. Er war groß, hatte breite Schultern und einen teuren, edlen dunklen, und wie es aussah, maßgeschneiderten Anzug an. Seine gepflegte und luxuriöse Erscheinung mochte so gar nicht in den Wald passen und wirkte genauso fehl am Platz wie der Tisch und die Stühle. Obwohl ich sein Gesicht noch nicht sehen konnte, kam er mir seltsam vertraut vor und ein ahnungsvoller Schauer lief über meinen Rücken.

Endlich drehte er sich um und mir fielen nun tatsächlich sämtliche Papiere aus der Hand und verteilten sich auf dem Waldboden. Leise entfuhr mir ein kleiner Aufschrei und mein erster Impuls war es, wegzulaufen. So schnell und so weit ich konnte.

"So-Ra-Sii, bitte seien Sie doch vorsichtig", rügte mich mein Chef nun und ging mit einem übertrieben höflichen Lächeln auf den Kunden zu, der ihn jedoch nicht beachtete und ausschließlich Augen für mich hatte.

Der Kunde ließ meinen Boss ohne Begrüßung stehen und kam mit energischen, selbstbewussten Schritten auf mich zu. Sein Blick fixierte mich und hielt mich fest, wie eine Schlange das Kaninchen.

Auf seinen Lippen ein Lächeln, das mir sagte, er hätte endlich seine Beute gefunden.

Bewegungslos starrte ich den Mann an, der mir in meinem vorherigen Leben in den Tod gefolgt war. Damals hatte ich diesen dramatischen Schritt als einzigen Ausweg gesehen, um vor ihm zu fliehen: Vor dem abgesetzten Kronprinz Min-Jae, oder wie er in diesem Leben hieß: Hae Jun-Ho, Schauspieler, reicher Sohn einer Chaebol[26] Familie und unser Auftraggeber.

"Sie müssen die Architektin sein, die diesen wundervollen Entwurf gezaubert hat", begrüßte er mich und hielt mir seine Hand hin. Zitternd legte ich meine hinein und als er sie umschloss, spürte ich den kalten Schauer über meinen Rücken rieseln. Wusste er auch von seinem vergangenen Leben, oder war es Zufall? Korea war ein Dorf, wie man so schön sagte, und die Schönen und Reichen ließen sich von meiner Firma gerne ihre Häuser bauen oder umbauen. Es konnte also wirklich Zufall sein, dass wir uns hier trafen und er wusste nicht, wer ich war, beziehungsweise wer ich gewesen bin und welchen Anteil er in meinem früheren Leben hatte. Ich versuchte, meine Schockstarre schnellstens abzuschütteln.

"Nein, nein. So-Ra-Ssi war es natürlich nicht. Sie ist Praktikantin bei uns und nur mitgekommen, weil ich ihr auch mal etwas anderes als die Büro Luft zeigen wollte", hörte ich nun meinen Vorgesetzten Kang Nan-Gi sich einmischen. Natürlich, es war auch nicht mein Entwurf gewesen, auch wenn ich mit Sicherheit einen großen Anteil dazu beigetragen hatte.

---

[26] Unternehmenskonglomerat

Immer noch ignorierte Hae Jun-Ho meinen Chef. Er nickte ihm lediglich zu und ließ mich währenddessen nicht aus den Augen. Es machte mich gleichermaßen nervös und unsicher. Immer noch lagen die Papiere, die ich zuvor fallen gelassen hatte, auf dem Boden und als ich mich daran erinnerte, bückte ich mich, um sie aufzuheben. Gleichzeitig mit mir war Hae Jun-Ho in die Hocke gegangen und als ich nach einem der Blätter griff, berührten sich unsere Finger wie zufällig. Erschrocken sah ich hoch und bemerkte sein feines Lächeln. Die Berührung war kein Zufall gewesen. Blitzschnell zog ich meine Hand zurück und stand auf. Dieser Mann war offensichtlich darauf aus, mir näher zu kommen. Ich konnte regelrecht die pechschwarze Wolke am Himmel erkennen, die sich unaufhaltsam vor die Sonne schob. Unheil war im Anmarsch.

Während der Besprechung mied ich Hae Jun-Hos Blick und sprach nur dann, wenn ich direkt angesprochen wurde. Ich spürte, dass unser Auftraggeber mich nicht aus den Augen ließ, was mir ein großes Unbehagen bereitete. Meinem Chef war das Interesse an meiner Person nicht entgangen. Hin und wieder warf er mir einen verdeckt bösen Blick zu, den ich versuchte zu ignorieren. Erleichtert ging ich nach der Besprechung hinter meinem Chef, meiner Kollegin und Hae Jun-Ho zurück zu unserem Auto.
Höflich verabschiedete ich mich von dem Schauspieler und Auftraggeber und wollte gerade genau wie die anderen beiden ins Auto einsteigen, als er mich plötzlich an meinem Ellenbogen berührte. Erschrocken drehte ich mich um und sah in seine dunklen Augen, die mich jetzt wissend und intensiv musterten.

"Wir sehen uns hoffentlich bald wieder, So-Ra-Ssi."
Seine Stimme klang freundlich höflich und ich zweifelte wieder, ob er lediglich normales Interesse an mir als Frau hatte oder mehr dahintersteckt.
"Es hat mich ebenfalls gefreut", murmelt ich unehrlich und flüchtete ins Auto. Ich werde ihn bestimmt nicht wieder treffen, nahm ich mir vor.
Heute Abend werde ich Joon-Ki von dieser seltsamen Begegnung berichten. Ob er seinen Schauspielkollegen kannte? Hae Jun-Ho war kein Unbekannter im Business, aber es war allgemein bekannt, dass er viele seiner Rollen erhielt, weil seine Familie großzügig in die Produktion investierte. Er war mit Sicherheit nicht untalentiert, aber ein Niemand im Vergleich zu Park Joon-Ki. Sie hatten im Drama "Immortality Love" zusammengespielt, aber da hatte Hae Jun-Ho die Nebenrolle des Bruders der Hauptdarstellerin erhalten und keine Bedeutung für die Serie gehabt. In meinem Traum war seine Rolle jedoch eine Schlüsselfigur und der Haupt-Antagonist. Doch mein früheres Leben war kein Drama. Es war passiert, es war damals real. Min-Jae war real und er war damals von Nam Jang-Mi besessen. Konnte er sich auch an sein früheres Leben erinnern? Ich hatte meine Zweifel, aber noch viel größere Ängste.

Am Abend berichtete ich Park Joon-Ki von meinem Erlebnis. Er hörte sich alles genau an und dann traf er eine Entscheidung.
"Ich werde morgen ein Treffen mit ihm vereinbaren mit dem Vorschlag zu einem gemeinsamen Projekt. Wir waren in unserem früheren Leben erbitterte Feinde, es wird sich zeigen, wie wir in diesem Leben zueinander stehen."

Ich nickte etwas beruhigter. Wir lebten nicht mehr im 17. Jahrhundert und wir alle haben uns natürlich verändert. Ein kleiner letzter Zweifel blieb, aber ich machte mir nun keine Sorgen mehr. In diesem Leben würde uns nichts trennen, da war ich mir sicher.

Joon-Ki hatte sich zwei Wochen später mit seinem Kollegen und Erzfeind aus der Vergangenheit getroffen und mich anschließend beruhigt. Hae Jun-Ho wäre einfach nur ein ganz normaler junger Mann mit Ambitionen und Geld und er hatte in keiner Weise bemerkt, dass er eine Verbindung zu ihm hatte. Wie wir es zuvor verabredet hatten, hatte ich Joon-Ki während seines Gesprächs angerufen und "zufällig" hatte mein Liebster sein Telefon auf dem Tisch des Besprechungsraums liegen lassen, während er kurz zur Toilette war. Das gab den Anwesenden einschließlich Hae Jun-Ho die Möglichkeit, auf das Telefon zu schauen und das gemeinsame Foto von Joon-Ki und mir zu betrachten, das bei meinem Anruf penetrant aufleuchtete.

Wir hatten sein Telefon extra für diesen Moment manipuliert, damit die Anwesenden auf jeden Fall davon Kenntnis bekamen, dass wir ein Paar waren. Normalerweise hatte Joon-Ki genau wie alle anderen Promis keine verräterischen Fotos auf dem Telefon für Anrufer, doch heute hat er hierfür absichtlich die ungeschriebenen Gesetze gebrochen. Das sagte den Anwesenden in der Besprechung, dass er nichts mehr zu verbergen hatte und vermutlich eine offizielle Ankündigung einer Beziehung bevorstand. Tatsächlich wollte Joon-Ki in Kürze an die Öffentlichkeit gehen und seinen Fans von mir, seiner zukünftigen Frau, berichten. Ich hatte versucht, ihn noch zurückzuhalten, denn ich wollte nicht seine Karriere gefährden.

Joon-Ki hatte lediglich gelacht und gemeint, dass er mit sechsunddreißig Jahren wohl jedes Recht der Welt hätte, mit seiner Liebsten zusammen zu sein, auf die er Jahrhunderte gewartet hatte.

Nachdem Joon-Ki wieder zurück in den Besprechungsraum kam, konnte er an der veränderten Stimmung im Raum erkennen, dass unser Plan aufgegangen war. Ein Teil der Anwesenden war aufgeregt, weil sie eine Neuigkeit hatten, die sie bestmöglich verteilen wollten, und eine Person war plötzlich sehr verschlossen: Hae Jun-Ho. Er betrachtete Park Joon-Ki mit zusammengebissenen Zähnen, ehe er seinem Gesicht einen neutralen Gesichtsausdruck gab. Offensichtlich war er doch kein so schlechter Schauspieler, denn mein Liebster hatte nicht bemerkt, dass sein Gegenüber plötzlich alles andere als freundlich gestimmt war. Park Joon-Ki war ihm in die Quere gekommen. Das war gerade noch in beruflicher Hinsicht tolerierbar, aber in privater...

KAPITEL 24

Der Tag war genauso schön, wie alle anderen zuvor, seit ich mit Park Joon-Ki zusammen war. Mittlerweile wohnte ich mit meinen beiden Liebsten zusammen in der Villa und ich hatte am Vortag zu meiner größten Freude eine Festanstellung in meiner Firma erhalten.

Unerwartet wurde ich drei Wochen nach dem Geständnis meines Teamleiters in das Büro unseres Abteilungsleiters gerufen. Ich war sehr aufgeregt, doch er wirkte sehr freundlich und entspannt. Nachdem er mir zu meiner Einstellung gratuliert hatte, konnte ich mein Glück kaum fassen. Als erstes telefonierte ich mit Joon-Ki, dann rief ich Yunai an und zum Schluss In-Ho. Alle freuten sich für mich und wir verabredeten uns zum gemeinsamen Abendessen in einem netten Restaurant.

Es war der erste Tag als Festangestellte und ich strahlte den ganzen Weg ins Büro vor Freude. Als ich in meinem Büro ankam, stand ein riesiger Blumenstrauß auf meinem Schreibtisch. Es waren bestimmt fünfzig rosafarbene Rosen und ich wusste sofort, von wem die Blumen kamen. Lächelnd öffnete ich die beiliegende Karte. doch mein Lächeln gefror zu Eis, als ich die Worte las, die dort standen:

"Herzlichen Glückwunsch, meine Rose Jang-Mi
Ich liebe dich für immer, Min-Jae"

Zitternd legte ich die Karte auf den Tisch und starrte voller Entsetzen die Blumen an, die plötzlich alle Schönheit und Pracht für mich verloren hatten.

Er wusste es, ging es immer wieder durch meinen Kopf. Er wusste es! Er hat uns etwas vorgemacht. Er wusste es!

Panisch rief ich Joon-Ki an. Er war an seinem Set am Drehen und sein Manager versprach, sofort nach Beendigung des Drehs ihn zu mir zu fahren.

Ich versuchte mich etwas zu beruhigen, denn es war unwahrscheinlich, dass Jun-Ho irgendetwas machen würde. Vielleicht war es ein Test von ihm, inwiefern ich über unsere gemeinsame Vergangenheit Bescheid wusste. Ich nahm mir vor, keine Reaktion zu zeigen und jeden Kontakt zu ihm als Klienten zu meiden. Ich könnte Unwohlsein vorschieben und wenn alles nicht ging, würde ich mich krankmelden und ein Taxi nach Hause nehmen.

Langsam beruhigte ich mich wieder. Selbst, wenn Jun-Ho sich an ein gemeinsames Leben erinnern sollte, so konnte er nicht wissen, ob ich das ebenfalls tat. Nach und nach fand ich wieder etwas zu mir selbst und konnte sogar normal arbeiten. Zumindest bis zu dem Zeitpunkt, an dem der Concierge aus dem Eingangsbereich anrief und einen Besucher für mich meldete. Aufatmend sagte ich meinen Kollegen Bescheid. Joon-Ki war vermutlich gekommen, um mich abzuholen, oder wenn er selbst einen Aufruhr auf meiner Arbeit vermeiden wollte, dann war vielleicht einer seiner Mitarbeiter oder Manager im Foyer.

Suchend sah ich mich um und doch konnte ich kein bekanntes Gesicht entdecken. Auf meine Nachfrage hin, zeigte der Concierge auf einen großen schwarzen Van, in dem mein Besucher sei. Er wäre berühmt und würde deshalb dort warten, grinste der junge Mann, der ganz offensichtlich den berühmtesten Schauspieler Koreas sofort erkannt hatte. Freudig lief ich zum großen Auto mit den verdunkelten Fenstern und noch ehe ich dort angekommen war, öffnete sich die Beifahrertür und einer von Joon-Kis Managern stieg aus, um mir hineinzuhelfen. Ich bedankte mich bei dem Mann, den ich zuvor noch nicht kennengelernt hatte, und stieg in das Auto. Kaum war ich im dunklen Innern, als die Tür hinter mir zufuhr und sich plötzlich das Auto in Bewegung setzte. Ich hatte noch nicht einmal gesessen und erschrocken hielt ich mich an dem fest, was ich gerade zu packen bekam. Es war der muskulöse Unterarm eines Mannes. Aber es war nicht Joon-Ki, der mich nun umfasste und neben sich auf den Sitz zog.

"Hae Jun-Ho", flüsterte ich erschrocken.
Nicht Joon-Ki war mein berühmter Besucher, sondern der Mann, den ich auf jeden Fall meiden wollte und der mich nun in seinen Armen hielt. Er lächelte.
"Jang-Mi, meine Rose. Endlich sind wir wieder vereint."
Dann drückte er mir einen Lappen vor mein Gesicht und trotz meines Versuchs, bei Bewusstsein zu bleiben, merkte ich, wie langsam meine Sinne schwanden, ehe mich Dunkelheit umgab. Er hat mich geholt. Ich war in seine Falle gegangen.

Langsam kämpfte ich mich zurück an die Oberfläche. Das Erste, was ich sah, war der Baldachin eines enorm großen Himmelbettes. Er war rosa und weiß. Zarte Rosen in Gold waren in den feinen Stoff gestickt. Es hätte hübsch wirken können, doch es war irgendwie geschmacklos, übertrieben und viel zu schwülstig. Ich wandte meinen Kopf und sah ein Fenster, das den Blick auf einen strahlend blauen Himmel freigab. Lediglich die Gitter vor dem Fenster trübten die Aussicht. Die weichen Decken unter mir dufteten nach Rosen und ich spürte Übelkeit in mir hochsteigen, denn der Geruch war viel zu stark.

Als ich mich erheben wollte, hielten mich Fesseln an meinen Händen davon ab. Meine Handgelenke waren mit seidenen Bändern an den Pfosten des Bettes befestigt und ließen gerade so viel Bewegungsfreiheit zu, dass ich mich etwas drehen konnte. Mein Mund war trocken und ich lechzte nach einem Getränk. Den Kopf drehend konnte ich auf einem Nachtschrank eine Karaffe mit vermutlich Wasser sehen, doch kam ich mit den angebundenen Händen nicht dorthin.

"Hallo? Ist da jemand? Ich habe Durst."
Meine Stimme war kratzig und ich räusperte mich. Dann rief ich noch einmal, nur dieses Mal viel lauter. Endlich öffnete sich die Tür und ich sah dem Mann entgegen, der mich hierher gebracht hatte.
"Ich will etwas trinken", forderte ich mit unfreundlicher Stimme. Ich konnte und wollte meinem Entführer keinen Respekt entgegenbringen.
Jun-Ho eilte zu meinem Bett und setzte sich auf die Kante. Die Matratze gab unter seinem Gewicht nach und er sah auf mich hinunter. Ich betrachtete das schöne Gesicht des Schauspielers, das dem Kronprinzen Min-Jae so erschreckend ähnlich sah. Seine Gesichtszüge in dieser Zeit waren ein wenig definierter, klarer und

obwohl er vermutlich älter war als sein Pendant im 17. Jahrhundert, wirkte er jünger und frischer. Doch so hübsch dieser Mann auch war, ich hatte sein böses Gesicht gesehen und die Bilder von dem Massaker an meinen Begleitungen auf dem Weg zum Tempel waren noch erschreckend präsent. Wenn er sich geändert hätte, läge ich jetzt in diesem Moment nicht auf einem Bett gefesselt und wäre ihm ausgeliefert. Wenn er ehrlich an mir interessiert wäre, hätte er mich umworben, zu einem Date eingeladen oder versucht, mich mit irgendetwas zu beeindrucken. Aber er war wieder den brutalen Weg gegangen. Hae Yun-Ho war auch hier der Mann, der sich holte, was er wollte. Und wieder hatte er das Geld und die Familie im Rücken, die ihn gewähren ließ.

"Meine Jang-Mi. Es tut mir leid, dass ich dich so hierher bringen musste. Aber ich hatte die Befürchtung, dass du nicht ohne den Nachdruck von mir mitgekommen wärst."
Er griff nach der Karaffe und schenkte Wasser in eines der bereitgestellten Gläser. Gierig trank ich einige Schlucke, als er mir das Glas an die Lippen hielt. Nachdem er das Glas zurückgestellt hatte, funkelte ich ihn bitterböse an.
"Ich weiß nicht, was für einen Trip du fährst, Hae Jun-Ho, aber ich bin So-Ra, Architektin in der Firma, wo du dein Hanok designen lässt. Es tut mir leid, wenn du mich mit jemandem verwechselst, mit dem du sonst diese Fesselspiele spielst. Aber ich habe da absolut keine Lust drauf. Außerdem habe ich einen Verlobten, eine Familie, die mich heute Abend zum Essen erwartet, und eine Firma, die sich sicher wundert, warum ich nicht wieder an meinen Arbeitsplatz zurückgekommen bin, nachdem ich dich getroffen habe. Also, mach

mich bitte los und fahre mich zurück zu meiner Arbeit. Ich rede nicht darüber, dass du mich verwechselt hast, und wir vergessen die ganze Sache, ja?"

Er hörte sich meine Worte an und lächelte. Dieses Lächeln sorgte dafür, dass ich leichte Panik in mir hochkriechen fühlte.

"Ich habe deinen Blick gesehen, Jang-Mi, als wir uns auf der Lichtung getroffen haben. Du wusstest genau, dass das der geheime Ort war, den Yo-Han, der Verräter, mit seiner Frau bewohnte. Du hast es erkannt, ich habe es gesehen, als du gekommen bist. Du weißt, wer ich bin, Jang-Mi. Du hast mich auch erkannt. Du hast dich an unsere Liebe erinnert, meine Rose."

Ich schüttelte verzweifelt den Kopf. Er hatte einen Knall. Ganz bestimmt hatte er einen Knall.

"Du gehörst mir, meine Rose. In diesem und in allen anderen Leben. Ich werde es dir zeigen. Du bist meine Frau. Für immer und ewig."

Mit einem gruseligen Lächeln beugte er sich vor und küsste mich auf die Stirn. Ich versuchte ihm auszuweichen, doch er umfasste mein Kinn, und dann gab er mir einen Kuss auf den Mund. Plötzlich spürte ich, wie etwas in meinen Arm pikste und es wurde wieder schwarz um mich herum.

Hae Jun-Ho lächelte und strich mir die Haare aus der Stirn, dann legte er sich zu mir auf das Bett. Er umschloss mich mit seinen Armen von hinten und drückte mich fest an sich, ehe er ebenfalls die Augen schloss und mit mir zusammen verschwand - zurück in das 17. Jahrhundert.

KAPITEL 25

Ich hörte Stimmen. Raue Stimmen, die sich gegenseitig etwas in einer Sprache riefen, derer ich nicht mächtig war. Mir die Hände auf die Ohren legend, drehte ich mich auf die andere Seite und versuchte wieder einzuschlafen. Meiner Bettstatt fehlte es an Bequemlichkeit und ich fror. Die leisen Schnarch Geräusche meiner Mitreisenden drangen an mein Ohr. Die adligen Damen begleiteten mich in die Mandschurei. Mein Vater hatte dieses im Austausch für Frieden und Befreiung bewirkt und ich habe seine Entscheidung als Tochter demütig entgegengenommen. Meine Ehe mit dem mandschurischen König Kangxi war beschlossen und ich hatte mich selbstverständlich dem Willen meines Vaters gebeugt, auch wenn mein Herz dabei litt. Ein Leben im Harem des Königs mochte nicht so widerwärtig sein, wie meine Begleitdamen befürchteten. Seine königliche Hoheit König Kangxi hatte mein Bildnis gesehen und war von meinem Erscheinungsbild entzückt gewesen.

Mit Bedauern dachte ich daran, dass ich meinen lieb gewonnenen Freund aus Kindertagen wohl niemals wieder sehen würde. Seine Hoheit, Kronprinz Min-Jae, hatte sich bemüht, die Verheiratung in das ferne Qing zu vereiteln, doch auch er war dem politischen Kalkül und damit zum Wohle des Landes den getroffenen royalen Entscheidungen unterlegen. Zu meiner Abreise erhielt ich eine berührende, persönliche Note vom Prinzen und den Wunsch, auf ein Wiedersehen. Doch in seiner Nachricht waren sowohl die Worte versteckt, dass er mich befreien würde. Auch auf Kosten der politischen Räson.

Und ich sandte ein zärtliches Lebewohl an meinen Bruder, den ich innig liebte. Chunsu war meinem Herzen am nächsten und dennoch hielt ich meine Gefühle verschlossen. Er war nicht das leibliche Kind meines Vaters, das war mir gewahr geworden, als ich einem Gespräch heimlich beiwohnte, das mein Vater in seinem Studierzimmer führte. Doch mein geliebter Bruder wuchs im Glauben des illegitimen Sohnes auf und würde den Clan nach dem Ableben meines Vaters in der Zukunft führen. Es wäre mir verwehrt, ihn zu lieben, denn das käme einem Frevel gleich. So war meine Reise in die Mandschurei ein Abschied meiner Liebe, meiner Jugend und meiner Träume.

Ich war nunmehr seit einigen Tagen gemeinsam mit meiner Begleitung, vier nachgeborene Töchter aus hohen Häusern, unterwegs in mein neues Leben. Die Fahrt war beschwerlich, doch es war uns viel leichter als den armen Geschöpfen, die uns des Weges folgten. Meine Gedanken schweiften umher und ich fand Gefallen daran, meinen Träumen nachzusehen. Ich erinnere mich an jeden Blick, jede noch so zufällige Berührung, die mein Chunsu und ich tauschten. Mein Herz prickelte jeden Morgen vor Aufregung, einen Blick auf ihn erhaschen zu können. Mehr wollte ich nicht, mehr durfte ich nicht erwarten. Mein Leben als edles Fräulein wurde von meinem Vater geordnet, das Leben meines Bruders war ebenfalls vorbestimmt. Aber wie wäre es ein Wunder, wenn uns die Zukunft zusammenführen würde? Frei und unsere Liebe lebend?

Ich spürte seine Zuneigung mit jedem Blick. Ich hörte in seinen Worten mehr, als er sagte. Es war eine Qual und dennoch war es die schönste Liebesqual, derer ich ausgesetzt war. Nun war sie jedoch vergebens, denn mein Leben würde von nun an fernab meines Liebsten und meiner Heimat erfüllt werden. Ein Leben, selbstbestimmt, das würde ich mir wünschen. Ein Traum, ein Traum für eine bessere Zukunft. Eine Zukunft mit ihm, dem Mann, den ich ewig lieben würde.

Mit einem Mal spüre ich etwas Merkwürdiges in mir. Ein zartes Ziehen in meinem Herzen und in meinem Kopf. War es Widerstand in meinen Gedanken? Stellte ich die Entscheidung meines Vaters infrage? Er hatte seine Erstgeborene und damit sein einziges leibliches Kind auf diese Reise geschickt und bereute nicht? Eine Träne rann über meine Wange. Ich weinte schnell und aus diesem Grund war ich erstaunt, dass ich mich plötzlich für meine Gefühlswallung schämte. Ich war eine Dame, Lady Nam Jang-Mi und ich war im Hause meines Vaters, des Ersten Ministers, behütet aufgewachsen. Ich bewahrte stets Haltung und nur dann, wenn ich mich allein wähnte, gab ich mich meinen wenig damenhaften Gefühlen hin - wie eben jetzt, wo mir die Träne aus dem Auge rollte. Ich wusste, dass ich niedlich weinte und das war etwas, was ich gut anzuwenden wusste.

Wieder war es mir, als wenn eine Stimme in mir widersprach. Was waren das für seltsame Wandlungen in meinem Innern? Als ob jemand versuchte, das Wort zu führen. Doch ohne Töne, ohne Sprache. Nur in meinem Kopf. Es war, als versuchte jemand meinen

Körper zu übernehmen. Es schien mir vertraut und ich lauschte in mich hinein.

"Es geht weiter", wurde ich in diesem Moment durch die Stimme eines unserer Begleiter gestört. Nachdem wir uns erfrischt hatten, stiegen wir wieder in den Wagen, in dem wir einen weiteren Tag unserer Reise zurücklegen würden.

Die Fahrt brachte mich den anderen Gefährtinnen im Wagen nicht näher. Wir waren uns bekannt durch wenige Besuche und Gelegenheiten verschiedener Einladungen, doch blieben wir ohne Vertrautheit. Ich spürte ihre Zurückhaltung, denn so war meine Geburt höher als die ihre. Anders als ich, würden sie nach vier Monden ihren Heimweg zurück nach Joseon suchen, und ich war mir nicht sicher, ob Bedauern oder Missgunst in ihren Blicken lag. Mir oblag es, für immer als Braut in Qing zu leben. Die Jungfern selbst sollten mir mein Einleben im fernen Land erleichtern. Mir war es nicht wie ihresgleichen beschieden, in das Land meiner Ahnen zurückzukehren.

Meine Wahl zur Gemahlin des Königs erhöhte auf dieser Reise meinen Status, aber es machte diese Reise auch endgültig. Gemeinsam mit uns würden etwa 100 Frauen und Kinder das ferne Qing erreichen, sodann alle die beschwerliche Reise in guter Gesundheit bestehen. Die Unglücklichen gehörten zu den Tributen an das große Königreich, unseren Beschützer und Gönner. So wurde es uns gelehrt, doch obwohl mir die Schriften untersagt waren, habe ich auch die gelesen, die eine kritische Stimme enthielten. Die Bücher, die heimlich und versteckt im Arbeitszimmer meines Vaters bewahrt wurden, besagten, dass die Tributzahlungen an die

Siegermacht eine Unterdrückung und Knechtung des Besiegten war und kein Gefallen, wie man uns Untertanen weismachte.

Wieder waren die kritischen Gedanken plötzlich in meinem Kopf. Ich hatte sie nie zugelassen und es verwunderte mich, dass sie nun so gegenwärtig wurden.

Am Abend kehrten wir in eine Schänke ein, wo wir wenig komfortable, aber dennoch angemessenere Räumlichkeiten belegten, als die armen Frauen, die mit uns zu Fuße reisten. Sie ruhten zur Nacht im Hofe der Schenke auf dem Boden. Einige Glückliche konnten sich mit Stroh aus den Ställen gegen die Kälte bedecken, andere lagen eng aneinander und hofften, der nächtlichen Kühle damit zu entgehen.

Ich erwachte des Nachts durch ein unbekanntes Geräusch, das an mein Ohr drang. Es kam mir ungewohnt vor und so erhob ich mich, meine Gefährtinnen nicht störend. Unerwartet vehement spürte ich ein Klagen in meinem Kopf. Es wurde lauter und lauter und ich gab dem Rufen nach.

"Verdammt, mach Platz. Das ist eine Notsituation. Wir beide überstehen das hier nur, wenn ich die Führung übernehme."

Jang-Mi hat sich zurückgezogen. Endlich war ich da. Dieses Mal war es nicht wie beim ersten Mal, als ich in ihrem Körper erwachte. Ich wusste, wo ich mich befand, und ich hatte sie jetzt erfolgreich in die Ecke gedrängt. Hier war Entschlossenheit notwendig und nicht die wohlerzogene, behütete Jang-Mi, die sich in allem fügte.

Alles fühlte sich so vertraut an, dass ich beinahe geheult hätte. Na los, es war keine Zeit zu verlieren. Ich ging davon aus, dass Min-Jae vorhatte, seine Jang-Mi in dieser Nacht zu befreien und ich ging auch davon aus, dass er seine Kenntnisse aus dem 21. Jahrhundert in petto hatte. Bei meinem ersten Besuch in der Vergangenheit hatte er dieses Bewusstsein nicht gehabt. Doch jetzt war ihm klar, dass Yo-Han auf der Seite seines Halbbruders war, dass Min-Jun eine Privatarmee hatte und sowohl der König als auch mein Vater nicht auf seiner Seite waren. Er würde mit Sicherheit einiges anders machen und damit die Zukunft verändern. Das konnte ich nicht zulassen!

Leise schlich ich aus dem Raum und sah mich noch einmal vorsichtig um. Die Mädels schliefen und ich grinste, trotz der ernsten Lage, als ich sah, wie eine von ihnen sich ungeniert im Traum am Hintern kratzte. Gutes Benehmen war wohl in der Nacht verschwunden.

Vorsichtig öffnete ich die Tür und spähte auf den Gang. Zu meiner Überraschung gab es keine Wachen und so lief ich immer auf die Umgebung achtend und in jedem Moment bereit in Deckung zu gehen bis zum Ende des Flurs, wo eine Treppe ins Erdgeschoss führte.

Mich bedeckt haltend, beugte ich mich über die Brüstung und versuchte in den dunklen Speisebereich zu spähen. Es schien auch hier niemand zu sein und so schlich ich die Treppe leise hinunter und betete, dass die Stufen nicht laut knarren würden. Unten angekommen lugte ich noch einmal in alle Ecken und konnte mein Glück kaum fassen. Was ich nach meiner Flucht tun würde und wie ich zurück in mein Elternhaus gelangen wollte, um Min-Jun zu alarmieren, darüber hatte ich mir noch keine Gedanken gemacht. Erst einmal war meine oberste Priorität, hier zu verschwinden.

Vorsichtig tastete ich mich durch den leeren Speiseraum und sah hinüber zum Fenster. Im Hof waren die anderen Tribute und sie wurden mit Sicherheit gut bewacht. Der Fluchtweg in diese Richtung war also ausgeschlossen. Der rückwärtige Teil der Taverne führte ins Nichts, zumindest meinte ich, mich mit Jang-Mis Gedächtnis daran zu erinnern. Hier waren weite flache Felder und keine Möglichkeit, sich in Deckung zu bringen. Man würde mich vermutlich über einen Kilometer bestens ausmachen können, sollte ich über diesen Weg fliehen. Außerdem war ich zu Fuß und Jang-Mis' Körper war nicht wirklich sportlich. Die Verfolger hatten hingegen Pferde und waren trainiert. Hier war also keine Möglichkeit abzuhauen. Was blieb, und was ich selbst am schlauesten fand, war, dass ich mich in der Taverne selbst irgendwo versteckte.

Eilig sah ich mich um und fand schließlich eine Möglichkeit. Hinter dem Tresen war ein Schrank, in dem Geschirr gelagert wurde. Ich öffnete die Türen und sah hinein. Leise räumte ich das unterste Fach leer und versuchte abzuschätzen, ob ich mich dort hineinstopfen könnte. Jang-Mi war kleiner als ich und ich war auch nicht besonders groß. Es würde sehr unbequem werden, aber immer noch besser, als am nächsten Tag weiterzureisen und noch einen Tag näher an der Mandschurei zu sein.

Ich kletterte in das geräumte Fach und zog die Türen des Schranks von innen zu. Es war mehr Platz, als ich befürchtet hatte und ich hoffte, dass bis zum nächsten Tag niemand auf die Idee kam, hier hineinzugucken.

Meine Abwesenheit wurde, genau wie ich es mir gedacht hatte, sehr schnell entdeckt. Ich hörte das aufgeregte Rufen und auf ein Mal begann das Gepolter im Schankraum. Die Treppen wurden mit schweren Stiefeln gestürmt und die Mädels kreischten laut, als man sie vermutlich nicht allzu höflich aus dem Zimmer zerrte. Ich erinnere mich an meine erste Reise in die Vergangenheit, wo ich in Ohnmacht gefallen war und die Begleiterinnen gezwungen wurden, die Reise für eine gewisse Zeit zu Fuß zurückzulegen. Es tat mir zwar leid, dass man ihnen wahrscheinlich meine Abwesenheit wieder ankreiden würde, aber die Strafe war vermutlich nicht sonderlich arg, da sie keine Tribute, sondern Begleitdamen des Trosses waren.

Als man mich im Haus nicht finden konnte, wurde die Suche wie vorausgesehen nach draußen verlegt. Ich hörte noch vereinzelte Rufe und dann war es ruhig im Schankraum. Der Tag hatte noch nicht begonnen und ich war mir sicher, dass außer uns auch keine anderen Gäste in dieser Herberge untergebracht waren, denn der Tross mit über 100 Personen war mit Sicherheit das Maximum, was hier möglich war.

Nach einer gefühlten Ewigkeit öffnete ich einen klitzekleinen Spalt die Tür des Schranks. Alles war ruhig und ich wurde etwas mutiger. Wenn die Häscher mich außerhalb der Taverne nicht finden würden, würden sie vermutlich noch einmal genauer in der Taverne suchen. Es wurde also Zeit, meine Basis zu verlegen.

Langsam krabbelte ich aus meinem Versteck und reckte mich, um meine schmerzenden Muskeln zu dehnen.

"So-Ra", hörte ich plötzlich eine Stimme hinter mir und ich fuhr erschrocken herum.
Min-Jae stand in seinem dunkelblauen Hanbok mit silberner Drachenstickerei hinter mir und lächelte mich an. Entsetzt riss ich die Augen auf und sah zu ihm hoch. Er hatte die Arme vor der breiten Brust verschränkt und schien sich über meine Überraschung zu amüsieren.
"Verdammt", fluchte ich nicht Ladylike.
"Hae Jun-Ho, was hast du gemacht, dass wir uns hier wieder treffen?"
Er trat einen Schritt vor und als seine Hand meine Wange berühren wollte, wich ich automatisch vor ihm zurück. Er runzelte die Stirn und zog mich mit einer schnellen Bewegung zu sich heran. Ich prallte an seinen Körper und sah zu ihm hoch. Sein Lächeln war diabolisch und ich hatte plötzlich furchtbare Angst. Wenn er mich hier entdeckt hat, was wusste er noch? Was hätte er ändern können? War er schon länger zurück als ich?

"Wir liegen in Seoul in deinem Bett. Gemeinsam. Du bist eng in meinen Armen und unser Schicksal ist für immer miteinander verknüpft. Ich werde dich, So-Ra, aus dem Bewusstsein von Jang-Mi herausholen und Jang-Mi retten. Wir lieben uns, das hast du doch bemerkt, oder?"
Ich schüttelte den Kopf. Das war alles etwas verworren. Er unterschied So-Ra und Jang-Mi? Okay, das tat ich auch, aber ich

wusste, dass wir zwei Seelen in einem Körper waren. Allerdings war Jang-Mi mein früheres Ich und damit waren wir eigentlich eins. Setzte Jun-Ho/Min-Jae darauf, dass Jang-Mi ihn liebte und ich nicht? Sie liebte ihn auch nicht. Sie verspürte eine große Sympathie für ihren Jugendfreund, aber sie hatte auch noch nicht gesehen, zu was dieser freundliche und sanftmütige Prinz in der Lage war.

"Ich habe damit kein Problem, wenn ich dann zurück in meine Zeit und in meinen Körper komme. Also, was muss ich tun, um wieder zurückzukommen?"

"Leider habe ich darauf noch nicht die Antwort gefunden. Aber wir werden hier zusammen bleiben. Du und ich, wir können uns nicht trennen, denn ich berühre dich in deinem Schlaf. Du führst mich immer wieder zu dir. Oder, wie glaubst du, habe ich dich hier gefunden?" Er macht eine ausholende Bewegung durch die Taverne. Wir waren allein. Waren alle anderen auf der Suche oder... Mich schauderte es, als ich die kleinen roten Spritzer auf seinem Hanbok sah. Hatte er wieder einmal gemordet?

Er sah an sich herab und ich konnte das böse Lächeln sehen, als er an einem der kleinen Flecken rieb und das Blut verteilte. Es war auf dem Blau dunkel und nur auf der silbernen Stickerei und an den weißen Ärmelaufschlägen zu sehen.

"Ich werde mich später umziehen, geliebte Jang-Mi. Tut mir leid. Es war ein wenig...", er machte eine Pause und sah mich mit einem Blick an, der mir sagte, dass es ihm in keiner Weise leidtat, "... blutiger, als ich gedacht hatte."

Ich wurde blass und sah erschrocken auf das Fenster, hinter dem heute Nacht die 100 Frauen und Kinder geschlafen hatten.

"Für wen hältst du mich, meine Rose? Natürlich haben wir meine Untertanen in Sicherheit gebracht. Sie werden jetzt nicht mehr bewacht, sondern zurückbegleitet."

Also hat er die Bewacher aus Qing umgebracht? Er sah verträumt ebenfalls aus dem Fenster.

"Es war sehr einfach, sie zu überwältigen. Sie waren wirklich keine guten Soldaten, ungeübte und schlechte Kämpfer."

Ich schüttelte den Kopf. Menschenleben mochten in dieser Zeit nicht so viel wert gewesen sein, aber Jun-Ho kam aus meiner Zeit. Er sprach vom Tod, als hätte er Blumen vom Wegesrand gepflückt. Er war mental nicht auf der Höhe, befürchtete ich. Anders konnte ich mir sein Verhalten nicht erklären.

"Jang-Mi, wir können jetzt nach Hause. Wir werden in den Palast gehen. Mein königlicher Vater wird mir den Thron geben und ich habe dafür gesorgt, dass mein hinterhältiger Halbbruder diesen Tag nicht überlebt. Wenn wir zurück in Hanyang sind, werden meine Leute diesen Verräter bereits hingerichtet haben. Er wird unserer Liebe nicht mehr im Weg stehen. Aber, schöne Jang-Mi, er wird uns auch in weiteren Leben nicht mehr stören. Er wird nicht wissen, dass er dich geliebt hat, und er wird sich auch nicht in dich verlieben, denn auch dort, in Seoul, wirst du nur mich lieben. Wir gehören zusammen, Jang-Mi. Für immer."

Boa, die alte Leier! Ich bin echt genervt von ihm und gleichzeitig macht mir seine Obsession wirklich panische Angst. Der Mann war krank. Plötzlich fielen mir seine Worte auf. Er wollte Min-Jun etwas antun!

Blitzschnell änderte ich meine Taktik. Er wusste, dass zwei Seelen in diesem Körper wohnten. Die moderne Seele und die Seele dieser Zeit. Es wurde Zeit ihm zu zeigen, dass ich im Notfall auch schauspielern konnte. Min-Jun, ich komme zu deiner Rettung!

"Liebes, was ist mir dir?"

Besorgt fing mich Min-Jae auf, als ich plötzlich anfing, wie wild zu zucken und die Augen verdrehte. Vermutlich war es oscarwürdig, denn ich konnte zwischen allen gespielten Krämpfen sehen, wie ängstlich der gegenwärtige Kronprinz aussah.

Nachdem ich der Meinung war, jetzt wäre es gut, hauchte ich: "Eure Hoheit, bringt mich nach Hause. Ich flehe Euch an. Ihr seid der Einzige, der mich vor meinem Los retten kann."

Dann schloss ich die Augen und tat, als würde ich in Ohnmacht fallen. Eigentlich wollte ich ihm noch meine ewige Liebe ins Ohr hauchen, doch diese Lüge brachte ich einfach nicht über die Lippen. Min-Jae rief in Panik nach einem Arzt und nahm mich auf seine Arme. Schlapp ließ ich mich herunterhängen und hoffte, dass ich richtig schön schwer war. Leider schien er es nicht so zu sehen, denn mühelos lief er durch den Schankraum die Treppen hinauf in das Zimmer, aus dem ich in der Nacht unter Mühen geflohen war. Sanft legte er mich auf das Bett und strich mir meine Haare aus dem Gesicht, die sich aus meinem dicken Zopf gelöst haben.

"Jang-Mi, ich wusste, dass du zu mir zurückkommst."

Als er sich hinunter beugte, um mir auf die Stirn zu küssen, musste ich ein Würgen unterdrücken, da dieses meiner Rolle extrem geschadet hätte. So ertrug ich seine Lippen auf meiner Haut und stellte mir einfach vor, dass es Min-Jun wäre.

KAPITEL 26

Ob mein Liebster wusste, wo ich war? Wir haben uns in Seoul am frühen Morgen verabschiedet. Voller Freude war ich nach meiner Beförderung zur Arbeit gegangen und wir wollten meine Festanstellung gebührend feiern. Nach meiner letzten Auszeit im 17. Jahrhundert war ich dort mehrere Jahre gewesen und in meiner richtigen Zeit nur zwei Stunden. Wie lange musste ich hier aushalten, bis ich wieder zurück konnte? Stimmt es, was Min-Jae gesagt hat? Er lag mit mir zusammen in einem Bett und hielt mich sogar in seinen Armen? Diese Vorstellung war gruselig, aber ich wusste, dass es stimmte. Er hatte mir ein Tuch mit einem Narkotikum vor Mund und Nase gehalten und danach wusste ich nichts mehr. Mein Bewusstsein sah Jang-Mi dabei in ihrem Körper zu, wie sie gehorsam in die Mandschurei geschafft wurde. Zum Glück schien ich stärker zu sein als sie oder sie war mehr als bereit, die Führung an mich abzugeben. In entscheidenden Momenten unterstützte sie mich, wie zum Beispiel im Verständnis der Sprachgewohnheit und in der Etikette. Gedanklich überließ sie jedoch alles mir. Bei meiner letzten Reise hierher war das vermutlich mein Privileg, doch jetzt wusste ich, dass sowohl Min-Jae als auch Min-Jun diese Zeitverschiebung erlebt hatten. Die Informationen, die sie aus der Zukunft hatten, konnten also von allen genutzt werden, was die Sache ungemein schwierig und heikel machen würde. Oder gab es so etwas wie ein vorherbestimmtes Schicksal? Obwohl ich So-Ra war, bin ich beim letzten Mal genau wie Jang-Mi freiwillig von einer Klippe gesprungen. Park Joon-Ki war, genau wie ich es aus dem Drama wusste, König von Joseon. Min-Jae hatte sich mit Qing verbündet, das war neu, aber dafür hatte der König der Qing auch keine Rolle in unserem "neuen" Leben gespielt. Wenn Min-Jae dank seiner Kenntnisse nun versucht, die Geschichte zu ändern, würde es Auswirkungen auf die Zukunft haben? Wenn es tatsächlich meinen Liebsten ermordete und er der neue König werden würde, was bedeutet das für die Zukunft? Ich habe einige Filme und Bücher über Zeitreisen gesehen und gelesen, und da war es immer ein No-Go, etwas gravierend in der Vergangenheit zu ändern. Wie würde Korea oder sogar die Welt aussehen, wenn Min-Jae König werden würde? Er kannte die Geschichte und konnte entsprechend vorausschauend handeln - natürlich zu seinen Gunsten, wie ich mir dachte.

Mein Kopf brummte und ich wünschte mir mittlerweile wirklich eine Ohnmacht. Ich hörte, wie jemand das Schlafgemach betrat und sich an mein Bett setzte. Eine kühle Hand griff nach meinem Handgelenk und fühlte meinen Puls. Ah, der Arzt war tatsächlich

gekommen. Vermutlich führte Min-Jae immer einen in seinem
Überfall Trupp mit sich. Wenn sein kostbarer Körper verwundet
werden würde, dann müsste man ihn sofort behandeln.

"Und? So sagt schon", drängte Min-Jae nun den immer noch stillen
Arzt. Dieser legte meine Hand vorsichtig zurück auf die Bettdecke
und erhob ich, wie ich am Rascheln der Strohmatratze bemerkte.

"Eure Hoheit, Mylady ist erschöpft. Sie wird sich bald erholt haben,
benötigt aber dringend Ruhe."
Jang-Mi, die zarte Blume, bist du wirklich so zerbrechlich? Dachte
ich und begann, mich ein wenig zu bewegen. Sofort senkte sich die
Strohmatratze wieder, weil Min-Jae sich anstelle des Arztes dort
niederließ. Er griff nach meiner Hand und führte sie an seine
Wange.

"Liebste, ich bringe dich so schnell es geht zurück in den Palast",
meinte er fürsorglich und gab mir einen Kuss in die
Handinnenfläche. Am liebsten hätte ich sie mir anschließend
abgewischt, aber ich erinnerte mich an meine Rolle und seufzte, als
würde es mir gefallen, wie er mich umsorgte. Würg.

Plötzlich hörte ich eine leise Stimme in meinem Kopf. Es war, als
wollte Jang-Mi mir etwas Wichtiges sagen. Doch ihre Stimme war
noch zu leise, zu unverständlich und obwohl ich mich wirklich
bemühte sie zu verstehen, war der Hauch ihrer Worte sofort wieder
verschwunden.

Jang-Mi, los Mädchen, bemühe dich und komm raus, wenn du etwas zu sagen hast, feuerte ich sie in meinem Kopf an. Was war es, dass sie mir unbedingt mitteilen wollte?

Min-Jae war zu Pferde hierhergekommen, um mich zurückzuholen. Eine Kutsche traf jedoch im Laufe des Tages ein und in genau diese verfrachtete er mich. Zu meinem Glück ritt er zurück und setzte sich nicht zu mir. Vermutlich wurde er genauso seekrank wie ich und zog es vor, den weiten Blick vom Pferderücken zu genießen, als in der stickigen Kabine einer Kutsche.

Die Fahrt war genau wie die andern Reisen in dem rollenden Ungetüm langweilig. Jedes Mal, wenn wir zur Nacht an einer Herberge ankamen, spielte ich die total erschöpfte, zarte Jungfer. Jang-Mi war tatsächlich etwas kleiner und zierlicher als ich, So-Ra, und dabei war ich auch nicht besonders robust. Aus diesem Grund nahm der Kronprinz die Erschöpfung fraglos hin und ich hatte in den Nächten meine Ruhe vor ihm.
Nach einigen Tagen erreichten wir endlich Hanyang. Wie bei meinem ersten Besuch zog ich neugierig die Vorhänge der Kutsche zur Seite und nahm das geschäftige Treiben der Menschen der Hauptstadt gierig auf. Alles war so, wie ich es von meinem letzten Besuch kannte.
Min-Jae brachte mich dieses Mal jedoch nicht in die Residenz meines Vaters, sondern direkt zum Palast. Ich wollte protestieren, aber da ich in den Augen meines Entführers Lady Nam Jang-Mi war, blieb ich äußerlich gelassen und ruhig. Wenn sich die Tore des Palastes hinter mir schließen, würde ich keine Gelegenheit finden, Min-Jun

zu warnen. Plötzlich hörte ich Jang-Mis Stimme ein wenig klarer in mir, wenn ich auch nur ein einziges Wort verstand: Weine.

"Bitte", hauchte ich erst und begann kurz darauf etwas lauter zu rufen. Der Kutscher schien mich zu hören und hatte vermutlich die Order, meine Worte sofort weiterzugeben. Jetzt kniff ich mir so fest ich konnte in meinen Oberschenkel und wiederholte das so lange, bis mir endlich die Tränen kamen. Dazu dachte ich noch an Min-Jun und ich weinte so pittoresk wie selten zuvor.

"Liebes, was habt Ihr?"
Min-Jae war an die Kutsche heran geritten und zu mir ins Innere gestiegen. Die Tränen einer Frau machten viele Männer hilflos und so war es auch zum Glück bei meinem Entführer.

"Oh, mein Prinz, ich möchte Euch so gerne begleiten. Aber was sagt mein edler Vater, wenn seine Tochter ihm nicht zuvor die Ehre erweist? Es wäre solch eine Freude ihm zu berichten, dass ich Eure Braut bin und meine Liebe zu Euch nun nicht mehr verstecken muss. Ich werde den edelsten Mann unter der Sonne ehelichen und...", jetzt schniefte ich besonders hübsch,"...meinen Vater an diesem Wissen teilhaben lassen."
Vorsichtig blinzelte ich zu Min-Jae. Er schien mit sich zu kämpfen, da er mich auf keinen Fall zurück in die Residenz lassen wollte, wo Min-Jun wartete. Doch dann lächelte er.
"Wenn es Euer Wunsch ist, meine Liebste, so werde ich mich dem fügen. Vielleicht ist es jedoch nicht der beste Zeitpunkt, euer Heim zu besuchen. Die Wachen dürften in diesem Moment euren

Stiefbruder aus dem Haus führen. Ich weiß, Ihr standet Chunsu nicht sonderlich nahe und habt ihn gefürchtet. Euer Gefühl hat Euch nicht getrogen. Er hat den König verraten und wird nun seiner Strafe zugeführt. Ich werde zuvor prüfen lassen, ob er bereits festgenommen worden ist, dann steht Eurer Heimkehr nichts mehr im Wege."

Verdammt, ich musste vor seiner Verhaftung dorthin.

"Mein Prinz, mir würde es Freude machen zu sehen, wie dieser abscheuliche Mensch von Euren Wachen entfernt wird. Ich habe ihn nie als ein Mitglied meiner Familie betrachtet und mich macht es froh, dass Ihr mich von ihm befreit. Seine Blicke, sie waren stets…", zärtlich, liebevoll und voller Zuneigung, dachte ich sehnsüchtig,"...so, grausam."

Es waren genau die Worte, die Min-Jae hören wollte. Sein Ego ließ gar nichts anderes zu, als dass Jang-Mi ihn abgöttisch liebte.

"Kutscher, zur Residenz des ersten Ministers", gab er nun seinen Befehl und lächelte mich nach Lob heischend an. Ich gab ihm ein zartes, gespieltes, glückliches Lächeln als Antwort und war froh, dass er meine geballten Fäuste in meinem Hanbok nicht sehen konnte.

Vor dem Haus meines Vaters aus dem 17. Jahrhundert herrschte Aufregung. Soldaten in Uniformen aus der örtlichen Justizbehörde und Soldaten mit Uniformen aus dem Schloss standen sich gegenüber. Beide Gruppen sahen aus, als wären sie zum Kampf bereit. Zwischen ihnen standen zwei Offiziere, mein Vater und Min-Jum, der jetzt noch als Chunsu, Ziehsohn und Erbe meines Vaters bekannt war. Unsere Kutsche hatte in Entfernung zum

Geschehen gehalten und ehe mich der amtierende Kronprinz aufhalten konnte, war die ach so zierliche Jang-Min aus dem Wagen gesprungen und direkt zwischen die böse aussehenden Männer gelaufen. Wäre doch gelacht, wenn ich hier keine Verwirrung stiften könnte!

"Abeonim[27]", rief ich laut und aufgeregt und lenkte sämtliche Blicke der Anwesenden auf mich. Mit Sicherheit hatten sie nicht erwartet, dass die erste Tochter des Hauses, die ins ferne Qing gebracht werden sollte, wieder vor ihnen erscheinen würde. Mein Vater sah für kurze Zeit überrascht und erfreut aus, als er mich sah, doch er hatte seine Mimik sofort wieder im Griff. Anders Min-Jae. Er warf einen Blick voller Liebe und Verlangen auf mich und ich bemerkte, dass er mir kurz zu zwinkerte. Er wusste, wer gerade die Führung in diesem Körper hatte. War er vielleicht auch nicht Chunsu, sondern Joon-Ki? Ich hatte keine Zeit für solche Überlegungen. Der Kronprinz war mir gefolgt und tauchte neben mir auf. Sofort fielen sämtliche Anwesenden auf die Knie oder in eine tiefe Verbeugung und erwiesen dem künftigen Möchtegern-König von Joseon die Ehre.

"Eure Hoheit", begrüßte ihn nun auch mein Vater und machte ebenfalls eine Verbeugung vor dem viel jüngeren Mann - wenn auch lange nicht so tief wie die anderen.
"Abeonim", er lächelte und sah auf mich, "Oder besser Jangmo[28]?" Dann ergriff er meinen Ellenbogen und zog mich etwas näher an

---

[27] Vater
[28] Schwiegervater

sich heran. Hätte ich die Möglichkeit gehabt, dann würde ich meine Augen verdrehen und ihm vor das Schienbein treten. Leider musste ich meine Rolle weiterspielen, wollte ich meinen Liebsten, meinen Vater und die Zukunft retten.

Überrascht bei der Anrede des zukünftigen Königs zog mein Vater als sichtbare Erschütterung eine Augenbraue in die Höhe, ehe er sich höflich ein weiteres Mal vor dem angeblich zukünftigen Schwiegersohn verneigte.

"Ihr habt die Gunst des Königs für euren Ehewunsch bereits erwirkt?"

Mein Vater brachte es auf den Punkt. Über Min-Jaes Gesicht huschte kurz ein Schatten, doch dann lächelte er.

"Mein königlicher Vater wird meinem Wunsch zustimmen, seid versichert. Es war ein", er zögerte kurz, als suchte er nach den richtigen Worten, "Versehen, dass meine Braut nach Qing reisen sollte."

"Was ist mit dem bestehenden Ehevertrag zwischen seiner Majestät König Xangzi und meiner Familie? Die Verlobungsgeschenke wurden getauscht, die Versprechen besiegelt. Fürchtet Ihr keine Vergeltung?"

Mein Vater war in erster Linie Politiker, in zweiter Linie Clan Chef und irgendwann, viel später, mein Vater. Allerdings befand er sich nun in einer Misere. König und Kronprinz und nur eine eheliche Tochter. Okay, ich hatte noch Halbschwestern im heiratsfähigen Alter. Vielleicht konnte er da ein wenig austauschen?

"Eure Hoheit, lasst uns bei einer Tasse Tee besprechen. Vielleicht wird mir dann auch das Vorgehen der Palastwache klarer. Sind nicht außerhalb des Palastes für zivile Angelegenheiten die Wache des Justizministeriums zuständig?"

Im Stillen hob ich einen Daumen. Ganz offensichtlich war meine Familie nicht völlig unvorbereitet gewesen und jetzt traute ich mich auch wieder meinen Liebsten anzusehen. Er stand in lockerer, entspannter Haltung zwischen den Bewaffneten und sah mich unverwandt an. Ich konnte nicht erkennen, ob ich es mit Chunsu/ Min-Jun oder mit Park Joon-Ki zu tun hatte, jedoch war das auch völlig gleichgültig, da ich beide Versionen gleichermaßen liebte. Als ich jedoch sah, wie er ein verstecktes Fingerheart-Zeichen machte, grinste ich zufrieden. Park Joon-Ki is here!

KAPITEL 27

Min-Jae war nicht geneigt, sich mit seinem zukünftigen Schwiegervater gemütlich zum Tee zusammenzusetzen. Sein Plan war es gewesen, Chunsu/ Min-Jun und mich nicht aufeinandertreffen zu lassen und ihn so schnell wie möglich unter dem Vorwand des Hochverrats aus dem Weg räumen zu lassen. Allerdings war mein Vater ein Fuchs und er war auch derjenige gewesen, der den zukünftigen König in seinem eigenen Haus ausgebildet hatte. Wollte also Min-Jae nicht unhöflich sein, so musste er wenigstens für eine kurze Zeit mit dem ersten Minister des Landes sprechen. Frauen hatten in einer politischen oder hohen gesellschaftlichen Zusammenkunft keinen Platz und so flüchtete ich überglücklich aus den Händen des Prinzen, in die Hände meines wahren Prinzen.

Joon-Ki wartete auf mich im Schatten des Nebenhauses und ich lief überglücklich zu ihm. Lachend und weinend fiel ich in seine Arme und er drückte mich so eng an sich, dass nicht einmal mehr ein Blatt zwischen uns gepasst hätte.

"Jagiya, ich habe dich vermisst."
Leidenschaftlich küsste er mich und als wir schwer atmend voneinander ließen, nahm er meine Hände in seine und drückte sie ganz fest. "Du hast mir einen Schrecken eingejagt! Ich wollte dich im Büro überraschen, da sagte man mir, dass du in einen Van eingestiegen wärst und trotzdem du noch keinen Feierabend hattest, einfach mit fortgefahren wärst. Wir haben die Überwachungskameras geprüft und die Zulassung des Wagens war auf eine der Firmen von Hae Jun-Ho. Nach deinem ersten Zusammentreffen mit ihm hatte ich einem Privatdetektiv beauftragt, ihn zu untersuchen und so konnten wir eine Villa außerhalb von Seoul ausmachen. Dorthin war auch der Wagen gefahren."
"Wie seid ihr reingekommen?"
"Das war eigentlich ganz einfach." Er grinste mich schelmisch an. "Die Haushälterin kannte natürlich mein Gesicht und ich sagte ihr, ich wäre mit Hae Jun-Ho verabredet, um eine Rolle zu besprechen und zu proben. Natürlich hat sie mich eingelassen."

Natürlich, dachte ich grinsend. Wer konnte diesem Gesicht schon widerstehen?

"Und dann?"

"Naja, ich hatte In-Ho und Taemin mitgenommen, weil sie gerade mit mir zusammen in der Company waren. Park Jae-Woon, den kennst du auch, oder? Also, Park Jae-Woon hatte in der Zwischenzeit die Polizei informiert. Irgendwie hatte ich das Gefühl, dass er das nicht zum ersten Mal gemacht hat", grübelte Joon-Ki. Ich musste grinsen. Park Jae-Woon war der CEO von Woon-Entertainment, einer der größten Entertainment Firmen Koreas und zugleich auch die Firma, bei der sowohl meine Lieblingsband Star.X als auch mein Lieblingsschauspieler Park Joon-Ki unter Vertrag standen. Jae, wie er von seinen Freunden genannt wurde, hatte tatsächlich schon ein paar Mal mit der Polizei zu tun gehabt.

"Wie ging es weiter? Ich meine, wir sind ja jetzt beide noch hier, oder vielmehr, wir alle drei."

"Das ist richtig. Also, Taemin lenkte die Haushälterin ab, während In-Ho und ich das Haus durchsuchten. Endlich haben wir euch beide in einem verschlossenen Raum gefunden. Leider musste ich die Tür aufbrechen." Ich sah ihn erschrocken an. Hatte er sich dabei verletzt?

"Hey, ich drehe auch einige meiner Stunts selbst. Alles gut. Nicht gut war allerdings, dass sowohl du als auch Hae Jun-Ho gemeinsam auf einem Bett gelegen habt und bewusstlos ward."

"Min-Jae ist Jun-Ho." Erklärte ich und Joon-Ki nickte.

“Ich habe es mir gedacht. Es muss einen Arzt in der Villa gegeben haben, der eingeweiht war. Ihr hatte beide Infusionen und es sah so aus, als solltet ihr längere Zeit ohne Bewusstsein bleiben. Ich vermute mal, Jun-Ho hat sich vorgenommen, mit dir in der Vergangenheit alles für die Zukunft zu bereiten, habe ich Recht?”
Ich nickte. Ja, so konnte man das sehen.
“Auf jeden Fall war die erste Sache, die ich gemacht habe, Jun-Ho aus dem Bett zu befördern. Die Polizei war in der Zwischenzeit eingetroffen und hat die Situation als Entführung gewertet. Leider konnten wir euch beide nicht aufwecken. Welches Teufelszeug Hae Jun-Ho dir und sich selbst auch verabreicht haben mag, wir waren nicht in der Lage euch zurückzuholen. Zumindest nicht, ohne sicher zu gehen, dass ihr keinen Schaden leiden würdet. Aus diesem Grund habe ich mir selbst das Zeug verabreicht und bin ebenfalls hierhergekommen.”
“Bist du verrückt? Wenn wir beide nicht mehr aufwachen, wer kümmert sich dann um unsere Tochter?” Joon-Ki sah mich schuldbewusst an.
“Ich gebe es zu, dass ich mich in diesem Moment entschieden habe, dass unsere Mi-Yun auch bei ihren Onkeln und Tanten von Star.X gut aufgehoben wäre, während du hier alleine herumirrst. Und wie du heute gesehen hast, war es gut, dass ich auch hier war. Da Min-Jae dich von der Fahrt in die Mandschurei auf jeden Fall zurückholen würde, konnte ich hier Vorbereitungen treffen.”

Neugierig sah ich ihn an.
“Also kanntest du seine Pläne?”

"Nein, aber ich hätte an seiner Stelle so gehandelt, wie er es getan hat. Da ich wusste, dass sowohl mein königlicher Vater als auch dein Vater auf meiner Seite sind, hatte ich alles organisiert, damit das heutige Vorgehen von Min-Jae ihn schlecht dastehen lassen würde. Die Palastwachen ohne Order des Königs einzusetzen ist vielleicht nicht Hochverrat, aber dennoch sehr sensibel. Außerdem habe ich die Minister des Hofes in Zusammenarbeit mit deinem Vater darüber informiert, dass Min-Jae ein Komplott zur Übernahme des Throns plante, bei dem seine Mutter, die Nebenkönigin, eine tragende Rolle spielte. Alles das habe ich bei meiner ersten Reise später entdeckt und das konnte ich dieses Mal frühzeitig anwenden, um Min-Jae damit außer Gefecht zu setzen. Wenn er nun zurück zum Palast kommt, wird er eine Audienz bei unserem gemeinsamen Vater haben und bereits morgen wird der Staatsrat die Absetzung des Kronprinzen entscheiden und die Ernennung des neuen Kronprinzen Min-Jun fördern." Hier grinste er, denn er war mit sich und seiner Arbeit zu Recht sehr zufrieden.
"Dann ist alles wieder beim Alten. Aber, liebster Park Joon-Ki-Ssi, wie kommen wir beide zurück in unsere Zeit? Hast du dafür eine Lösung?"

Joon-Ki griff wieder nach meinen Händen und zog mich an sich.
"Ich denke, In-Ho und Taemin werden uns irgendwann aufwecken können, wenn das Mittel langsam unseren Körper verlässt."
Ja, das könnte eine Lösung sein. Aber was machen wir, wenn das nicht funktioniert? Darüber wollte ich lieber nicht nachdenken, denn so nett es hier als Königin gewesen war, ich liebte den Komfort in

meiner Welt und wusste, dass es meine Zeit war, in der ich leben wollte.

Mein Liebster sah sich schnell um, dann küsste er mich.

"Warte hier auf mich. Ich kläre noch schnell alles mit deinem Vater, dann bin ich wieder bei dir."

Ich lächelte ihm hinterher und war glücklich, dass er mich hier wieder gefunden hatte. Leise vor mich hin summend lief ich zu meinen Räumen, die ich noch vom letzten Mal kannte. Ich freute mich darauf, meine Kleidung zu wechseln, ein Bad zu nehmen und mich anschließend mit Joon-Ki zu treffen. Die Zeit ohne ihn war furchtbar und ich freute mich auch darauf, dass wir nun wieder zusammen sein konnten.

Immer noch summend schob ich die Tür zu meinen Räumen auf und schloss sie wieder hinter mir. Mein Lächeln auf meinen Lippen gefror, als ich plötzlich Min-Jae aka Jun-Ho auf meiner Bettdecke sitzen sah. Ein blutiges Schwert lag neben ihm. Starr vor Schreck war ich nicht einmal in der Lage zu schreien.

"Schöne Jang-Mi, meine Rose, oder sollte ich besser So-Ra sagen? Hast du geglaubt, ich falle auf dein Theater herein? Ich kenne Jang-Mi, seit sie ein kleines Mädchen war und ich weiß, wie sie sich verhält. Aber du, So-Ra, du bist viel interessanter. Ich genieße deine Spielchen. Du bist zwar für mich kein würdiger Gegner, aber ich amüsiere mich, wie du versuchst mich auszutricksen." Er hob sein Schwert und betrachtete beinahe liebevoll das Blut auf der scharfen Klinge. "Auch dieser Hundesohn von einem Mann, der dich sogar bis hierher verfolgt hat, war kein Gegner für mich."

Jun-Ho sprang plötzlich auf und stieß mit dem Fuß das kleine Tischchen zur Seite, das vor meinem Bett gestanden hatte. Die darauf befindlichen Gegenstände polterten durch den Raum und ich sah, wie der kostbare Spiegel zerbrach. Sieben Jahre Pech schoss es mir unpassend durch den Kopf. Mit zwei großen Schritten stand er vor mir und packte schmerzhaft meine Haare am Hinterkopf.

"Hast du gedacht, ihr könntet mich austricksen?" Seine Stimme war ein Zischen, dann hob er sein Schwert und legte die rasiermesserscharfe Klinge an meinen Hals. "Soll ich dir sagen, von wem das Blut an meiner Waffe stammt?"
Ich riss die Augen weit auf und starrte in sein Gesicht, das sich nun höhnisch lächelnd verzog.
"Dreimal darfst du raten", forderte er. Als ich nichts sagte, zog er einmal kurz an meinen Haaren, sodass ich vor Schmerz aufschrie.
"Na los, rate", seine Stimme klang grausam, voller Gehässigkeit. Als ich immer noch nicht antwortete, drückte er die Klinge tiefer in meine zarte Haut und ich spürte, wie etwas Warmes an meinem Hals entlang lief. "Ich sagte: Rate!"
"M-m-m-ein V-V-V-ater?" Stotterte ich und hoffte, dass dem nicht so war. Auch wenn ich meinen Vater in diesem Leben nicht nahe gewesen bin, so war er dennoch mein Vater gewesen.
"Bäm, der erste Punkt geht an dich. Aber da ist noch mehr Blut. Wem gehört das wohl?"
Er sang die letzten Worte und ich schloss die Augen. Wenn es die Person war, die er abgrundtief hasste, dann wollte ich hier und jetzt ebenfalls sterben. Ich drückte mich an die Klinge seines Schwertes in

dem Versuch, mir selbst die Kehle aufzuschneiden, doch blitzschnell nahm er die Waffe weg und mein Versuch schlug fehl.

"Oh nein, meine schöne Rose. Du gehörst mir und ich entscheide allein, wann und wo du stirbst."

Er lachte böse auf und dann drückte er mir seinen Mund auf meinen. Meine Lippen platzen auf und da er meinen Kopf immer noch unerbittlich brutal festhielt, konnte ich auch nicht zurückweichen. Er schob seine Zunge in meinen Mund und ich unterdrückte ein Würgen. Als ich versuchen wollte, ihn zu beißen, zog er sich zurück und packte mein Kinn.

"Wage es nicht. Du wirst es bereuen. Ab sofort wirst du das tun, was ich will, oder ich schlachte deinen ganzen Clan ab. Hast du gehört? Du wirst mir treu ergeben sein und das tun und sagen, was ich von dir will. Das Überleben deines Clans hängt von dir ab, schöne Jang-Mi. Ein Fingerzeig von mir, und ich lasse ihn auslöschen."

Unaufhaltsam liefen mir Tränen über mein Gesicht. Ich erinnerte mich plötzlich an das Drama "Immortality Love". Dort hatte der König der Mandschurei genau das gleiche zu Lady Nam Jang-Mi gesagt. Er hatte sie in einen Käfig gesperrt und sie nach belieben benutzt. Die Geschichte wiederholte sich doch. Immer wieder. Wie ein höllischer Kreislauf. Es gab kein Entkommen. Plötzlich hob er die Hand und setzte mich mit einem gezielten Schlag außer Gefecht und ich spürte, wie mein Geist meinen Körper verließ. Es tut mir leid, Jang-Mi, bitte sei stark.

KAPITEL 28

Ich war wieder zurück. Das Piepen der Überwachungsmaschinen dröhnte in meinen Ohren. Ich setzte mich auf und sah mich um. Offenbar war ich in einem privaten Raum eines Krankenhauses. Ich zog mir den Clip für das Blutdruck-Überwachungsgerät vom Finger und nestelte an dem Schlauch in meinem Arm. Doch plötzlich hielt ich inne. Ich hatte etwas Wichtiges zu erledigen und mir war kurzfristig entfallen, was es war. Dann fiel es mir wieder ein.

"Hallo!"
Ich rief so laut ich konnte und bereits kurze Zeit später füllte sich der Raum mit weißgekleideten Menschen und zwei Personen, die ich dringend sehen wollte. Taemin und In-Ho.
"Wo ist Joon-Ki?", verlangte ich ohne Einleitung und Erklärung zu wissen.
"So-Ra, beruhige dich erst einmal. Du warst einige Stunden ohne Bewusstsein. Dein Kreislauf muss erst wieder in Schwung kommen." Besorgt eilte mein bester Freund an mein Bett und wollte mich zurück in die Decken drücken. Energisch schlug ich seine Hand zurück.
"In-Ho", knurrte ich ungeduldig, *"Wo ist mein Mann?"* Ich betonte jedes einzelne Wort genau und sah, wie In-Ho zu Taemin sah, als erhoffte er sich von ihm Hilfe.
"So-Ra, Joon-Ki-Ssi ist immer noch bewusstlos. Die Ärzte sind gerade bei ihm, weil seine Werte schlechter werden", erklärte mir

Taemin mit leiser Stimme. Ich sprang von meinem Bett herunter und riss im Laufen den Schlauch aus dem Arm.

"So-Ra!", In-Ho versuchte, mich aufzuhalten, aber ich schubste ihn zur Seite.

"Lass mich. Ich muss zu ihm."

Niemand schien sich zu wundern, warum ich nicht erstaunt war, dass er ebenfalls im Krankenhaus war. Orientierungslos lief ich auf der Suche nach seinem Zimmer über den Gang und wurde plötzlich von hinten von zwei Armen umschlungen, die mich vom Weiterlaufen abhielten.

"So-Ra, du kannst nicht zu ihm. Die Ärzte versuchen alle in ihrer Macht stehende, um ihn zu retten. Bitte, komm zurück in dein Zimmer."

"In-Ho, ich kann ihn nicht gehen lassen." Mit einem Mal wurde ich schlaff in seinen Armen. "Ich muss zu ihm." Dann war ich plötzlich wieder verschwunden und In-Ho starrte auf meinen in sich zusammengesackten Körper, der seltsam leer wirkte. Panisch rief er nach den Ärzten.

***

Der Raum war mit allem Prunk ausgestattet, den sich ein krankes Hirn ausdenken konnte. Jun-Ho saß auf einem Bett und schälte einen Apfel. Er trug die rote Robe des Königs mit der goldenen Drachenstickerei und sah zu mir: lauernd, abwartend und mit einer Spur von Wahnsinn in seinen Augen.

Ich hatte mich auf dem Boden zu einem kleinen Bündel zusammengekauert und meine Beine dicht an mich herangezogen. Um mich herum waren goldene Stäbe, die zu einem übergroßen Käfig gehörten. Mein linker Fuß war durch eine Kette an die Stäbe gefesselt und ich trug lediglich ein leichtes Hemd über meiner nackten Haut. Meine langen Haare waren offen und fielen in dichten Wellen über meinen Rücken. Jun-Ho liebte es, sein Haustier zu pflegen, zu kämmen und zu schminken. Heute hatte er mir rote Bäckchen auf die Wangen gemalt, damit ich nicht so blass aussehen würde. Mein Körper brannte, denn er benutzte ihn nach Belieben, aber er gehört schon lange nicht mehr mir. So-Ra mich hatte zwischenzeitlich verlassen, aber jetzt war sie wieder zurück.

"Jang-Mi, du siehst heute wirklich sehr hübsch aus. Ich denke, es wird Zeit, dass ich meinen Vogel wieder ein wenig fliegen lasse." Sein Lächeln jagte mir Schauer über meinen Körper. Ich wusste, was kommen würde und ich wünschte mich weit fort. Es war mir nicht einmal vergönnt, mich selbst zu töten. Würde ich das tun, machte diese Bestie sein Versprechen wahr. Anfangs hatte ich versucht, mich ihm zu verweigern, doch das hatte einer meiner Schwestern das Leben gekostet. Sie war gerade fünfzehn Jahre alt und dieses Tier hatte ihr die Kehle vor meinen Augen durchtrennt. Wer hätte ihn aufhalten sollen? Er war der König, meine Familie hatte ein neues Oberhaupt, das sich ihm unterworfen hatte. Und ich? Ich war sein Spielzeug, seine Beute.
Er warf den halb geschälten Apfel auf den Boden und kam mit einem langsamen Schritt auf den Käfig zu. Er genoss die Macht, die er über mich ausüben konnte. Ich wollte ihm zwar nicht mein Herz

schenken, aber er würde sich jedes Stückchen meines Körpers nehmen. Ich gehörte ihm, und das ließ er mich jederzeit wissen.

So-Ra schrie in mir und ich verstand. Vielleicht hatte sie mehr Mut als ich, sich gegen diese Bestie zu verteidigen. Ich begrüßte sie in meinem Körper. Als ich sie deutlich in mir spüren konnte, sagte ich die Worte, die ich die ganze Zeit in meinem Herzen fühlte und die auch So-Ra wissen musste. Doch meine Stimme war immer noch zu schwach. Dabei war es von größter Wichtigkeit, was ich ihr mitteilen musste. Fürs Erste zog ich mich wieder zurück und würde die Worte immer wieder leise flüstern, bis So-Ra sie hörte. Die Worte, die unsere gemeinsame Zukunft betrafen. Ich überließ ihr die Führung in der Hoffnung, dass sie mehr Mut hätte als ich.

"Jang-Mi, Jang-Mi, wenn du doch gehorsam wärst, dann könnte ich dich auch längere Zeit herauslassen. Aber da du immer wieder versuchst, davonfliegen ..." Er stand nun vor dem Käfig und ich musste zu ihm aufsehen. Langsam öffnete er den Knoten seines Hanbok und ließ achtlos das königliche Gewand auf den Boden fallen. In Vorfreude auf das, was er geplant hatte, öffnete er den Käfig und wollte seinen Vogel herausholen, als dieser unerwartet Gegenwehr zeigte.
Auf diesen Moment hatte ich gewartet. Ich schlang meinen Fuß mit der Kette um seinen Hals und begann mit aller Kraft und Gewalt zuzudrücken. Jun-Ho wehrte sich nach Leibeskräften und entwand sich meinem Griff. Schwer atmend saßen wir beide voreinander im Käfig und ich grinste ihn plötzlich böse an.

"Hallo Jun-Ho, ich bin wieder da."

Meine Stimme klang wie ein Psychopath und ich war vielleicht auch einer. Ich würde Jun-Ho hier in seiner Zeit vernichten. Egal wie. Ich würde mich befreien und Joon-Ki suchen. Ich war mir sicher, dass Jun-Ho ihn im Haus meines Vaters nicht getötet haben konnte, denn er lebte noch in der Gegenwart. Warum ich mir so sicher war? Keine Ahnung, ein Gefühl, eine Ahnung. Alles war eh verquer und nicht wirklich erklärbar und ich wollte mir auch über die Logik keine Gedanken machen. Einzig und allein die Rettung meines Liebsten zählte. Und der Tod des Tyrannen.

"So-Ra", erkannte Jun-Ho und dann lächelte er diabolisch. "Wie schön. Jang-Mi wurde auch ein wenig langweilig. So-Ra, ich freue mich darauf, dass du jetzt mein Gast bist. Ich denke, wir feiern jetzt gemeinsam unser Wiedersehen."

War dieser Typ dermaßen von seiner Libido gesteuert, dass er nur an das eine denken konnte? Ich hatte gerade versucht, ihm die Lebenslichter auszuspusten und jetzt dachte er nur daran, dass er mich, ha Wortspiel, vögeln wollte? Der Typ hatte wirklich den Schuss nicht gehört.

"Ehrlich, Yun-Ho. Komm zu dir. Wenn du Jang-Mi wirklich liebst, dann ist es dir wichtig, was sie fühlt, was sie denkt und wie sie empfindet. Du kannst doch nicht allen Ernstes glauben, dass du jemanden zwingen kannst, dich zu lieben? Und mit dieser Methode schon einmal gar nicht." Ich zeigte auf den Käfig und schüttelte den Kopf. Ob Reden bei ihm Sinn macht?

"Es ist mir egal, ob du", schaute er jetzt verwirrt, "oder ob sie mich liebt. Ich nehme mir das, was ich will. Wenn du es mir nicht freiwillig schenkst, dann hole ich es mir eben."

In diesem Moment schien er sich wieder daran zu erinnern, was er wollte, denn er robbte nun an mich heran und zog an meinen Füßen, bis ich breitbeinig vor ihm lag. Ja, sehr zärtliche Annäherungsversuche, wirklich. Als er meine Beine losließ, zog ich die Knie an und trat ihn mit voller Wucht dorthin, wo es ihm vermutlich am meisten weh tut. Mit einem schmerzhaften Aufschrei fiel er zurück und stieß mit seinem Kopf an die Gitterstäbe des vermaledeiten Käfigs. Plötzlich war er ruhig und ich sah, dass an dem vergoldeten Stab ein roter Fleck zu sehen war. Hatte ich ihn getötet? Ängstlich hielt ich ihm meinen Finger unter die Nase. Etwas unregelmäßig und sehr flach konnte ich seinen Atem spüren. Auch wenn ich ihn hasste, konnte ich dennoch keinem Menschen das Leben nehmen.

Dummerweise steckte mein Fuß immer noch in der Fessel und ich drehte und wendete ihn, doch ich konnte mich nicht befreien. Ich riss mir von meinem dünnen Hemd ein großzügiges Stück Stoff ab und stopfte es mir selbst in den Mund. Darauf beißend ertrug ich den Schmerz, als ich mir meinen Fuß ausrenkte. Endlich konnte ich ihn befreien. Auf einem Bein humpelnd griff ich den königlichen Hanbok und warf ihn mir über. Ich wusste, dass keine Wachen vor dem Zimmer waren, wenn der König mit mir "spielte". Er wollte ungestört sein und selbst wenn Wachen gehört hätten, dass es etwas rauer oder lauter zuging, hätten sie das Schlafgemach nicht betreten. Neben dem Bett war auf einer Art Ständer das kostbare Schwert seiner Majestät, das ich mir nun griff und als eine Art Krücke verwendete. Außerdem habe ich Jun-Ho das Siegel vom Gürtel genommen. Hiermit würde ich eine freie Passage im Palast gewährt bekommen. Dummerweise wusste der Jun-Ho aus der Zukunft, dass Taemin aus der Vergangenheit auf der Seite von Joon-Ki gestanden hatte und daher gab es bei der königlichen Leibgarde keinen Vertrauten mehr. Er hat alle Menschen in seiner Umgebung ausgetauscht.

Zumindest dachte ich das bis zu dem Moment, in dem ich das Schlafgemach verließ. Erschrocken blickte ich in die verhüllten Gesichter zweier komplett in schwarz gekleidete Männer, die mich wiederum so entsetzt ansahen als würden sie gerade einem Geist gegenüberstehen.

"Lady Jang-Mi-Ssi", hörte ich eine bekannte Stimme ungläubig flüstern und hätte vor Erleichterung beinahe geweint.

"Yo-Han", wisperte ich und als er nickte, liefen mir wirklich die Tränen über die Wangen. Yo-Han würde mir helfen. Ich könnte endlich dieser Hölle entkommen. Als er sah, dass ich humpelte, hob er mich auf seine Arme. Zuvor hatte er seinem Kumpel zugenickt und beide sorgten für unseren ungesehenen Rückzug.

Vermutlich waren sie mit einer anderen Absicht in den Palast eingedrungen, doch ich war ihnen so dankbar, dass sie mich zuvor retteten. Jetzt musste ich nur noch meinen Liebsten finden und mit ihm zusammen in meine Zeit reisen. Ach herrje, es war wirklich alles ganz schön verwirrend.

Yo-Han hatte mich auf seinen Rücken Huckepack genommen. Dank seiner Zeit als Captain der Leibgarde kannte er sich im Palast perfekt aus. Über geheime, schnelle Wege und nachdem wir gefühlt zwanzig Mauern überwunden hatten, waren wir außerhalb des Palastes, wo die beiden Männer ihre Pferde zur Flucht angebunden hatten. Yo-Han hob mich in den Sattel und stieg hinter mir auf. Gemeinsam jagten wir über den schmalen Weg hinter dem Palast hinein in den Wald.

Ich klammerte mich verzweifelt an den Sattel fest und irgendwann hatte Yo-Han ein Einsehen und legte seinen Arm um mich, damit ich etwas sicherer saß. Die Schmerzen in meinem Fuß brachten mich schier um, doch ich kämpfte darum, bei Bewusstsein zu bleiben. Wer wusste es schon, ob ich nicht einfach wieder im 21. Jahrhundert erwachen würde, wenn ich jetzt wegtrat? Dann wäre alles umsonst gewesen.

Nachdem wir tief in den Wald hinein geritten waren, zügelte Yo-Han das Pferd. Ich war halb benommen vom Schmerz und biss fest meine Zähne aufeinander. Ich musste durchhalten. Unbedingt. Endlich sprach mein Retter.

"Mylady, wir haben gleich unser Lager erreicht. Ich muss Euch leider die Augen verbinden." Er holte aus seinem Hemd eine schwarze Binde heraus und sah mich fragend an.

"Nur zu", antwortete ich mit zusammengepressten Zähnen. Besorgt sah mich Yo-Han an, doch ich schüttelte nur den Kopf. Wir hatten keine Zeit für Nebensächlichkeiten. Ich musste zu Joon-Ki.

Obwohl ich immer noch nicht sicher wusste, ob mein Geliebter in dieser Zeit noch lebte, wollte ich an nichts anderes denken. Yo-Han band vorsichtig die Augenbinde um meinen Kopf und schon setzten wir uns, dieses Mal etwas gemächlicher, in Gang.

Ich war anfangs erstaunt, dass er mir misstraute und mir die Sicht nehmen wollte, doch dann verstand ich plötzlich. Wenn ich nicht wusste, wo das Lager war, konnte ich auch nichts verraten. Ganz einfach.

Kurze Zeit später erreichten wir das Camp und Yo-Han nahm mir die Binde wieder ab. Schnell sah ich mich um. Es sah ähnlich aus wie das Camp, in dem ich schon einmal gewesen bin. Nur lag dieses gut versteckt mitten im Wald auf einem Berg.
Yo-Han hatte sein Pferd anhalten lassen und stieg ab. Er führte mich auf dem Rücken des Tieres bis vor ein Zelt, das etwas größer war als die anderen, dann reichte er mir seine Hände und half mir von dem hohen Rücken des Tieres.

"Er wartet drinnen auf Euch, Mylady."
Endlich. Endlich. Endlich! Trotz meiner Schmerzen wollte ich allein in das Zelt hüpfen, doch Yo-Han fasste mich wieder unter den Achseln und hob mich hoch.
"Er würde mich bestrafen, wenn ich Euch nicht zur Hand gehen würde", erklärte er schmunzelnd und ich protestierte nicht.
Neugierig sah ich mich im Zelt um, bis ich Joon-Ki endlich entdeckte. Er lag auf einem Bett und schien zu schlafen. Zappelig bat ich Yo-Han, mich schneller zu ihm zu bringen.
Obwohl wir sehr leise waren, schien mein Geliebter unsere Anwesenheit sofort zu bemerken. Verschlafen richtete er sich auf und sah in unsere Richtung, bis er mich entdeckte.

"So-Ra!" Seine Stimme war voller Unglauben und Freude. Er sprang von seinem Bett und riss mich förmlich aus Yo-Hans Armen. Dieser lachte leise und verließ ohne weitere Worte diskret das Zelt.

"Mein Liebling! Wo warst du? Ich habe das ganze Land abgesucht, nachdem du aus dem Haus deines Vaters verschwunden warst. Oh mein Gott! Er hat mir gesagt, er hätte dich für immer genommen. So-Ra, verzeihe mir, ich habe geglaubt, er hat dich getötet! Er sagte, du wärst über eine Klippe in den Tod gesprungen und hättest meinen Namen verflucht."

Tränen rannen ihm über die Wangen und ich weinte mit ihm zusammen. Genau wie Jun-Ho mir weisgemacht hatte, dass er meinen Liebsten getötet hatte, hat er meinem Liebsten erzählt, ich wäre gestorben.

"Ich wollte warten, bis ich aus diesem Körper verschwinde." Er hielt mich in seinen starken Armen und weinte. Ich küsste ihm die Tränen aus dem Gesicht und sah ihn beruhigend lächelnd an.

"Ich bin wieder da, mein Liebster."

Er nickte glücklich.

"Ja, du bist endlich wieder bei mir."

KAPITEL 29

Wir wussten, dass Jun-Ho vermutlich nicht aufgeben würde. Er war psychisch krank und hatte mehrmals bewiesen, dass er von Jang-Mi und mir besessen war. Das Schlimme war, dass Joon-Ki und ich einfach nicht wussten, wie wir die beiden Zeiten trennen sollten, damit wir nicht immer wieder einen Zeitsprung machten. Gemeinsam versuchten wir herauszufinden, warum wir drei, nämlich Min-Jun/ Park Joon-Ki, Min-Jae/ Hae Jun-Ho und Nam Jang-Mi/ So-Ra als einzige in der Zeit reisten. Wie konnte dieser Kreislauf unterbrochen werden?

Bei meinem ersten Sprung war ich auf dem Sofa eingeschlafen und hatte mir den Kopf an meinem Tisch angeschlagen. Vermutlich hatte ich sogar das Bewusstsein verloren und damit den ersten Zeitsprung ausgelöst. Mein zweiter Sprung war durch das Narkotikum erfolgt, das mir Hae Jun-Ho gewaltsam gegeben hatte. Auch hier war ich ohne Bewusstsein. Mein dritter Sprung war, als ich von der kritischen Situation Joon-Kis im Krankenhaus erfahren hatte. Hier war ich ohnmächtig geworden.

Joon-Ki erklärte, dass er beim ersten Mal in seinem Wohnwagen an einem Drehort einen Schwächeanfall gehabt hatte und bewusstlos wurde. Jetzt, bei diesem Mal, hat er es bewusst durch das gleiche Narkotikum verursacht, dass Jun-Ho uns beiden gegeben hatte. Also waren das schon einmal Anhaltspunkte. Wer bewusstlos wurde, reiste. Allerdings gab es auch hier Ausnahmen. Ich war beim ersten Sprung auf dem Weg nach Qing ebenfalls ohnmächtig geworden, doch ich bin in der Zeit geblieben und war nicht gesprungen. Es gab noch mehr Gelegenheiten, in den ich weggetreten war und nicht die Zeiten gewechselt habe. Es schien also nicht unbedingt immer und zuverlässig zu funktionieren.

Außerdem galt es herauszufinden, warum ausgerechnet wir drei derartig unterwegs waren. Okay, wir hatten eine verstrickte Liebesgeschichte. Joon-Ki und ich liebten uns innig, und das war sowohl im 17. Jahrhundert als auch im 21. Jahrhundert jeweils dann passiert, als ich 17 Jahre alt war. Beide Male, sowohl im Joseon als auch in Seoul war Min-Jun als auch Joon-Ki in mich verliebt, ohne dass ich das wusste. Beide Malen waren wir uns sicher, den Seelenpartner fürs Leben getroffen zu haben. Plötzlich fiel mir noch etwas ein. Sowohl Min-Jun, als auch Min-Jae hatten geschworen, dass wir uns ewig lieben würden - auch in unseren nachfolgenden Leben. Gab es so etwas? War das ein Schwur, der so etwas phantastisches, unglaubwürdiges ermöglichte?

"Warum kannst du das nicht als Erklärung nehmen? Immerhin sind wir in der Zeit gereist. Vermutlich gibt es viel mehr im Universum, als wir wissen."
Langsam nickte ich. Mir fiel keine bessere Erklärung ein und ich wusste nur, dass es komplizierter wurde, je öfter wir hin und herspringen. Man konnte es ja jetzt schon deutlich sehen, wo Jun-Ho der aktuelle König war und nicht Joon-Ki.
"Dann wird es vermutlich noch nicht vorbei sein", erklärte ich erschöpft. Sowohl Jang-Mi, Min-Jun und mein Liebster und ich hatten viel erdulden müssen. Unsere Leidenszeit im Käfig hatte ich tatsächlich für mich behalten. Zu schlimm waren die Erinnerungen und ich wollte sie einfach vergessen.

Wir verbrachten die nächsten Tage damit, uns zu lieben und wieder zu Kräften zu kommen. Das eine schloss das andere nicht unbedingt aus, auch wenn manch einer vielleicht anderer Meinung sein mag. Auch Joon-Ki hatte Geheimnisse vor mir, allerdings verstand ich mich mit Yo-Han so gut, dass er mir bei einem kleinen Schnäpschen verriet, dass Joon-Ki in tiefe Depressionen versunken war, als er dachte, er hätte mich für immer verloren. Ich hatte in der Gefangenschaft gelitten, aber mein Schatz hatte es in Freiheit nicht weniger.

Jun-Ho hatte damals bei seinem Besuch in der Residenz tatsächlich gekämpft und auch Menschen getötet. Es waren die Wachen meines Vaters, die er umgebracht hatte und er hatte weder meinen Vater noch Joon-Ki erwischt, auch wenn er alles darangesetzt hatte. Joon-Ki wollte mich zur Flucht aus meinen Räumlichkeiten abholen, allerdings hatte mich Jun-Ho zu dem Zeitpunkt bereits verschleppt. Zurückgelassen hatte er sein blutiges Schwert und eine Notiz, dass ich bei ihm sei. Später erhielt Joon-Ki eine Notiz mit einer Strähne meiner Haare und dem Bedauern, dass ich den Tod gesucht hätte. Das hatte ihn so aus der Bahn geworfen, dass er sterben wollte.

Vermutlich war das der Zeitpunkt, als ich in der Neuzeit im Krankenhaus war und Joon-Ki im kritischen Zustand. Merkwürdig an allem ist jedoch, dass ich ja nach meiner ersten Reise tatsächlich über die Klippe in den Tod gesprungen war und einfach in der Neuzeit wieder aufgewacht war. Hatte vielleicht Joon-Kis kritischer Zustand in der Neuzeit nichts mit seinem kritischen Zustand im Joseon zu tun?

Der Tag war gekommen. Obwohl Jun-Ho mittlerweile der König war und versucht hatte, seinen Halbbruder zu eliminieren, hatte er es zum Glück nicht geschafft. Joon-Ki, oder besser Prinz Min-Jun, hatte sehr viele Unterstützer im Land und obwohl viele der Wachen im Palast von Jun-Ho ausgetauscht worden waren, gab es auch hier sehr viele heimliche Rebellen. Der alte König, der Vater von Min-Jun und Min-Jae, war von seinem eigenen Sohn abgesetzt worden und lebte in einem Seiten Palast - eingesperrt von seinem unehelichen Kind und bewacht durch die Anhänger seiner ehemaligen Lieblingsfrau. Joon-Ki und seine Getreuen würden den wahren König befreien und seinen ursumpatischen Sohn entmachten, einsperren und die Bevölkerung von einem Tyrannen befreien. Das war der Plan.

Dieses Mal folgte ich meinem Liebsten zurück nach Hanyang und versteckte mich nicht im Haus von Yo-Han und seiner Frau. Es wäre auch sinnlos, da Jun-Ho das Versteck kannte und Yo-Han seine Familie schon vor längerer Zeit in Sicherheit gebracht hatte.
Wir ritten den Berg herunter und ich hatte das Gefühl, Teil von etwas ganz Großem zu sein. Stolz blickte ich zu meinem Liebsten, der auf dem Pferd so attraktiv wie nie aussah. Er war komplett in Schwarz gekleidet, was ihm außerordentlich gut stand. Seine Kleidung war mit silberner Stickerei verziert und ich hatte mir mit dem Drachen besonders viel Mühe gegeben. Der Drache war ein deutliches Zeichen dafür, dass er der wahre Thronfolger war. Jang-Mi hatte ihre Stickerei Künste herausgeholt und als ich ihm am Morgen den Hanbok übergab, hätte er ihn nicht stolzer anziehen können.

Wir erreichten die Hauptstadt am Nachmittag und natürlich wurden wir bereits erwartet. Jun-Ho hatte seine Truppen vor der Stadt in Stellung gebracht und normalerweise verließ ein König den gesicherten Palast auf keinen Fall. Jun-Ho war jedoch anders. Zu unser aller Überraschung erwartete er uns an der Spitze des Trupps. Er war jedoch nicht allein. Gefesselt, auf jeweils zwei Pferden, wurden zwei Männer herausgebracht. Mit Entsetzen mussten wir sehen, dass der eine Mann mein Vater und der andere der entthronte König selbst war. Jun-Ho war zu allem bereit.

"Ich lasse eure Väter am Leben, wenn ihr beide euch ergebt und zu mir kommt. Es wird keinen Kampf geben, kein Blut wird fließen."
Seine Stimme klang klar und entschlossen. Siegesgewiss lächelte er. Sowohl der alte König als auch mein Vater schüttelten den Kopf, wurden jedoch mit gezielten Hieben an ihre Schläfen bewusstlos gemacht.
"Min-Jae, oder besser Jun-Ho, lass uns kämpfen. Du und ich. Nur wir beide. Jang-Mi wird hierbleiben und warten. Was denkst du?"
Joon-Ki war bereit, sein Leben für das seines und meines Vaters in die Waagschale zu werfen. War er verrückt?

"Du glaubst, du kannst mich besiegen, Joon-Ki?"
Beide sprachen sich nicht mit ihren Namen aus diesem Jahrhundert an und ich überlegte, ob das gut oder schlecht war.
"Lass es uns tun, Jun-Ho." Die Stimme meines Liebsten war herausfordernd. Ich wusste, dass Min-Jun ein ausgezeichneter Schwertkämpfer war, aber Min-Jae war es ebenfalls. Beide Brüder

miteinander kämpfen zu lassen, hielt ich für sehr gefährlich. Vehement schüttelte ich den Kopf.

"Tu das nicht, Liebster. Bitte. Er wird nicht ehrlich kämpfen, bitte."

Joon-Ki beugte sich auf seinem Pferd zu mir hinüber und griff nach meiner Hand. Beruhigend drückte er sie.

"Vertraue mir", sagte er leise, und ich schüttelte immer noch den Kopf. Der Drache auf seiner Kleidung schien mir zuzubrüllen und ich wollte verzweifelt schreien. Doch ich wusste auch, dass die beiden diesen Kampf ausfechten mussten.

"Ich liebe dich", hauchte ich.

"Ich liebe dich noch mehr", bekam ich seine Antwort. Dann stieg er, genau wie Jun-Ho vom Pferd.

Die anderen Soldaten beider Lager traten zurück und bildeten einen Kreis um die beiden königlichen Männer. Ich ließ mir von Yo-Han vom Pferd helfen und mit seiner Hilfe humpelte ich dichter an das Geschehen. Kurz warf mir Jun-Ho einen Blick zu und zog eine Augenbraue hoch, als er sah, dass ich am Fuß verletzt war, dann konzentrierte er sich wieder auf seinen Gegner.

Der Kampf war genau wie befürchtet sehr ausgeglichen. Ich hatte wenig Ahnung vom Schwertkampf, aber es sah nicht so aus, als hätte einer der beiden einen Vorteil. Sie schlugen gleichmäßig kräftig aufeinander ein, wichen aus, umtanzten sich und griffen wieder an. Jedes Mal zuckte ich erneut zusammen, als ich das Klirren des Stahls aufeinander vernahm. Mit der Zeit wurden beide etwas müder. Ihre Bewegungen waren nun gezielter, weniger spielerisch und ganz deutlich in der Absicht, dem Gegner einen tödlichen Streich zu verpassen.

Endlich hatte Joon-Ki einen Angriff mit einer Parade abgewehrt und diese zu seinem Vorteil genutzt. Für Jun-Ho überraschend spürte er plötzlich die Klinge von Joon-Kis Schwert an seinem Hals.

"Du hast verloren, Jun-Ho."

Jun-Ho ließ sein Schwert fallen und hob die Hände. Der Kampf war vorbei, ich atmete erleichtert aus. Glücklich humpelte ich zum Glückwunsch zu meinem Liebsten. Er hatte sich zu mir gewandt und sah nicht, dass Jun-Ho in seinem Rücken aufgestanden war und das Schwert zu einem tödlichen Hieb schwang. Ich konnte es jedoch sehen und mit einem beherzten Schubser warf ich meinen Liebsten aus der Bahn. Als die Klinge in meinen Körper eindrang, riss ich verwundert meine Augen auf. So war das aber nicht geplant, dachte ich, ehe ich auf der Stelle zusammenbrach.

"So-Ra" "Jang-Mi"

Die Schreie der Männer kamen gleichzeitig und ich sah, wie beide sich zu mir auf den Boden warfen. Merkwürdigerweise hatte ich keine Schmerzen. Ich sah hinauf zu meinem Liebsten und dann zu Jun-Ho. Jeder hielt eine meiner Hände und ich hatte nicht die Kraft, Jun-Ho meine zu entziehen. Nicht einmal wenn ich sterbe, lässt er mich in Ruhe, dachte ich.

Und plötzlich hörte ich sie: Jang-Mi sprach deutlich in meinem Kopf. Ihre Worte waren klar und verständlich, und plötzlich ergab alles einen Sinn.

Ich spürte, wie ich immer schwächer wurde und mir nicht mehr viel
Zeit blieb. Dann sprach ich die Worte, die uns hoffentlich für immer
trennen würden.

"Ich will, dass Jang-Mis Liebe und die Liebe von euch zu Jang-Mi
hier endet. Jang-Mi will euch nie wieder sehen und sollte sie
wiedergeboren werden, werdet ihr sie nicht erkennen. Der Fluch soll
gebrochen werden."
Ich hoffte, dass meine Worte ausreichen würden und ich keinen
Fehler gemacht habe. Ich sah die entsetzen Gesichter der beiden
Männer, dann schloss ich meine Augen und verließ diese Welt
hoffentlich für immer, um nie wieder zurückzukehren.

KAPITEL 30

"Okay, mach dir keine Sorgen, Eonni[29]. Ich bin pünktlich. Ja, In-Ho
ist bereits hier und wir fahren rechtzeitig los. Er ist seit letzter Woche
aus Japan zurück. In-Ho?"
Ich wandte mich an den Maknae von Star.X, der bequem auf
meinem Sofa lümmelte und mit der Fernbedienung zappte. Als ich
ihn ansprach, hob er den Kopf.
"Yunai will wissen, ob du an die Vordrucke für die Deko gedacht
hast, die sie dort bestellt hat? Ja, Yunai, er nickt. Okay. Wir sehen

---

[29] Große Schwester

uns dann morgen auf der Feier. Sei nicht so nervös, große Schwester. Es ist noch nicht deine Hochzeit."

Als ich aufgelegt hatte, warf ich mich zu In-Ho aufs Sofa, der sofort ein Stückchen zur Seite rückte.

"Wasn' los?" Er nuschelte zwischen den beiden Stückchen Pizza, die er versuchte in diesem Moment gleichzeitig in seinen Mund zu schieben.

"Fressack", schimpfte ich, und griff blitzschnell nach dem letzten Stück, ehe mein bester Freund auch dieses in seinen Nimmer-satt-Schlund stecken konnte.

"Meine Eonnie[30] ist so aufgeregt. Dabei ist ihre Verlobung doch nur eine Formsache. Ich meine, Sunny und sie, die beiden sind schon so lange zusammen. Warum macht sie daraus so einen Wirbel?"

Ich schüttelte den Kopf und biss herzhaft in den Teig mit Salami. Mit einem Mal kam mir etwas in den Kopf. In letzter Zeit waren meine Gedanken ein wenig sprunghaft, aber ich erinnerte mich plötzlich an etwas, was ich In-Ho die ganze Zeit fragen wollte.

"Du, sag mal. Ist der Schauspieler Park Joon-Ki auch da? Ich habe immer vergessen, Yunai nach den anderen Gästen zu fragen. Kannst du dich daran erinnern, dass ich ihm damals auf der Gartenhochzeit von Jae und Lisanne total peinlich ein Liebesgeständnis gemacht habe? Oh man, das war so etwas von unangenehm. Zum Glück wird er sich nicht mehr daran erinnern, weil er bestimmt tausende Geständnisse in seinem Leben bekommen hat."

---

[30] große Schwester

In-Ho grinste mit vollem Mund und machte ein Zeichen mit dem Daumen auf sich selbst, während er weiter die Pizza kaute.

"Ja, ich weiß. Du auch, mein Superstar. Gibst du mir mal die Cola rüber, bitte?"

"Also", mümmelte mein Freund immer noch mit vollem Mund, "Sunny hat, so viel ich weiß, auch ein paar andere Kollegen aus der Agentur eingeladen. Joon-Ki-Sunbae gehört mit Sicherheit auch dazu. Hast du davon gehört, dass er mit einer aus unserer Agentur zusammen ist? Letztens hat mir eine von den Trainees das Gerücht erzählt. Ich habe ihn aber noch nie mit ihr zusammen gesehen. Sie ist auch Schauspielerin und total hübsch. Park Joon-Ki hat als alleinerziehende Vater bestimmt nach einer Frau gesucht, die seine Tochter auch akzeptiert. Muss nicht einfach sein, so Job und Kind unter einen Hut zu bringen."

In-Ho brabbelte noch ein wenig vor sich hin und ich lauschte interessiert. Klatsch und Tratsch aus seiner Company war immer mega spannend und ich hörte es mir wahnsinnig gerne an. Natürlich war er bei mir absolut sicher und das wusste mein Freund. Er würde in Teufels Küche kommen, wenn bekannt würde, dass er ein kleines Lästermäulchen war. Nicht einmal seine großen Band Brüder wussten davon. Kichernd lehnte ich mich auf dem Sofa zurück und schob meine Füße unter seine Oberschenkel. Protestierend klopfte er darauf, doch wie immer gab er nach und wärmte meine Beine. Wir waren so vertraut wie Bruder und Schwester, nur ohne Streit. In-Ho war mein bester Freund seit meiner Schulzeit und wir verstanden uns blind. Leider mussten wir dennoch stets aufpassen, dass man uns nicht gemeinsam in der Öffentlichkeit sah, da dieses aufgrund seines Star-Status unweigerlich zu Gerüchten geführt hätte. Also besuchte er mich in meiner kleinen Wohnung oder ich ihn in seinem Luxus-Apartment. Nach dem gemeinsamen Pizza-Essen würden wir nachher noch einen neuen Film zusammen im Kino sehen. Das ging wegen seiner Berühmtheit nur in der Nachtvorstellung und in wenigen Kinos, aber das war unser Plan für heute.

Tatsächlich schlief ich jedoch auf dem Sofa ein und wurde wach, als In-Ho mich in mein Bett trug. Er konnte noch solch ein Blödmann sein, aber er war fürsorglich und kümmerte sich um mich. In letzter Zeit ging es mir nicht besonders gut. Ich schlief schlecht, hatte Albträume und auch einiges ungewollt an Gewicht verloren. Medizinische Ursachen gab es keine für meinen Zustand und ich wusste, dass In-Ho sich Sorgen um mich machte. Aus diesem Grund verbrachte er viel Zeit mit mir, wenn er beruflich nicht gerade unterwegs war, und versuchte mich aus meinem Stimmungstief zu reißen.

Am nächsten Tag fuhren wir wie vereinbart rechtzeitig zu dem Ort, an dem die Verlobungsfeier stattfinden würde. Yunai und Sunny hatten einen kleinen Saal in einem teuren Hotel gemietet und erwarteten über fünfzig Gäste zur Verlobungsfeier. Das war eigentlich in Korea nicht besonders üblich und schon gar nicht in diesem Ausmaß, doch Yunai wollte gemäß deutscher Traditionen die Feier so groß in Gedenken an unsere Eltern gestalten. Ich fand die Idee klasse, denn ich konnte mich noch dunkel daran erinnern, dass unsere Mutter immer davon geträumt hatte, ihre Hochzeit eines Tages mit allem Brimborium nachzufeiern. Leider war es ihnen nicht mehr möglich gewesen, da sie vor der Umsetzung ihrer Pläne beide verstorben waren. Dieser Umstand war der Grund, warum In-Ho in einem Abendanzug, der ihm zugegebenermaßen wahnsinnig gut stand, und ich in einem engen, sexy Abendkleid aus dem sportlichen italienischen Wagen des Maknae ausstiegen und Richtung Hoteleingang gingen.

In-Ho hatte meine Hand in seine Armbeuge gelegt und ich schritt neben ihm wie eine Prinzessin. Grinsend sah ich zu ihm hoch an und freute mich, als ich die Bewunderung in seinen Augen sah. Ich sah gut aus, da war ich mir sicher. In-Ho und ich waren kein Liebespaar, aber In-Ho war dennoch ein Mann, der attraktive Menschen zu schätzen wusste.

Als wir das Foyer betraten, wurden wir von einem Mitarbeiter in Empfang genommen und zum Festsaal begleitet. Ich ließ die eleganten und luxuriösen Räumlichkeiten des First Class Hotels auf mich wirken. Die blank polierten Böden glänzten im Schein der Lichter, die alles in sanftes Licht tauchten. Spiegel, opulente Blumensträuße in riesigen Vasen und zwischendurch Nischen mit teuren und bequem aussehenden Möbeln, die zum Verweilen einluden, führten uns zum Festsaal am Ende des Flures. Der Hotelmitarbeiter öffnete uns die Tür zum Saal und wir traten ein

Der Raum war wunderschön und sah nicht aus wie ein Festsaal. Vielmehr wie das riesige Wohnzimmer in einer Luxusvilla. Überall standen breite Sessel, kleine Tischchen und Sofas, bespannt mit dunkelroten, blauen und goldenen Stoffen und erinnerten an die Einrichtung alter europäischer Schlösser. Das Licht war ein wenig gedämpft und ich hörte Musik, die ein Mann im Frack auf einem wunderschönen schwarzen Flügel spielte. Eine etwas rundliche Frau sang dazu in einer traumhaften Altstimme und ich beglückwünschte Yunai zu diesem wunderschönen Ambiente.

Das tat ich wirklich, denn in diesem Moment kam sie am Arm ihres Verlobten auf uns zu, um uns zu begrüßen.

Meine Schwester war einiges größer als ich, sehr schlank, sehr hübsch und die beste Verwandte der Welt. Ihr zukünftiger Mann war der Leader der Band Star.X, sehr groß, sehr blond und dazu auffallend attraktiv, wie alle Mitglieder der K-Pop Gruppe. Sunny lächelte breit, als er In-Ho und mich sah, zog mich spontan in seine Arme und drückte mich an seine breite Brust. Überrumpelt ließ ich das geschehen, doch dann trat ich peinlich berührt einen Schritt zurück. Auch wenn er mein Schwager werden würde, war ich als Jugendliche mal ein großer Fan von ihm gewesen und solche Freundschaftszeugungen machten mich verlegen.

Sunny lachte und klopfte seinem Maknae hart auf die Schulter. Er hatte zusammen mit den anderen Member der Band meinen besten Freund mehr oder weniger großgezogen und jetzt war es so, als würde der Papa heiraten und seinen Sohn und seine Schwiegertochter willkommen heißen.

Grinsend hakte sich Yunai wieder bei ihrem Liebsten unter und forderte uns auf, uns etwas zum Trinken von schwebenden Tabletts zu nehmen. Fragend sah ich sie an und als sie auf die Kellner zeigte, die diskret zwischen den Gästen herumliefen, lachte ich auf. Yunai und ich teilten den Humor. Eindeutig.

In-Ho hatte sich von mir getrennt und begrüßte ein paar Kollegen aus seiner Company, während ich nach anderen bekannten Gesichtern Ausschau hielt. Ich entdeckte Taemin und seine rothaarige Frau Emmy, die zusammen mit Park Jae-Woon, dem CEO von Woon-Entertainment, und seiner blonden Frau Lisanne standen. Beide Männer waren ausgesprochen hübsch in ihren Abendanzügen anzusehen, doch die beiden deutschen Frauen überstrahlten sie mit ihrer Schönheit. Etwas weiter entdeckte ich Yeon, der mit Joon, seinem Freund, und einem weiteren Mann zusammenstand. Ich lächelte Joon zu, denn er war neben In-Ho einer meiner besten Freunde und er hatte in seiner Zeit als Trainee und bevor er mit seiner Gruppe als K-Pop Idol berühmt wurde, in unserer Familienbäckerei gearbeitet.

Joon winkte mir erfreut zu, denn wir hatten uns eine ganze Zeit lang nicht gesehen. Ich griff mir ein Glas Champagner von einem "vorbei schwebenden" Tablett und ging zu ihnen hinüber.

"Joon, Yeon, schön, euch beide endlich mal wieder zu sehen", begrüßte ich meine Freunde und prostete ihnen zu. Jetzt drehte ich mich um und erkannte den Mann, der bei ihnen gestanden hatte. Es war der Schauspieler Park Joon-Ki, für den ich als Teenager genau wie für Star.X geschwärmt hatte.

Freundlich lächelte ich ihn an und bemerkte, dass er tatsächlich genauso attraktiv im wahren Leben aussah, wie auf dem Bildschirm. Ich sah eher selten Fernsehen, und daher kannte ich keine seiner Serien. Allerdings hatte ich gehört, dass er hauptsächlich Actionfilme drehte und dann viele seiner Stunts selbst machte. Anerkennend, aber diskret scannte ich seinen Körper. Er war nicht so groß wie In-Ho, aber dafür breiter und vermutlich auch muskulöser. Er hatte breite Schultern, war ziemlich schlank und seine Haut war ein kleines bisschen dunkler als die meiner K-Pop Freunde. Mir persönlich war diese natürliche Farbe lieber.

Park Joon-Ki betrachtete mich genauso neugierig und ich sah in seinen Augen wie zuvor schon bei In-Ho ein anerkennendes Blitzen. Freundlich hob ich mein Glas und begrüßte ihn.

"Park Joon-Ki-Ssi, ich bin die Schwester der Braut, So-Ra. Sie werden sich nicht mehr an mich erinnern, aber wir sind uns vor vielen Jahren bereits einmal begegnet. Damals war ich 17 Jahre alt und habe Ihnen einen peinlichen Antrag gemacht."

Ich lachte und dachte daran zurück, wie unangenehm mir damals seine Abfuhr gewesen war. Park Joon-Ki schien kurz zu überlegen, dann lächelte er, wobei sich zwei niedliche Grübchen auf seinen Wangen zeigten. Ach, er war schon ein Süßer, dachte ich.

"Sie waren das also?"

Er grinste noch breiter und ich war von seiner humorvollen Antwort angetan. Er schien sich selbst nicht so ernst zu nehmen, und das fand ich überaus sympathisch. Nach ein paar weiteren belanglosen Worten verabschiedete ich mich und ging weiter zum nächsten Tisch, um hier die Aufgaben der zweiten Gastgeberin zu übernehmen. Meine Gedanken und Blicke schweiften jedoch immer wieder zurück an den Tisch, an dem der attraktive Schauspieler stand und ich spürte seine Blicke ebenfalls auf mir liegen. Sehr interessant, dachte ich erfreut.

Ich saß auf einem der Sessel in einer etwas ruhigen Ecke und rieb mir meine Fesseln. Mir taten meine Füße in den ungewohnten High Heels weh und ich wollte sie einen kleinen Moment schonen. Wir waren bereits seit zwei Stunden unermüdlich dabei gewesen, die Gäste zu unterhalten und ich hatte einen leichten Schwips vom Champagner. In-Ho hatte mich unterstützt und tauchte immer mal wieder an meiner Seite auf. Jetzt stand er zusammen mit Lisanne und lachte über einen Witz, den die Blondine gerade machte. Sie war eine gute Freundin meiner Schwester und ich mochte sie auch sehr gerne. Wir hatten uns noch nicht allzu oft getroffen, aber jedes Mal, wenn wir miteinander sprachen, war sie stets freundlich und mir zugewandt gewesen.

Jemand ließ sich auf dem leeren Sessel neben mir nieder. Noch ein Gast, der ein wenig Ruhe brauchte?
"Park Joon-Ki-Ssi", stellte ich überrascht fest. Ich hatte gedacht, der schöne Schauspieler wäre bereits vor längerer Zeit gegangen, doch zu meinem Erstaunen war er genau wie alle anderen Gäste immer noch auf der Feier, obwohl ich ihn schon längere Zeit nicht mehr gesehen hatte. Das hatte mich ein wenig betrübt, denn für weitere Gespräche mit dem schönen Schauspieler hatte ich leider keine Zeit gefunden. Um so mehr freute ich mich, dass er nun neben mir Platz genommen hatte.

"So-Ra, stimmt's? Die kleine Schwester."
Er lächelte und hob sein Champagnerglas. Freundlich nahm ich mein eigenes in die Hand und stieß mit ihm an.

"Werden Sie auch auf der Hochzeit meiner Schwester sein? Ich kann
Ihnen dann wieder einen Antrag machen. Sozusagen in alter
Tradition."

Ich lachte leise, denn ich fand meinen Scherz wirklich gut.
Allerdings hörte ich sofort wieder auf, als ich bemerkte, dass er mich
ernst und gar nicht so amüsiert ansah. Hatte ich ihn beleidigt? Ich
wollte gerade aufstehen und mich entschuldigen, als mich seine
Worte zurückhalten.

"Ehrlich gesagt kann ich mich tatsächlich noch sehr gut an Sie
erinnern. Sie trugen damals einen schwarzen Rock, eine Bluse und
eine kleine Schürze. Ich habe mir von Ihnen zwei Stückchen Kuchen
geben lassen. Nicht beide auf einmal, sondern nacheinander. Das
zweite Stückchen habe ich nicht gegessen, aber ich wollte sie
unbedingt noch einmal sehen. Als sie mir damals ihr Geständnis
gemacht haben, fühlte ich mich wie ein König. Als ich erfahren habe,
dass sie noch minderjährig waren, dachte ich daran, mich strafbar
zu machen. Ja, So-Ra, ich kann mich an Sie erinnern."

Sprachlos fiel mir mein Unterkiefer herunter. War das sein Ernst? Er
wollte sich nach sieben Jahren immer noch an unser zugegeben
peinliches erstes Treffen erinnern? Er, der Superstar und ich, die
kleine Schülerin?
"Wenn Sie mir auf der Hochzeit Ihrer Schwester einen Antrag
machen, würde ich ihn nicht ablehnen."
Was, bitte schön, war hier los? Verwirrt sah ich ihn an. Hatte ich
gerade richtig gehört? Joon-Ki sah mich an, als suchte er etwas in
meinen Augen. Etwas, von dem er wusste, es müsste dort sein. Als

er das scheinbar nicht in meinem Gesicht finden konnte, blitzte kurz Enttäuschung in seinem Blick auf, doch dann lächelte er.
"So-Ra, würden Sie morgen mit mir zusammen Essen gehen?"

Ich wartete nervös vor dem Haus auf meine Verabredung. Pünktlich vor der verabredeten Zeit fuhr ein super teurer Sportwagen vor und Park Joon-Ki stieg aus. Es schien ihm nichts auszumachen, dass man ihn erkennen könnte, und erstaunlicherweise ließen ihn die Menschen in Ruhe, obwohl sie ihn mit großen Augen und offenen Mündern anstarren. Einige zücken ihre Handys und machen unverhohlen Fotos oder Videos von dem Superstar. Auf Joon-Kis Anraten hin hatte ich mir eine Gesichtsmaske angezogen und eine große Sonnenbrille auf die Nase gesetzt. Wer mich nicht gut kannte, würde mich mit dieser Maskerade nicht erkennen können. Auch ich starrte ihn an und war froh, dass meine Maske den heruntergefallenen Unterkiefer verbarg. Dieser Mann war ein lebendiger, atmender Gott auf Erden. Er trug eine lässige, elegante Hose, einen teuren Pullover und sah in dieser Kleidung aus wie ein Model. Seine Sonnenbrille hatte er beim Aussteigen aus dem Sportwagen abgesetzt und ich schaute in seine blitzenden Augen, die mich voller Anerkennung musterten. Ein heißer Schauer rann über meinen Rücken und ich hatte plötzlich ein Déja Vu. Doch ich war mir sicher, dass wir uns außerhalb des Gartens, in dem die Promi-Hochzeit stattgefunden hatte, und in dem Saal der Verlobungsfeier zuvor noch niemals gesehen hatten.
Höflich öffnete mir Joon-Ki die Beifahrertür und ließ mich in sein Auto einsteigen.

Unruhig knetete ich meine Hände in meinem Schoß. Es war eine Sache, auf der Party meiner Schwester bis in den frühen Morgen mit einem Mann zu reden, zu lachen und Geheimnisse auszutauschen und eine andere im Sonnenlicht neben ihm auf engen Raum in seinem Auto zu sitzen und irgendwohin zu fahren, wo wir ebenfalls alleine wären. In meinem Bauch tobten die Schmetterlinge und ich kam mir ein bisschen vor, wie ein kleines unbeholfenes Mädchen neben dem erfahrenen, weltgewandten und sexy Mann. Er schien meine Nervosität zu spüren, denn er erzählte auf dem Weg zum Restaurant lustige Anekdoten aus seinem Berufsleben, ohne jemanden schlecht dabei wegkommen zu lassen. Auf meine vorsichtige Frage nach seiner Tochter Mi-Yun antwortete er ebenso bereitwillig. Merkwürdigerweise dürstete es mich danach, möglichst viel von dem Kind zu erfahren, und Yoon-Ki wurde auch nicht müde, von ihr zu erzählen.

Das Restaurant war ein wenig außerhalb von Seoul und idyllisch am Fuße eines Berges gelegen. Man konnte aus dem Panoramafenster die gegenüberliegenden Klippen sehen und ich bekam plötzlich eine Gänsehaut. Joon-Ki war meinem Blick gefolgt und lächelte.

"Die Klippe nennt man Jungfernfall."
Ich sah ihn fragend an. Der Name war ungewöhnlich.
"Die Bezeichnung kommt wohl daher, weil sich von dieser Klippe junge Frauen in den Tod gestürzt haben sollen, weil sie nicht die für sie bestimmten Männer heiraten wollten. Ich bin froh, dass wir nicht mehr in solch düsteren Zeiten leben."

Immer noch starrte ich aus dem Fenster und sah mit Schaudern auf den überhängenden Felsen in der Höhe.

"Wenn du willst, können wir uns woanders hinsetzen oder die Plätze tauschen", bot Joon-Ki an.

Ich schüttelte den Kopf. Die Armen Frauen, die sich von dort aus zu Tode gestürzt haben sollen, waren vermutlich schon lange zu Asche geworden.

Das Essen war super lecker. Joon-Ki hatte mich in ein französisches Restaurant geführt und ich habe in meinem ganzen Leben noch nie so fein gewürzte und ansprechend präsentierte Speisen gesehen. Mein Gastgeber erzählte mir, dass er für eines seiner Dramen kochen lernen musste, da er den Chef eines teuren Restaurants spielte. Ich hörte das mit Vergnügen. Vielleicht komme ich eines Tages in den Genuss und dürfte etwas essen, was er persönlich zubereitet hatte?

Nach dem Hauptgang lehnte ich mich entspannt, satt und zufrieden auf meinem Stuhl zurück. Gar nicht mehr so verlegen und schüchtern, rieb ich mir über mein rundes Bäuchlein und strahlte mein Gegenüber an. Er hatte soeben einen leckeren Nachtisch für uns beide bestellt und ich freute mich darauf. Es war tatsächlich das erste Mal seit langer Zeit, dass ich wieder Appetit hatte und als nun die Mousse au Chocolat vor mir stand, genoss ich sie mit allen Sinnen. Park Joon-Ki sah mir beim Essen zu und lächelte unentwegt. Ihm schien es Freude zu machen, dass ich mich nicht mädchenhaft zurückhielt, sondern herzhaft zulangte.

"Ich frage mich, wo du das alles lässt", wunderte er sich und plötzlich beugte er sich vor, mir mit dem Daumen einen Fleck Schokomus aus dem Gesicht zu wischen. Dabei kam er mir sehr nahe und ich spürte wieder, wie die Schmetterlinge aufgeregt in meinem Bauch flattern. Nervös schluckte ich und sah ihn mit großen Augen an. In diesem Moment schien ihm bewusst zu werden, wie intim diese Geste wirkte und er hielt mitten in der Bewegung inne. Sein Blick wanderte von meinen aufgerissenen Augen hinunter zu meinem Mund. Ich schluckte schwer und sah ein winziges kleines Lächeln in seinen Mundwinkeln. Ich wich auf meinem Stuhl zurück, da ich fürchtete, mich selbst nicht mehr unter Kontrolle halten zu können. Dieser Mann war alles, was man sich als Frau erträumen konnte und brandgefährlich für meine Seele.

"Du spielst den Verführer gar nicht so schlecht."
Meine Stimme klang fester als vermutet. Joon-Ki grinste und nahm seine Serviette. Er reichte sie mir und schnell griff ich danach, um mein rotes Gesicht dahinter zu verstecken. Er hat mich erwischt. Okay, er war mega attraktiv, aufmerksam und erfahren. Außerdem kannte er seine Wirkung auf das andere Geschlecht sehr gut und ich, ja, ich gab es zu, ich war ein williges Opfer. Allerdings hieß das nicht, dass ich mich durch ein paar nette Worte, aufmerksamen Gesten und bewusst eingesetzte Verführungstaktiken sofort für jemanden erwärmte. Doch von diesem Mann ging etwas aus, das mich im Innersten berührte. Ich konnte es nicht benennen, aber es war wie nach-hause-kommen. Als hätte ich mein ganzes Leben auf ihn gewartet, was natürlich völliger Blödsinn war.

Auf dem Weg hinaus zum Auto kam uns plötzlich ein junges Pärchen entgegen. Er war ein sehr attraktiver Mann und an seiner Hand führte er eine junge hübsche Frau, die ihn verliebt anhimmelte. Park Joon-Ki stutzte einen kurzen Moment und es machte fast den Eindruck auf mich, als suchte er nach einer Fluchtmöglichkeit. Wollte er dem anderen Paar nicht begegnen, weil er sich meiner schämte? Ich wollte gerade beleidigt sein, als er plötzlich überraschend nach meiner Hand griff und mich enger an sich zog. Mit energischen, entschlossenen Schritten ging er mit mir an der Hand direkt auf das Paar zu.

Der junge Mann war sehr attraktiv und ich hatte die vage Erinnerung, ihn schon einmal irgendwo gesehen zu haben. Es war offensichtlich, dass die Männer sich kannten, und so blickte ich neugierig auf den Fremden und seine Begleitung, die beide genauso interessiert zurück sahen.

Eigentlich war mir alles egal, denn Park Joon-Ki hielt mich an der Hand und ich spürte seine Finger fest um meine. Das Gefühl, das er mir vermittelte, war Ruhe, Entschlossenheit und seine Stärke. Ich fühlte mich seltsam geborgen, sicher und unbesiegbar, als ich neben ihm zu dem anderen Pärchen schritt. Merkwürdigerweise spürte ich eine gewisse Nervosität und das hatte ausnahmsweise nichts mit dem umwerfenden Mann neben mir zu tun. Es lag an dem anderen, etwas jüngeren Mann, der uns nun mit festem Blick entgegensah, ehe er freundlich lächelte, als wir endlich vor ihm standen.

"Park Joon-Ki, Sunbae, wie schön Sie hier zu sehen!"

Die Stimme unseres Gegenübers war freundlich und ich versuchte immer noch herauszufinden, woher ich ihn kannte. Jetzt sah er mir direkt in die Augen und ich hatte plötzlich ein merkwürdiges Kribbeln in meinem Bauch. Ihm schien es ähnlich zu gehen, denn kurz runzelte er seine glatte Stirn und schien nachzudenken. Dann lächelte er.

"Ah, ich glaube, ich habe Sie kürzlich getroffen, als ich in Ihrem Architekturbüro war und mit Ihrem Chef meine Pläne für den Bau meines Hauses besprochen habe, kann das sein?"
In diesem Moment fiel es mir ebenfalls ein und ich nickte erleichtert auf. Er war ein neuer Klient meiner Firma, der sich in einem der Außenbezirke ein neues Haus im Stil eines Hanoks bauen lassen wollte. Erfreut begrüßte ich ihn, da ich in dem Projekt tatsächlich mit einbezogen werden würde.

"Wart ihr schon essen, oder wollt ihr noch?" Er sah auf uns beide, und dann schüttelte er den Kopf. "Wie dumm, ihr kommt ja gerade aus dem Restaurant. Darf ich euch vielleicht dennoch zu einem Getränk einladen? Meine Verlobte und ich haben etwas zu feiern und ich freue mich sehr, dass ich hier meinen geschätzten Kollegen treffe. Oder ist das gerade sehr unpassend?"
Er blickte diskret auf unsere ineinander verschlungenen Hände und zog lächelnd und verstehend eine Augenbraue hoch. Erwischt, dachte ich und wusste, dass Joon-Ki das sehr wohl genau so gewollt hatte. Er war der Star. Wenn er nicht diskret sein wollte, dann war das seine Entscheidung.

"Ich weiß nicht? Eigentlich wollte ich So-Ra noch etwas zeigen, aber wenn sie bleiben möchte?" Joon-Ki hielt sich bedeckt, aber ich konnte sehen, dass er lieber mit mir fahren wollte.

"Ach, ich denke auch, wir verschieben es vielleicht auf ein anderes Mal", bot ich den Ausweg an.

"Gerne, dann vielleicht beim nächsten Mal. Allerdings könnte das ein etwas offizillerer Anlass sein."

Er grinste breit und die junge Frau an seiner Hand lächelte sowohl stolz als auch verschämt. Joon-Ki und ich haben verstanden.

"Herzlichen Glückwunsch, Yun-Ho-Ssi. Ich hoffe, ihr beide werdet glücklich und habt ein Leben voller Liebe vor euch."

Park Joon-Ki schien übermäßig erfreut zu sein und ich war merkwürdigerweise ebenfalls sehr erleichtert. Hae Jun-Ho machte ebenfalls einen etwas verwirrten Eindruck. Einen kurzen Moment hatte ich das Gefühl, dass ich so schnell wie möglich die Hand von Joon-Ki packen und so weit wie möglich wegrennen müsste. Doch mit einem Mal war es, als wäre eine schwarze Wolke plötzlich weitergezogen und es wurde wieder warm und hell.

Wir verabschiedeten uns voneinander und als Joon-Ki und ich auf dem Weg zu seinem Auto waren, drehte ich mich noch einmal kurz um und sah, wie Hae Jun-Ho seiner Verlobten eine Hand auf den Bauch legte und sie leidenschaftlich küsste. Park Joon-Ki hatte es ebenfalls gesehen und ich bemerkte, dass er erleichtert lächelte, als wäre soeben etwas wirklich Wichtiges geschehen.

Aufmerksam half er mir in seinen Wagen hinein und als er ebenfalls eingestiegen war, drehte er sich zu mir um.

"Ich möchte dich gerne meiner Tochter vorstellen."
Erstaunt sah ich zu ihm hinüber. War er nicht furchtbar schnell mit
allem? Obwohl ich mich in vielen Dingen als moderne junge Frau
betrachtete, war ich in Sachen Dating sehr konservativ. Ich hatte in
meinem ganzen 24 jährigen Leben bislang nur einen einzigen
Freund gehabt und diese kurze Beziehung war ein absoluter Reinfall
gewesen. Dating war für mich Neuland und ich war in diesem
Bereich absolut vorsichtig und auch unerfahren. Erstaunlicherweise
hatte ich bei Joon-Ki jedoch den Wunsch, dass wir gerne einige
Regeln überspringen könnten und direkt zum Wesentlichen
kommen. Ich hatte das Gefühl, ich hätte bereits zu viel Zeit verloren
und müsste jede Sekunde mit diesem Mann verbringen, ihm nahe
sein, ihn besser kennenlernen und daher stimmte ich sofort und
ohne Zurückhaltung zu seine Tochter kennenzulernen.

Wir kamen nach einer kurzen Fahrt an seiner prächtigen Villa an. Er
hatte von unterwegs aus bereits seiner Haushälterin und dem
Kindermädchen Bescheid gegeben, dass wir in Kürze da sein
würden und so war es keine so große Überraschung, dass wir
bereits erwartet wurden.
Ein entzückendes kleines Mädchen stand an der Hand einer nett
aussehenden Ajuma und sah uns mit einem aufgeregten
Gesichtsausdruck entgegen.

"Bringst du das erste Mal eine Frau zu dir nach Hause?", fragte ich
etwas eifersüchtig. Joon-Ki lachte, als er meinen Gesichtsausdruck
sah.

“Das erste Mal zu mir nach Hause und das erste Mal, dass Mi-Yun eine andere Frau mit mir zusammen sieht.”
Meine Hände wurden plötzlich schweißnass. Wenn dieses Kind mich ablehnte…

Joon-Ki öffnete mir die Beifahrertür und half mir aus dem Fahrzeug. Ich atmete tief ein und wollte ein freundliches, hoffentlich Kinder überzeugendes Lächeln aufsetzen, als ich plötzlich Gebrüll hörte. Erschrocken drehte ich mich zu der Kleinen, die mit Galopp und vor Freude schreiend auf mich zugelaufen kam und mich mit so viel Schwung mit ihren kleinen Ärmchen umarmte, dass ich einen Ausfallschritt nach hinten machen musste.

“Eomma, ich habe so lange auf dich gewartet!”
Ich sah in das vertraute Gesicht, das ich noch niemals zuvor gesehen hatte. Ihre süßen Pausbäckchen, das entzückende Lächeln, die Freude und Liebe in ihren Augen und ich war mir sicher, all das konnte man in meinem Gesicht ebenfalls sehen. Mi-Yun sah aus wie eine Mischung aus Joon-Ki und mir und ich wusste sofort, wen ich vor mir hatte. Wir waren endlich wieder alle zusammen. Mir liefen unaufhaltsam Tränen über die Wangen und ich sah dankbar auf meine Tochter und meinen zukünftigen Mann. Die Lieben meines Lebens. Nein, all meiner Leben.

Die Rose aus Seoul, das Schwert aus Hanyang.
Die Liebe von gestern, die Sehnsucht von morgen.
Jede Liebe hat eine Zeit.
Die wahre Liebe findet sich über die Zeit hinweg.

Er betrachtete das Drehbuch, das auf dem Tisch in Joon-Kis Wohnwagen lag. Der Schauspieler hatte es fallen lassen, als er das Bewusstsein verloren hatte.

Gütig legte der alte Mann seine Hand auf die Stirn des jungen Schauspielers, den er genau wie die anderen beiden seit vielen Jahrhunderten begleitete. Es war an der Zeit, ihren Fluch zu brechen. Ihr Leiden dauerte lange genug.
Sein Spiel, das er zum Vergnügen mit seinem Freund Nam begonnen hatte, sollte beendet werden. Die jungen Leute würden nicht mehr ihre Spielsteine sein.

"Finde deine Liebe", flüsterte der alte Mann und verschwand genauso, wie er gekommen war. Zurück ließ er eine rosafarbene Rose und ein Drehbuch, dessen Schrift sich stetig veränderte, bis alles zurück an seinem Platz war.

In Seoul

So-Ra (24 Jahre)
geboren in Deutschland, aufgewachsen in Seoul. Praktikantin in einer großen Firma in Seoul. Fan von dem K-Drama "Immortality Love" und der Popgruppe Star.X

Park Joon-Ki (36 Jahre)
Der berühmteste Schauspieler in Südkorea, Schwarm von So-Ra, seit sie 17 Jahre alt ist. Sehr gut befreundet mit dem Schauspieler Taemin und in der gleichen Agentur wie die Mitglieder der Boyband Star.X. Er ist Hauptdarsteller im Drama "Immortality Love".

Hae Jun-Ho (29 Jahre)
Reicher Sohn einer Chaebol Familie, Schauspieler. Er spielt zusammen mit Park Joon-Ki im Drama "Immortality Love", hier jedoch nur eine Nebenrolle

Taemin (Star.X)
Ein Idol-Schauspieler von der K-Pop Gruppe Star.X. Er spielt die 2. Hauptrolle des Leibgardisten des Königs und verliebt sich in dem Drama "Immortality Love" in die Hauptdarstellerin Jang-Mi. Im wahren Leben ist er der liebende Ehemann seiner deutschen Frau Emmy.

Mi-Yun (6 Jahre)
Adoptivtochter von Park Joon-Ki. Ihre leibliche Mutter ist eine verstorbene Schauspielkollegin von Park Joon-Ki, die kurz vor ihrem Tod geheiratet hat.

In Hanyang

Lady Nam Jang-Mi, genannt die Rose (17 Jahre)
17 Jahre, Tochter des Ersten Kanzlers des Königs. Sie wird aus politischen Gründen in die Mandschurei (heutiges China) verheiratet, um eine Nebenfrau des Königs der Mandschuren, König Kangxi, zu werden

Chunsu / Prinz Min-Jun (23 Jahre)
Ziehbruder von Lady Nam Jang-Mi, adoptierter Erbe des Kanzlers Nam. Tatsächlich der älteste Sohn des Königs von Joseon und eigentlicher Kronprinz, Min-Jun

Kronprinz Min-Jae (20 Jahre)
zukünftiger König von Joseon, Kindheitsfreund und Verlobter von Lady Nam Jang-Mi.

Ki Yo-Han (22 Jahre)

Captain der Leibgarde von Prinz Min-Jae. Er hat sich im eigentlichen Drama "Immortality Love" unsterblich in Lady Nam verliebt und starb, als er ihr zur Flucht aus der Mandschurei verhalf.

Minister Nam

Vater von Lady Nam Jang-Mi, Ziehvater von Chunsu. Engster Berater und Vertrauter des Königs, Premierminister von Joseon

König Kangxi, Herrscher der Mandschurei

Er hat sich in das Bildnis von Lady Nam Jang-Mi verliebt und wollte sie unbedingt besitzen. Einen weiteren Vogel für seinen Harem

Yuna (21 Jahre), Jin & Soo-He (3 und 4 Jahre)

Ehefrau und Kinder von Ki Yo-Han, Yuna hat eine große Ähnlichkeit mit Emmy, der Frau des K-Pop Stars Taemin

Sa-Rang (2 ½ Jahre)

Tochter von Min-Jun und Jang-Mi

Nachwort

Dieses Buch ist in unglaublichen 22 Tagen entstanden. Niemals zuvor habe ich ähnlich besessen an einem Roman geschrieben, wie an diesem. In jeder freien Minute, an vielen Urlaubstagen und bereits in aller Herrgottsfrühe am Wochenende habe ich an der Geschichte um die drei miteinander verbundenen Menschen gearbeitet.

Die Zeit verging wie im Flug und ich musste mich das eine oder andere Mal dazu zwingen, meine Finger von der Tastatur zu nehmen. Es war so wie bei all meinen Büchern: Die Figuren entwickeln ein Eigenleben und lassen mich an ihren Geschichten als Beobachter teilhaben und wehe, ich tippte nicht schnell genug! Bei "Immortality Love" war es jedoch noch extremer. Sie haben mich förmlich festgehalten, aufgesaugt und sogar nachts in meinen Träumen habe ich ihre Geschichten gesehen und sie ließen mich nicht schlafen. Was dabei herausgekommen ist, habt ihr hoffentlich bis hierher gelesen.

Ich hoffe, ich habe dich, meine liebe Leserin, mein lieber Leser, mit all den ausländischen Namen nicht verwirrt. Mir ist durchaus bewusst, dass auch die wechselnden Namen zu Verwirrung führen können, aber die Geschichte machte das einfach notwendig. Und nichts gegen Johann, Gustav und Anna, aber die Charaktere sind nun einmal in Korea oder Hanyang geboren und deshalb standen auch nur koreanische Namen zur Debatte.

Dieses Buch hat alle Elemente, die ich selbst immer gerne gelesen oder gesehen habe: Liebe (!!!), Zeitreise, historischer Hintergrund und ja, ich gebe es zu, ich bin ein absoluter Fan von Love Triangle - dem Liebesdreieck. Vielleicht war das auch der Grund, warum die Geschichte nur so aus mir heraus geflossen ist. Ein guter Schuß von allem und heraus kam ein leckerer Cocktail.

Ich hoffe, "Immortality Love" hat dir gefallen und vielleicht hast du Lust, mich weiter auf meinem Weg als Autorin zu begleiten. Ich freue mich über jede Unterstützung und jeden Support, den ich von dir erhalte. Deshalb auch meine riesen Bitte an dich: Bitte bewerte dieses Buch auf der Plattform, auf der du es gekauft hast. Das hilft mir als Autorin ungemein, meinem Baby Sichtbarkeit zu verschaffen und es tut auch gar nicht weh.

Dieses Buch ist tatsächlich mein siebter Roman (einen habe ich unter einem Pseudonym geschrieben) und ich merke selbst, dass ich immer mehr will. Mehr schreiben, mehr Geschichten, mehr Ideen in Bücher entlassen. Mein Kopf ist voll mit weiteren Abenteuern und natürlich Romanzen. Solange nur ein einziger Leser/in meine Geschichten mag, werde ich nicht aufhören, sie auf Papier zu bringen.
Für dich und für mich.

Deine Britta

Bereits von mir erschienen ist die Star.X - K-Pop Romance Reihe

- Feel my Seoul
- Love my Seoul
- Heal my Seoul
- Touch my Seoul
- Sun and Moon Kurzgeschichten
- Sun and Moon Musik CD

In Planung ist

"Tod in der Kältekammer" - Ein zeitgenössischer, humoriger Krimi im Reha-Amiente

Du findest mich auf

Instagram, TikTok, YouTube und SoundCloud

@star.x_books